가프 현대 판타지 소설

MODERN FANTASTIC STORY

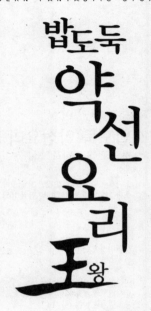

밥도둑
약선
요리
王왕

밥도둑 약선요리王 9

가프 현대 판타지 소설

초판 1쇄 찍은 날 § 2019년 9월 9일
초판 1쇄 펴낸 날 § 2019년 9월 16일

지은이 § 가프
펴낸이 § 서경석

총괄팀장 § 노종아
편집책임 § 신나라

펴낸곳 § 도서출판 청어람
등록번호 § 제387-1999-000006호
등록일자 § 1999. 5. 31
어람번호 § 제1-3044호

주소 § 경기도 부천시 부일로 483번길 40 서경B/D 3F (우) 14640
전화 § 032-656-4452 팩스 § 032-656-4453
http://www.chungeoram.com
E-mail § chungeorambook@daum.net

ISBN 979-11-04-92047-9 04810
ISBN 979-11-04-91945-9 (세트)

가프 현대 판타지 소설
MODERN FANTASTIC STORY

밥도둑

약선요리왕 9

도서출판 청어람

밥도둑

약선
요리
王_왕

목 차

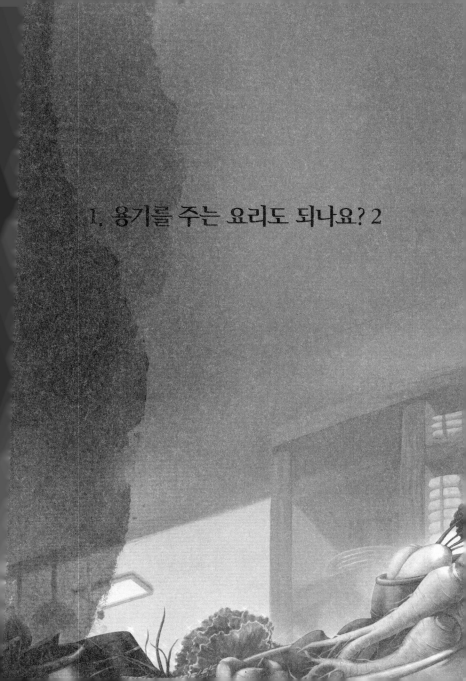

1. 용기를 주는 요리도 되나요? 2

"이건 직장 일이라서 다 말하기 곤란합니다만……."

"예……."

"제가 할머니 손에서 자랐어요. 이것도 유전인지 우리 아이처럼 어머니가 일찍 돌아가시는 바람에 맡겨졌거든요. 그러다 보니 동네 애들한테 시달림을 많이 받았죠."

"……."

"그때마다 할머니가 이 수수부꾸미를 구워주며 말했어요. 수수는 심장을 뜨겁게 해주니까 용기가 날 거라고. 사실 그때는 용기가 하나도 나지 않았는데 나중에 알고 보니 그렇지 않았더라고요. 단팥이 듬뿍 들어간 수수부꾸미는 할머니의 존재 자체와 함께 제게 큰 용기였어요."

"……."

"회사에서 어려운 결정을 내려야 하는데 용기가 달리네요. 그래서 여기 약선이 유명하다기에……."

"할머니가 훌륭하신 분이네요. 그분은 요리를 제대로 알고 계셨습니다."

"그래요?"

"민속적으로 생각하면 아이들 백일에 수수팥떡을 해 먹지 않나요? 하고많은 떡 중에 왜 수수팥떡일까요? 게다가 붉은 수수와 붉은 팥의 매칭입니다. 이런 요리는 흔치 않지요."

"그건 액막이라는 미신 때문에……."

"그런 의미도 있지만 막연한 미신은 아닙니다. 수수에는 폴리페놀의 대표 주자로 꼽히는 흑미보다 폴리페놀이 2배 더 많으니 항산화 식품의 대표 주자 격이죠. 나아가 오행으로 보면 붉은 수수와 팥은 심장을 상징하는 火에 속하니 심장에 좋은 음식 재료입니다. 게다가 수수는 단내에 그슬린 맛까지 나니 시너지효과까지 있지요. 단순한 미신이 아니라 심장을 튼튼하게 하는 겁니다. 그거야말로 삶의 바다를 헤치고 나가게 해줄 용기식이 아니었을까요?"

"아, 역시 우리 할머니……."

팀장의 눈덩이가 붉어졌다. 마음을 알 것 같았다. 할머니 손에서 자란 남자. 부모 밑에서 자라지 못했기에 할머니의 추

억만 오롯했다. 지나간 시간이기에 더 영롱한 보석같이 기억
된 할머니와의 아름다운 추억. 힘겹고 고단한 오늘, 그 추억에
기대고 싶은 것이다.

그게 사람이다. 그게 요리의 힘이었다. 삶의 벼랑이나 진흙
탕 속에서 허덕일 때, 더 이상 어머나 할머니도 없을 때, 그
때 그분들이 해준 요리를 먹으며 지피는 마음의 군불… 요리
는 그걸 가능하게 하는 힘이 있었다.

그러나 수수의 신호는 단순한 추억 때문이 아니었다. 팀장
이 원하는 용기… 용기는 어디서 올까? 용기는 뱃심이다. 뱃심
이 있어야 용기를 낼 수 있다. 뱃심 중에서도 단전이었다. 단전
이 약한 사람에게 용기는 먼 이상일 수 있었다.

인간의 정신이란 신장과 심장을 뜻한다. 그렇기에 심장에
불을 더하는 수수로써 손자를 위로했던 할머니였다.

"할머니의 부꾸미 모양은 기억하십니까? 대개는 반달식으
로 만들지만 지역에 따라 기다랗게 지져내기도 합니다. 궁중
에서는 고물을 묻힌 자박병으로 만들기도 했습니다."

"궁중식까지는 아니었고… 할머니의 부꾸미는 길었습니다.
반을 접은 건 만두 느낌이라 별로……."

"알겠습니다. 할머니의 정성만은 못하겠지만 용기식 '약
선수수부꾸미'를 준비할 테니 조금만 기다려 주시기 바랍니
다."

민규가 주방으로 돌아왔다. 수수부꾸미를 만들려면 찰수수

가루와 찹쌀가루가 있어야 했다. 찹쌀을 찾는 건 구색 때문이었다. 내력 있는 집에서 부꾸미를 할 때면 수수부꾸미와 찹쌀부꾸미를 함께 지지는 경우가 많았다. 한 가지 색깔의 단조로움을 보완하는 지혜였다.

찹쌀이야 문제가 없지만 찰수수가루가 문제였다. 수수를 불리려면 적어도 6시간은 필요했던 것. 별수 없이 뜨거운 증기수와 생숙탕으로 불리는 시간을 줄이고 지장수와 요수 혼합물에 납설수를 더하는 비책을 썼다. 급속으로 처리되는 과정에서 손실될지도 모를, 맛에 대한 보완책이었다.

불린 찰수수의 물기를 쪽 빼내고 넓은 바구니에 한지를 깔아 햇빛에 말렸다. 다행히 바람이 있어 아주 오래 걸리지는 않았다.

물기가 마르자 가루를 만들었다. 심장과 신장을 강화할 약재는 맥문동과 토사자를 골랐다. 정성껏 우려 반죽물로 넣었다.

구경하던 종규가 레시피를 외웠다. 거기 질세라 재희도 함께 레시피를 합창했다.

1) 찰수수를 비비고 문질러 씻어 붉은 물을 우려낸다. 깨끗이 씻지 않으면 텁텁한 맛이 남는다.
2) 맑은 물에 8시간가량 불린다.
3) 불린 수수는 햇빛에 널어 말린다.

4) 수수가 마르는 동안 팥을 쪄서 으깨고 채에 내린 후, 설탕과 계피를 섞어 팥소를 준비한다.

5) 수수를 가루로 내어 물로 반죽하고 떼어내 둥글고 납작하게 빚는다.

6) 팬에 기름을 두르고 한쪽을 익힌 후에 뒤집어 팥소를 가운데 넣고 반을 접어 팥소를 덮은 후 손가락으로 가장자리를 눌러 붙인다.

7) 완성된 부꾸미가 식기 전에 설탕이나 꿀을 바른다.

노래와 함께 부꾸미가 익어 나왔다. 민규의 손가락이 마무리였다. 손가락으로 눌러 가장자리를 마감하고 오려낸 대추꽃과 국화 잎을 붙였다.

두 종류의 부꾸미가 나왔다. 꿀까지 발라놓으니 자연 그대로의 식감이었다. 접시는 질박한 질그릇. 장식물은 나뭇가지와 마른 낙엽 몇 장으로 끝냈다. 그 옛날, 부꾸미는 주로 겨울에 많이 먹었으니 그때의 정서를 재현하는 민규였다.

"아!"

요리를 받아 든 팀장이 움찔 흔들렸다. 자신도 모르게 군침을 넘기는 팀장의 눈동자가 붉었다.

"수수부꾸미를 말씀하셨지만 보통은 찹쌀부꾸미를 함께 만드는 경우가 많습니다. 어쩌면 할머니께서 손주를 위하는 마음에……."

"맞습니다. 언제나 두 가지셨어요."

팀장이 답했다. 그 시선은 차마 수수부꾸미를 겨누지 못하고 흔들거렸다. 그 눈동자에 가득한 건 수수부꾸미가 아니라 할머니였다.

내 새끼, 이리 온.
삶이 고달프더냐?
그래. 삶이란 그런 거지. 이 할미가 잘 안다.
하지만 용기를 잃으면 안 돼.
그걸 내려놓는 순간 인간은 허깨비가 되거든.
이리 온.
이 부꾸미가 네게 힘을 줄 거야.
많이 먹고 불뚝 일어서렴.
내 새끼…….

'할머니…….'

격한 감정의 격랑을 넘어선 팀장이 붉은 수수부꾸미를 집어 들었다. 그리고 정확하게 가운데를 베어 물었다. 부꾸미는 원래 양쪽 가장자리가 비어 있다. 어릴 때는 가운데만 먹고 가장자리를 버렸다. 하지만 오늘은 그러지 않았다. 마치 할머니가 앞에 앉아 묵묵히 지켜보는 느낌이었다.

꿀꺽!

부꾸미가 목으로 넘어갔다. 후우, 입김을 뿜으니 코언저리
에 고소함의 물결이 맴돌았다. 입안에 가득 차는 팥의 감미
와 수수의 깊은 맛. 눅진하고 달콤한 그 맛이 팀장의 심장
에 불씨를 피웠다. 민규는 보았다. 그의 심장에 불굴의 불씨
가 싹을 틔우는 걸. 어쩌면 쑨빙빙의 처방과는 반대의 일.
요리는 정말이지 오묘함으로 가득 찬 세계가 아닐 수 없었
다.

수수부꾸미 세 개.

찹쌀부꾸미 세 개.

하나도 남김없이 먹는 팀장이었다. 심지어는 바닥에 고인
꿀까지 부꾸미의 끝을 이용해 다 쓸어 먹었다.

"좋네요."

젓가락을 놓은 팀장이 웃었다. 이제는 헐렁함이 가신 표정
이었다.

"셰프님."

그가 민규를 바라보았다. 필생의 결단이라도 내린 것인지
시선에 힘이 팽팽했다.

"예."

"진짜 용기가 생기네요. 아들이 있는 프랑스로 갈 수 있을
것 같습니다."

"도움이 되었다니 다행입니다."

"하지만 그 전에 더 중요한 일을 해야 해요. 혹시 주식 하시나요?"

"아닙니다만……."

"하실 줄은 알죠?"

"그야……."

"아마 오늘 장 마감 직전에 라타투투라는 기업의 주식이 요동을 칠 겁니다."

"……?"

"실은 제가 그 회사의 감사보고서 작성 담당 팀장입니다. 이 기업에 계속기업 가정에 대한 불확실성, 내부 통제 운용 미비, 주요 검토 절차의 제약으로 자금 거래의 타당성, 전환사채권 담보 위조 등등의 여러 문제가 있어 의견 거절안을 내놓았죠. 존속할 가치가 없는 기업이거든요. 하지만 그 회사의 경영자가 우리 법인 윗선과 막역한 사이라 제 의견에 제동이 걸렸습니다. 편법을 써서 한 번만 봐주고 가자더군요. 여러 문제는 곧 해결이 될 거라나요? 연봉 인상과 보너스를 약속받았습니다. 양심과 현실 사이에서 고뇌 좀 했었죠. 아이를 더 좋은 급식이 나오는 사립학교로 보내고 싶기도 했고요. 하지만 이제 알았습니다. 우리 아이가 원하는 건 더 좋은 급식이 아니라 나와 함께 있는 것. 그러자면 아이에게 부끄럽지 않아야겠죠?"

"……."

"지금 들어가서 의견 거절안을 밀어붙일 겁니다. 이제 용기가 생겼거든요. 이거, 받아주십시오."

팀장이 오만 원권 10여 장을 꺼내놓았다.

"요리값은 3만 원이면 됩니다."

"아뇨. 3만 원에 산 용기라면 너무 저렴하잖습니까? 그러니 받아주세요."

팀장은 완강했다. 다른 테이블에서 민규를 찾았으므로 받아 들고 말았다.

"고맙습니다, 셰프님. 프랑스에 가게 되면 그 전에 한번 들를게요."

팀장은 결의가 깃든 얼굴로 초빛을 떠났다.

*   *   *

보글보글.

자글자글.

사각사각.

요리의 연주음이 주방에 퍼져갔다. 창밖에는 빗방울이 떨어지고 있었다. 두 소리는 하나의 오케스트라가 되어 어울렸다. 요리는 자연이다. 요리는 예술이다. 민규는 생각했다. 이세상에 이보다 더 값진 예술이 어디 있을까? 다른 예술과 달리 실질적이다. 제아무리 가치 있는 영혼도 위가 굶주리고는 아름다울 리 없었다.

"셰프, 우리 왔어요."

"셰프님, 안녕하세요?"

점심 예약 손님들이 하나둘 찾아들었다. 꽃을 놓는 사람도 있었고 작은 선물을 주는 사람도 있었다.

"저 외국 다녀왔어요."

"지방 축제에 다녀왔어요."

이런저런 명목의 기념품도 쌓였다. 오래 보관이 가능한 것들은 한곳에 전시를 했다. 민규에게도, 손님들에게도 추억이 되는 물건들이었다.

"형, 전화!"

첫 요리에 돌입할 즈음 종규가 말했다. 무음으로 해둔 전화에 불이 들어오고 있었다. 받지 않았다. 하지만 전화는 거듭 신호를 보냈다. 확인하니 쑨차오였다. 손의 물기를 닦고 전화를 받았다.

"부회장님!"

―셰프, 인사가 늦었습니다. 잘 귀국하셨나요?

"그럼요. 회장님은 어떠세요?"

―어떠실 것 같습니까?

"어제보다는 좋아지셨을 겁니다."

―직접 확인하시죠.

쑨차오의 전화가 영상통화로 바뀌었다.

―셰프님!

영상 속에 쑨빙빙이 보였다. 휠체어 위였다.

"……."

민규는 살짝 실망이었다. 사력을 다해 맞춰주고 온 쑨빙빙의 정기신혈. 하룻밤 안정이 되었다면 일어설 수도 있을 거라고 믿었던 까닭이었다.

―지난밤, 늘어지도록 곤하게 잤소이다.

"다행이군요. 불편한 곳은 없으십니까?"

―왜 없겠습니까? 한둘이 아니에요.

"……?"

―잘 보세요, 셰프.

말을 마친 쑨빙빙이 거짓말처럼 휠체어에서 일어섰다. 완전하게 두 발이었다. 그는 보란 듯이 몇 발을 걸었다. 제법 안정감이 있는 보행이었다.

"회장님!"

―아침에 눈을 떴더니 다리와 허리 아래가 근질거려요. 그러고는 나도 모르게 일어섰는데… 이게 가능하지 뭡니까? 내가 걸어서 거실로 나갔더니 우리 아이들이 다 기절해 버렸어요.

"아."

―갑자기 걷게 되니 맞는 옷부터 사야 했습니다. 아이들이 백방으로 뛰었죠. 집 내부의 동선도 보행 위주로 바뀠어요. 그

러니 아이들 불편한 일이 한둘이었겠습니까? 늙은이 때문에
집안이 뒤집어진 거죠.

쑨빙빙이 웃었다. 민규도 비로소 안도의 숨을 쉬었다. 그런
불편이라면 백번이 일어나도 행복할 일이었다.

—오전에 회사 일을 정리하고 제일 먼저 셰프와의 약속
부터 지켰소이다. 그 육성이라는 회사의 약선죽, 중국에도
일부 들어와 있던데 맛이 좋더군요. 관련자들도 시식을 마
치더니 이의가 없었습니다. 곧 그쪽과 접촉을 갖게 될 겁니
다.

"고맙습니다."

—별말씀을… 삶을 후회 없이 마감할 수 있는 기회를 준
셰프님입니다. 이걸로는 턱도 없지요.

"회장님의 운입니다. 저와는 단지 그 자리에서 그 시기에 만
났을 뿐."

—과연 대인이시군요. 요리사도 넓은 마음을 가져야 깊은
요리를 할 수 있다는 거, 저도 들어서 알고 있습니다.

"……."

—아, 당에서 제 소식을 듣고 몇 분 나오신 모양이군요. 그
럼 우리 쑨차오 회장과 이야기 나누십시오. 아, 오늘부터 쑨차
오가 우리 쑨펑하이를 이끌게 될 겁니다. 저는 고문으로 물러
나고요.

화면이 흔들리더니 쑨차오가 나왔다.

―셰프.

"회장님이 되셨다고요? 축하드립니다."

―셰프 덕분입니다. 아버님이 형제들을 모아놓고 담판을 했습니다. 저토록 쩌렁쩌렁하시니 그 누구도 이의를 제기하지 못했지요. 그 과정에서 타락한 두 형제가 경질되어 회사 일에서 손을 떼게 되었습니다.

"……."

―셰프.

"예, 부회… 아니, 회장님."

―아뇨. 셰프는 부회장이라고 불러도 괜찮습니다. 쑨차오라고 불러도 되고요. 셰프는 나의 친구이자 은인이니까요.

"별말씀을……."

―추천하신 약선죽은 제가 책임지고 연결하겠습니다. 셰프의 추천이니 우리 몫을 조금 줄이는 선이라도 계약하라고 지시를 내렸습니다.

"회장님……."

―회사 기틀이 잡히는 대로 형제들과 함께 셰프에게 가겠습니다. 셰프라면 우리 형제가 우애를 다질 수 있는 요리도 가능하겠지요?

"궁리해 보겠습니다."

―고맙습니다. 바쁜 시간일 것 같아서 나중에 전화하려고 했는데 아버님께서 재촉하셔서…….

"괜찮습니다. 이런 전화라면 백번이라도 받아야죠."

―그럼…….

종료!

통화가 끝났다. 그래도 민규는 바로 핸드폰을 내리지 못했다. 먹먹했다. 어쩌면 기묘하게 연결된 인연의 울림이었다. 등용문의 전설이 그랬고 쑨빙빙이 그랬다. 생각지도 못한 인연 쑨빙빙. 운명 수정 프로그램의 수혜자. 바로 그 사람…….

콰아아!

황하의 폭포가 보였다. 잉어 떼가 보였다. 수많은 잉어 중에 비실 늘어진 잉어가 시각을 채우고 들어왔다. 하얀 배를 드러냈다. 아사 직전의 그 잉어가 힘을 냈다. 그리고 푸득푸득 몸을 바로 세우더니 기적의 도약을 했다. 그 위태로운 몸으로 기어이, 황하의 폭포를 넘은 것이다. 마지막 도약이 폭포 줄기를 박차고 나가는 순간, 하늘이 보였다. 잉어의 몸은 머리부터 변하고 있었다. 용이었다. 66이 뒤집혀 99가 되는 찰나, 하늘로 승천하던 용의 시선이 민규와 마주쳤다.

고맙소!

쑨빙빙의 목소리가 메아리쳤다. 소리 없는 소리. 그러나 이심전심으로 통할 것 같은 그 소리… 다른 어떤 인사보다 각별하다는 생각이 들 때 다시 벨 소리가 울렸다. 이번에는 황징위였다.

—셰프, 방금 소식을 들었습니다.

그의 목소리도 폭포를 넘은 잉어처럼 힘이 가득했다.

—당신의 요리는 요리가 아니군요. 마법입니다.

그의 인사를 받으며 통화를 끝냈다.

뿌듯하다 못해 짜릿했다. 맛보다 한 수 위의 보람, 사람에게 건강을 찾아주는 것. 그 자부심으로 칼을 잡았다.

또 다른 보람을 만날 시간이었다.

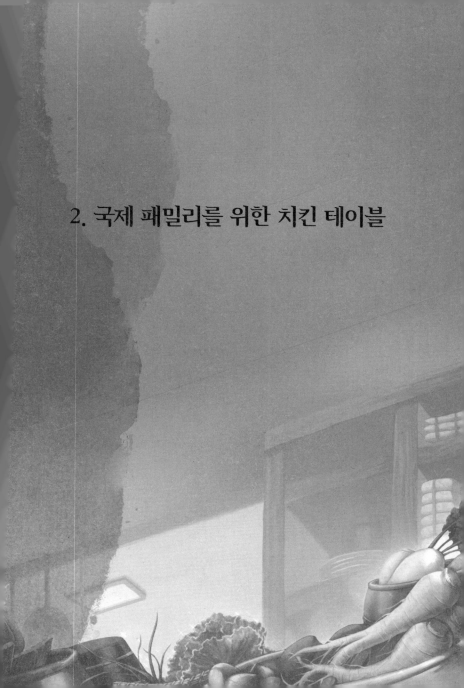

2. 국제 패밀리를 위한 치킨 테이블

—궁중전복숙.

—궁중잡탕.

—약선해삼증.

—약선부어증.

—궁중쑥단자.

—궁중오미자양갱.

—궁중살구정과.

—궁중배정과.

—궁중무화과녹차양갱.

오늘 점심 식사는 5인분 생일상, 그러나 조금 특별했다. 좋은 집안의 부모님 행사인가 싶었다. 50대 후반의 부부가 먼저 도착한 까닭이었다. 여자의 고운 살결이 눈에 띄었다. 좋은 일은 아니었다. 얼굴까지 붉으니 심장이 작다. 근심이 많을 타입이었다.

"다섯 분 아닌가요?"

민규가 야외 테이블을 권하며 물었다.

"곧 오실 거예요. 공항에서 출발했다는데 길이 조금 밀린다네요."

"부모님이 오시나요?"

"아뇨. 우리 딸이 옵니다."

"예?"

"딸의 부모님들과 함께요."

"예?"

민규가 거듭 고개를 들었다. 딸이 온다고 했다. 그런데 그 부모와 함께라니? 그럼 여기 앉은 부모는 누구?

어머니가 사연을 설명했다.

"우리 부부가 철부지 고등학생 때 연애를 했어요. 둘 다 부모님이 없다 보니 함께 자취를 했고, 졸업 직후에 덜컥 아기를 낳았는데 기를 능력이 안 되는 거예요."

그녀는 이야기 중간중간 눈시울을 훔쳤다. 아이는 스웨덴으로 해외 입양이 되었다. 다행히 양부모가 좋았다. 아이는 자라면서 자신이 스웨덴의 아이들과 조금 다르다는 걸 깨달았다.

자기의 뿌리를 생각하게 된 것이다. 양부모는 아이를 지지해 주었다. 그래서 한국에 연락해 친부모를 수소문했다. SNS의 도움 덕분에 연결이 되었다. 큰 부자는 아니지만 이제는 먹고살 만해진 부부. 딸과 함께 그 양부모를 초청했다. 그러니까 이 특별한 메뉴는 딸과 양부모에게 바치는 부부의 마음이었다.

"뭔가 특별한 걸 해드리고 싶은데 제가 부모 없이 자라서 요리를 잘 못해요. 그런데 마침 다른 분들이 여기 요리를 추천하길래… 소문은 들었지만 잘 부탁해요."

어머니가 고개를 조아렸다.

이야기를 들은 민규의 마음이 먹먹해졌다. 원래 이 요리는 명전전에서 왕에게 바쳐졌던 메뉴의 일부. 왕의 대우를 받을 만한 양부모에게 어울리는 주문이었다.

어머니의 전화기가 울렸다. 딸이 도착하는 모양이었다. 부부가 초빛의 입구로 나갔다. 민규도 문 앞에서 그 광경을 지켜보았다.

"해외 입양 양부모?"

종규가 다가와 물었다.

"그래. 멋진 분들이시란다."

민규가 말할 때 차가 도착했다. 훤칠한 딸이 먼저 내렸다.

"엄마!"

딸이 두 팔을 벌리고 뛰었다. 어머니는 그 자리에서 눈물을 삼키며 딸을 받아들였다.

"내 아가… 으어어!"

어머니 입에서 오열이 터졌다. 옆의 아버지도 가슴이 메이기는 다르지 않았다. 철없는 시절에 낳은 아기. 그때는 잘 몰랐다. 그러나 운명이었는지 부부는 다시 아기를 낳지 못했다. 천벌이라고 생각했다. 그 마음을 달래려 보육원의 아이들 셋을 후원하며 살았다. 입양 보낸 아이를 되찾고 싶었지만 염치가 없었다. 버린 주제에 먼저 손을 내밀 수 없었던 것이다.

그 딸이었다. 이름도 지어주지 못한 딸. 그 딸의 심장이 어머니의 심장 앞에서 왈딱왈딱 뛰고 있었다.

"내 아가 명혜… 잘도 컸구나."

"명혜? 제 이름이에요?"

"그래. 나중에 지은… 끝내 불러주지 못할 이름인 줄 알았는데……."

"명혜… 왠지 마음에 들어요, 엄마."

"용서하렴. 엄마는 그때 너무 어려서… 세상이 무서워서……."

어머니는 자꾸만 낮아졌다. 숨을 수 있다면 연꽃 속이라도 파고 들어가고 싶었다.

"괜찮아요. 원망하지 않아요. 이렇게 다시 만날 수 있는 것만 해도 너무 행복한걸요."

딸의 한국어는 나쁘지 않았다. 그녀가 한국인이라는 걸 안 후부터 한국의 해외 문화원에서 한국어를 배운 덕분이었다.

"아빠!"

어머니 다음은 아버지였다. 아버지의 얼굴에는 이미 홍수가 나 있었다. 아버지는 묵묵히 딸을 안았다.

"이제 소개할게요. 저를 키워주신 스웨덴의 엄마, 아빠."

딸이 양부모를 잡아끌었다. 두 부모들이 인사를 나눴다. 훤칠한 양부모와 작은 친부모, 하지만 부조화 없이 잘 어울리는 그림이었다. 인사를 나눈 양어머니가 손수건을 꺼냈다. 그녀는 몇 번이고 이마를 훔쳤다. 그냥 땀이 아니었다.

"에이, 씨. 눈 버렸네. 괜히 엄마 아빠 생각나잖아?"

종규가 볼멘소리를 냈다.

"짜식, 쪼잔하게 질투는……."

"누가 질투래? 그냥 그렇다는 거지."

"그럼 가서 메뉴 보고 식재료나 골라봐라. 그 심장이 아릿한 상태로 잘……."

"알았어."

종규가 돌아섰다. 민규도 돌아섰다. 체질창은 이미 리딩되었다.

'양아버지는 비위장의 허실이니 당뇨, 거기에 잔기침과 가래, 양어머니는 식은땀…….'

하지만 두 사람의 병은 친어머니에 비하면 아무것도 아니었다. 억장이 무너지고 또 무너졌을 친어머니. 억장은 심장이다. 가뜩이나 작은 심장에 심허가 쌓였다. 당연히 혈액순환이 헐

렁하고 애로가 많다. 가슴과 옆구리, 허리에 혼탁이 거칠었다. 옆구리가 결리고 허리까지 땡기는 부실한 몸…….

'그럴 만도…….'

눈에 맺힌 이슬은 바람으로 털어냈다.

"헤이, 부셰프!"

주방 테이블의 식재료를 확인한 민규가 종규를 불렀다.

"예, 셰프."

"이게 뭐야?"

민규가 첫 메뉴의 재료를 가리켰다.

"전복죽 재료, 왜?"

"다시 읽어봐."

"전복… 숙?"

종규 눈이 주먹만 하게 커졌다. 대충 훑어보느라 '숙'을 '죽'으로 읽은 것이다. 하지만 둘은 완전히 다른 요리였다. 전복숙에도 전복이 들어가지만 소고기 안심에 묵은닭이 들어간다. 결정적으로 전복숙은 찜 요리라는 것.

"정신 어디다 두고 다니는 거야? 가서 묵은닭 찾아와. 백웅계육으로."

불호령이 떨어졌다. 주방은 요리를 만드는 곳이지만 빡빡하게 말하면 전장이기도 했다. 뭐 하나 잘못 세팅하면 망하는 게 요리였다. 거기에는 요리의 차례도 들어 있기 때문이었다.

군기가 잡히자 종규가 제대로 대처했다. 묵은닭에 곁들여 온 앵두나무가 증거였다.

  백웅계육(白雄鷄肉)!

  이는 흰 수탉의 고기를 말한다. 흰 수탉은 당뇨병에 특효가 있었다. 붉은 수탁의 고기는 단웅계육(丹雄鷄肉)이라고 한다. 이는 여자의 냉대하와 몸을 보하는 데 직방이었다. 닭은 신묘하다. 다만 바람과 열의 성질을 가지고 있으므로 중풍이나 열이 있을 때는 가려 먹어야 한다. 열은 땀샘 때문이다. 닭은 묘하게도 땀샘이 없는 동물이었다.

  전복숙에는 묵은닭이 들어간다. 깊은 맛이 나지만 고기가 질기다. 그렇기에 필요한 게 앵두나무였다. 앵두나무 가지를 넣고 끓이면 쉽게 연해진다.

  잡탕 역시 닭에서 시작하는 탕. 닭 육수에 다양한 육류가 들어가니 승기아탕에 못지않았다. 해삼중 또한 닭 쪽이었다. 건해삼이 주지만 삶아낸 배 속에 다진 연계(영계)와 꿩고기가 들어간다. 또 하나의 요리인 부어중 역시 닭. 이 또한 붕어 배 속에 닭고기를 넣는 요리였다.

  닭!

  왜 온통 닭 판을 벌인 걸까? 이유는 양어머니 때문이었다. 그녀는 닭 요리 마니아였다. 그렇기에 서양에서도 닭 요리에 미쳐 살았다.

  "한국 요리 중에 어떤 요리가 먹고 싶어요?"

딸이 양어머니에게 물었을 때 그녀의 대답은 주저가 없었다.

"치킨!"

그 말이 바다를 건너왔다. 친어머니는 선택의 여지가 없었다. 딸을 키워준 고마운 양부모. 대한민국의 모든 닭 요리를 동원해도 모자랄 판이었다.

닭!

닭 판을 벌이니 닭 공부를 빼먹을 수 없었다. 하지만 요리가 우선이니 가벼운 테스트로 택했다.

"좋은 것으로 두 개만 골라봐."

민규가 재희와 종규에게 미션을 주었다. 둘의 앞에는 계란 10여 개를 담은 바구니가 놓였다. 신선도는 괜찮았다. 종규는 계란을 나열했고 재희는 생각에 잠겼다. 잠시 후에 둘은 두 개씩의 계란을 골라놓았다.

"다시!"

민규는 거들떠보지도 않았다. 다른 계란이 선택되었다.

또다시.

세 번을 거듭하자 재희가 동작을 멈췄다.

"왜?"

그제야 민규가 돌아보았다.

"이 계란 중에는 좋은 것들이 없습니다."

"……!"

그 말에 종규도 정신이 번쩍 들었다.

"맞았다. 하지만 눈치로 때려 맞춘 거겠지?"

"네."

재희가 자수했다. 민규만큼 퀄리티가 좋은 계란을 골라낼 재주는 없었다. 민규는 미세먼지까지도 잡아내는 혜안이 아닌가? 그러니 민규의 판별법만 기억할 뿐이었다.

"이 계란은 폐기 직전의 닭이 낳은 계란이다. 당연히 우리 약선 요리하고는 맞지 않지. 저쪽 조리대에 재래닭이 낳은 걸로 네 개 가져다 뒀으니 하나씩 부쳐서 비교해 보고 두 개는 이 물에다 살짝만 삶아라."

재희에게 준 물은 조사탕 소환수였다. 당뇨에 좋은 물이었다.

자글자글!

자작자작!

재희와 종규의 팬에 열이 올랐다. 같은 팬, 같은 기름이지만 소리가 달랐다. 이게 요리사의 차이였다. 미세하지만 종국에는 차이가 커진다.

톡!

계란을 깨 넣은 종규가 이쑤시개를 집었다. 재희도 질세라 따라 했다. 그걸로 노른자를 찔렀다. 민규가 말한 계란의 탄력도 상한 정도는 아니었다. 완전히 익기 전에 계란을 팬에서 꺼냈다. 이제 시식이었다.

"……!"

"……?"

둘은 각기 다른 표정으로 좋은 계란과 허접한 계란의 맛을 체험했다. 맛이 떨어지는 계란은 닭이 알을 잘 낳지 못할 때, 혹은 폐기 직전이 된 닭에게 쓰는 '가학적 비법' 때문이었다. 이때가 되면 1~2주를 굶겨 버린다. 물도 거의 주지 않는다. 이렇게 극단적인 방법으로 체중을 30%가량 줄이면 닭은 한 달 가까이 계란을 낳게 된다. 바로 그런 계란이었다.

'셰프님은 정말……'

재희는 혀를 내둘렀다. 싱싱하지 않은 계란을 구분하는 법이야 많았다. 가장 쉬운 건 소금물 이용법. 오래되거나 상한 계란은 소금물에 담그면 살짝 떠오른다. 노른자를 찔러 탄력을 보는 것도 한 방법이었다. 하지만 민규의 구분법은 보편성 저 위에 있었다. 그저 보는 것만으로도 구분이 가능한 민규였다.

재희가 물에서 계란을 꺼냈다. 시간은 5분이었다. 계란은 보통 6~7분을 삶고 건져내 찬물에 넣으면 반숙이 되고 13분이면 완전하게 익는다.

"살짝 삶은 계란은?"

민규의 운이 떨어지자 재희와 종규가 합창을 했다.

"목소리가 탁하거나 가래가 끓을 때 좋습니다."

"왜?"

"흰자위에 열이나 갈증을 내리는 효능이 있기 때문입니다."

"가래에 좋은 또 하나는? 아주 가까이 있는데……."

"연근이요."

"좋아. 명심하도록!"

공부는 이쯤으로 마감했다. 연근 역시 가래에 막강하다. 특히 마디 부분이 좋다. 갈아서 마실 때는 껍질째 깨끗이 씻어서 먹는 게 좋다. 껍질에 가래를 삭이는 성분이 많았다. 약재에서는 '반하'가 꼽힌다. 반하는 몸에 생기는 일체의 가래를 사냥한다. 반하는 생강즙에 버무렸다가 사용한다. 손님 챙기기는 그쯤으로 끝내고 친어머니 쪽으로 돌았다.

심장이다.

심장은 피지 않은 연꽃 모양이다. 심허로 혈액순환이 안 되고 가슴과 배가 무거우면 오미자나 팥, 부추 등이 좋았다. 동의보감에는 개고기도 적시되어 있다. 금박, 은박, 석창포, 살구, 연밥, 치자 등도 아주 유용하다.

'연밥에 금박…….'

민규의 선택이었다. 친어머니의 심장에 좋지만 전채로도 그만이었다. 껍질을 벗긴 연자육을 정화수에 씻은 후 냉천수에 띄운 식용금을 구슬처럼 입혀냈다. 그걸 연꽃잎 위에 펼치니 그대로 보석이 되었다.

"……!"

보조를 하던 재희 입이 쩌억 벌어졌다. 단순하지만, 막강한 비주얼이 아닐 수 없었다.

특별식이 준비되자 초자연수를 세팅했다. 주문에는 없는 것. 하지만 애틋한 국제 패밀리를 위해 인심을 쓰기로 했다.

"와아아!"

"원더풀!"

요리가 나오자 테이블이 들썩거렸다. 그들 모두가 처음 보는 물 요리였다. 각각의 경우를 달리해 세팅했다. 양아버지에게는 천리수에 요수, 조사탕을 올렸다. 요수는 비위장을 보하기 위한 조치였고 조사탕은 당뇨병 킬러였다. 양어머니의 식은땀은 크게 어렵지 않았다. 식은땀의 정체는 음허도한(陰虛盜汗)이었으니 정화수만 세 잔을 주었다.

여기서 황금연밥 전채를 곁들여 놓았다. 패밀리는 황금연밥과 물잔의 황홀경에 빠져 넋이 나가 버렸다.

"양아버님은 이걸 함께 드시지요."

그의 몫은 삶은 계란과 함께 연근즙이었다.

"아, 셰프님. 저희 아빠는……."

딸이 설명하려는 걸 민규가 막았다.

"압니다. 당뇨가 조금 있으시죠? 가래도 살짝 끓고요?"

"……!"

놀란 양부모 부부가 고개를 들었다. 생면부지의 셰프, 그런데 자신의 몸 상태를 알고 있는 것이다.

"제가 체질을 좀 봅니다. 그래서 미리 드리는 겁니다. 이 좋은 자리에 당뇨 때문에 요리 구경만 해서 되겠습니까? 휴대용 혈당 체크기 있으시죠?"

민규가 딸을 바라보았다.

"네."

"이걸 다 드시고 첫 요리가 나올 때쯤 체크를 해보십시오. 제 말이 틀리지 않을 테니 한국의 닭 요리를 즐길 준비를 하라고 하시면……."

당부를 주고 돌아섰다.

요리가 나오기 시작했다. 전복숙이 익고 잡탕이 맛과 향을 뿜어냈다. 해삼증도 부어증도 풍미 넘치는 찜이 되었다. 그럴 즈음에 딸의 비명이 들렸다.

"와우, 미라클!"

돌아보니 그녀가 벌떡 일어나 있었다. 손에는 혈당 체크기가 들려 있다. 무슨 일인지 보지 않아도 알 것 같았다.

"와아!"

"맙소사!"

요리가 세팅되자 두 부모들의 입이 또 벌어졌다. 네 개의 접시에 가지런히 담겨 나온 요리의 포스는 냄새부터 압권이었다. 자극적인 향을 버리고 식재료의 담백함만을 살려낸 민규. 그렇기에 인종에 상관없이 즐길 수 있는 구성이었다.

"셰프!"

딸은 들뜬 표정으로 민규를 바라보았다.

"당뇨가 좀 나아졌죠?"

"맞아요. 어떻게 된 거죠?"

"아까 드린 전채가 약선이었습니다. 간단히 생각하면 약을 드셨다고 생각하면 됩니다."

"익다 만 계란과 즙에다 약을 타셨나요?"

"아닙니다. 그것들은 식품이자 약입니다. 원래 식재료에는 그런 기능들이 있는데 아버님의 체질과 병에 맞는 것을 골라 드린 것으로 이해하십시오."

"맙소사, 제 고국에서는 그런 것도 가능해요?"

"명혜야, 저분은 그냥 셰프가 아니셔. 굉장히 많은 사람들을 요리로 고쳐주신 분이야."

친엄마가 부연을 했다.

"후아, 아빠, 보세요. 이게 제 고국이에요. 스웨덴에서는 못 하는 일이잖아요?"

딸이 양아버지에게 소리쳤다.

"그러게… 하지만 걱정이 되니 한 번 더 체크해 보자. 침이 마구 넘어간다만 당뇨라는 게……."

"알았어요."

딸이 다시 체크에 들어갔다. 혈당 수치는 정상 수치를 살짝 넘어갔다. 원래는 200에 가까웠으나 70이나 줄어들었다. 과식만 안 한다면 걱정하지 않아도 될 수치였다.

"많이들 드세요."

친부모가 요리를 밀어주었다. 스웨덴의 부모들 입으로 해삼 중이 들어갔다. 한 입을 무는 순간 풍미가 폭발했다. 연계살과 꿩고기의 시너지에 따라오는 잣의 고소함. 더불어 씨간장과 생강이 어우러진 맛은 느끼함을 쓸어내고 담백함을 띄워 올렸다.

"토스트 스카겐이나 미트볼 맛이 나는 것 같으면서도 굉장히 푸근해. 저절로 넘어가잖아? 쿨럭!"

양아버지는 두 눈이 쏟아지기 직전이었다. 토스트 스카겐은 스웨덴의 대표 격인 해산물 카나페. 해삼이 주재료이기에 이런 표현이 나온 것이다. 미트볼 역시 스웨덴의 대표 요리. 닭과 꿩고기가 들었으니 거부감이 들지 않았다.

"이것도 먹어봐요. 세상에 이런 닭도 있네요. 결결이 갈라지면서도 담백하고 부드럽기는 치즈 덩어리를 무는 것 같아요."

양어머니의 선택은 전복숙에 든 닭가슴살이었다. 다른 닭도 아니고 재래노계. 그걸 영계처럼 요리한 데다 건전복과 소고기 맛까지 스몄으니 천국의 맛이 따로 없었다.

"이건 또 어떻고요? 생선 살인데 입에서 그냥 녹아요."

딸의 선택은 잡탕 속의 숭어전유화였다. 찜들의 바다에서 탕을 택한 딸. 과연 한국인의 유전자가 틀림없었다.

친부모의 수저도 빨라지기 시작했다. 처음에는 체면상 주저했지만 맛을 보니 본능이 발현된 것. 게다가 딸이 먹여주기까지 하니 그 유혹의 사정거리에서 벗어날 수가 없었다. 접시는 이내 바닥이 났다. 다섯 사람은 함께 당황했다. 앞뒤 돌아보지 않고 먹어 치운 것이다.

"한국 요리가 이렇게 맛있는 줄 몰랐습니다. 스웨덴에서 한국 불고기를 먹어보긴 했지만 이건 뭐 상상 너머의 맛이로군요."

양아버지는 이때부터 잔기침을 하지 않았다.

이어진 요리가 또 한 번 이들의 혼을 빼놓았다. 컬러풀한 색감부터 압도적이었다.

—궁중살구정과.

—약선배정과.

—궁중오미자양갱.

—궁중무화과녹차양갱.

네 가지 접시는 총천연색이었다. 살구의 황금색, 배의 백색, 오미자의 붉은색과 녹차양갱의 산뜻한 청녹색… 게다가 그냥 나온 게 아니었다. 각각의 주제를 살린 민규의 꽃 조각 절편들. 그렇잖아도 눈이 시린 요리에 플레이팅까지 빛나니 눈 둘 곳조차 없었다.

"이건 그냥 보석의 향연이구나?"

양어머니의 핸드폰이 바쁘게 돌아갔다.

찰칵찰칵!

카메라는 요리의 자태를 그대로 담아냈다.

이번 시식은 친부모가 먼저였다. 양부모들이 딸에게 성화를 부린 까닭이었다.

"맛나다."

"어휴, 이건 자꾸 먹으면 까무러치겠는데?"

친부모가 몸서리를 쳤다. 몸서리는 양부모에게 옮겨 갔다. 처음에는 너무 예쁜 색감에 차마 먹지 못하던 두 사람. 한 귀퉁이를 살짝 깨물어보더니 그 맛에 풍덩 빠지고 말았다.

오미자양갱이 바닥나고, 살구정과가 사라지더니 배정과와 녹차양갱도 싹쓸이로 비워지고 말았다. 마무리는 달달한 곶감 스무디로 장식했다. 곶감을 물에 담갔다가 먹으면 목소리를 부드럽게 풀어준다. 행복한 만남으로 목이 메인 패밀리에게 딱 좋았다.

"비행기 타고 온 피로가 다 사라져 버렸어."

양어머니가 행복한 표정을 지었다.

"다행이네요. 입맛에 맞으신 것 같아서……."

친어머니 표정도 흡족 그 자체였다.

"셰프님, 고맙습니다. 우리 가족을 이렇게 행복하게 만들어 주셔서……."

딸이 일어나 대표로 인사를 했다. 양쪽 부모들은 박수로 거들었다.

"마마, 그러고 보니 오늘은 식은땀을 흘리지 않으셔요?"

딸이 문득 고개를 들었다.

"정말?"

양어머니가 이마를 훔치며 말했다.

"셰프님!"

딸의 시선이 민규에게 건너왔다.

"맞습니다. 어머니는 음양 중에서도 음이 부실해서 식은땀을 흘리십니다. 오늘 식탁에서 음을 충분히 보충했으니 이제 식은땀은 잘 나지 않을 겁니다."

"……?"

그 말과 함께 친어머니가 옆구리를 만졌다.

"또 아파?"

남편이 걱정스레 물었다. 옆구리가 결리고 허리가 쑤시고 등짝도 편치 않다는 걸 모를 리 없었다. 하지만 친어머니의 대답은 아주 가벼웠다.

"아뇨. 늘 답답하던 가슴도 시원하고 옆구리와 허리도 가벼워요."

"어, 그러고 보니 당신 얼굴에 열꽃도 거의 없는데?"

"정말요?"

친어머니가 손으로 얼굴을 만졌다. 늘 후끈하던 작렬감이 사라지고 없었다. 금박 연밥 덕분이었다. 거기에 냉천수까지 더하니 신묘한 초자연수와 시너지를 이루며 화병으로 비롯된 억장의 장애가 안개 걷히듯 사라져 버렸다.

"셰프님……."

눈물 어린 친어머니의 시선이 민규에게 향했다. 민규는 티

슈를 건네주는 것으로 말을 대신했다. 약선요리사의 위엄을 만끽하는 자리였다.

"행복하세요!"

민규와 종규, 재희가 나와 배웅을 했다.

"고맙습니다, 셰프님!"

국제 패밀리는 똑같이 허리를 숙였다. 그 동작이 너무 닮아 민규가 웃었다. 국경을 초월했지만, 그들은 과연 패밀리의 인연이었다.

3. 특별한 궁중요리 전약煎藥의 위로

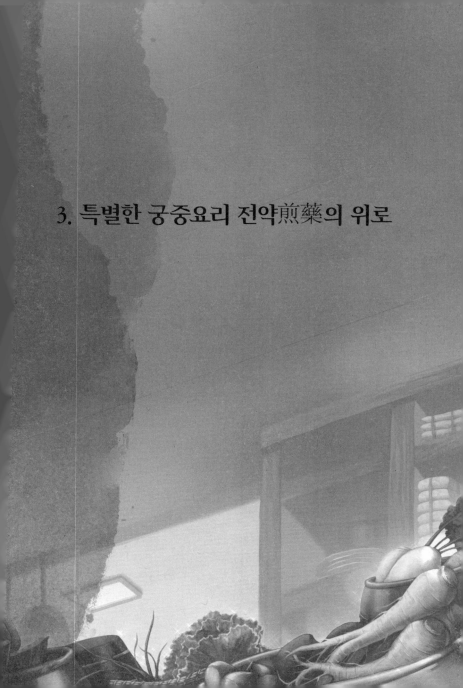

"형!"

종규가 다음 스케줄 표를 흔들었다. 민규의 감정이입이 길었던 모양이다.

남예슬 광고 케이터링.
홍설아.

정다운 이름 둘이 푸근하게 시선을 차고 들어왔다.
홍설아, 우태희, 남예슬……
그녀들은 이제 초빛의 최정예 단골이자 홍보대사들이었다.

홍설아야 내력이 길지만 우태희 역시 열혈이기는 홍설아에 못
지않았다. 최근에는 남예슬까지 가세를 했다. 케이터링의 기세
를 타고 유명세를 끌어 올린 남예슬. 그러나 그녀는 숨겨진 저
력이 있었다. 그 인기를 고스란히 세이브하며 전성기를 구가
했다. 행운만으로는 이룰 수 없는 일이었다. 마침내는 CF까지
진출할 수 있었다.

　―셰프님, 저 떴나 봐요.

　계약서에 사인을 한 날, 그녀는 제일 먼저 민규에게 전화를
해왔다. 정말 축하할 일이었다.

　―광고 촬영 세트에도 케이터링 해주세요. 셰프님 허락도
안 받고 제가 옵션으로 걸어버렸어요.”

　그녀의 목소리는 진솔했다.

　"해드리겠습니다.”

　두말없이 승낙을 했다. 돈을 안 준다고 해도 해주고 싶었
다.

　그녀의 광고는 아이들 영양제였다. 테이블 앞에 앉아 동화
책을 읽는 사랑스러운 여자아이. 그 앞에 요정처럼 나타나 영
양제를 선보인다. 케이터링은 그 테이블을 장식할 요리였다.

　"셰프님!”

　남예슬의 차가 도착했다. 차가 바뀌었다. 똥차에서 아담한
외제차로. 그녀의 프로그램이 간판으로 우뚝 서자 광고 스폰
서의 한 곳에서 '하사'를 했다고 한다.

"와아!"

민규가 설명하기도 전에 그녀가 탄성을 질렀다. 옆에는 코디 한 명이 동행하고 있었다.

"어때요?"

민규가 한발 늦게 물었다.

"최고예요. 희진 씨는 어때?"

그녀가 코디를 돌아보았다.

"너무 멋져요. 막 어떻게 해버리고 싶을 정도로……."

코디 역시 몸서리칠 정도로 좋아했다.

남예슬을 야외 테이블에 앉히고 추로수를 대접했다. 홍설아가 올 때까지는 잠시 여유가 있었다.

"오늘이 촬영이에요?"

"네. 저 아직도 꿈만 같아요."

"꿈 아닙니다. 예슬 씨는 그럴 자격 있어요."

"아뇨. 꿈이에요. 하지만 오래오래 깨지 않았으면 좋겠어요. 셰프님과의 이런 시간도……."

"……."

"이건 케이터링비예요. 회사에서 받았는데 입금시킬까 하다가 예의가 아닌 것 같아서요."

남예슬이 봉투를 내밀었다.

"고맙습니다."

"무슨 말씀이세요. 광고 회사도 처음엔 CF에 무슨 케이터링이냐는 눈치더니 지금은 대환영 분위기예요. 제 이미지하고도 잘 맞는다면서요."

"예슬 씨는 어떤 이미지도 다 소화가 됩니다. 바닥에서 내공 많이 쌓았잖아요."

"그거 셰프님만 인정하는 거예요. 다른 사람들은 아직 제가 운발인 줄 알아요. 오래 못 갈 거라고 얼마나 씹어대는데요."

"제가 이 가게 열 때도 그랬습니다."

"정말요?"

"네."

"그 말 명심할게요. 그래서 저도 셰프님처럼 롱런하는 연예인이 되고 말 거예요."

남예슬의 결연한 시선이 민규에게 꽂혔다.

되죠.

되고말고요.

당신은 자격도 있고 힘도 있습니다.

밑바닥 흙수저의 서러움을 겪을 만큼 겪었으니까요.

그 환경, 오래 지속되면 좌절일 뿐이지만 치고 나가면 파워가 되거든요.

민규는 남예슬의 분전을 의심하지 않았다. 어떻게 보면 그녀와는 동병상련이었다. 민규도 온갖 주방을 돌며 바닥 생활을 했었다. 심지어는 유치원 편식 교정 요리를 하며 꼬마들에

게도 아픔을 맛보았다. 그 경험들은 이제 민규에게 값진 자산
이 되고 있었다.

"아, 오늘 설아 예약했죠?"

"아시네요?"

"어제 카톡했거든요. 설아가 요즘 살짝 슬럼프 같아요."

'슬럼프?'

"설아가 폭식 먹방의 아이콘이잖아요. 그러다 보니 새로 들
어오는 계약도 다 그런 쪽 채널들이고… 본인은 이제 좀 다른
섭외를 받고 싶은데 이미지가 굳어지다 보니……."

"그렇군요."

"시간이 맞으면 같이 차라도 한잔하고 싶었는데 가봐야겠
네요. 괜히 늦으면 좀 떴다고 건방져졌다는 소리 나오거든
요."

남예슬이 일어섰다.

"고마워요, 셰프님!"

그녀는 민규 품에 살짝 안겼다가 떨어졌다.

"흐음, 이제 사각 관계의 형성인가?"

뒤에서 종규의 놀림이 들렸다.

"뭐야?"

"홍설아, 우태희에 남예슬의 가세."

"야!"

"아, 나도 빨리 최고의 셰프가 되고 싶다. 그럼 혜영이나 세

정이, 미나 같은 열아홉 걸그룹 애들이 내 앞에 줄을 설 텐데⋯⋯."

"그런 거 원하면 요리책 내려놓고 의자왕이나 연산군, 카사노바의 생애나 뒤져보시죠."

민규가 종규의 볼살을 비틀었다.

"아아, 아파!"

귀여운 앙탈을 따라 홍설아의 차가 들어섰다.

"셰프님!"

홍설아의 팔이 먼저 인사를 해왔다. 차창으로 손을 뻗어 흔들어준 것. 그런데⋯ 조수석에서도 한 팔이 팔랑거렸다. 우태희의 팔이었다.

"안녕하세요?"

두 여자가 합창을 하며 내렸다.

"같이 오신 거예요?"

민규가 물었다.

"언니가 제 머리를 해킹했나 봐요. 어떻게 알고 곁다리를⋯⋯."

"야아, 무슨 곁다리야? 혼밥 불쌍해서 같이 먹어주면 고마운 줄이나 알아야지."

홍설아가 볼멘소리를 내자 우태희가 반격을 먹였다.

"혼밥 같은 소리 하네? 이 셰프님 혼밥이면 365일 환영이야. 오늘 언니가 돈 내."

"그래. 대신 너는 물만 먹어라."

"언니!"

둘은 티격태격하며 내실로 들어섰다.

"뭐로 준비해 드릴까요?"

민규가 오더를 물었다.

"뭐든지요. 셰프님 추천이라면 뭐든지 좋아요."

홍설아가 생글거렸다. 남예슬에게 들은 말이 있으므로 그녀의 체질창을 체크했다. 체질은 水형. 그건 알고 있기에 빼놓았다.

담간장—탁월.

심소장—우수.

비위장—양호.

폐대장—양호.

신방광—양호.

포삼초—우수.

미각 등급—C.

섭취 취향—小食.

소화 능력—B.

홍설아의 오장육부는 많이 좋아져 있었다. 먹방을 하지만 민규의 초자연수를 많이 마신 덕분. 그렇기에 미각 등급도 한 등급 업그레이드되었고 소화능력 또한 우수한 편으로 상향되었다. 하지만 오늘의 건강에는 복병이 있었다. 목의 혼탁이었다. 인후염이 의심되었다.

"설아 씨, 목 좀 안 좋죠?"

민규가 물었다.

"어, 어떻게 아셨어요? 실은 아침부터……."

"알겠습니다. 그건 제가 따로 약재를 찾아보겠고요, 요리는 담백한 궁중태면에 기분을 보양하는 궁중전약, 거기에 우아한 소방을 더해 정과를 곁들이면 될까요?"

"좋아요. 뭐든지 좋아요."

홍설아가 답했다.

"태희 씨는요?"

"얘가 저보고 곁다리라는데 어쩌겠어요? 같이 묻어가요."

우태희도 동의했다. 두 사람의 컨디션에 맞춘 초자연수를 세팅하고 요리에 착수했다. 그녀들의 애용수 '추로수'는 빼먹지 않았다. 피부와 살빛을 살리고 얼굴을 곱게 하는 추로수. 이제는 그 물을 아는 연예인들도 꽤 많았다.

오늘의 메인은 전약(煎藥).

이건 요리일까, 약일까? 이름만 보면 헷갈릴 수 있었다. 뒤에 떡하니 자리한 약(藥) 자 때문이었다. 실제로 전약은 조선 왕실에서 약으로 통했다. 그랬기에 초기에는 수라간이 아니라 내의원에서 만들었다. 이는 왕실의 특별식 중에서도 특별식으로 통했다. 환상적인 맛에 더해 속을 따뜻하게 하고 스트레스 및 긴장으로 인한 흥분을 가라앉혀 주는 효과 때문이었다.

덕분에 전약은 비방 경옥고에도 비견될 정도로 왕들에게 인기가 좋았다. 왕은 이 귀한 것을 혼자만 먹지 않았다. 외국 사신이 오면 특별식으로 대접했고 유생들의 시험에서도 등급에 따라 전약을 나눠주었다.

전약은 양갱의 일종으로 보면 이해가 쉬웠다. 그러나 그 맛과 레시피도 시간을 따라 변해왔다. 레시피는 의방활투, 제중신편, 규합총서 등에 전한다.

민규는 의방활투의 레시피를 적용했다.

주재료는 백청(白淸)과 대추살, 아교, 관계말(官桂末), 건강말(乾薑末), 호초말(胡椒末), 정향말(丁香末) 등이 들어간다. 여기서 말하는 백청은 꿀이다. 빛깔이 희고 퀄리티가 좋은 것을 백청이라고 부른다. 관계말은 5~6년 이상 자란 계수나무 껍질의 한방 용어. 호초말은 후춧가루고 건강말은 생강가루의 한자어였다.

이외에도 파고지 등의 약재를 넣었는데 이는 신장과 비장, 심포에 작용한다. 강심에 항암 작용, 강장 작용까지 있어 전약에 쓰이는 경우가 많았다.

이 파고지는 감초와 상오약(相惡藥)의 관계를 이룬다. 한방에서는 상반(相反)과 상오의 관계가 있는데 상반은 두 가지 이상의 약재를 섞어서 사용할 때 독성이 강해지거나 심한 부작용이 나타나는 경우를 이르고, 상오는 상대는 나를 싫어하지만 나는 그렇지 않다는 의미를 가지고 있다. 파고지가 그랬으니 감초와는 상오를 이뤄, 감초는 파고지를 싫어하지만 파고지는 감초를 만나면 약효가 더 좋아졌다. 호두를 첨가하면 더욱 그랬다.

재료를 잘 섞은 후에 뭉근하게 끓였다. 각각의 재료가 최고의 조화를 이룰 때 꺼내 틀에 부어 식혔다. 계피 향내가 더없이 시원했다.

전약이 군자 거칠게 갈아낸 찐밤가루에 굴렀다. 밤가루는 잣가루 못지않게 고소하고 담백하다. 맛도 좋지만 水형 체질들에게는 맞춤형 식재료이기 때문이었다.

다음으로 소방을 대나무 찜통에 안치고 태면 반죽을 밀었다.

"황태사승거피, 세말목맥말사승이, 수화합작면……."

민규가 레시피 원문을 중얼거렸다. 그러자 재희가 뒷말을 이어놓았다.

"수팽이우세냉수, 대냉청장즙팽헌가교토."

민규가 고개를 들었다. 재희는 얼굴을 붉히며 자리를 피했다. 열심이다. 그녀 역시 되찾은 건강을 허투루 쓰지 않았다. 절망에서 깨어난 사람들의 특징이었다. 이 건강한 오늘, 어제의 병원 침대에서 그토록 꿈꾸던 날. 그 소중함을 아는 것이다.

태면은 콩가루와 메밀가루로 만든다. 두 가루를 동량으로 반죽하고 30분 정도 면보에 싸서 숙성하면 끝이다. 면은 다소 투박하게 썰었다. 자연미의 강조였다.

고명으로 올릴 황백지단은 면발만큼이나 길게 만들었다. 장국 안에 면을 넣고 약쑥 잎과 장미꽃 잎 몇 장을 띄운 후에 그 위에 고명을 눌러놓았다. 질박한 그릇과 잘 어울리는 그림이었다. 소방을 담는 접시는 멋을 좀 부렸다. 씨간장을 해초가루에 섞어 초화문을 수놓고 그 위에 요리를 올린 것. 초화문은 꽃잎과 잎사귀 모양이라 석류를 닮은 소방을 부각시키기에 그만이었다.

"와아아!"

요리를 내려놓자 홍설아의 박수가 저절로 나왔다.

"자연을 옮겨 온 것 같아요."

우태희의 감상평이 빠질 리 없다.

"태면과 소방은 맛보셨고… 전약은 처음일 것 같은데 조선 왕실에서 특별식으로 꼽히는 요리입니다. 한때는 보약으로 불릴 정도였죠."

민규가 전약에 대한 설명을 했다.

"저는 일단 시식부터. 아훔!"

홍설아가 전약 하나를 물었다.

"맛있어요."

평을 말하는 그녀의 입가에서 밤가루가 우수수 떨어졌다.

"아, 얘가 진짜… 아무리 맛있어도 품위 좀 지키자. 응?"

선수를 뺏긴 우태희가 견제구를 날렸다.

"엉이도 어거 봐. 푸미는 개흘?"

홍설아가 웅얼거렸다. 언니도 먹어봐. 품위는 개뿔. 요리어로 번역하면 그런 뜻이었다. 흡입 속도에 맞춰 정과를 내주었다. 초록과 노랑, 빨강의 세 정과 역시 그녀들의 기분을 붕 띄워놓았다.

"나는요 이 무화과녹차정과를 먹을 때가 제일 슬퍼요."

홍설아가 느닷없는 한마디를 꺼내놓았다.

"슬프다고요?"

민규가 반응을 했다.

"이거 먹으면 요리가 끝나잖아요. 셰프님 요리는 밤새워서라도 먹고 싶은데……."

"너, 너무 노골적 아니냐? 셰프님 힘드실 텐데."

다시 우태희가 견제구를 날렸다.

"쳇, 언니는 모르네. 셰프님은 요리할 때가 가장 행복해 보이거든. 그렇죠?"

홍설아가 민규를 바라보았다.

"맞습니다."

"그런데 궁금해요. 왜 그렇게 행복해 보이는 거죠? 우린 인기가 좋을 때라고 해도 가끔 피곤할 때가 있는데……."

"그래야 어제와 똑같은 요리를 만들지 않기 때문이지요."

"예?"

"요리 말입니다. 같은 메뉴지만 어제보다 좋은 걸 만들고 싶거든요. 그런 생각을 하다 보면 저절로 미소가 나옵니다."

"그게 정답이네요. 나도 셰프님처럼 살고 싶어요. 내 마음이 마구마구 끌리는 열정 프로그램……."

"마음에 드는 제의가 오지 않는 모양이군요?"

민규가 넌지시 운을 떼고 들어갔다.

"출연 제의는 많이 오는데 하나같이 걸신 먹방이에요. 심지어는 곱빼기의 곱빼기를 만들어 먹는 폭식 위주로 가자는 어이 실종 프로그램도……."

"……."

"다 제 자업자득이죠 뭐. 시청자들이 제가 먹는 모습을 좋아하니까 피디들이 먹는 것에만 연결해서 생각하나 봐요. 나도 사람이고 여잔데……."

사람이고 여자…….

홍설아의 슬픈 항변이었다. 그녀는 비만으로 오래 살았다. 그러다 보니 날씬하고 균형 잡힌 체형에 대한 동경심이 없을 리 없었다. 그녀가 비만이 되기 전의 그 몸매…….

"얼마 전에 폭식 금지 법안이 거론되었잖아요? 여러 방송사들이 여전히 걸신폭식으로 시청률에 접근하지만 일부 시청자들은 먹방 프로그램에 질렸다면서 먹방 연예인의 대명사인 설아가 출연하는 프로그램 게시판에 악플을 쏟아내고 있어요.

그러다 보니 설아 마음이 무거운 거죠."

우태희가 핸드폰을 내밀었다. 홍설아가 출연하는 프로그램 게시판에 달린 악플들이었다.

—방송국 먹고살자고 시청자 죽이는구나. 우리 죽는 건 괜찮은데 우리 아이들도 죽는다. 폭식 조장, 좀!

—홍설아 나오면 개쩝니다. 호로록 촤악, 크하으… 저 칼로리는 우주로 가냐?

—먹방 다 좋은데 홍설아 좀 안 나왔으면.

—시청률 잡기용 개허접 방송일 뿐.

—신성한 음식을 공기 마시듯 처먹는 쓰레기 화면들이 아이들 건강을 해친다.

—돼지들이 몰려다니며 꾸역꾸역 꿀꿀꿀. 전 국민의 돼지화냐? 지겹다, 지겨워.

—만드는 인간들이나 보는 인간들이나 막상막하.

—홍설아, 에라이. 인간이 돼지도 아니고.

—채널 돌리면 싹쓸이 먹방… 남이 돼지처럼 처먹처먹 하는 짓에 왜 전파를 낭비하나?

—먹방 안 본 눈 삽니다.

"……!"

댓글을 본 민규, 할 말을 잃었다. 우태희도 홍설아 눈치 때문에 조용히 화면을 닫았다.

"그래서 의기소침이었어요?"

민규가 홍설아를 위로했다.

"지금은 괜찮아요. 셰프님 요리 먹었더니 힘이 나는데요?"

홍설아가 웃었다.

"아이디어는요?"

"아이디어?"

"홍설아 씨도 이제 스타 연예인이잖아요? 그럼 반대로 먼저 프로그램을 제안할 수도 있는 거 아닌가요?"

"네?"

"제가 아이디어 하나 드려요?"

"뭔데요?"

"먹방!"

"……."

민규 말을 들은 홍설아가 시무룩한 표정을 지었다. '먹방'이라는 단어 자체가 부담스러운 그녀였다.

"먹방은 먹방인데 건강한 먹방 어때요? 약선요리나 궁중요리 소개 프로그램을 만들어서 홍설아 씨가 진행을 하는 거예요. 대신 홍설아 씨가 그걸 먹으면서 살을 빼는 콘셉트로 가보세요. 첫 달에 10kg, 세 달에 15kg, 반년에 20kg, 1년에 25kg… 말하자면 현재 진행되는 먹방과 반대로 가는 차별화죠. 살 빼는 약선요리가 많거든요? 미식에 대한 호기심도 채우고 건강에도 좋고, 또… 약선요리는 비주얼도 산뜻하니까 요리에 식상한 시청자들에게 어필할 수 있을 거예요."

"우와!"

홍설아가 비명을 질렀다.

"언니, 이거 대박 같지 않아?"

"그런 거 같은데? 먹방에 미식과 다이어트까지 원샷. 인기 있는 소재가 무려 셋이야."

"그럼 목표를 달성하면 방송은 스톱인가요?"

홍설아가 민규를 바라보았다.

"아니죠. 그때는 홍설아 씨가 진행만 하고 다이어트를 원하는 다른 연예인을 섭외하는 거죠. 그렇게 일 년… 잘되면 시즌2, 시즌3, 시즌4… 계속 갈 수 있지 않겠어요? 현재 우리나라의 먹거리 분위기로 보아 비만은 점점 늘어날 테니까요."

"우와, 대박. 그럼 그 방송 1년 후면 내가 태희 언니 몸매가 되는 거네요?"

"아마……."

"으악, 안 돼요. 설아가 예뻐지는 건 반대예요. 예쁜 건 나만 해야 한다고요."

우태희가 막무가내 조크를 작렬했다.

"그거 하면 셰프님이 도와주시는 거예요?"

"정기 출연은 곤란해도 특별 출연은 한두 번 해드릴게요. 물론 살 쫙쫙 빼드리는 특별 약선요리 메뉴와 함께."

"잠깐만요."

홍설아는 바로 전화를 걸었다. 그녀가 알고 있는 편성국장이었다. 소속사에도 전화를 때렸다. 그러고는 민규가 말한 취지의 프로그램 제안서 작성을 요청했다.

"우아하고 건강한 요리를 맛있게 먹으면서 살을 빼는 먹방. 국가대표 약선요리사 이민규 셰프님이 출연이 가능하다는 거 빼먹지 마세요."

홍설아가 강조한 내용이었다.

통화하는 동안 민규는 약재를 뒤졌다. 여러 쓸개 중에 가물치 쓸개가 필요했다. 가물치의 쓸개는 독특하다. 모든 물고기의 쓸개 중에서 이놈만 단맛이 돈다. 쓸개의 대반전. 그래서 그런지 급성인후염에 명약이었다. 웅담만 명약이 아닌 것이다.

민규의 조언은 거짓말처럼 성사가 되었다. 고만고만한 먹방 프로그램 때문에 차별화를 고심하던 방송국들. 홍설아 캐릭터와 딱 맞는 프로그램으로 판단했다. 게다가 신뢰의 아이콘으로 등장한 민규가 출연해 준다고 하니 더욱 기대감이 높았던 것이다.

"셰프니임! 고마워요."

홍설아가 태산처럼 민규를 덮쳤다. 민규는 그 포옹을 기꺼이 받아주었다.

홍설아.

마침내 폭식 여신의 이미지를 벗을 수 있는 기회를 얻었다.

꿀꺽!

민규를 신뢰의 아이콘으로 보는 그녀였기에 가물치 쓸개도 단숨에 흡입해 버렸다.

"진짜 달아요. 흠흠, 아아, 목도 개운해지는 것 같고요."

목청을 고른 홍설아가 소리쳤다.

그녀가 떠난 후에 남은 전약을 집어 들었다. 입에 넣고 가만히 음미했다. 계피와 꿀, 대추와 파고지의 조화가 감미로웠다. 이 맛은 조선 왕조에서 이국적인 맛으로 꼽혔다.

이국적.

다른 느낌이라는 뜻이다.

그녀가 먹은 가물치 쓸개도 그랬다. 다른 쓸개에 비해 이국적(?)이다. 두 시너지를 받았으니 홍설아는 다시 태어날 것 같았다. 20kg쯤 감량한 홍설아는 어떤 모습일까?

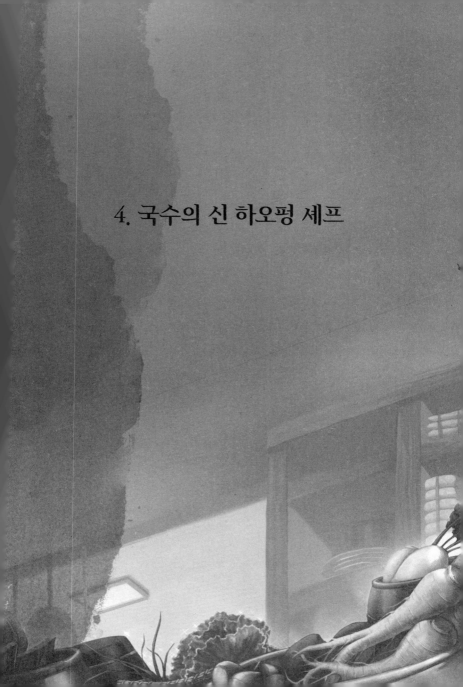

4. 국수의 신 하오펑 셰프

"후우!"

목요일 저녁, 민규는 청와대 출입실 앞에서 호흡을 골랐다. 영부인을 만나러 온 길이었다.

"따라오세요."

여직원이 민규를 안내해 걸었다.

청와대.

소나무 숲을 낀 청기와는 저 홀로 고고했다. 요리사로서 청와대 만찬을 상상해 본 적이 있던 민규. 그렇기에 감회는 새로웠다. 요리를 하기 위해 온 건 아니지만, 청와대 입성이었다.

"셰프님!"

영부인은 관저 앞에 나와 있었다. 고개를 숙여 인사를 했다.

"앉으세요."

내실에 들어서자 영부인이 자리를 권했다. 차를 가져온 여직원이 자리를 비키니 독대가 되었다.

"바쁜데 와달라고 해서 미안해요."

영부인이 차를 권했다.

"괜찮습니다."

"후밍위안 일 말인데요. 만찬 스케줄이 나온 모양이에요."

"……."

"중국 대륙에서 굉장한 요리사가 직접 온다네요."

"예……."

"처음에는 허우밍이라고 중국에서 가장 핫한 젊은 셰프가 올 예정이었는데 계획이 바뀐 것 같아요."

"……."

"그래서 한편으로는 좋으면서도 또 한편으로는 걱정이 되기도 해요."

"대가가 오기 때문이군요?"

"후밍위안의 말로는 식신급이라고 해요. 제가 중국요리의 진가를 알고 싶어 하기에 무리해서 모시게 되는 거라고 공치사를 해요."

"……."

"하지만 어쩐지 꿍꿍이가 있는 선심 같기도 하고……."

"제가 더 분발하겠습니다."

민규가 결의를 보여주었다.

"물론 저는 이 셰프님을 믿어요. 다만 나이 먹은 사람의 노 파심에……."

"다른 말은 없었습니까?"

"주방 기구는 그쪽에서 준비한다고 했고… 따로 필요한 식 재료가 있으면 얘기하라더군요. 뭐든지 구해놓겠다고… 상 세한 건 하오펑이라는 셰프가 온 후에 통보하겠다고 하네 요."

통보!

일방적인 단어가 나왔다. 후밍위안의 자존심에는 여전히 민 규를 끼워줄 자리가 없다는 반증이었다.

"하오펑이라는 분이 온 후에 통보가 오면… 그분과 상의하 겠습니다. 그러니 준비 과정은 괘념치 마시기 바랍니다."

"네……."

"인원은 얼마나 되나요?"

"주요국 대사나 영사들의 부부 동반이니까 한 사오십여 명 선이 되지 않을까 생각해요."

"날짜는요?"

"다음 주 금요일 저녁 시간입니다."

"일주일 정도 남았군요?"

"그렇네요. 그런데……."

영부인이 잠시 주저하다 말을 이어놓았다.

"가능하면 한국 전래 전통의 요리를 하나쯤은 선보여 주셨으면 해요."

"궁중요리 말입니까?"

"네. 중국요리와 일본요리는 그 개성이 뚜렷한데 한국 요리는 아직 많이 알려지지 않아서요. 이번 기회에……."

"하오펑의 생각이 어떨지 모르지만 가능하다면 고려해 보겠습니다."

"무거운 짐을 지우는 것 같아 미안하지만 분투를 부탁해요."

"알겠습니다."

영부인의 뜻을 마음 갈피에 찌르고 나왔다.

부릉!

주차장에서 탑차에 시동을 걸었다. 거기까지 배웅 나온 영부인이 손을 흔들었다.

"홍 비서."

차가 멀어지자 영부인이 여직원을 불렀다.

"예, 여사님."

"우리 이 셰프가 타고 가는 저 차 말이에요."

"네."

"냉장 시설을 갖춘 새 차가 얼마나 하나 좀 알아봐 주세요."

"차를 하사하시게요?"

"다른 비서관 보고를 받아보니 돈이 없어서가 아니라 정이 든 차라서 바꾸지 않는다더군요. 내가 선물로 주면 바꾸려나요?"

"아마 그러지 않을까요?"

"뭐라도 챙겨주고 싶어요. 저런 젊은이가 많아야 우리나라가 발전할 수 있는 겁니다."

"공감합니다. 우리나라의 축복이죠."

여직원이 고개를 끄덕거렸다. 민규의 탑차는 이미 차량의 바닷속으로 사라지고 없었다.

*　　　*　　　*

"다녀오셨습니까?"

마당에 나온 종규가 장난스레 거수경례를 붙였다. 어둠이 내린 연못. 재희와 할머니는 퇴근하고 없었다.

"형 올 때까지 기다린다는 거 내가 다 쫓았어. 잘했지?"

"잘했다."

민규가 웃었다. 재희와 할머니. 이제는 가족과 다르지 않았다. 둘은 종규 이상으로 민규를 도우려고 애썼다. 특히 할머니가 더했다.

"내 배로 낳은 자식보다 낫지."

걸핏하면 그 말이 나왔다. 그렇기에 고구마를 쪄도 가져왔고 옥수수를 쪄도 가져왔다. 할머니의 옥수수는 그 맛이 압도적이었다.

"우와, 할머니도 옥수수 찌는 건 국대급이에요. 어떻게 이런 단맛을 내요?"

재희는 매번 궁금해했다. 민규는 그 비밀을 알고 있었다.

사카린.

할머니의 비법(?)이었다. 설탕으로는 절대 낼 수 없는 스트롱한 그 맛. 무수한 논쟁 끝에 인체에 무해하다는 판정을 받고 세상에 나왔지만 여전히 많은 사람들이 기피하는 당원. 그렇거나 말거나 민규는 늘 맛나게 받아먹었다. 할머니의 정성이 사카린의 논란을 잠재우고도 남기 때문이었다.

"밥 먹었어? 안 먹었어?"

안으로 들어서자 종규가 물었다. 주방에서 메밀 냄새가 났다.

"국수 삶았냐?"

"응, 형이 먹고 올지 안 먹고 올지 몰라서……."

"어이구, 철들었네. 나 기다리느라 밥도 다 굶고……."

"에이, 씨… 놀리지 말고. 먹었어, 안 먹었어?"

"안 먹었다. 하나뿐인 동생님이 이렇게 기다리시는데 나 혼자 먹고 올 수 있겠냐?"

"뭐야? 청와대까지 갔으면 하다못해 칼국수 한 그릇이라도 먹여줘야 하는 거 아니야?"

"영부인님은 바쁘시니까."

민규가 면을 하나 물었다.

휘리릭, 뿍!

면은 탄력을 받으며 입안으로 들어갔다. 민규의 카톡을 보고 맞춰 삶았기에 생생한 면발이었다. 이 국수 또한 할머니가 가져온 것이다. 시골 동생이 방앗간에서 산 국산 메밀이라고 했다. 하지만 그렇지는 않았다. 방앗간에서 샀는지 장날에 샀는지는 모르지만 국산 메일이 아니었다. 외제를 국산으로 둔갑시키는 건 하도 흔한 일이라 억울하지도 않았다.

준비는 종규에게 맡겼다. 그에게도 공부가 될 일이었다. 똬리를 튼 면발 위로 초에 절인 무가 올라가고 시원한 오이채가 더해졌다. 그 위에 흰깨를 뿌림으로써 간편 메밀국수 요리의 마감이었다.

순간, 꼬르륵 알람이 울었다. 허기의 호르몬 '그렐린'이 경보를 보낸 것이다. 인간은 영원불멸의 시계를 가지고 있다. 죽을 때까지 배터리 교환이 필요 없는 시계. 지하에서도 공중에서도 멈추지 않는 전천후의 시계는 바로 배꼽시계였다.

눈치 빠른 사람은 벌써 알았겠지만 배가 고픈 건 배의 의지가 아니었다. 오장육부를 중심으로 고찰하는 한의학과 현대의학은 이런 차이가 있었다.

허기의 호르몬 그렐린은 복잡하다. 배가 고플 때도 그렇지만 외로워도 수치가 꽉꽉 올라간다. 특히 여자들 쪽에서 변화가 심하다. 이걸 관장하는 부위는 시상하부였다. 에너지 부족을 감지하면 닥치고 경보를 울린다.

먹어라.

먹어라.

"빨리 먹자."

민규의 그렐린을 감지한 종규가 서둘렀다. 폭풍 세팅 모드로 들어가더니 1분 만에 뚝딱 테이블을 차렸다. 시원한 초롱무 김치에 진귀한 생선까지 있었다.

"어때?"

한입 푸짐하게 문 종규가 물었다.

"죽이는데?"

민규가 답했다.

시장이 반찬이라는 말은 괜한 게 아니었다.

"준치네? 이모부에게 식재료 올라왔냐?"

"우이도에서 잡힌 거라고 맛 좀 보라며 몇 마리 넣었길래 구워봤어."

준치!

모양부터 준수하다. 맛과 자태를 동시에 갖춘 생선. 그러기에 진상품 중에서도 손꼽히는 생선이었고 워낙 맛이 좋아 진어(眞魚)라고 불렀다. 진짜 고기. 생선 중에서 최고의 맛으로 공인된 놈이었다.

진어를 생각하니 진과(眞瓜)가 떠올랐다.

"가서 진과장아찌 좀 가져와 봐라. 맛이 제대로 들었나 보게."

"진과?"

"참외."

참외는 대한민국 대표 과일이다. 조상들이 그렇게 불렀다. 그렇기에 진어처럼 참 진(眞) 자를 수여받은 것이다.

"여기!"

종규가 참외장아찌 하나를 내려놓았다. '임원십육지'의 원방으로 만든 장아찌였다. 살짝 덜 익은 참외를 구해 대꼬챙이에 꿰어 소금에 절인 후에 간장을 뿌려 햇빛에 말렸다. 참외가 꾸덕꾸덕 마르면 곱창 내장을 뒤집듯 안팎을 홀랑 뒤집어 한 번 더 말린다. 그런 다음에 항아리에 넣어두고 먹으면 된다.

"좋은데?"

한쪽을 잘라 먹은 민규 표정이 밝아졌다. 씨간장도 씨간장이지만 말리기 전, 잠시 납설수에 담가 속맛을 살린 게 주효한 것 같았다. 식감도 오독오독 좋았다.

후르륵!

메밀국수로 입을 가셨다.

"좋다."

아직도 따뜻한 준치 살점까지 한 젓가락 집어 무니 옥침이 폭주를 했다. 이런 건 한 입만 먹는 게 아니었다. 적어도 세 번 정도는 푸지게 먹어줘야 '그렐린'이 꽁무니를 사린다. 열중하다 보니 준치 아가미가 살짝 뭉개져 있었다. 종규의 소행이다. 민규의 우레타공을 따라 했던 모양이다. 준치는 가시가 많은 생선이다. 당연히 실패했지만 형 생각을 해준 종규가 괜히 기특했다.

"간 일은 어떻게 됐어?"

장아찌를 오독거리며 종규가 물었다.

"진짜 하오펑이 오는 모양이야."

"우와!"

종규가 움찔 반응했다.

"검색해 봤냐?"

"응, 굉장하던데?"

종규는 살짝 울상이었다.

하오펑.

중국의 3대 요리사니 5대 요리사니 하며 회자되는 거목이었다. 요리 좀 안다는 후밍위안이 추앙하는 사람이고 쩌우 정도 인정하는 사람. 그러니 종규가 겁을 먹을 수밖에 없었다.

"종규야."

"진짜… 이거 장난이 아니야. 하오펑이 삶아낸 국수는 배속에서도 숨을 쉴 정도래. 일명 국수의 신!"

"반가운 정보네."

"형!"

"그 정도는 되어야 나도 보람이 있지. 개허접한 중국 요리사라면 영부인님이 얼마나 실망을 하겠냐?"

"형……."

"준치 맛있냐?"

"아, 씨… 진짜… 남은 기껏 진지하게 말하고 있는데……."

"형도 진지해. 왜냐하면 그 사람하고 붙는 건 나니까."

"……!"

민규 말에 압도된 종규, 뭐라고 대꾸하려다 입을 다물고 말았다.

하오펑하고 붙는 건 민규.

가장 중요한 핵심이 나온 것이다.

"준치 맛있냐고?"

"갑자기 웬 준치? 솔직히 지금은 맛없어."

종규가 퉁명스레 답했다.

"먹어봐라."

민규가 준치를 가리켰다. 종규는 눈을 끔뻑이다가 마지못해 한 점을 집어 들었다.

"가시가 성가시지?"

"……."

"바로 그거다. 천하일미의 준치에도 단점은 있는 법."

"……!"

"잘 먹었다. 기왕이면 설거지도 부탁해."

민규가 먼저 일어섰다. 종규는 한동안 움직이지 않았다. 그러다 다시 한번 준치의 살점을 집어 들었다. 잔가시가 따라왔다. 그 가시를 가만히 쏘아본 종규가 고개를 끄덕거렸다. 민규의 말뜻을 알 것 같았다.

방으로 들어온 민규는 요리서를 꺼내놓았다. 하나둘 사들인 요리서는 이제 삼면을 채울 정도였다. 당연히 중국 요리서도 많았다.

면(麵)의 기원.

제목이 눈을 차고 들어왔다. 중국 문헌에서 국수가 처음으로 언급된 건 1,400년 전 위진남북조시대에 쓰여진 '제민요술(齊民要術)'의 수인병(水引餅)이다. 이 책에 수인병을 만드는 레시피 수인박돈법(水引餺飩法)이 전한다. 수인병은 물에서 잡아 늘인 밀가루 음식이라는 뜻을 담고 있다.

면의 기원을 따라가면 중국의 신장 투르판의 화염산에 이른다. 화염산은 저 유명한 베스트셀러 서유기에도 나오는 산이다. 이 산의 유적에서 국수가 나왔다. '라그만'이다. 이 국수는 밀을 돌로 빻아 만들었다. 가루가 곱지 않아 밀가루를 섞었고 양 손바닥으로 비며 면발을 빚었다.

면이 면으로써 독립한 건 송나라 때였다. 면(麵)이 병(餠)의 그룹에서 떨어져 나와 국수를 지칭하는 말이 되었다. 면은 대략 소면(素麵), 압면(押麵), 절면(切麵), 납면(拉麵), 하분(河粉) 등으로 나뉜다.

하오펑이 태어났다는 산시성은 현대 중국에서 국수의 고장으로 불리는 곳. 산시성이 중국 밀의 곡창인 덕분이었다. 그렇기에 산시성에 없는 국수는 이 세상 어디에도 없다는 말이 나올 정도였다.

넓은 땅덩어리답게 중국 면은 특별한 것들이 많았다. 혁띠면으로 불리는 쿠따이미엔을 시작으로 감자국수 토도우편, 메밀국수 쏸라편, 한 가닥으로 만드는 딴딴미엔, 보신용 편얼미엔, 솥뚜껑 국수로도 불리는 궈개미엔 등⋯⋯.

주르륵 넘겨보고 책을 덮었다. 겁먹을 건 없었다. 중국 면의 가짓수는 상상을 초월하지만 다양한 식재료를 이용하기로는 한국 쪽이 탁월했다. 그건 양국의 문헌으로도 입증이 되었다. 중국 문헌 속의 면은 밀가루, 녹두, 메밀, 콩가루, 참깨 정도에 불과하지만 우리는 위에 나온 재료 외에도 칡뿌리, 수수, 마, 밤, 백합, 꽃 등등을 써서 국수를 즐길 줄 알았던 것이다.

작지만 강한 것. 그게 바로 한국 전통요리의 내력이었다.

그중에서 특별한 건 뭐가 있을까? 생선 중의 으뜸이라고 할 수 있는 준치처럼 아주 특별한 궁중국수들…….

육면.

태면.

세면…….

그러나 이것들은 현대 한국인이 일상에서 즐기는 국수가 아니었다. 시각을 현대로 옮겨 왔다.

장터국수.

칼국수.

냉면…….

과거와 현재가 만났다. 이 세 가지는 보편성이 있었다. 면발을 뽑아보았다. 메밀은 압착하고 밀가루는 반죽을 한 후에 칼로 썰었다. 메밀이 문제였다. 메밀은 쓰임새가 많았다. 골동면이 그렇고 태면이 그렇고 냉면이 그랬다. 그들 모두가 메밀이 소재였다. 익히 알고 있지만 메밀 비율이 많으면 면발이 약하고 다른 가루를 섞으면 메밀 맛이 떨어졌다. 궁리를 더하니 조금씩 나아졌다.

육면에 묻히는 밀가루는 아무래도 마음에 들지 않았다. 고민하지 않고 중첩포막법으로 한 겹을 입혔다. 육면은 투명 랩을 씌운 듯 유려하게 변했다. 마음에 쏙 들었다.

그렇다면 시대를 통틀어 한국에서 가장 특별한 국수는 무엇일까?

눈을 감았다. 권필이라면, 정진도라면, 어떤 국수를 다뤄봤을까? 이윤의 시대는 국수와 연결할 수 없으니 2생과 3생을 더듬었다. 권필의 국수 요리 장면이 보였다. 육면을 만들고 있다. 결을 살려 썰어내는 육질은 가는 국숫발처럼 유려했다. 재미난 장면이 나왔다. 육면의 모양이었다. 당대 왕들의 기호에 맞춰 색다른 모양을 오려내기도 했다. 매화 문양은 선명했다. 딱 세 개였다. 너무 많으면 포인트가 되지 않는 법. 숙수의 기원인 권필은 이미 데코레이션의 본질을 꿰뚫고 있었다.

정진도의 면 모양새는 평범했다. 그의 목적은 '더 많이', '더 효과 있게'에 주안점을 두었다. 맛보다는 굶주린 병자들의 허기를 채워 회복시키는 약선 쪽에 더 치중한 것이다.

'응?'

몇 번의 국수 요리가 반복되는 찰나, 민규의 시선이 가마솥에서 멈췄다. 정진도가 국수를 퍼 담았다. 뒤로 줄 선 빈민병자들은 여전히 수십 명이었다. 그런데, 막사발에 담긴 국수의 색깔이 아주 달랐다.

'파란색 국수?'

민규의 촉이 우르르 반응을 했다. 그 국수의 식재료를 더듬었다. 궁중요리 중에는 푸른색 국수가 없었다. 그렇다면 저 면에 들어간 원료는 무엇? 속도를 내던 민규, 면의 원료를 보는 순간 숨을 멈추고 말았다.

'맙소사!'

동공에 지진이 일었다. 상상 너머의 원료, 그걸 정진도가 반죽하고 있었다.

요리사는 네 가지 타입이 있다.

손으로 요리하는 사람.

감각으로 요리하는 사람.

가슴으로 요리하는 사람.

혼으로 요리하는 사람.

손으로 요리하면 보통 요리사다. 대개가 이 레벨에 머문다. 감각으로 요리하는 수준에 도달하면 식성(食聖)이다. 맛을 볼 필요도 없다. 감 하나로 요리와 일체가 되는 것이다. 여기서 올라가면 가슴으로 요리를 한다. 요리에 마음을 담아내니 식신의 경지다. 여기까지 올라가도 대단하지만 뛰어넘으면 혼으로 요리를 한다. 한마디로 무아지경이다. 자신의 혼으로 식재료의 혼까지 살려놓는다. 주방 안에서만은 식신이 아니라 창조주가 되는 것이다.

하오펑.

그는 어떤 셰프일까?

"……!"

그를 처음 본 날, 민규는 사실 눈을 의심했다. 그는 느닷없이 초빛을 찾아왔다. 그렇기에 처음에는 그인지조차 알지 못했다.

"예약하셨습니까?"

그는 그렇게 묻는 종규를 슬쩍 밀고는 안으로 들어섰다.

"당신이 이민규요?"

그리고 주방에 와서 다짜고짜 높은 사성의 중국어를 쏟아 놓았다. 박박 민 백회혈 부근에는 삼국지의 관우 얼굴이 타투로 새겨졌고 목에는 주먹만 한 염주로 만든 목걸이까지 차고 있었다. 옷 또한 기이했다. 상의는 베로 만든 나시 티처럼 보였고 하의는 승복처럼 바람이 풍성하게 들어간 무명이었다.

"하오펑 선생님?"

민규는 첫눈에 그를 알아보았다. 괴팍하기 그지없지만 요리사의 DNA 냄새가 났다.

"어디 한번 봅시다."

그는 그대로 주방 안까지 들어섰다. 그가 민규의 주방도를 집어 들려는 순간, 재희의 샤우팅이 날아왔다.

"당신 뭐예요?"

재희의 칼날 눈빛이 하오펑을 겨누었다. 민규에게 함부로 구는 자에 대한 경계심 작렬이었다.

"……?"

하오펑이 어깨를 으쓱해 보였다. 재희의 당돌함에 뻘쭘한 눈치였다.

"당장 나오세요. 주방에는 아무나 들어가면 안 돼요."

재희가 하오펑의 등을 밀어냈다. 하오펑의 돌연한 등장처럼 거침없는 일이었으니 민규도 하오펑도 당하고 말 뿐이었다.

"그냥 둬. 중국에서 오신 하오펑 셰프님이셔."

민규의 해설이 한발 늦었다.

"어머!"

재희가 화들짝 놀랐다.

"당신 제자요?"

하오펑이 물었다.

"제자를 둘 그릇은 못 되기에 함께 요리를 배우고 있습니다."

민규의 답은 겸손했다.

"하던 요리 계속하시오. 보아하니 손님이 꽤 많은 모양인데……."

하오펑이 간이 의자를 당겨 앉았다. 완전히 저 꼴리는 대로의 일방통행. 거리낌이 없는 태도였다.

"저를 보러 오신 겁니까?"

"대체 어떤 셰프길래 쩌우정 형님께서 내 등을 미나 궁금해서 왔소이다. 그 형님도 참 슬슬 노망이 나는 모양이군."

노망!

민규를 개무시하는 단어와 다르지 않았다. 속에 담을 가치가 없기에 그냥 흘려 버렸다.

"재희야, 당근채 좀 썰어라."

예약 요리가 끝나지 않은 상황, 궁중구절판을 위해 재희를 불렀다. 그녀가 당근을 썰기 시작했다. 그걸 보던 하오펑이 볼 살을 실룩이며 비웃음을 피워갔다.

"허우밍!"

밖을 내다본 하오펑이 벽력같은 소리를 질렀다. 그 통에 놀 란 재희가 손을 벨 뻔했다.

"……."

꾸벅 목례와 함께 훤칠한 중국 청년이 들어섰다.

"좀 도와주거라. 그래야 저 셰프의 요리가 빨리 끝날 것 같 으니."

하오펑이 재희 쪽을 가리켰다. 그대로 주방으로 들어선 청 년, 재희에게 인사를 하더니 빼앗듯 칼을 받아 들었다. 손부 터 씻은 그는 칼날을 유심히 바라보더니 날 선 방향에 맞춰 손잡이를 잡았다.

'고수?'

지켜보던 민규의 촉각이 우수수 일어섰다.

칼!

요리사의 세 번째 손이다. 그렇기에 칼 잡는 걸 보면 요리의 수준을 알 수 있었다. 그는 칼날을 제대로 읽을 줄 알았다. 착 각이 아니라면 그의 칼질은…….

다다다닥!

토다닥!

탁!

3초쯤 걸렸을까? 청년이 칼질을 멈췄다. 당근은 빗질을 한 듯 가지런한 자태로 바뀌어 있었다. 거기 압도된 재희는 입도 열지 못했다.

"또 뭐가 필요하오? 내 제자이니 마음껏 부려먹고 일을 빨리 마칩시다."

하오펑의 도발은 아예 느긋함까지 겸비하고 있었다.

"버섯과 오이도 내드려."

민규가 맞불을 놓았다.

"셰프님."

"괜찮아. 보다시피 고수님이잖아?"

민규가 웃었다.

다다닥!

토다닥!

다른 재료들도 몇 초 안에 뚝딱이었다. 따로 손을 볼 것도 없이 구절판에 딱 맞았다. 그대로 담아내고 이미 준비된 요리와 더불어 손님상을 세팅했다. 주방으로 돌아오니 청년은 보이지 않았다.

"수고하셨으니 차를 한잔 올릴까요?"

"차는 말고 물이나 한잔 주시오. 셰프가 물 요리를 할 줄 안다는 말이 있던데……."

"약수는 조금 만들 줄 압니다. 어떤 물을 원하시는지요?"

"육천기가 되겠소?"

"......!"

태연하던 민규 눈에 격랑이 일었다.

육천기.

지상의 모든 물을 다스리는 민규의 능력. 그러나 아직 모르는 게 하나 있었으니 바로 육천기였다. 본초강목에 적힌 글을 보자면 육천기는 민규의 추로수와 효능이 유사했다. 이물 또한 마시면 허기가 지지 않고 오래 살며 얼굴이 고와지기 때문이었다. 추로수도 장수하고 배가 고프지 않으며 얼굴과 피부가 고와진다. 그러나 육천기는 추로수 같은 '물'이 아니었다.

추로수는 물이라기 보다 기(氣) 쪽이었다. 그렇기에 육천기를 마시려면 '능양자의 명경에 나오는 바를 따라야 했다.

해가 뜨려 할 때 동쪽을 향해 공기를 마시면 봄에 아침노을을 마신 것.

해가 지려 할 때 서쪽을 향해 공기를 마시면 가을 샘물을 마시는 것.

한밤에 북쪽을 향해 공기를 마시면 겨울 이슬을 마시는 것.

한낮에 남쪽을 향해 공기를 마시면 여름 기운을 마시는 것.

이 넷에 하늘의 기상과 땅의 지세를 합치면 육기(六氣), 즉 육천기(六天氣: 여섯 가지 기운)가 되는 것이다.

"……!"

"……"

두 개의 침묵이 허공에서 교차되었다. 오래가지는 않았다. 민규가 육천기를 내놓은 것이다. 제법은 여섯 손짓이었다. 동서남북의 공기를 당기고 하늘과 땅의 공기를 한 줌씩 쥐어낸 것.

"드시지요."

민규가 빈 잔을 내밀었다. 빙그레 미소를 머금은 하오펑, 괄괄한 폭소로 주방을 흔들어 버렸다.

"퐈하하핫!"

"……"

"고맙게 먹겠소."

하오펑은 빈 잔 속의 공기를 실감 나게 들이켰다. 그대로 일어선 그가 마당으로 나갔다.

"뭐야? 존나 싸가지네?"

재희 말을 듣고 달려온 종규가 핏대를 올렸다.

"왜?"

"남의 가게에 와서 제멋대로잖아?"

"이런 사람도 있고 저런 사람도 있는 거지."

민규가 웃었다. 괴팍하다는 말은 이미 들은 바였다. 안하무인이긴 하지만 내공은 돌담처럼 묵직해 보였다. 제자를 보면 알 수 있었다. 그의 내공이 빈약하다면 저렇게 출중한 칼질을 가진 제자가 묵묵히 수행할 리 없었다. 스승도 밑천이 있어야 대접을 받는 것이다.

'저 셰프가 허우밍인 모양이군.'

본능이 우르르 일어섰다. 영부인의 말이 생각난 것이다. 언젠가 중국 방문길에 들렀던 댜오이타이. 거기서 만난 젊은 신성. 퍼즐을 맞춰보니 그는 허우밍이 분명했다.

하오펑⋯⋯.

소주에서 만난 쩌우정과는 결이 다른 셰프였다. 어떻게 보면 후밍위안의 일방통행과 궤를 같이하는 것 같았다.

"밖에 있는 놈이 칼질로 형 겁주고 나갔다며?"

종규가 씩씩거렸다.

"재희가 그래?"

"응."

"겁을 먹고 말고는 내가 결정하는 거지. 안 그러니?"

다시 민규의 배포가 작렬했다. 칼 솜씨 따위에 긴장할 민규가 아니었다. 칼질이 대단하긴 했지만 우레타공에 비할 일은 아니었다.

"씨⋯ 안 봐도 뻔하네? 저런 인간이 무슨 국수의 신이고 대가겠어? 셰프랍시고 하며 뒤에서 똥폼이나 잡겠지. 요리는 뒷전이고 주둥이 팔고 다니는 비즈니스 셰프⋯⋯."

"쉬잇!"

민규가 주의를 주었다. 아직 하오펑을 모른다. 사람도 그렇거니와 요리는 더욱 그랬다. 선입견은 언제나 위험한 생각. 삐쭉삐쭉 돌출한 종규의 선입견부터 반듯하게 잘라주었다.

"종군."

손님들이 돌아간 야외 테이블, 의자에 앉은 하오펑이 빈 잔을 거푸 들이켰다. 잔을 놓고 꺼내 든 건 말린 샹차이가루였다. 그대로 입에 털어넣고 우물거렸다.

"한국의 육천기는 중국보다 좀 싱거운 것 같구나."

하오펑이 허우밍을 돌아보았다. 두어 발 뒤에 선 허우밍은 뒷짐을 진 채 돌덩이처럼 묵직했다. 일방통행식 샤우팅에 익숙한 스승과 한마디도 하지 않는 과묵한 제자. 서로 다른 부조화는 오히려 자연스럽게 보였다. 극과 극이기 때문일까? 스승이 제자에게 물든 것일까? 아니면 그 반대일까?

"셰프."

잔을 내린 하오펑이 민규를 바라보았다.

"말씀하시지요."

"요리한 지는 얼마나 되었소?"

"시간이 중요한 겁니까?"

"그건 아니지만 한국이라는 나라는 군역이 의무 아니오? 신체 건강한 셰프가 군대 다녀오고 대학을 나왔다면……."

"본론을 말씀하십시오."

"내가 쩌우정 형님의 체면을 보아오긴 했지만 파릇한 새싹을 밟기가 미안해서 그러는 것이오."

"그 새싹이 강철일 수도 있습니다."

"내 발을 물겠다?"

"요리란 마음을 무는 것이지, 어찌 냄새나는 발을 물겠습니까?"

"……!"

민규의 응수에 하오펑의 눈빛이 각을 세웠다.

"당신, 이제 보니 그 혀로 쩌우정 형님을 녹인 것 아니오? 그 형님은 본성이 착해 동정이나 연민이 강하시니……."

"제가 녹인 건 쩌우정 셰프가 아니라 쑨빙빙 회장님의 병환이었습니다."

"흠!"

하오펑이 쓴 입맛을 다셨다. 매번의 공세마다 민규가 철통 실드를 쳐대니 빈정이 상하는 것이다.

"그래. 제일 잘하는 게 뭐요?"

"그건 왜 묻습니까?"

"알아야 한 수 접어줄 것 아니오? 대사관 만찬이고 각국의 사람들 눈도 있으니."

"한국은 원래 동방예의지국이라 손님 접대를 첫손에 꼽습니다."

"무슨 뜻이오?"

"우리나라의 입장에서 보면 선생님이 손님이고, 중국 대사관의 입장에서 보아도 선생님이 주가 되는 것이니 객은 주의 결정에 따르겠습니다."

"내 요리에 맞추겠다?"

"예."

풉!

하오펑은 뿜다 말았다.

"내가 무슨 요리를 잘하는 줄은 아시오?"

"국수의 신으로 불린다고 들었습니다. 잉어찜 또한 식성(食聖)의 반열이시고요."

"그걸 알면서도?"

"저는 상관없습니다."

"그러니까 국수 메뉴로 만찬을 차려도 좋다?"

"무방합니다."

민규가 답하자 하오펑이 벌떡 일어섰다. 그는 황당한 듯 민규를 바라보더니 또 한 번 화통한 웃음소리로 연못을 흔들었다.

"콰화하핫!"

"……"

"정 원한다면 그렇게 합시다. 그렇잖아도 후밍위안 여사께서 내가 직접 온다고 하니 국수의 종주국으로서 유려한 국수 요리 문화를 전파했으면 좋겠다고 하셨소이다. 다만 너무 일방적이 될 것 같아 미안한 터라 의사를 타진하러 온 것인데 당신이 원한다니……."

"고맙습니다. 부디 최선을 다해주시기 바랍니다."

민규는 한술 더 떠버렸다.

"……!"

폭주하던 하오펑의 미간이 격하게 구겨졌다.

이 한궈런.

또라이인가?

중국말을 하는 걸 보면 중국에 문외한도 아니었다.

그럼에도 간하지 않고 치대놓은 면 반죽처럼 덤덤하기 짝이 없었다. 아니, 어쩌면 무모하기까지…….

하긴…….

좀 나가는 젊은 놈들은 똥오줌을 못 가리지.

한번 당해서 피똥을 싸봐야 고수의 무서움을 아는 법.

"기꺼이, 중국 국수의 심오한 경지, 그 신세계를 보여 드리지."

하오펑의 입가에 핀 미소는 섬뜩 그 이상이었다.

부릉!

하오펑이 타고 온 차가 멀어졌다.

심오한 경지.

그 말이 귓바퀴 안에서 또르르 또르르 굴러다녔다.

서유기처럼 기이하고 산해경처럼 오묘한 중국 국수의 세계. 그 상상이 민규를 덮쳐왔다. 메뉴는 정해졌다. 이제는 민규도 중심을 잡아야 했다. 중국 국수의 인해전술 속에서 돋보이는 법.

어떤 국수로 상대해야 할까?

뭘 골라야 일당백이 될까?

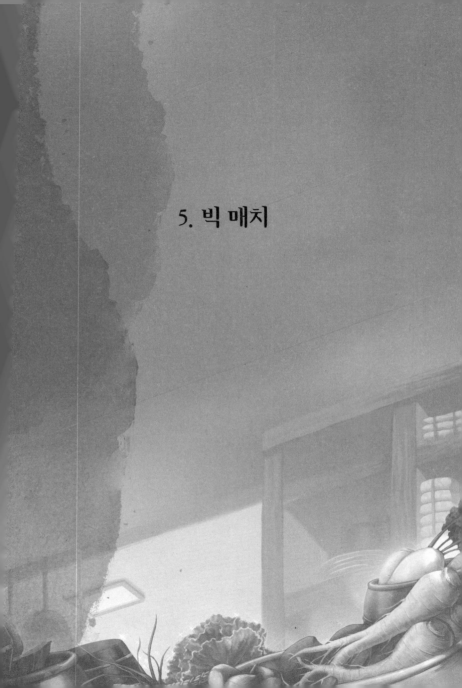

5. 빅 매치

"종규야, 재희야."

"네, 셰프님."

민규가 부르자 둘이 동시에 답했다.

"한국의 국가대표 국수는 뭐라고 생각하냐?"

"……!"

둘은 약속이나 한 듯 벙어리가 되었다. 민규가 묻는 의미를 알기 때문이었다. 이제는 생각을 정리할 시간. 가까이 있는 둘에게 마음을 나누는 민규였다.

"어려워?"

"저는 잔치국수요."

"나는 칼국수."

재희가 입을 열자 종규도 그 뒤를 따랐다.

잔치국수, 칼국수…….

역시 한국인의 생각은 비슷했다. 국수 하면 그 둘이 먼저 꼽힌다. 하나를 더하면 냉면이다.

"이유는?"

알면서 또 물었다. 요리를 하다 보면 피할 수 없는 과정이다. 그 요리는 왜? 어떤 의미를 가지고, 그 시기에 유행하게 되었던 걸까?

"잔치국수는 간단하잖아요? 멸치 육수도 좋고 소고기 육수도 좋고… 아니면 그냥 간장이나 고추장에 비벼도 좋고요."

"칼국수도 그래. 어떤 양념이든 잘 어울려. 묵은 김치에 넣고 끓여도 되고 호박이나 바지락을 넣어도 되고, 어장국처럼 칼칼하게 끓여도 맛이 좋고……."

"잔치국수도 마찬가지예요. 심지어는 아무것도 안 넣고 맹국수만 건져 먹어도 맛나요."

'아무것도 안 넣어도?'

재희의 마지막 말이 메아리를 이루었다. 중국 국수의 비주얼은 다양하다. 하오펑이 어떤 국수를 내놓을지는 모르지만 다양성으로 압도할 가능성이 높았다. 거기에 맞대응을 하는 건 어렵지 않았다. 하지만 그렇게 되면 한국 국수만의 색깔을 잃을 수 있었다.

"형, 그건 어때? 서울광장에서 장광 거사님이 선보인 태극국수."

태극국수.

청녹색과 붉은색 반죽을 반씩 이어 썰어놓은 것. 잘 말아내면 그대로 태극 문양이다. 좋은 생각이지만 너무 노골적이었다. 서울광장의 이벤트로는 나무랄 데 없었지만 외교 만찬장에서는 좀 아닌 듯싶었다. 더구나 중국 대사관 주최였다.

중국 국수 vs 한국 국수.

생각의 갈래를 뻗어보았다.

가장 큰 차이점은 밀가루 VS 메밀가루였다. 중국의 국수 재료는 주로 밀가루지만 우리는 메밀이 주였다. 특히 냉면은 메밀에 녹말가루를 첨가한 한국 특유의 국수다. 메밀 비율이 높으면 질기지 않은 평양식 냉면이 되고 녹말가루가 많으면 쫄깃하고 탄력 있는 함흥식 냉면으로 변신한다.

음식의 비주얼 측면은 거창함 VS 소박함으로 볼 수 있다. 소박하면서도 알차고 단아한 요리. 자연스레 음양의 이치를 살린 밥상. 그게 바로 한국 요리의 핵심… 그러나 대상은 외교 사절들. 그들이 본국으로 돌아가면 다른 사람들에게 전파가 될 일.

한국 가면 ○○○ 국수 한번 먹어봐요.

코리아의 ㅁㅁㅁ 국수 또 먹고 싶어요.

이 또한 간과할 수 없는 사안이었다. 민규가 다루는 국수 요리는 대한민국 어디선가 만날 수 있는 국수여야 했고, 손쉽게 만날 수 있으면 좋고, 맛까지 있으면 더더욱 좋을 일이었다.

잔치국수.

첫 주자를 뽑았다. 잔치국수야말로 한국인의 보편적 국수이자 축제 음식의 대표이기 때문이었다.

냉면.

두 번째 주자로 세웠다.

궁중골동면 혹은 궁중육면.

영부인을 배려해 두 히든카드를 포함시켰다.

궁중창면, 태면… 이들은 예비 주자였다. 그리고 마지막 하나… 냉장실로 가서 기이한 재료를 열어보았다. 종규도 모르게 준비한 식재료. 짬이 날 때 몇 번이고 실험을 해본 민규였다.

하르르!

가루를 쥐었다 놓으니 파스텔 느낌으로 흩어졌다.

이건 비장의 무기로 남겼다. 괴팍한 하오펑이, 괴팍한 제안을 한다면 쓸모가 있을 수 있었다.

선반의 접시도 체크했다. 어떤 그릇에 담아야 한국적인 분위기를 낼 수 있을까? 쉽지는 않았다. 한 가지 국수가 아니라면 하나하나의 국수 양은 적어야 했다. 적은 양의 국수를 부각시키는 담아내기. 신경 쓰지 않을 수 없었다.

보글보글!

주방에서 육수도 준비했다. 잔치국수에는 멸치 육수가 빠질 수 없다. 색이 고운 멸치를 골라 정화수에 재웠다. 밤새 재우는 것으로 준비는 끝. 좋은 멸치의 육수는 굳이 끓여서 얻을 필요가 없었다.

그것 외에 네 가지를 더 만들었다. 살코기를 우려내는 대갱, 잡뼈로 우리는 육수, 대갱에 채소를 더한 화갱, 마지막은 채소만을 우려내는 '확'이었다. 멸치 육수까지 합치면 다섯이니 오행의 숫자와도 일치했다.

천천히 담백하게.

민규가 보탠 건 알맞은 초자연수와 정성이었다.

국가대표 육수가 되어다오.

기도도 한 줄 첨가시켰다.

삶은 국수를 가져와 여러 형태로 담아보았다. 가장 한국적인 담음새. 그 전형을 찾아야 했다. 여기서는 4생의 잔재가 도움이 되었다. 예술가로 살았던 4생······.

마지막은 독특한 식재료 차례였다. 권필과 정진도. 두 생도이 국수를 만든 경험이 있었다.

'예비군으로.'

독특한 식재료 역시 허투루 다루지 않았다.

*　　　　*　　　　*

"이쪽입니다."

주한 중국 대사관 관저, 여직원 하나가 민규를 안내했다. 노크에 이어 문이 열렸다. 안에는 중국 대사 부부가 있었다. 영부인이 보이고… 하오펑도 보였다.

"어서 와요."

영부인이 반색을 했다.

"오호, 정말 젊은 분이시군요."

중국 대사가 민규를 보았다. 그와는 초면이었다.

"이쪽이 우리 하오펑 셰프님. 이미 만나셨다고요?"

빈자리에 앉자 후밍위안이 물었다.

"예."

"국수라는 주제로 만찬을 하기로 했다고요?"

"예."

"어떠세요?"

후밍위안이 영부인을 바라보았다. 챙겨주는 척 위세를 떠는 것이다.

"두 분 셰프님이 어련히 알아서 하셨겠어요? 부디 뜻깊은 자리가 되기를 바랄 뿐입니다."

"그럼 저녁 때 뵙겠어요. 초대할 분들에게 일일이 전화를 해야 해서…….."

후밍위안이 파장을 알렸다.

"셰프님."

복도로 나오자 영부인이 운을 떼고 나왔다.

"네."

"제가 도울 일은요?"

"한 가지 있습니다."

"뭐죠? 뭐든 말씀만 하세요."

"점심 간단히 드시고 오셔서 만찬을 즐기시라는 것."

"셰프……."

"저도 여사님과 함께 오늘의 만찬을 즐기고 싶습니다."

"자신만만하군요."

"그보다는 요리니까요. 어디서, 무엇을, 누구와 하든 즐거운 마음으로 하려는 것뿐입니다."

"멋지네요, 그 신념."

"그럼 만찬장에서 뵙겠습니다."

"도중에라도 애로가 생기면 바로 연락하세요. 아셨죠?"

"네."

민규가 고개를 숙였다. 영부인은 여직원의 안내를 받으며 멀어졌다.

"볼일 끝나셨나?"

뒤쪽에서 하오펑의 목소리가 들려왔다. 소리를 따라 민규가 고개를 돌렸다.

"가십시다. 주방 기구들 확인을 해야 할 테니……."

하오펑이 앞서 걸었다.

주방은 나쁘지 않았다. 요리 동선도 좋고 조리 기구도 좋았다. 하지만 이 모든 것은 별 의미가 없게 되었다. 하오펑이 던진 제안 때문이었다.

열린 요리.

즉, 라이브 쿠킹이다. 만찬이 열리는 넓은 후원에 야외 주방을 차리고 즉석에서 요리를 하자는 제안이었다. 국수 요리의 일가를 이루었다는 하오펑. 면 스킬만 해도 헤아릴 수 없을 정도일 테니 그 필살기로 귀빈들을 매료시키고 싶은 모양이었다.

"원하신다면!"

민규가 쿨하게 접수했다. 어차피 들어온 호랑이 굴이었다.

허우밍은 대사관 주방의 끝에서 분주하게 움직이고 있었다. 육수를 만들고 재료를 손질했다. 큰 움직임 없이 간결하면서도 세련된 몸짓이었다.

"……!"

거기서 민규의 후각이 정지되었다.

'불도장?'

육수들 사이에서 풍겨 나오는 치명적 유혹의 향이 있었다. 그건 불도장이 분명했다. 그러나 치명적인 맛향은 그것만이 아니었다.

'제비집수프와 철갑상어 연골……'

또 다른 절정 풍미가 민규 후각을 치고 들어왔다.

불도장 냄새는 지난번 베이징 호텔에서 맡았던 것과 계열이 같았다. 정통 푸젠식이라는 뜻. 청나라 때 만들어진 이 요리는 황실요리 중에서도 대표 주자로 꼽힌다.

청나라 말기, 푸젠성의 한 관리가 닭과 오리를 비롯해 20여 가지 재료로 만들었다는 불도장. 이 전설의 요리는 단소팔보(壇燒八寶)라는 첫 이름으로 소개된다. 이 요리를 배운 요리사가 명명한 것. 이후 이 요리사가 음식점을 개업하면서 복수전(福壽全)이라는 메뉴로 시판하기 시작했다. 이름의 뜻은 복과 수명을 모두 갖는다는 것으로 이름부터 범상치 않았다.

어느 날 복수전 맛에 홀린 손님 하나가 시를 읊었다.

"담계훈향표사린(壜啓葷香飄四鄰) 불문기선도장래(佛聞棄禪跳墙來)……."

항아리 뚜껑을 열면 그 향기가 사방으로 퍼져 참선하던 승려까지도 수행을 포기하고 담을 넘어온다는 의미다. 이 말이 유명해지면서 복수전은 '불도장'으로 바뀌어 전하게 되었다.

불도장에는 산해진미가 와장창 들어간다. 닭고기, 오리고기, 돼지힘줄, 오리염통, 닭염통, 메추리알, 비둘기알, 상어지느러미, 건부레, 건전복, 건조개, 건해삼, 건새우, 구기자, 고려인삼, 표고버섯, 죽순, 용안 등등에 중국의 명주 소홍주가 담긴 항아리에 넣고 약한 불에서 오래오래 끓여서 만든다. 따로 정해진 레시피는 없고 필요에 따라 가감할 수 있다. 푸젠성의 불

도장이 유명하지만 홍콩과 대만의 불도장도 나름 지명도가
높았다.

'유후!'

긴장을 풀고 웃었다. 불도장의 맛은 인정하지만 쫄지는 않
았다. 사실 한국에도 불도장에 필적하는 요리가 있었으니 바
로 승기악탕이었다. 그 또한 재료 구성에 있어 불도장에 못지
않았다.

도미나 농어를 필두로 숭어, 고등어, 건전복, 해삼, 생합, 홍
합, 낙지, 곤자소니, 소양, 천엽, 소등골, 소콩팥, 돼지아기집, 연
계(영계), 계란, 도라지, 미나리, 무, 오이, 표고버섯, 석이버섯,
능이버섯, 파, 밤, 호두, 은행, 잣······.

맛에 대한 전설도 불도장에 못지않았다. 놀기 좋아하는 한
량들이 말하기를 기생보다 낫고 풍악보다도 낫다고 하지 않는
가? 스님도 유혹하는 불도장, 기생들과의 유흥보다도 나은 승
기악탕······.

둘을 비교하니 저절로 위로가 되었다.

한국 요리.

결코 허접하지 않았다.

"왜 그러시오?"

하오펑이 물었다.

"아무것도 아닙니다."

민규가 답했다.

"대충 마무리하고 아까 대사님께 올리고 남은 화전 몇 장하고 내 식사를 가져오거라."

하오펑이 혼잣말처럼 말하자 허우밍이 접시 두 개를 가져왔다.

"……!"

민규 시선이 단박에 멈췄다. 대추로 꽃 모양을 만들어 올리고 지져낸 화고(花)가 눈을 차고 들어왔다. 쌀가루의 푸근한 냄새와 대추살의 단맛이 어울리며 기막힌 풍미를 풍겼고, 촉촉한 윤기를 머금은 질감도 유려했다.

"한국 화전이 베껴 간 화고라오. 맛이 괜찮을 테니 먹어보시오."

하오펑이 화고를 가리키며 도발을 했다.

베꼈다?

많은 분야에서 중국이 쉽게 할 수 있는 말은 아니었다.

"이것도 좀 맛보리까? 산서성 사람들이 추앙하는 관우 장군이 만든 피단도우푸라오. 이걸 먹으면 기가 살아나지요."

또 하나의 접시는 연두부요리였다. 연두부와 삭힌 오리알을 주재료로 간장과 고추기름을 뿌린 요리. 삼국지의 관우가 훈련과 열사병에 지친 병사들을 위해 직접 개발했다고 전한다.

"드세요. 남의 식사까지 넘볼 수는 없죠."

민규는 화고 쪽을 택했다. 찰기가 살짝 처지는 중국 쌀. 그러나 그 단점을 반죽 스킬로 보완하여 감춰놓았다.

"맛이 기막히군요."

민규가 인정했다. 요리는 요리로 대할 뿐. 민규의 신념이었다. 셰프를 보고 요리를 판단하는 건 그리 바람직한 일이 아니었다. 좋은 셰프는 좋은 요리, 나쁜 셰프는 나쁜 요리. 그런 이분법의 성립은 곤란했다.

"원조의 힘이지요."

하오펑이 또 한 번 강조했다.

"맛은 기막혔지만 말은 다소 어폐가 있습니다."

그냥 넘어갈 민규가 아니었다.

"어폐?"

하오펑의 미간이 구겨졌다.

"중국에는 화조절이라는 명절이 있지요. 저 옛날 당나라에서는 꽃으로 만든 떡을 먹는 게 유행이었으니 그게 바로 화고입니다."

"제대로 아시는군."

"화고는 대추나 밤 등을 올려 꽃처럼 꾸미지만 실제로 꽃이 들어가지는 않습니다. 지금 이 화고도 그렇군요."

"……?"

"중국의 화고는 꽃이 없으면서 꽃 화(花) 자를 쓰고 있으니 기이하지만 우리나라의 화전(花煎)에는 실제 꽃을 올려서 기름에 지집니다. 그렇다면 어떤 요리의 꽃 '화' 자가 진짜겠습니까?"

"이, 이보시오."

"이는 우리나라의 유명한 학자 정약용이라는 분께서 아언 각비라는 책에다 일찍이 천명한 사실입니다. 떡에 대추와 밤으로 꽃 장식을 하는 중국의 떡은 무늬와 글씨를 새긴 것과 같으니 고명이라 부른다고."

"……!"

"어쨌든 본고장의 화고, 감동적으로 맛보았습니다. 그럼 저도 준비 관계로……."

물을 마신 민규, 까닥 인사하는 시늉만 내고 일어섰다. 하오 펑의 표정은 팬 위에서 지글거리는 화고처럼 벌겋게 달아올랐다. 하지만 민규는 속이 시원했다. 하오펑이 내준 생수에 소환한 납설수 덕분이었다. 섣달의 눈이 녹은 물. 차고 달아 열을 내리는 데 직방이었으니 사이다보다 백배 천배 시원해지는 민규였다.

화고는 화고고, 화전은 화전이야.

시작은 좋았다.

프랑스 대사 부부가 도착했다.

미국 대사와 일본 대사 부부도 도착했다.

네 번째 도착자는 영국 대사 부인이었다. 그녀는 고교생 딸과 둘이었다. 부부 동반도 있지만 가족을 데려온 사람도 많았다. 호주 대사 부인은 어머니를 모셔 왔고 이탈리아 대사 부인은 어린 두 딸을 동반했다.

이어 독일 대사 부부가 오고 러시아와 싱가포르, 호주, 프랑스, 스위스 등등의 대사 부부들이 줄을 이었다. 민규는 그들 모두를 확인했다. 이미 대령숙수 복장으로 변신하고 체질창 체크에 들어간 것이다. 대사 부부라고 아이언맨은 아니다. 대개 50~60대의 연령층이었으니 크고 작은 고질병이 하나쯤은 있었다.

그들 중에서 눈길을 끈 건 영국 대사 부인이었다. 풍후한 몸매의 그녀는 사교성이 굉장했다. 그녀는 대여섯 명의 대사 부인들을 끌고 다녔고, 많은 대사들과도 친분을 과시했다.

그녀가 가장 가까운 건 후밍위안으로 보였다. 후밍위안 역시 그녀를 챙기기에 바빴다. 표정도 굉장히 우호적이었다. 영국 대사 부인의 이름은 레이첼. 후밍위안과 레이첼은 이름까지 격의 없이 부르며 친밀감을 과시했다. 영부인은 거의 마지막에 도착했다. 외교부 장관 부인과 동행이었다.

"안녕하세요?"

민규가 인사를 했다. 영부인은 꾸벅 예를 갖추고 후밍위안의 영접을 받았다.

"만찬은 후원에서 벌이기로 했습니다. 두 셰프가 합의를 했다네요."

후밍위안의 목소리는 보란 듯이 고조되어 있었다. 어쩌면 두 사람의 신경전은 이미 시작된 건지도 몰랐다. 후밍위안이 영부인의 도착을 귀빈들에게 알렸다.

짝짝짝!

뜨거운 박수가 쏟아져 나왔다. 영부인은 대사나 부인 하나
하나를 각별히 챙겼다. 인사가 끝나자 행사가 시작되었다. 첫
행사는 경극 관람. 경극이 끝나면 만찬이 이어질 예정이었다.

"형."

세팅이 끝난 야외 주방에서 종규가 볼멘소리를 냈다. 종규
의 시선은 앞쪽에 자리 잡은 중국 주방을 향하고 있었다. 중
국 쪽에는 여섯 명의 봉사자가 붙었다. 영어가 가능한 중국인
유학생들이었다. 민규도 물론 차미람과 후배들 네 명을 호출
했다. 그들 역시 서툴지만 영어 몇 마디는 할 줄 알았다.

민규의 시선에 하오펑과 허우밍이 들어왔다. 하오펑은 아직
도 관우의 두부요리를 먹고 있었다. 옷차림 또한 평상복. 분
주한 건 허우밍뿐이었다. 그는 국수 반죽을 쳤다. 늘이고 합
치고 돌려 치고 휘감는 동작은 하나의 기예였다. 척 봐도 자
장면 면발 묘기 대회를 보는 것 같았다.

"긴장하는 이유는?"

민규가 물었다. 종규에 대한 테스트였다.

"면발 묘기 말고… 이 냄새 못 느껴? 큼큼."

종규 코 평수가 한껏 넓어졌다.

"무슨 냄새?"

"육수인지 소스인지 모르겠지만 냄새가 죽이잖아?"

"그러니까 무슨 냄새냐고?"

"그걸 내가 어떻게 알아?"

"재희는?"

민규가 재희를 돌아보았다. 그녀 역시 대령숙수풍의 복장이었다. 다만 종규와 재희의 것은 민규의 것처럼 돋보이지는 않았다.

"이렇게 위장을 뒤집었다 났다 하는 거라면 역시 불도장 아닐까요?"

"맞았다, 불도장."

"형, 그럼 알면서도 시치미?"

종규 목소리가 높아졌다.

"그럼 가서 엎어버릴까? 아니면 빌려달라고 구걸할까?"

"누가 그렇대?"

"말똥구리는 말이야, 용의 여의주가 아무리 신물이라도 탐내지 않거든. 남의 여의주보다 자기 것이 더 소중하니까."

"말똥구리?"

"우리 육수나 잘 관리하자는 말이다. 게다가 여기는 중국 대사관이고 중국 대사관이 주최한 만찬이잖아."

"그건 또 무슨 뜻?"

"주최 측 얼굴도 조금 세워줘야지."

"형."

"됐고, 여섯 체질 대표 식재료 준비 완료?"

"그거야 당연하지."

"할머니."

목을 뺀 민규가 황 할머니를 불렀다. 칸막이 뒤에서 할머니가 나왔다. 그녀 역시 대령숙수풍의 복장이었다.

"왜? 셰프."

할머니가 답했다.

"민물김, 구울 준비 끝났죠?"

"그럼, 명령만 해."

"재희, 부재료는?"

"다 되어가요."

재희 말을 들으며 시계를 보았다. 경극은 7시에 끝날 예정이었다. 경극이 열리는 곳에서 여기 후원까지는 120보였다. 부인들의 걸음으로는 2분 정도 소요된다. 입구에 차미람을 붙여두었으니 끝나는 대로 연락이 올 일이었다.

일단 테이블 조리대 앞 디스플레이부터 세팅했다. 잔치국수를 필두로 냉면과 골동면, 창면 등의 면과 고명, 식재료들을 가지런히 담아 전시했다. 투박한 질그릇과 접시는 넉넉히 가져왔으니 아낄 것도 없었다. 우리 국수는 이런 식재료로 만들어집니다. 그런 의미였다. 투박하면서도 색감이 진한 질그릇에 가지런히 재료를 담아놓으니 동양화의 한 편처럼 정갈해 보였다.

하오펑도 맞불이었다. 허우밍의 손을 거친 디스플레이는 화려하고 찬란했다. 용포를 깐 테이블 위에 올라온 건 전시용

샘플 요리였다. 자그마치 다섯 가지였는데 과연 불도장으로
우려낸 육수를 소스로 쓴 국수가 있었다.

'우육면에 불도장 소스……'

민규는 그 정체를 알았다. 우육면은 중국의 대표적인 고급
면. 그 고급 면에 최고급 불도장을 매칭시킴으로써 기선 제압
에 더불어 퍼펙트한 승부를 꿈꾸는 것이다. 냄새에 홀린 할머
니가 칸막이 뒤에서 나왔다가 재희의 눈치를 받고 슬그머니
돌아갔다.

라그만, 도삭면, 열간면, 귀개면, 우육면…….

하오펑의 카드가 나왔다. 라그만은 국수의 기원으로 불리는
요리. 거기에 토마토소스를 베이스로 하는 도삭면으로 입맛
을 사로잡은 후, 열간면의 풍후한 맛으로 발길을 잡고, 식재료
와 조리법이 독특한 귀개면에 이어 세계적으로 유명세를 타고
있는 우육면에 불도장 육수로 종지부를 찍을 구상이었다.

"……!"

가만히 면을 바라보던 민규의 시선이 귀개면에서 멈췄다.
귀개면의 육수도 심상치 않았던 것.

'제비집수프……'

허얼!

기도 막히지 않았다. 우육면이 종지부지만 그에 앞서 쐐기
타를 날리려는 배열이었다. 천하제일면으로 불리는 귀개면에
제비집수프를 올려 비벼놓은 것. 도삭면의 토마토에 열간면의

풍후한 맛, 제비집수프를 베이스 소스로 써서 까다로운 입맛까지도 잡으려는 의도가 분명했다.

'그럼 철갑상어 연골 육수는?'

그건 보이지 않았다. 하지만 아껴둔 건 아니었다. 다른 육수의 베이스로 넣어 풍미를 최고조로 올려놓은 것.

"후우!"

재희 입에서 한숨이 나왔다. 저들의 배포와 물량 공세에 놀란 얼굴이었다.

"왜? 황제의 만찬처럼 보이냐?"

민규가 물었다. 재희는 자신도 모르게 고개를 끄덕이고 말았다.

"그럼 우리 만찬은?"

"……."

"신선의 만찬!"

민규 목소리에 힘이 들어갔다. 이제 시작될 요리. 재희와 종규에게 자부심을 주려는 것이다. 즐거운 마음이 아니고서는 좋은 요리를 만들기 어려웠다.

"신선의 만찬요?"

재희가 고개를 들었다.

"그래. 황제와 신선 중에 누가 더 높을까?"

"그야 물론 신선이죠. 아무리 황제라고 해도 인간에 불과하잖아요?"

재희 목소리가 커졌다.

"바로 그거다. 신선국수로 황제국수에게 한 수 가르쳐 주자."

"셰프님……."

"위치로!"

"위치로!"

대답하는 종규와 재희 목소리에 힘이 들어갔다. 민규의 비유 하나가 둘의 의기소침을 박살 낸 것이다.

"푸허험!"

요리복으로 갈아입은 하오펑이 거드름을 피우며 등장했다. 황제를 상징하는 금색에 붉은 머리띠와 토시를 찼다. 압도적인 건 그의 손에 들린 중식도였다. 거의 노트북만 했다.

"구성이 몹시 소박하군."

그는 민규네 조리대 앞으로 다가와 식재료 전시를 보더니 염장부터 질렀다.

"칭찬해 주시니 고맙습니다."

민규도 변죽으로 되받았다.

그때 앞 건물에서 차미람이 달려왔다.

"선배님, 경극이 끝났어요."

하오펑은 싱긋 미소를 남기고 돌아섰다. 요리대 앞에 선 하오펑. 목을 좌우로 돌리며 몸을 풀더니 손을 내밀었다. 그러자 허우밍이 반죽 덩어리를 건네주었다.

텅!

그걸 내려치자 천둥이 울렸다. 중국 약국수 대가, 국수의 신으로 불리는 그의 요리를 알리는 신호탄이었다. 그걸 바라보는 허우밍의 시선은 비어 있다. 저 친구는 아직 한마디도 하지 않았다.

'설마 농아는 아닐 테… 응?'

무심코 허우밍을 바라보던 민규의 시선이 절벽처럼 끊어졌다. 허우밍의 체질창과 함께 드러난 혼탁 때문이었다. 혼탁이 있었다. 두 개였다. 그렇게 크지는 않았다. 그러나, 아주 긴요한 곳에서 기를 막고 있었다.

'저 친구……'

정신이 아찔할 때 재희 목소리가 이어졌다.

"귀빈들이 나와요."

재희가 건물을 가리켰다. 웅성웅성 소리가 먼저 나오고 있었다. 선두는 주최자 후밍위안이었다. 그 옆에 레이첼이 찰싹 붙었고 영부인과 외교부 장관 부인이 보였다. 미국 대사 부인 에이미와 인도 대사 부인 아이쉬와라도 눈에 들어왔다.

'레이첼, 에이미, 아이쉬와라……'

민규는 세 사람의 체질창을 주목했다.

레이첼은 후밍위안과 친화적이고 에이미는 반대였다. 체질창도 그렇게 나왔다. 레이첼은 金형이고 에이미는 상극으로 불리는 火형. 인도 대사 부인은 일종의 다크호스였다. 레이첼이나 후밍위안처럼 나대지 않으면서도 사람을 포용하고 있었다.

레이첼과 에이미는 공통점이 두 개 있었다. 하나는 유려한 금발이라는 사실, 또 하나는 손과 얼굴에 검버섯이 많다는 것. 금발 때문인지 검버섯은 금세 눈에 띄었다. 어쩌면 민규에게는 유용한 상황. 레이첼의 딸까지 체크하고 싶었지만 딸의 거리는 멀었다.

그런데……

레이첼의 오장육부를 체크할 때였다. 뭐라고 설명하는 후밍위안의 오른손 엄지에도 혼탁이 보였다. 손가락의 끝이었다. 그 혼탁 역시 작았다. 하지만 조짐이 나빴다. 마치 극미세 먼지처럼 혈관으로 사기를 뻗치고 있었다. 사기의 표적은 간장……

'뭐지?'

"이야아!"

골똘하는 순간 후밍위안의 뒤에서 아이들이 쏟아져 나왔다. 고만고만한 아이들 10여 명은 어느새 친해진 모양이었다.

"여러분, 오늘의 만찬을 주관할 두 셰프를 소개합니다."

후밍위안이 야외 주방의 한가운데 섰다. 귀빈들은 그 앞쪽에 펼쳐진 테이블에 앉거나 서서 자유롭게 귀를 기울였다.

"아시다시피 이 만찬은 회를 거듭할수록 각국의 문화이해와 친선 도모에 중요한 역할을 하고 있습니다. 그 주창자로서 오늘은 아주 특별한 이벤트 만찬을 준비했습니다. 바로 한국과 우리 중국의 국수 요리의 진수 체험하기가 되겠습니다."

짝짝짝!

달아오르는 후밍위안에게 가벼운 박수가 쏟아졌다.

"먼저 한국의 이민규 셰프입니다. 한국의 영부인께서 직접 추천하신 셰프로 요즘 한국에서 핫하게 주목받는 요리사의 한 분입니다."

후밍위안의 손이 민규를 가리켰다. 민규가 겸손히 인사를 하자 박수가 터져 나왔다.

"다음은 우리 중국 면요리의 명인입니다. 그가 만든 국수 요리를 먹으면 아픈 곳조차 잊어버린다는 의미로 국수의 신으로 불리는, 중국 3대 요리사의 한 분. 하오펑 셰프를 소개합니다!"

"와아아!"

짝짝짝짝!

환호와 함께 큰 박수가 터져 나왔다. 하오펑이 인사를 하자 중국 봉사자들이 세 명의 어린이들을 앞으로 초대했다. 아이들의 손에는 삶은 세발 국수 한 가닥이 묶인 젓가락이 쥐어졌다.

"하오펑 셰프께서 아이들에게 주는 선물입니다."

후밍위안의 말과 함께 아이들이 각자의 테이블을 향해 걸었다. 국숫발은 끊어지지 않았다. 그들이 테이블에 다다르자 하오평의 중식도가 허공을 갈랐다.

팅!

소리와 함께 국숫발은, 마치 고무줄이 감기듯 젓가락에 감겼다. 딱 한 입 크기의 볼륨이었다.

"와아아, 나도 주세요."

다른 아이들이 우르르 뛰어나왔다. 하오평의 중식도가 한 번 더 허공을 갈랐다. 아이들은 신기한 묘기에 놀랐고 귀빈들은 국숫발의 탄력에 놀랐다. 과역 국수의 신다운 솜씨였으니 분위기 장악과 함께 확실하게 기선을 제압하는 하오평이었다.

'영부인……'

인사하는 하오평의 옆에서 후밍위안의 눈빛이 오성홍기의 큰 별처럼 빛났다.

'자국이랍시고 망신을 자초하셨으니 어쩌겠습니까?'

영부인은 담담하게 그 눈빛을 받아냈다. 화려한 중국 국수의 샘플에 압도되는 민규의 소박한 식재료 구성들…….

"여사님."

외교부 장관 부인의 목소리는 조금 떨리고 있었다.

"곽 여사."

영부인이 담담하게 입을 열었다.

"중국의 스케일에 압도되셨나요?"

"그건 아니지만 아무래도 분위기가……."

"다윗과 골리앗이 마주 섰을 때 누가 이겼지요?"

"……."

"이 셰프는 지금 한국의 혼을 대표해 중국요리와 겨루고 있어요. 곽 여사도 혼을 걸고 응원하세요. 요리란 사람의 목을 넘어갈 때까지는 알 수 없는 겁니다."

영부인의 목소리에는 일말의 흔들림도 없었다.

6. 황제의 국수 VS 신선의 국수

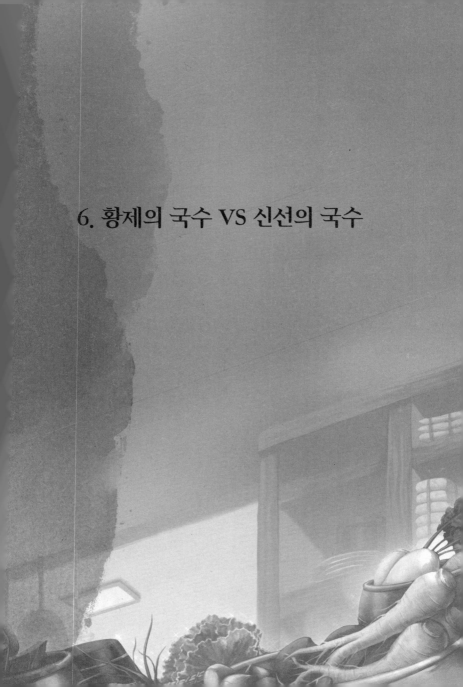

　중국 국수의 풍미는 황하처럼 면면히 풍겨 나왔다. 만리장성의 광대함마저 깃들었다. 다섯 국수는 오성홍기에 새겨진 노란 별처럼 도드라졌다. 자부심에 위엄, 격조 높은 품격과 고고함. 하오펑의 국수 요리에 깃든 분위기였다.

　그에 비하면 민규의 국수 요리는 사찰의 풍경 소리처럼, 바람에 산들산들 흔들리는 초롱꽃처럼 소박한 싱그러움이었다. 청아함이 서린 수수한 자태, 수줍음이 엿보이는 비주얼로 맞선 민규…….

　황제의 국수 VS 신선의 국수.

　두 국수의 주제는 명쾌하게 갈라졌다.

게다가…….

국수의 신이자 약국수의 대가답게 약재도 곁들여 놓았다.

'쇄양, 구기자, 여주…….'

민규는 아련하게 섞인 향의 정체를 알았다. 초미식가가 아니고는 알아차리기 힘들 정도로 맛으로 눌러둔 약재들… 모두 인체에 활력을 주는 약재 쪽이었다.

화려한 국수에 활기찬 기운까지.

과연 그는 국수의 신이었다.

하지만, 그것만으로 끝이 아니었다. 도삭면을 자를 때의 퍼포먼스는 단순히 보여주기를 초월한 신법이었다. 몸풀기로 시작한 도삭면 시범은 다른 면발로 옮아갔다. 따오샤오미엔이 연출되고 티젠미엔이 보여지고 한 가닥으로 끓여내는 이꺼미엔도 선보였다.

절정 기량의 도삭은 그 자체만으로 하나의 예술이었다.

"2㎝."

아이들이 외치면 2㎝를 베어 넣었고 네모, 세모 등의 형태 조절까지 가능했다. 심지어는 허공에서 도삭한 면에 갈래를 쳐서 죽순 모양을 만드는 것도 가능했다.

묘기의 핵심은 보여주는 데 있지 않았다. 보는 즐거움보다 국수 맛을 내기 위한 과정이라는 것. 반죽 덩어리에서 잘라낸 면을 허공에 띄워 칼로 자극을 주는 동안 공기와의 접촉을 계산해 탄력을 완성하고 있었다. 그렇기에 그의 도삭면은 모양과 형태, 넓이에 따라 탄력도의 조절까지 가능했다.

국수를 젓는 동작도 간결했다. 대류와 소류를 일으키는 물결 속에서 공기를 조절하며 국수의 맛을 살려내고 있었다. 단순히 저어주는 게 아니었다.

존엄폭발!

압도작렬!

무엇보다 그의 칼질은 저렴하지 않았다. 평상시의 괴팍함은 사라지고 신성미마저 깃든 칼질이었기에 무아와 몰아의 경지를 이루었다. 귀빈들은 박수를 잊을 정도로 요리에 홀려 있었다.

축제.

그는 이 만찬을 완벽하게 리드하기 시작했다. 바라보는 민규 목에 마른침이 넘어가며 목젖이 울컥거렸다.

맞불!

그 단어가 떠올랐다. 이벤트는 민규도 있었다. 물 퍼포먼스로도 상대할 수 있었다. 잔치국수 생면을 급류수를 더한 열탕에 넣었다 건져 면 자체를 꿈틀대게 할 수도 있었다.

그게 아니면 체질을 유혹하는 오미를 풍겨 하오평에게 쏠린 관심을 돌릴 수도 있었다. 하지만 바람조차 아직은 민규 편이 아니었다. 잔잔하던 바람이 하오평 쪽에서 불어오는 것. 물이 들어오지 않으니 배를 띄울 시간이 아니었다.

짝짝짝!

하오펑의 진기명기, 민규는 맞불 대신 박수를 보냈다.

황제의 국수 VS 신선의 국수.

많은 시선들이 두 국수를 가늠했다. 어떤 것이 더 맛있을까? 사람들은 오래 고민하지 않았다. 그들은 신선이 아니라 인간이었다. 레이첼이 몇몇 대사 부인을 이끌고 중국의 국수를 시식한 게 신호였다.

"원더플."

"딜리셔스!"

"베리 굿!"

감탄사도 다양했다. 귀빈들은 하오펑의 국수 요리에 열광했다. 그의 요리는 국수의 역사였고 현재이자 미래였다. 활기찬 설명이 그랬고 맛도 황홀했다. 밀가루알레르기가 있으면 쌀반죽이나 메밀반죽을 썼고, 국가별 성향에 따라 소스의 농담까지 조절해 주었다. 한마디로 인기 대폭발이었다. 요리보다 외교에 집중하는 일부를 제외하고는 모두가 줄을 서게 되었다.

'셰프······.'

영부인이 무리의 뒤에서 민규를 돌아보았다.

'드세요.'

민규가 목 인사로 권했다. 그는 대한민국의 영부인이었으니 예의상이라도 하오펑의 국수를 먼저 먹어주는 게 옳았다. 그렇지 않고 민규 쪽으로 왔다가는 초등학교 반장 선거에서 자기가 자기를 찍는 모양새가 될 수 있었다.

영부인의 시선은 오래오래 민규 쪽에 머물렀다. 썰렁한 분위기도 분위기지만 민규가 만드는 요리 때문이었다. 채소가 많지만 아무리 봐도 김밥으로 보였다.

김밥?

영부인 옆의 외교부 장관 부인의 고개가 갸웃 돌아갔다. 그 옆에서 날 선 미소 하나가 번득거렸다. 후밍위안이었다. 거의 모든 사람이 하오펑의 요리대 앞으로 몰린 상황. 그야말로 일방적이었다.

안 된다니까.

그녀는 보란 듯이 고개를 흔들었다. 동정과 연민에 우월과 오만까지 섞인 미소와 함께

'해인사……'

김밥을 마는 민규의 머릿속에는 연꽃 하나가 들어 있었다.

요리를 배우던 대학에서 사찰요리 탐방을 나갔던 봄이었다. 절기는 춘분이었다. 그때 민규는 맨땅에서 피는 연꽃을 보았다. 나중에 들었지만 그 연꽃은 일 년에 딱 두 번만 피는 연꽃이었다.

해인사 수다라장의 정문 연화문. 그 문 바닥에서 일 년에 두 번 피는 연꽃. 낮과 밤의 길이가 같은 춘분과 추분이 되면 꽃이 피어난다. 전설이 아니었다. 춘분과 추분, 햇빛이 중천에 다다르면 연화문을 통해 비치는 그림자와 수다라장의 기왓장

그림자가 절묘하게 겹치며 연꽃의 형태를 연출하는 것이다.

매사에는 때가 있는 법.

그때를 위해 기다릴 줄 알아야 하는 법.

남과 똑같이 해서는 그 이상이 될 수 없는 법이었다.

그때 여섯 살 남자아이 하나가 자박자박 다가왔다. 스위스 대사의 아들이었다.

"국수 줄까?"

재희가 영어로 물었다.

"나는 국수가 싫어요."

아이가 도리질을 했다.

"우리 국수는 맛나."

재희의 떡밥이 날아갔다. 아이는 완강하게 고개를 저었다. 민규의 시선이 아이를 겨누었다. 신선이 보낸 신호로 보였다. 이제 시작하라는… 아이의 체질은 水형. 체질에 이어 오장육부 스캔에 들어갔다. 유치원에서 쌓은 내공은 뒀다 뭐에 쓸까?

"국수가 싫구나?"

민규도 영어로 합세했다.

"Yes!"

아이의 대답은 얄밉도록 또렷했다. 그 순간에도 민규의 손은 정교하게 움직이고 있었다. 민물김밥이었다. 실처럼 가늘게 썰어낸 야콘과 마를 깔고, 연근을 올리고, 역시 얇게 채를 쳐낸 오이와 당근을 깔았다. 그런 다음 단숨에 말아 네 귀퉁이를 눌러 두 번의 칼질을 넣었다.

"와아!"

아이 입이 쩍 벌어졌다. 별 모양의 김밥이었다. 안에는 오색 채소가 별처럼 깜박거렸다. 소스로 들어간 건 짭조름한 명란젓에 씨간장 살짝. 두께 또한 아이가 부담을 갖지 않는 0.5㎜에 불과했다.

"먹어봐."

민규가 김밥을 내밀었다. 아이의 목젖이 꿈틀 움직였다. 냄새에 반응한 것이다. 수형 체질에 맞는 마와 명란젓 때문이었다.

아이가 조심스레 김밥을 물었다. 민규가 윙크로 깨물라는 신호를 보냈다. 아이가 그 신호를 받았다.

아삭, 아작, 야들, 꼬들, 사각······.

아이 입안에서 채소의 합창이 들렸다.

"······."

아이 표정이 잠시 멈췄다. 채소 안에서 느껴진 명란젓 때문이었다. 하지만 그 또한 즐거움의 재발견이었다. 이가 엇갈리면서 톡, 하고 터지는 느낌이 온 것이다. 그뿐인가? 채소의 신선한 즙 사이로 씨간장이 작렬했다. 첫맛은 공격적이었지만 뒷맛은 입에 쩍 맞았다.

"어때?"

민규가 물었다.

"좋아요."

"하나 더?"

민규가 묻자 아이가 고개를 끄덕거렸다. 이번에는 조금 두툼하게 잘라주었다.

아삭, 으석, 아작, 톡!

입안의 오케스트라 볼륨이 높아졌다. 당연히 식감에 대한 만족도도 높아졌다. 어느새 명란젓과 씨간장의 짭조름함에 빠진 아이, 저작 속도가 빨라지고 있었다. 민규가 웃자, 아이도 웃었다.

"국수 못 먹는다더니 잘 먹네?"

홈플레이트를 노리는 돌직구처럼 민규의 목소리가 날아갔다.

"아니에요. 나는 국수 못 먹어요. 먹으면 체해요."

"방금 먹었는데도?"

"네?"

"국수!"

민규가 준비 중인 김밥을 보여주었다. 마와 야콘, 오이와 당근 등의 재료 사이사이에 박힌 하얀 줄기의 정체. 바로 잔치국수였다.

"어?"

놀라는 사이, 민규가 국숫발 하나를 물었다.

쪼로록, 뽁!

국수는 경쾌한 소리를 내며 입으로 들어갔다.

아이는 국수를 가렸다. 밀가루의 글루텐 알레르기 같은 문제는 아니었다. 문제는 단 하나. 언젠가 국수를 먹다가 체한적이 있다는 사실. 심하게 체했기에 미각과 위장, 그리고 뇌에 깊이 각인되었다. 사람의 본능이었다. 급체의 기억이 위장에 혼탁으로 남아 밀가루를 적으로 판단하는 것이다. 그대로 두면 이 아이는 평생 국수를 즐기지 않을 게 분명했다.

"해볼래?"

민규가 국수 가닥을 내밀었다. 얼떨결에 받아 든 아이, 큼큼 냄새부터 맡았다. 괜찮았다. 원래는 국수를 보는 순간 거부감부터 가졌던 아이. 그러나 이미 그 금지의 선을 넘어버렸으니 거부감이 작아졌다.

이 국수는 벽해수로 끓여냈다. 짭조름한 바닷물이기에 신장에 좋았다. 수형의 체질이 거부하기 힘든 본질이었다. 아이가 국수 가닥을 보고 또 보는 사이, 민규가 또 시범을 보였다. 국수 가닥을 물고 쪼로록, 뽁!

입술을 오므리며 빨아들이니 국수가 춤을 추며 빨려 들어갔다. 하나로도 되었고 여러 개로도 되었다.

쪼로록, 뽁! 쪼로록, 뽁!

소리에 홀린 아이가 민규를 따라 했다.

후릅, 픽!

실패였다. 아이는 힘 조절을 하지 못했다.

"다시!"

민규가 또 시범을 보이자 아이도 오기가 돋았다.

쪼록, 뽑!

성공. 민규와는 다르지만 귀여운 소리가 났다.

"어때?"

소리 내는 재미에 빠진 아이에게 물었다.

"맛있고 재미나요."

아이가 배시시 웃었다. 위장에 남은 급체의 추억은 거의 옅
어진 후였다.

"더 주세요."

아이가 작은 사발을 내밀었다. 요수와 급류수를 소환한 물
에 면을 한 줌 넣어주었다. 잘 삶은 면은 그냥 먹어도 맛있는
법.

"마미!"

아이가 하오펑 쪽으로 뛰었다. 여러 부인들과 어울려 국수
를 받으려던 스위스 대사 부인이 돌아보았다.

"이것 좀 보세요."

호롭, 뽑!

아이는 보란 듯이 국숫발을 빨아들였다.

"한스!"

엄마는 기겁을 하며 아이를 불렀다. 국수만 봐도 토하려 하

던 아이. 그 아이가 국수를 먹고 있었다. 게다가 호롭 쪽, 호롭 뽑 하며 즐기기까지?

"이 국수는 배가 안 아파요."

아이는 엄마 보란 듯이 국수 가닥을 빨아 당겼다.

쪼로록, 뽑!

국수를 기다리던 스위스 대사 부인이 민규 쪽으로 걸었다. 아이를 홀린 국수. 궁금하지 않을 수 없었다. 그녀와 친한 브라질 대사 부부도 그녀의 뒤를 따랐다.

"재희야, 종규야!"

민규 목소리에 힘이 들어갔다.

"예, 셰프!"

"연꽃 피울 타이밍이야."

"예?"

"신선의 테이블 본격 오픈이라고."

야심 찬 한마디를 던진 민규, 세 외교인들에게 맞춤형 국수를 건네주었다. 스위스 대사 부인은 水형이라 해초에 명란젓, 돌김 부스러기를 올려 씨간장을 뿌려주었고, 브라질 대사 부부는 둘 다 火형이라 쑥갓과 상추 중심에 은행 두 알을 고명으로 삼았다. 육수에 첨가한 건 정화수와 방제수의 혼합 소환수. 속을 시원하게 하고 마음을 평안하게 하는 저격용 선택이었다.

"……?"

받은 국수를 들여다보던 스위스 대사 부인이 소스라쳤다. 해초류는 그냥 올린 게 아니었다. 가만히 들여다보니 꽃밭의 구성이었다. 명란젓은 그 꽃들의 암술이고 수술이었다.

"오 마이 갓!"

대사 부인이 자지러졌다.

"왜 그러세요?"

브라질 대사 부인이 물었다.

"이것 좀 보세요. 이 해초들… 그냥 올린 게 아니라 꽃을 만들었어요. 이 작은 알들은 꽃의 핵심이고요."

"그건 우리 것도……."

브라질 대사 부인이 접시를 보여주었다. 쑥갓과 상추 사이, 여기저기 연꽃 조각이 보였다. 손톱만큼 작았지만 그 연꽃 오림이 수분의 함량에 따라 저절로 벌어지고 있었던 것.

"맙소사!"

세 사람이 자지러졌다. 그 전율에 일본 대사 부인 사야카가 다가섰다. 굉장히 가녀린 인상이었다.

"어때요? 일본도 국수 요리는 굉장하잖아요?"

스위스 대사 부인이 물었다.

"상상 이상이네요. 교토와 오사카의 백 년 국숫집에서도 이 토록 순수가 깃든 국수 요리는 본 적이 없어요."

사야카의 말이 신호가 되었다. 그녀도 나름 영향력이 있었던 것.

"와우!"

뒤에 합류한 귀빈들 역시 몸서리를 쳤다. 화려하지도 압도적이지도 않은 민규의 국수. 그러나 그 안에는 선(禪)적인 고풍과 정갈함이 들어 있었다. 마치 산수화 한 편을 베어다 담아놓은 듯한 비주얼… 묵직하고 걸쭉한 느낌의 하오평에 비해 산뜻하고 순수하게 대비되는 요리였다.

"리얼 오리엔탈!"

누군가 소리쳤다.

그렇다면 맛은?

후룩!

귀빈들은 천천히 넘기고 오랫동안 음미를 했다.

외교가의 사람들이 내숭 떨 일은 적으니 오래 걸리지는 않았다.

"맛이 한없이 담담한 게 마음이 맑아지는 것 같아요."

"눈도 맑아진 것 같은데요?"

"자연의 맛으로 은근하게 끌려요. 마음에 숲이 자라는 느낌?"

시식 소감이 울려 퍼졌다. 구경하던 사람들이 민규 앞으로 향했다.

"셰프, 국수 좀 부탁해요."

그 소리가 유혹이 되어 또 다른 귀빈을 끌어왔다. 분위기를 타기 시작한 것이다.

황제의 국수 VS 신선의 국수.

일방적으로 기울었던 균형의 추가 비로소 맞아가기 시작했다.

잔치국수.

왜 잔치국수가 되었을까? 이유는 이름에 나와 있다. 옛날부터 잔치 때 많이 먹었다. 그렇기에 잔치국수로 불리게 되었다. 결혼식에도 환갑에도, 부락의 큰 경사 때에도 가마솥에 잔치국수를 끓였다. 조리 시간도 간단하고 맛도 좋다. 과거 밀가루가 귀할 때, 밀가루는 '진'가루로도 불렸다. 맛의 대명사 준치가 진어로 불리는 것을 보면 위력을 짐작할 수 있었다.

국수의 긴 면발은 장수를 상징한다. 결혼식에서는 신랑 신부의 애정이 길게, 오래가기를 바란다는 축원도 들어 있다. 그밖에 간식으로도 사랑을 받았다. 쌀쌀한 날, 멸치 국물에 따끈하게 한 그릇 들이켜면 속을 데울 수도 있고 더운 여름에는 시원한 열무 국물이나 얼음을 띄워 열을 달랠 수도 있었다.

보통 잔치국수 한 그릇의 칼로리는 약 400kcal 내외. 비빔냉면의 600여 kcal에 비하면 다이어트 식품에 속했다.

쫄깃한 면으로 끓여내는 건 불과 물의 조절. 국수가 끓어오르면 찬물을 알맞게 부어주며 끓여내야 한다. 그다음 동작 또한 핵심에 속한다. 끓여낸 면은 찬물에서 재빨리 헹궈 면에 붙은 전분을 제거해야 텁텁한 맛이 사라지고 쫄깃해진다.

이 과정에서 민규의 초자연수가 빛을 발했다. 밀은 자연에서 왔으니 정화수 소환수를 주로 하고 체질에 따라 벽해수와 순류수 등을 사용했다. 면을 씻는 물은 완적 최적이었다. 차가운 한천수가 제격이었으니 맛을 살리는 납설수를 더해 생기를 살려냈다. 말아낸 면의 양은 적었다. 신선의 테이블을 찾아온 사람들. 잔치국수만 맛보게 하고 보낼 수는 없었다.

그러나, 결국 시작은 잔치국수. 여기서 입맛을 잡지 못하면 다시 기울어질 수 있는 테이블의 분위기. 지장수의 과정을 더해 면에 생명을 불어넣었다. 해독 작용에 더불어 채소에 생기를 불어넣는 신비수 지장수. 거길 거쳐 나온 면발은······.

탱글!

두 가지 육수 또한 무위자연에 다르지 않았다. 하나는 우직한 멸치 육수였고 또 하나는 그대로 갈아낸 흰 마였다. 멸치 육수에 들어간 국수는 심연의 한순간처럼 보였고 유자즙으로 점도를 조절한 마즙 위에 올라앉은 국수는 백설 위의 환상처럼 보였다.

"아앗!"

처음 국수를 받아 든 사야카가 비명을 질렀다. 주변 사람들이 고개를 디밀었다.

"면이 움직였어요."

그녀의 소리가 이어졌다.

면이 움직여?

이 사람 혹시 맛이 간 것?

많은 사람들의 시선이 그랬다. 하지만……

"진짜 움직이네요."

이번에는 그녀의 남편 미츠루 대사였다. 미츠루가 자기 그릇을 보여주었다.

탱글, 그리고 탱글!

면… 진짜 움직이고 있었다. 멸치 육수 안에서도, 마즙 안에서도 그랬다. 지장수의 신성을 받아 싱싱함을 더하다 보니 탄력이 늘어나며 꿈틀거리듯이 보이는 것.

사야카가 시작인 것은 그녀의 섬세함 때문이었다. 섬세하기에 국수의 움직임을 볼 것 같았다. 민규의 전략 적중이었다.

이건 민규가 비장의 카드로 생각하던 면발. 그렇기에 조금 전, 맞불을 놓을까 생각도 했지만 하오평에게 기회를 주었던 것이다.

"한국은 원래 물 맑고 산 좋은 삼천리금수강산입니다. 이 면은 잔치국수라는 것으로 한국인들이 크고 작은 축제 때 즐기는 요리입니다. 한국의 재래 밀은 먹으면 무병장수하고 부부의 금슬이 좋아지며, 속을 시원하게 하고 위장을 튼튼하게 하는 효과까지 있습니다. 오늘은 특별히 몸과 마음을 맑게 하는 약수와 열을 내리는 약수, 피부병까지 아우르는 맑은 물로 끓여냈으니 자연 그대로의 맛과 함께 건강까지 챙겨보시기 바랍니다. 말씀드린 약수는 여기 따로 준비가 되었으니 시음을 원하시는 분은 말씀해 주시면 고맙겠습니다."

민규의 영어가 분위기를 띄웠다.

그 분위기 위에 또 하나의 무기가 장착되었다. 바로 민물김국수였다. 묵묵하게 김밥처럼 말아낸 것들. 알고 보니 민물김국수. 열두 가지 고명을 체질별로 나누어 깔고 중심에 스물여섯 가닥의 면발을 넣었으니 오늘 참석한 나라의 숫자와 같았다.

면발 위에 푸르게 채를 친 오이와 황색 지단을 깔고 체질에 따라 민물김밥 두 개씩을 올렸다. 화려함에 맞서는 고요함. 황제의 국수와 신선의 국수가 본격 충돌을 시작했다.

아삭!

아사삭!

청량한 소리가 울려 퍼졌다.

후루룩!

호록!

좌라락, 뽁!

면발 넘어가는 소리도 오케스트라를 이루기 시작했다. 멸치 육수는 한없이 인자했고 산마즙 육수(?)는 자연의 단맛이 무엇인지를 알려주었다. 자극적인 소스보다 마 자체가 지닌 단맛의 순수함을 살린 민규였다.

시식을 마친 사람들은 한결같이 민규를 돌아보았다. 다른 국수가 있기에 양이 적었다. 그 마음을 아는 민규가 두 번째 맛으로 인도했다.

잔치에 고기가 빠질 수 있나? 이어진 코스는 육면이었다. 하오펑의 도삭면처럼 화려한 퍼포먼스는 없었다. 그저 정갈하게, 신산하게, 소리 없는 칼질은 하오펑과는 대칭의 측면에서 사람들의 혼을 빼고 있었다.

사삿사삿!

칼이 지나가면 육면이 나왔다. 그 또한 잔치국수와 같은 넓이의 면발이었다. 하지만 2등급짜리 한우의 우둔이 분명한 고기. 1+++를 쓰지 않은 건 마블링 때문이었다. 마블링이 많은 고기는 오히려 느끼할 수 있었다. 더구나 한국인과 먹성이 다른 외국인들이었다.

삶는 물은 순류수와 요수를 택했다. 신성이 깃든 풍미만으로도 속이 편안해지는 사람들이었다.

육면은 반쯤 익혀서 썰어야 한다. 그런 다음 밀가루를 묻혀 맑은장국에 끓여낸다. 국수처럼 썰어 밀가루 막을 두르면 누가 뭐래도 면이고 국수였다.

마지막 남은 두 가닥의 고기는 맨 앞에서 고개를 빼 든 스위스 대사의 아들과 그 즉석 여친(?)에게 주었다.

스위스 대사 아들은 잔치국수를 먹듯 육면발을 빨아 당겼다.

쪼로록, 뽁!

"빙고!"

아이가 두 주먹을 쥐며 환호했다. 이제는 요령이 붙은 것이다. 아이를 향해 주먹을 내밀자 아이가 힘차게 부딪쳐 주었다.

"한스."

민규가 아이를 불렀다. 아이 엄마가 부르는 소리를 듣고 기억하고 있었다.

"예, 셰프."

"같이 국수 만들까?"

"정말요?"

한스가 좋아 펄쩍 뛰었다.

"친구 이름은?"

민규가 옆의 여자아이를 바라보았다.

"라슈밍이에요."

"오케이, 라슈밍. 라슈밍도 투게더?"

"네에!"

두 아이는 쌍수를 들었다. 손을 씻기고 머리에 두건을 묶어 주고 작은 앞치마를 둘러주니 대략 조리복이 되었다.

밀가루 묻히기.

이제야 퍼포먼스의 기회가 왔다. 놓칠 이유가 없었다.

민규의 중첩포막법 진기가 펼쳐졌다. 상지수에 밀가루를 적량 풀어놓은 민규, 금박을 씌우듯 육면을 넣었다가 유려하게 흔들어 꺼냈다. 그걸 끓는 장국에 넣으니 도금을 한 듯 완벽한 코팅이 되었다.

"와우!"

짝짝짝!

경탄과 박수 소리를 들으며 육면을 건져냈다. 원래는 장국째 퍼주지만 민규가 밀어붙이는 건 차가운 국수. 하오평의 온면에 상대되는 요리였다.

꼬마 임시 셰프들에게 부여한 건 배분이었다. 일회용 비닐장갑을 끼워주고 한 움큼씩 담게 했다. 아이들 한 주먹이기에 양은 많지 않았다. 다음 코스를 즐기기에 딱 맞는 양이었다.

"So Lovely."

"Thanks so much."

민규의 전략은 대성공이었다. 세상에 아이들을 싫어하는 사람이 있을까? 아이들 역시 뭔가에 기여한다는 생각에 행복에 겨운 표정이었으니 시너지가 되었다.

밀가루 막을 씌운 육면은 폭발적 반응을 얻었다. 각자의 기호에 따라 비벼 먹을 수도, 찬 육수를 부을 수도 있도록 선택한 게 주효했다. 가장 인기 있는 건 생토마토소스였다. 콩가루소스도 있고 살구소스, 참나물소스에 오이소스까지 있었지만 토마토가 우세했다. 알고 보면 거기 뿌린 씨간장 때문이었다. 소금 대신 들어간 씨간장이 오묘한 맛으로 작용한 것이다.

"셰프, 저도 육면 주세요."

"나도 주세요."

사람들의 줄이 늘어나기 시작했다.

"나도 먹고 싶은데 배가 불러서……"

"차이나 누들을 너무 먹어버렸어요."

몇몇 사람들이 아쉬움을 토로했다. 하지만 그건 문제가 되지 않았다. 민규에게는 초자연의 소화제가 있었다.

"이걸 마시면 속이 확 내려갈 겁니다. 그럼 조금씩 맛을 보세요."

요수에 급류수를 섞어주었다. 효과는 오래 기다릴 필요도 없었다.

"속이 편해졌어요."

"더 먹을 수 있을 것 같아요."

그들이 국수 접시를 받아 들었다. 민규 접시를 집어 드는 신선들(?)의 숫자는 점점 늘어갔다.

민규가 세 번째로 준비한 회심의 일타는 궁중골동면이었다.

'한국 전통의 요리.'

영부인의 당부를 반영한 작품이었다.

골동면(骨董麵)은 궁중요리다. '골동'이라는 단어의 뜻은 아래처럼 나온다.

골동(骨董)[발음: 골똥]
명사
1. 오래되었거나 희귀한 옛날의 기구나 예술품.
2. 여러 가지 자질구레한 것이 한데 섞인 것.

골동면은 2번에 해당하는 의미를 가진 비빔면이다. 비빔밥의 옛 이름인 '골동반'도 같은 의미다. 그러나 단어에 얽매이는 요리가 아니었다. 명색이 궁중요리였으니 '자질구레'한 것들의 집합일 리 없었다.

골동면의 첫 기록은 정조의 어머니 회갑연에서 나온다. 메밀국수에 소고기, 돼지고기, 배, 버섯, 밤, 채소 등을 넣어 고추장이 아니라 '간장 양념'을 얹어 버무린 국수였다. 뒤를 이어 동국세시기에도 나오고 시의전서에도 전한다.

부인필지라는 서적에는 친절한 레시피도 나온다.

1) 발이 가늘고 질긴 국수를 삶는다.
2) 수육과 삶은 제육, 해삼을 저미고 배추, 생강, 표고버섯, 파를 채를 쳐서 볶는다.
3) 정육을 다져 속에 잣을 통으로 넣고 완자를 만든다.
4) 삶은 미나리에 앞의 모든 재료를 합해 잣, 깨소금, 후추를 뿌려 국수에 넣고 비빈다.

1912년에 나온 이 책에는 마침내 초장이 등장한다. 좋은 초장을 더하면 맛이 희한해진다는 언급이 나온 것. 해삼에 완자까지 등장하면서 재료도 조리법도 다양해졌다.

민규는 몇 가지 레시피를 응용한 골동면을 뽑아냈다.

발이 가늘고 질긴 국수.

생치 다리와 진계육.

유자껍질.

세 가지가 포인트였다. 하오펑의 만한전석급 국수를 저만치 밀어내는 힘. 그건 그보다 화려한 요리가 아니라 고요하고 초연한 식재료였다. 특별한 응용을 하지 않은 건 센스 부족이 아니었다. 자신감이 있었다.

메밀면이 들어갔다. 냉면 면발을 만들면서 따로 만들어두었던 면이었다. 메밀을 많이 넣었기에 압착식으로 뽑아둔 면발. 질긴 국수라는 조건은 당면과 초자연수 배합으로 해법을 찾았다. 이 또한 식재료의 성분을 살려내는 납설수와 지장수가 포인트였다.

'질긴.'

그 단어의 증명은 두 아이가 해주었다. 생면 하나를 한스에게 주고 라슈밍에게 끝을 잡게 했다. 면의 길이는 50㎝, 일반적인 면에 비해 두 배가 길었다. 하지만 늘어난 면의 길이는 1m에 가까웠다. 실낱처럼 가늘어지면서도 끊기지 않은 것. 결국에는 라슈밍이 끝을 놓치면서 면발이 한스의 얼굴을 때렸다.

"아하하하!"

그게 저절로 이벤트가 되었다.

면 또한 납설수와 지장수를 섞어 삶아냈다. 씻어낼 때도 차가운 납설수였다. 면발의 쫀득함은 상상 초월로 변해 있었다.

생치와 진계 삶은 고기를 두드렸다. 생치는 꿩을 말하고 진계는 늙은 닭을 가리킨다. 나무 방망이를 맞은 고기는 가루에 가깝게 부서졌다. 여기에 표고와 송이버섯채, 파와 마늘, 생강을 더해 기름에 볶은 다음 황백 지단을 부치고 잣 꾸미와 생밤채, 배채, 유자껍질채 등의 준비를 마쳤다.

"한스 셰프, 라슈밍 셰프?"

민규가 두 꼬마를 불렀다.

"예스, 셰프!"

두 꼬마가 힘차게 대답했다.

"준비되었나요?"

"예스, 셰프!"

아이들의 목소리가 확 올라갔다. 민규가 그랬다면 오버액션으로 눈살을 찌푸릴 수도 있는 일. 하지만 이 사랑스러운 두 꼬마의 목소리에 비난의 화살을 겨눌 무뢰한은 여기 없었다.

메밀면을 감아냈다. 가지런히 한 방향이었으니 실타래와 다르지 않았다. 한스에게 건네주자 한스가 받아 라슈밍에게 주었다. 라슈밍이 비로소 비빔용 막사발에 담았다. 두세 입 정도의 메밀면 위로 골동(?)이 올라갔다. 투명한 메밀면 위에 소복이 내린 꿩과 닭고기 다짐육. 그 위로 펼쳐진 표고와 송이버섯채, 생밤, 배채가 메밀면의 소박함과 잘도 어울렸다. 거기 균형을 맞춘 유자채는 거슬리지 않는 파격이었다. 겨울날 얼음장 옆에 피어난 노란 복수초처럼…….

소스는 오직 하나, 씨간장 베이스였다.

"250년 전 한국 국수의 맛입니다."

민규의 설명도 오직 한마디였다.

250년.

사실 하오평이 끓여낸 '라그만'에 비하면 깜냥도 아니었다. 그 면은 무려 2,500여 년 전의 유적으로 증명이 되었다. 하지만 감이 너무 멀었다. 그랬기에 라그만은 역사성의 강조에 지나지 않았지만, 민규의 골동면은 달랐다. 2,500년에 10배 가까이 못 미치지만 현대에 가까웠다. 그게 오히려 호기심으로 작용하게 되었다.

"자연 그대로의 맛이네요."

첫 감평은 프랑스 대사 사브리나였다. 잔치국수 때부터 대열에 낀 그녀는 매번 두 접시를 비워냈다. 이번에는 일착이었다.

"정말 그렇네요. 게다가 이 간장소스… 마치 완벽한 지휘자 같아요. 식재료들의 개성을 살리면서 집중을 시켜주고 있어요."

이번에는 에이미였다.

"……"

민규 눈이 재빨리 반응했다. 그녀의 면에 추로수와 매우수, 온천수 삼총사를 소환해 준 까닭이었다. 셋 다 피부에 특효를 보이는 초자연수. 그녀의 얼굴에 핀 검버섯을 위한 특별 조치였으니 슬슬 피부가 피고 있었다.

"면발도 그렇네요. 지나치지도, 모자라지도 않아서 너무 인상적이에요."

일본 대사 부인 사야카에 이어 러시아 대사 부인이 동의를 했다. 그러자 분위기를 깨는 불협화음 하나가 끼어들었다.

"다들 미식을 잘 모르시네."

영국 대사 부인 레이첼이었다.

"이 면은 중국의 쏸라편에 비하면 별거 아니에요. 쏸라편을 먹어봤다면 굉장히 무미하다는 걸 알 수 있을 겁니다."

"쏸라편은 지나치게 자극적이지 않나요? 그에 비하면 이 면은 식재료의 참맛을 살려냈어요. 저는 개인적으로 이 면에 한 표를 던집니다."

"그 쏸라편이 저기 하오펑 셰프께서 만든 거였나요?"

"그건 아니지만 댜오이타이에서 먹었거든요."

"하오펑 셰프는 댜오이타이의 셰프들을 총괄하는 자리에도 있었죠. 어떤 쏸라편을 먹었든 하오펑 셰프의 것과는 비교 불가입니다."

설전이 오가자 사람들이 몰려들었다.

"우리 모두는 각자가 원하는 걸 즐길 자유가 있어요. 맛나게 먹는 자리에서 자신의 경험을 강요하는 건 바람직한 미식 매너가 아니라고 봅니다만……."

사브리나가 돌직구를 꽂아 넣었다.

"내 말이 바로 그거라고요. 이 골동면, 다른 셰프가 요리했어도 이 맛일까요?"

레이첼이 강력한 실드를 펼쳤다.

"두 분……."

거기서 미국 대사 부인 에이미가 끼어들었다.

"그 논쟁을 끝내려면 중국의 셰프께서 쏸라펀을 만들어서 돌려야겠군요. 하지만 우리들 모두가 배가 부르고 있으니 누가 그 차이를 알 수 있을까요? 배부른 미식가는 배고픈 보통 사람의 입맛을 당할 수 없거든요."

"그건 방법이 있어요. 저기 한국 셰프의 약수를 먹으면 해결이 되거든요."

스위스 대사 부인이 말했다.

"여보세요. 그게 말이 되는 소리인가요? 영화 속 마법도 아니고 꽉 찬 배를 비울 수 있다뇨?"

레이첼이 까칠하게 반응했다.

"가능하기는 합니다만."

이 목소리는 민규였다. 논쟁에 끼고 싶지는 않았지만 한스 어머니가 당하는 건 보고 싶지 않았다. 신선의 테이블에 제일 먼저 와준 대사 부인이 아닌가?

"이봐요, 셰프. 너무 오버하는 거 아닌가요?"

레이첼의 미소가 민규를 겨누었다. 눈은 웃고 있지만 그 미소에는 칼날이 번득이고 있었다.

쪼르륵!

말 대신 초자연수 한 잔을 건네주었다. 영국이라면 과학적 실증주의이기는 미국에 못지않을 일. 백 마디 말보다 입증이 필요한 순간이었다.

"나 참……."

코웃음을 토한 레이첼, 보란 듯이 물을 들이켜 버렸다. 그 물은 초강력 소화제라 할 수 있는 요수에 역시 초강력 효과를 더할 수 있는 급류수의 합체였다.

물을 마신 레이첼은 빈 잔을 들고 의기양양한 표정을 지었다. 이까짓 물이 무슨? 딱 그런 표정이었다. 바로 그 순간…….

꾸륵!

그녀의 배에서 비둘기 울음이 흘러나왔다.

꾸르륵!

한 번도 아니었다.

"……!"

레이첼의 표정이 확 어두워졌다. 트림에 대한 수치심도 있었다. 하지만 그보다는 약수 때문이었다.

Full에 Enough, Stuffed까지 외쳐대던 배의 부담이 확 꺼져 내린 것.

"이건 속임수예요. 과학적으로, 의학적으로 일어날 수 없는 일. 그렇다면 이건 약을 탄 물일 수 있습니다."

당황한 레이첼이 무리수를 들고 나왔다.

"이봐요, 레이첼."

참다못한 영부인이 나서려는 순간…….

"그건 이 셰프에 대한 모욕입니다. 당장 취소하세요."

뒤편에 있던 사브리나가 논쟁 속으로 들어왔다.

"사브리나?"

레이첼이 움찔거렸다. 외교 만찬에서 중국의 후밍위안 못지않게 비중이 큰 인물이기 때문이었다.

"당신, 우리나라의 루이스 번하드를 아나요? 미국의 아이즈먼도?"

"당연히……."

"그 두 사람이 미슐랭 별 셋을 주어도 모자란다고 평한 셰프가 저 이민규 셰프입니다. 제가 듣기로 이 셰프는 요리뿐만 아니라 요리의 바탕이 되는 물까지도 요리하는 분으로, 요리에 쓰는 약수들은 전부 공인 기관의 분석을 받았다고 들었습니다. 게다가 나는 이미 저 셰프의 약수로 피부병까지 나은 경험이 있어요. 처음엔 자연의 맛을 살린 요리 때문인가 했는데 루이스 번하드와 통화하던 중에 약수의 사실을 알게 되었고, 한국의 퍼스트레이디께서도 확인을 해주었습니다. 그런데도 그렇게 말씀하신다면 당신은 루이스 번하드와 아이즈먼, 그리고 한국의 퍼스트레이디와 나까지도 불손하게 만든다는 사실, 인정하나요?"

"……!"

"말씀 중에 죄송합니다만……."

민규가 논쟁 속으로 들어섰다. 두 여자의 시선이 민규에게
향했다.

"제 약수 문제라면 에이미를 보시면 됩니다. 피부가 다소 악
성인 것 같아서 그녀의 피부에 좋은 약수를 더해주었거든요."

민규가 에이미를 가리켰다.

"악!"

거울을 본 에이미가 비명을 질렀다. 얼굴이 흰 면발처럼 하
얗게 변해 있었다. 그렇게도 지긋지긋하던 검버섯의 초원이
사라진 것이다.

"맙소사… 어떻게 이런 일이… 병원에서 지지고 또 지져도
나오던 검버섯인데……."

에이미는 감격에 겨워 몸 둘 바를 몰랐다.

"보셨나요? 이민규 셰프의 약수는 실존합니다. 그러니 정중
히 사과하세요. 당신이 중국요리에 심취했다는 건 알지만 이
건 온당치 못한 매너입니다."

사브리나가 쐐기를 박고 나왔다.

"……."

"레이첼."

"좋아요. 그 발언은 내가 사려 깊지 못했네요. 하지만 사브
리나의 발언도 문제가 있습니다. 내가 중국요리를 좋아하는

건 편견이 아니라 그 심오하고 무궁한 세계 때문입니다. 그런데 싸잡아 격하시켜 버리니 누가 들으면 저 셰프가 중국의 자존심으로 불리는 하오펑 셰프 이상이라는 말로 오해할 듯싶습니다. 요리의 생명은 요리지, 약수 재주가 전부는 아니잖아요."

"레이첼."

"말 나온 김에 어때요? 여러분, 그리고 후밍위안과 하오펑 셰프. 제가 한 말이 편견인지 아닌지 확인 좀 시켜줄 수 있을까요? 여기 한국의 셰프와 진짜 맛 승부로 말입니다."

"와아아!"

짝짝짝!

레이첼의 도발이었다. 그러나 귀빈들에게는 내심 솔깃한 이벤트. 상당수의 사람들이 레이첼의 제안을 환영하고 나왔다.

건너편에서 넘어온 하오펑의 시선이 민규와 마주쳤다.

진짜 맛 승부?

피하기 어렵게 되어버렸다.

7. 흙으로 용을 잡다

"이 무슨 무례죠? 레이첼."

사브리나가 레이첼을 바라보았다.

"무례인지 아닌지는 두 셰프가 결정할 일인 것 같은데요? 사브리나나 나나 게스트 입장 아닌가요?"

레이첼은 물러나지 않았다.

"아아, 두 분……."

마침내 오늘 만찬의 주최자 후밍위안이 나섰다.

"오늘의 만찬 분위기에 너무 심취들 하셨군요. 그런가요?"

"후밍위안."

사브리나가 고개를 들었다.

"만찬의 주최자로서 여러분의 의견을 정리하겠습니다."

후밍위안의 촉각은 이미 감을 잡고 있었다. 레이첼의 떡밥에 온 입질이었다. 그 분위기를 한껏 누리는 후밍위안이었다. 좌중을 돌아본 후밍위안, 마침내 떡밥 회수에 들어갔다.

"여러분, 레이첼의 의견을 지지하시나요?"

짝짝짝!

기다리던 박수가 쏟아졌다. 황제의 국수와 신선의 국수. 그 묘미에 풍덩 빠진 귀빈들이었다. 절호의 볼거리를 마다할 이유가 없었다. 후밍위안이 손을 들자 박수가 멈췄다.

"영부인께서는 어떻게 생각하십니까?"

후밍위안의 시선이 영부인을 겨누었다. 어쩌면 철저하게 계산된 행동. 그녀의 바람은 시작부터 여기였는지도 몰랐다. 영부인의 자부심이 된 민규를 자근자근 밟아놓는 것.

영부인은 신중했다.

이민규.

아직 어린 셰프. 그러나 여기까지는 좋았다. 처음의 황량하던 분위기를 반전시키는 데 성공한 것. 하지만 치킨 게임까지는 원치 않았다. 그건 영부인의 도리가 아니었다.

"제가 보기에는 국수 요리에 대해 충분히 즐겼다고 생각합니다. 그러니 두 셰프에게 부담을 드리지 않는 게 좋겠네요."

"두 분이 아니고 한 사람이겠지요."

후밍위안이 변죽을 울렸다.

"후밍위안."

"안 그렇습니까?"

후밍위안의 선동은 치밀했다. 영부인이 꼬리를 사린다고 생각하고 분위기를 누리는 것이다. 두 여자의 시선이 허공에서 각을 이루었다. 팽팽한 그 순간, 민규 목소리가 영부인의 귓전으로 들어왔다.

"저는 괜찮습니다."

저는 괜찮습니다…….

꿈결처럼 가물거리는 한마디. 돌아본 영부인에게 민규가 보였다. 당당하고 초연했다. 그 모습이 태산의 거인 같아 영부인은 놀랄 지경이었다. 민규, 자신의 신념을 확인이라도 시키려는 듯 가벼운 목 인사를 보이며 영부인을 안심시켰다.

"한국은 동방예의지국……."

민규가 고요한 목소리를 이어놓았다. 마치 자신의 국수 요리처럼 신선 같은 평온함으로.

"그러니 결정은 하오펑 셰프께서 하시면 되겠습니다."

공은 하오펑에게 넘어갔다.

"……!"

민규의 말이 끝나자 귀빈들의 눈동자가 하오펑에게 쏠렸다. 팔짱을 끼고 지켜보던 하오펑이 허, 하고 실소를 터뜨렸다.

"하오펑 셰프님."

여유 만만 후밍위안이 대답을 재촉했다.

"요리는 만인을 위한 것. 요리사는 만인을 위해 존재하는 것. 많은 분들의 요청을 기꺼이 수락합니다."

하오펑은 주저 없이 콜을 받았다.

"와아아!"

짝짝짝!

테이블에서 커튼콜을 방불케 하는 환호와 박수가 터져 나왔다. 뜻하지 않은 상황의 시작이었다.

"주최자로서 선언합니다. 두 셰프의 비장의 무기를 공개하는 시간을 갖겠습니다."

후밍위안이 빅 이벤트를 선언했다.

'후밍위안······.'

오만과 허영, 거기 가식까지 살짝 겹친 후밍위안. 그녀의 몰입을 바라보던 민규의 미간이 살짝 일그러졌다. 그녀의 엄지와 위장, 혈액의 혼탁 때문이었다. 시작할 때 보았던 사기(邪氣)가 빠르게 번지고 있었다. 아주 좋지 않았다.

"이 셰프님, 하오펑 셰프님."

그녀가 두 셰프를 호명했다. 하오펑이 나오고 민규도 후밍위안 옆으로 다가섰다.

"존경하는 내외 귀빈 여러분, 국수 요리의 궁극을 보여주실 두 셰프께 박수 부탁합니다."

짝짝짝!

"후밍위안."

박수 속에서 민규가 나지막이 입을 열었다.

"할 말 있나요?"

돌아보는 그녀의 이마에 발열이 보였다. 엄지와 위장, 혈액의 혼탁은 그 와중에도 빠르게 진행되고 있었다.

"미안하지만 당신은 병원에 가봐야 할 것 같습니다."

"예?"

후밍위안의 나지막한 대답이 불협화음을 냈다.

민규의 돌연한 말에 어이를 상실하는 후밍위안.

"병원이라고요?"

"네, 뭔가 잘못되고 있습니다."

"뭐가 말이죠?"

후밍위안의 냉소가 민규를 겨누었다.

"당신 엄지손가락… 언제 다쳤나요?"

"……?"

"그게 문제인 것 같습니다. 지금 몸이 급격히 나빠지고 있습니다."

"이봐요, 셰프."

"다리에도 문제가 생겼군요?"

"엄지는 어제 본국에서 가져온 새우로 요리를 준비하던 중에 새우에 찔려서 조금 부었을 뿐이에요. 지금 무슨 말을 하는 거예요?"

'생새우라면…….'

비브리오패혈증?

민규의 촉각이 삐쭉 솟구쳤다. 그거라면 퍼즐이 딱 들어맞았다. 손가락에서 시작된 그녀의 사기(邪氣). 위장의 반응과 혈액의 반응, 그리고 발열과 수포…….

"느낌이 좋지 않습니다. 서둘러 병원에 가시는 게……."

"방금 콜을 받아들이더니 변심입니까? 저를 핑계로 이 판을 깨려는 거라면 여기 있는 모든 분들이 당신에게 실망할 겁니다."

"후밍위안, 이건 그런 문제가 아닙니다."

"그럼 괜한 핑계 대지 마세요."

"당신의 열은 그냥 열이 아닙니다."

"집요하군요. 내가 볼 때 그런 에너지는 요리 쪽으로 돌리는 게 좋다고 보는데요? 아니면 차라리 두 손 들고 기권을 하든지."

"내 생각도 그렇습니다."

하오펑도 나지막이 거들었다.

'할 수 없군.'

민규는 별수 없이 호의를 거두었다.

"희대의 국수 요리에 필요한 시간은 얼마면 될까요?"

다시 후밍위안의 목소리가 높아졌다.

"귀빈들을 오래 기다리게 할 수 없으니 30분이면 충분합니다."

하오펑이 답했다. 민규도 고개를 끄덕여 공감을 표했다.

"30분입니다. 30분 후면 희대의 국수 요리를 맛볼 수 있습니다. 두 분 셰프에게 뜨거운 응원을 부탁합니다."

짝짝!

박수를 받으며 민규는 자리로 돌아왔다. 건너편 중국 측 요리대에 우뚝 선 하오펑. 가소롭다는 표정으로 코웃음을 지었다.

"형!"

종규가 주의를 환기시켰다.

"응?"

"괜찮아?"

"어? 그럼……."

"아, 씨… 완전히 우리 판이었는데……."

"왜? 판 넘어갔냐?"

"그건 아니지만……."

"걱정 말고 가서 이 식재료들 좀 추려놔라."

민규가 메모를 건넸다. 하오펑은 요리 하나를 집어 들었다. 그가 좋아하는 피단도우푸였다. 산시성 출신의 관우가 만들었다는 요리. 두부 위에는 고추기름이 잔뜩 뿌려졌다. 그가 신봉하는 관우의 기를 받으려는 모양이었다.

희귀한 국수.

뭐가 있을까? 하오펑은 뭘 만들어낼까? 후밍위안의 엄지 생각은 접어두고 요리 모드로 복귀했다.

중국의 면은 헤아릴 수 없이 많다. 다민족으로 구성된 데다 넓은 국토 때문이었다. 그러나 나올 만한 요리는 이미 다 나왔다.

'빵빵미엔?'

산시성의 요리라는 피단도우푸를 보니 빵빵면이 떠올랐다. 그 또한 산시성의 특산물. 하오펑의 메뉴에서 빠져 있던 국수였다.

빵빵면은 '빵'이라는 글자부터 희귀했다. 穴+月+言+長+馬+心 등등의 글자들이 모여 하나의 문자를 이뤘다. 그 획수만 따져도 무려 57획이었다. 龍+龍+龍+龍으로 이루어진 '말 많을 절' 자가 64획이니 그 뒤를 잇는 희귀 문자. 이름답게 모양도 희귀했으니 면발이 흡사 혁대와 같았다. 더구나 이 면은 만들 때 바닥을 치며 튕기는 소리가 '빵빵'이다. 그래서 빵빵면……

맛은 매운 편이지만 육수나 소스는 문제 될 게 없었다. 하오펑쯤 되는 셰프가 이 만찬의 구성을 간과할 리 없었다.

빵빵!

빵빵!

면이 테이블을 치는 소리가 들리는 것 같았다.

"챙겨뒀어."

생각하는 사이에 종규가 돌아왔다.

"수고했다."

"희귀 면이라며? 우리는 뭘 한대?"

종규가 물었다. 재희와 차미람도 긴장하는 표정이었다.

"뭘 할까?"

민규가 되물었다.

"육면은 이미 선보였고… 태면? 궁중창면? 올챙이국수? 오이국수? 호박국수? 해초국수?"

종규와 재희가 조바심에 떨 때 하오펑은 이미 요리에 돌입하고 있었다.

사르르.

하얀 밀가루가 넉넉하게 부어졌다. 그런데 가운데는 비워놓았다. 그렇다면 또 다른 재료가 들어간다는 것.

'메밀? 아니면 콩가루? 그도 아니면 녹말?'

그런데…….

"……!"

지켜보던 민규의 눈에 벼락이 떨어졌다. 하오펑이 밀가루의 가운데다 털어 넣은 건… 특이하게도 설탕이었다.

"설탕?"

종규가 소리쳤다.

"맞아. 설탕이야."

재희도 소스라쳤다.

밀가루에 설탕!

대체 무슨 면을 만들려는 것일까? 생각을 더듬던 민규가 또 한 번 소스라쳤다.

'롱쉬미엔(龍鬚面)……'

호흡이 멈췄다. 하오펑의 생각까지 읽을 수는 없지만 레시피는 읽을 수 있었다. 설탕의 비율이 굉장히 많았다. 게다가 신중하다. 단 1g의 오차도 허용하지 않으려는 듯한 몰입…….

저 정도의 설탕이 들어간다면 이유는 단 하나였다. 강력한 점성과 탄력을 갖춘 면을 뽑으려는 것. 롱쉬미엔은 용의 수염처럼 가늘고 탄력이 있다는 뜻. 그렇기에 최대한 가늘게 뽑는 게 관건이었다. 그러자면 정확한 반죽 숙성과 섬세한 수타 능력이 동반되어야 한다. 그렇기에 적어도 1시간은 필요한 요리. 하지만 하오펑이 장담한 시간은 30분이었다. 하긴, 국수의 신으로 불리는 그였으니 그만한 비기가 없을 리 없었다.

롱쉬미엔.

과연 희귀 면으로 꼽을 만한 요리였다.

"롱쉬미엔이다."

민규 입이 열렸다.

"롱쉬미엔?"

종규가 검색에 들어갔다. 롱쉬미엔의 이미지가 올라왔다. 일반적인 레시피는 돼지고기와 죽순, 숙주, 멘마, 샹차이 등이

다. 그렇다면 비주얼은 그렇게 압도적이지 않다는 얘기?

'아니지……'

민규가 기억을 더듬었다. 중국요리를 공부할 때 본 다른 롱쉬미엔이 있었다.

'리어배면(鯉魚焙麵), 즉 리위베이미엔……'

기름에 튀긴 싱싱한 잉어에 소스를 뿌리고 롱쉬미엔을 듬뿍 올려 먹는 요리. 잉어살과 롱쉬미엔의 조합이 기가 막힌다는 요리였다. 하지만 잉어가 보이지 않았다. 그렇다면 리위베이미엔도 아니었다.

"형, 우리는 황금냉면 어때? 재료 준비도 다 끝나 있고."

종규가 대안을 내놓았다. 황금 코팅 안에 감춰진 쫀득한 메밀면. 그 정도면 육면에 이어 또 하나의 필살기가 될 수 있었다. 황금국수라면 용의 신성에 대적할 만한 개념이 아닌가?

"아니."

민규가 고개를 저었다. 나쁘지 않은 메뉴. 그러나 그건 한국의 국수가 아니었다.

'아!'

순간, 잊고 있던 식재료 하나가 머리를 치고 왔다. 예비군으로 준비한 식재료. 그거라면 희귀한 국수가 될 수 있었다. 용을 잡을 수도 있을 것 같았다. 민규가 가루 포장을 열었다. 안에서 잠자던 가루가 모습을 드러냈다. 푸른 흙이었다.

"······!"

종규가 기겁을 했다. 흙의 존재는 종규도 알고 있었다. 아침에 식재료를 챙길 때 민규가 해준 말 때문이었다. 하지만 대안이 될 수 없었다. 하오펑은 롱쉬미엔을 만드는 판에 흙국수라니?

"형!"

종규 목소리가 뒤집어졌다.

"파란 흙… 중국이 신봉하는 용은 황룡이니 목극토(木剋土)다. 다르게 보아도 용은 水를 상징하니 토극수(土剋水), 이래저래 용 잡기에는 제격 아니냐?"

"말도 안 돼. 이걸로 진짜 국수를 만들려고?"

"안 될 게 뭐냐? 우리 조상들이 먹었던 국수인데."

"형."

"쉿!"

민규가 종규의 우려를 막았다.

흙국수.

흙은 土다. 오행에서 토는 수레바퀴의 축과 같다. 축이 없으면 수레는 구를 수 없다. 즉, 목화금수를 다 제어할 수 있다는 의미이기도 했다.

홍후웅!

하오펑의 면발은 점점 모양을 갖추어가고 있었다. 허공에서 늘어난 면은 두 가닥에서 네 가닥, 여덟 가닥으로 변해

갔다.

세 전생.

그중에서 권필과 정진도의 삶을 떠올렸다. 흙국수는 권필이 먼저 알았다. 고려 말, 평양을 여러 번 다녀온 까닭이었다. 한 왕자의 식탐이 강했다. 음식을 보면 배가 뒤집힐 때까지 먹었다. 열한 살 때 이미 80㎏을 넘었다. 잔병을 달고 살았다. 왕의 걱정이 태산이었다.

"어찌하면 좋을고."

권필을 부른 왕이 우려를 쏟아놓았다.

"좋은 식치법이 없겠느냐?"

"……."

"기탄없이 말을 하거라."

"……."

"어허, 그대가 모르면 고려가 모를 일."

"……."

"정말 방법이 없겠느냐?"

"폐하."

고개를 숙이고 있던 권필이 겨우 입을 열었다. 추상같은 왕의 면전이었다.

"방법이 있기는 하오나……."

"오, 역시."

"하오나……."

운을 뗀 권필은 한 걸음도 나가지 못했다. 선뜻 입을 열기가 어려운 방법이었다.

"말을 하래도. 내 그대가 원하는 대로 갈 것이다. 약재가 필요하다면 그 또한 구해 오라 명을 내릴 것이다."

"……."

"어허!"

"그러시면 감히 아뢰겠나이다. 왕자마마의 식탐을 돌려세울 방법이 있기는 하옵니다."

"무엇이냐? 말을 하거라."

"국수이옵니다."

"국수? 그렇다면 어려운 일도 아니지 않느냐?"

왕의 목소리가 밝아졌다. 용궁의 식재료가 필요한 일도 아니었다.

"하오나 흙으로 만든 국수여야 합니다."

"……!"

"감히 불충한 말을 한 신을 죽여주시옵소서."

"……."

"폐하."

"흙이라고 했느냐?"

"예. 평양 잡약산 기슭에 부드러운 흙이 나는데 그 빛깔이 푸르고 맛은 달지도 쓰지도 않습니다. 거기에 대추나무 잎, 즉 조엽을 가루 내어 연밥가루와 함께 국수를 빚어 먹으면 효과의 상승작용으로 인해 식탐도 사라지고 몸무게도 줄어들 것으로 봅니다."

"왕자에게 흙을 먹인다?"

"황공하게도 다른 방법은 알지 못하나이다."

"그저 먹이는 것이냐?"

"왕자님의 식성에 따라 포식을 하면 아홉 구멍으로 푸른 흙물이 나올 것입니다. 그 또한 황공할 뿐입니다."

"하거라."

왕명이 떨어졌다. 권필은 즉시 목욕재계를 하고 은밀하게 국수를 빚었다. 왕자에게 흙을 먹이는 것. 누군가 알면 구설수가 될 수 있었다. 식사 또한 상궁들을 물리고 독대로 바쳤다. 시녀조차 얼씬도 못하게 만들었다.

"겨우 국수냐?"

왕자는 퉁명스러웠다. 그러나 왕의 음식제한령이 떨어졌기에 푸짐한 국수가 반가운 왕자였다. 그의 식탐은 국수 8인분을 해치웠다. 그러다 9인분에 이르러서 사달이 나고 말았다. 움, 하는 위경련과 함께 인체의 아홉 구멍으로 푸른 진액들이 밀려 나온 것.

구규누수(九竅漏水).

구규출혈에 비해 그렇게 불렀다.

"우엑, 우에엑!"

왕자는 토하고 또 토했다. 그런 다음 멋대로 늘어져 이틀을

잤다. 권필은 그 옆에서 밤을 새웠다. 사흘째 되는 날 깨어난 왕자는 더 이상 식탐을 부리지 않았다. 몸무게도 14㎏이나 빠졌다. 소식을 듣고 달려온 왕이 권필을 치하했다.

"그대의 식치는 가히 고려의 보물이라."

권필은 그저 고개를 조아릴 뿐이었다.

정진도의 흙국수는 갈래가 달랐다. 그에게는 약보다 양으로써 쓰였다. 더 많은 사람을 먹이기 위한 방편이었다. 국수나 떡에 나무뿌리도 찧어 넣고 흙도 넣었다. 그러다 이 푸른 흙을 만났다. 다른 흙에 비해 잡맛이 없었다. 쌀이 궁하면 이 흙에 보릿가루 등을 섞은 국수를 만들어 빈민 환자들을 먹였다. 위장을 채우지 않고는 환자를 살릴 수 없었다. 위기(胃氣)가 떨어지면 백약이 무효인 것이다.

하지만 정진도는 빈민들의 명의. 그런 그였기에 단순히 배만 불리지는 않았다. 여러 식재료를 더해 최상의 맛을 찾아냈다. 바로 산마와 녹말가루였다. 산마의 흰색은 푸른 흙의 색깔을 유려하게 만들었다. 녹말가루는 점성을 높였다. 두 재료는 은은한 단맛까지 있었으니 금상첨화. 그렇게 만든 흙국수 맛은 담담함의 극치가 되었다. 신선들이 즐기는 자연의 맛에 다르지 않았다.

민규는 그걸 차용했다. 이미 실험도 마친 바였다. 가루의 반죽물은 매우수와 순류수로 삼았다.

흙은 삼라만상을 키운다. 그중에서도 오롯한 매화를 꿈꾸는 민규였다. 있는 듯 없는 듯 그윽한 매화 향기. 그것처럼 이 흙국수가 무위자연 같은 감동이 되기를. 권필의 흙국수를 먹은 왕자가 그랬듯 오장육부에 낀 삶의 때를 다 벗고 잠시라도 순백으로 돌아가기를…….

반죽을 밀었다. 더할 것은 정성뿐이었다. 매우수와 순류수를 소환한 물은 이미 펄펄 끓고 있었다. 흙국수에 쓸 부재료는 재희와 종규가 맡아 착수를 했다.

반죽은 하늘빛이 되었다. 땅에서 비롯된 하늘. 민규 마음에 자부심이 솟았다. 시작은 평양 잡약산 기슭의 푸른 흙에서 비롯된 흙국수. 보릿고개나 가난한 사람들의 허기진 속을 달래주던 것. 때로는 행군하던 병사들도 이 흙으로 만든 국수를 배불리 먹고 전장으로 향했다는 기록은 '평양속지(平壤續志)'에 전한다. 그 역사 속의 국수가 민규 앞에서 재현되고 있었다.

고려의 흙국수.

조선의 흙국수.

시공을 건너 지금은 대한민국의 흙국수였다.

파스텔 톤으로 색감이 다운된 흙국수의 자태는 고왔다. 우려하던 종규와 재희의 시선도 조금씩 풀어졌다. 저토록 고운 색감이라면 겨뤄볼 만하다고 생각한 것이다.

하지만!

거기서 일대 반전이 일어났다.

하오펑의 손가락이었다.

16,000가닥.

보통의 수타 명인들이 자랑하는 수타면의 가닥이다. 이 정도 가닥을 뽑아내면 최상급의 셰프로 뽑힌다. 하지만, 하오펑의 경지는 그걸 넘어서 버렸다. 무려 64,000가닥을 뽑아낸 것이다. 그 가닥이 너무 얇아 거미줄에 버금갈 지경이었다.

그가 가닥 하나를 집어 들었다. 과시하려는 줄 알았다. 그러나 과시 외에 또 하나의 의도가 있었다. 허우밍이 다가와 라이터를 들이댔다. 그리고 가늘디가는 면발의 끝에 불을 당겼다.

"와아!"

앞에서 턱을 괴고 구경하던 꼬마들이 탄성을 질렀다. 불이 붙었다. 길고 긴 면발이 하르르 타올랐다. 국수에 불이 붙을 수 있을까? 설탕의 당분 때문에 가능한 일이었다.

민규는 본질을 알았다. 불붙는 게 핵심이 아니었다. 핵심은 균등이었다. 불은 균질하게 타올랐다. 어느 한 곳에서 강하거나 약하지 않았다. 인공지능의 계산만큼이나 정밀한 반죽이라는 의미였다.

'과연……'

인정!

1시간은 걸려야 하는 걸 30분에 이룬 하오펑. 면발 뽑는 스킬은 가히 신에 버금가고 있었다. 그러나 진짜 경이로움은 거기부터였다. 64,000가닥의 면발을 고이 도마 위에 눕힌 하오 평. 허우밍에게 받은 기름을 균등하게 바르는 게 아닌가? 면 발에 기름칠? 이건 또 웬 꿍꿍이?

'삶지 않고?'

민규의 촉이 벼락처럼 일어났다. 예감이 좋지 않았다.

기름을 바른 하오평, 64,000가닥의 국수를 가로로 도르르 말았다. 그런 다음 중식도를 집어 들었다.

'대체?'

미간을 찡그리는 사이에 중식도가 가볍게 허공을 휘저었다.

톡, 톡!

하오평, 간결한 동작으로 반죽을 잘라냈다. 모양만 보아서 는 국수가 아니었다. 점입가경이었다. 신묘한 수타 파워로 뽑 아낸 면발에 기름을 칠하더니 왜 뭉쳐 버리는 걸까?

의문은 오븐의 문이 열리면서 풀렸다. 화권(花捲), 즉 꽃빵 크기로 잘라낸 면발 뭉치가 오븐으로 들어간 것이다. 끓는 물 이 아니라 오븐이었다.

"형!"

"셰프님!"

종규와 재희가 자지러졌다. 롱쉬미엔. 끓는 물로 직행할 줄 알았던 면발이 오븐으로 들어갔다. 하오평, 도대체 뭘 하자는 걸까?

'풋내기 놈……'

손을 씻은 그의 시선이 민규 쪽으로 건너왔다. 민규의 안면 근육이 꿈틀 경련했다. 하오펑은 여유 만만이었다. 그야말로 황제의 위엄이었으니 그보다 더 여유로워 보일 수 없었다.

"뭘 하려는 거지?"

종규가 촉각을 세웠다. 재희와 차미람도 다르지 않았다. 아지랑이처럼 가는 롱쉬미엔을 뽑아내더니 오븐이라니?

"아!"

핸드폰으로 검색을 하던 종규의 입에서 신음이 나왔다. 답을 찾은 모양이었다. 종규가 보여준 건 국수빵이었다. 프랑스 요리를 배운 가정주부. 비빔국수, 물국수에 지쳐 새로운 모색을 했다. 그게 바로 과일 고명을 올려 구워낸 잔치국수였다. 민규도 본 적은 있었다. 재미난 발상이지만 비주얼은 좋지 않았다. 국수를 그냥 말아 넣고 구운 까닭이었다. 당연히 맛이 좋을 리도 없었다.

하지만 하오펑은 달랐다. 그의 면발은 한숨처럼 여린 64,000가닥의 미세 면발. 반죽에는 특이하게도 설탕을 듬뿍 넣었다. 그 위에 발라진 기름은 무엇일까? 중국 비기의 기름일까 아니면 올리브유일까? 그게 무엇이든 기막힌 맛으로 나올 건 짐작이 어렵지 않았다.

"아, 씨… 국수 만든다더니……."

종규는 울분에 겨운 듯 핏대를 올렸다.

종규 생각은 틀렸다. 하오펑은 분명히 면발을 뽑았다. 그런 다음에야 볶아내든 지져내든 관여할 바가 아니었다. 시대를 뛰어넘는 셰프는 늘 새로운 요리에 도전하기 때문이었다. 과연 명불허전. 하오펑의 저력은 깊고 또 깊었다.

나의 길을 갈 뿐.

시선을 거두고 흙국수를 건져냈다. 민규는 초지일관 냉국수였다. 식재료의 맛을 살려내는 납설수. 동지선달의 차가운 눈이 녹아든 물로 면발을 씻었다. 흙이 재료이기에 메밀보다도 더 잘 퍼지고 끊어지는 성분. 그러나 산마와 녹말가루를 황금비로 더했기에 약점은 사라졌다. 면발은 쫄깃, 탱글한 함흥냉면에 못지않게 나왔다.

통― 통!

그냥 넘어갈 수 있을까? 민규의 두 꼬마 도우미 입에 몇 가닥씩 물려주었다.

쪼로룹, 뿡!

호르룹, 쪽!

면발은 미사일처럼 빨려 들어가며 경쾌한 작렬음을 냈다.

오케이.

민규가 웃었다.

하오펑……

고맙습니다.

당신 최고의 국수를 만들어줘서.

그 정도는 되어야 내 3생의 내공과 겨룰 만하지요.

여유를 되찾은 민규, 흙국수를 독특하게 말아냈다. 굽이지는 물결 모양이었다. 또 하나는 동그란 원기둥 모양으로 말아올려 끝을 리본처럼 묶어놓았다.

그사이에 하오펑의 롱쉬미엔이 나왔다. 시선이 그쪽으로 집중되었다. 빵 포스였다. 그러나 그건 선입견에 불과했다. 소매를 걷은 하오펑, 대나무 젓가락으로 잠을 깨우듯 빵을 건드렸다.

통!

작지만 맑은 소리가 났다.

그러자!

"아!"

"와우!"

"원더플!"

폭발적인 탄성이 터져 나왔다. 기립 박수도 멈추지 않았다. 후밍위안의 미소와 자부심은 천상에 닿을 정도였다. 어깨와 목에 들어간 힘은 지구가 무너져도 받쳐낼 듯싶었다.

"황제천상지몽면입니다."

무아지경이던 하오펑의 입이 열렸다.

황제천상지몽면.

꿈꾸는 하늘의 면.

요리 이름마저 압도적이었다.

국수의 본산 중국의 국수입니다.

신(神)도 감히 이 요리는 넘보지 못합니다.

하오펑의 긍지는 궁극의 요리 위에서 천상의 풍미로 너울거렸다.

구워낸 롱쉬미엔.

겉은 환상의 노릇함으로 나왔다. 그냥 보면 빵을 구운 것 같지만 그 안에 든 신비를 하오펑이 꺼내놓았다. 껍질을 두드리자 봉숭아가 터지듯 열린 신세계. 자연스레 터져 나온 64,000가닥의 국숫발은 하늘거리는 민들레 홀씨처럼 보였다.

보일 듯 말 듯 아련한 거미줄 면발에 아른거리는 민들레 홀씨의 식감. 정말이지 난폭하게 달려들어 베어 물고 싶은 미식의 경지가 거기 있었다.

황제의 접시에 세팅된 롱쉬미엔. 자태부터 풍미까지 격이 다른 위용을 뽐었다.

"맙소사, 이건 기적이에요. 국수가 아니라 하나의 판타지잖아요?"

레이첼이 빠질 리 없다. 그녀는 거듭 자지러졌다. 그녀는 오버액션이지만 롱쉬미엔의 격조 때문에 누구도 눈살을 찌푸리지 못했다.

그렇다면……

'코리아의 셰프는?'

롱쉬미엔의 격조에 홀렸던 사람들, 사브리나와 에이미, 사야카를 중심으로 민규 쪽으로 고개를 돌렸다.

"오 마이 갓!"

첫 감탄사는 스위스 대사 부인의 입에서 나왔다. 그녀의 눈에 들어온 두 가지 연출의 흙국수. 그건 요리가 아니라 순백처럼 지고지순한 산수화의 일부였다.

"제 국수의 이름은 약선무위자연면입니다."

약선무위자연면.

하오펑에 맞서는 민규 요리의 타이틀.

첫 접시의 시각은 눈 시린 흰색이었다. 일반적인 소스 점도로 맞춘 새하얀 마즙. 꿈속의 주단처럼 깔린 마즙 위로 장엄한 산수가 보였다. 면발을 굽이지게 말아 마즙 위에 명산을 세운 민규였다. 그 푸른 명산 사이에 산매화가 피어 있었다. 장미 오림으로 작은 산매화 꽃송이를 만들어 절묘하게 올려놓은 것. 산머리에 올라앉은 실오이채와 잣가루는 고소한 향으로 후각을 건드렸다. 롱쉬미엔의 즉각적인 미식감과 달리 은은하고 아련한 식감이었다.

그 아련함 위로 나비 떼가 내려왔다. 종규의 필살기였다. 나비는 하르르 하르르 꿈결 같은 날갯짓으로 국수 위를 떠돌다 날아올랐다.

"와아아!"

아이들이 나비를 쫓아갔다.

스위스 대사 부인의 시선이 국수에 꽂혔다. 두 국수, 같은 면발이지만 연출이 달랐다. 이번 소스는 다홍의 팥물이었다. 할머니의 동생이 보내온 야생의 새팥이 원료. 오미자와 백년 초의 맑은 색감을 곁들인 것. 중후한 팥물 컬러를 다운시켜 신비감을 더하고 정감을 살려놓았다. 그 안에 피어난 흰 싸리 버섯에 팥물이 비치니 복숭아꽃 가득한 무릉도원의 재현이었 다. 원통형의 면발은 그 중심에 이상향처럼 우뚝했다. 머리에 는 하얀 생마채에 더불어 참기름 두 방울. 흰 마와 다홍의 새 팥 소스에 담아낸 푸른 흙국수는 신선의 나라에 다르지 않았 다.

"인크레더블!"

"보는 것만으로도 심장이 설레어요."

그리스 대사 부인에 이어 사브리나가 넋을 놓았다.

"차마 먹을 수가 없겠네요."

에이미도 넋을 놓기는 다르지 않았다. 하오펑의 롱쉬미엔에 나온 격정적인 찬사와 달리 조용하고 차분한 감상들. 산수에 취한 영부인은 숨조차 제대로 쉴 수가 없었다.

"이제 시식을 시작하겠습니다. 각자 먹고 싶은 요리를 드세 요. 양쪽을 다 먹어도 상관없고 한 요리만 드셔도 상관없습니 다."

후밍위안이 시식을 재촉했다. 롱쉬미엔의 열기가 식기 전에 승부를 보려는 생각이었다.

"후아아!"

"어쩜……."

"입에서 저절로 녹아요."

"혀를 정지해 보세요. 면발이 한 가닥 한 가닥 느껴진다고요."

귀빈들의 감상평 중에서도 레이첼의 목소리가 가장 높았다. 레이첼은 자신과 친분이 있는 대사 부인들을 중심으로 분위기를 고조시켰다. 그때마다 후밍위안의 미소가 귀로 올라갔다. 하지만, 한순간 그녀가 미간을 찡그렸다. 상승하는 열감 때문이었다. 특히 민규의 말을 듣고 난 후부터 더 심해지는 것 같았다.

엄지손가락.

새우에 찔린 건 사실이었다. 그러나 새우 따위가 대수일까? 새우 머리에 찔리는 일은 흔하디흔한 일. 찜찜한 마음에 슬쩍 다리를 확인했다.

"……."

수포가 조금 더 커진 느낌이었다. 기분이 좋지 않았다. 그 불안이 민규에게 포착되었다. 민규가 종규를 불렀다.

"아까 내가 말한 거 빠짐없이 준비해라. 곧 써야 할지 몰라."

지시하는 민규의 표정은 한없이 숙연했다.

"후밍위안!"

레이첼이 후밍위안을 불렀다. 후밍위안은 롱쉬미엔 예찬자들을 위해 기꺼이 달려갔다.

"64,000가닥요? 세상에, 그럼 천 겹의 잎사귀를 자랑한다는 밀푀유도 명함조차 못 내밀겠군요?"

레이첼의 억양과 제스처는 점점 더 오버액션이었다.

"당연하죠. 64,000가닥의 면발은 지구상 어디에서도 찾아볼 수 없어요. 여러분은 그야말로 전설의 동물인 용의 수염을 먹고 있는 거라고요."

후밍위안이 레이첼 곁의 귀빈들에게 설명했다.

"와우, 드래곤?"

"서양의 드래곤과 달리 동양의 드래곤은 천기를 다스리는 신이한 동물이에요. 소원을 들어주거나 나쁜 기운을 막아주는 행운의 상징이죠. 그런 용의 수염을 64,000가닥이나 먹었으니 여러분은 모두 소원을 이룰 거예요."

"그럼요. 국수는 역시 중국이죠. 하오펑 셰프의 닉네임이 국수의 신이라더니 정말 잘 어울리는 칭호네요."

레이첼이 하오펑을 향해 엄지를 세워주었다. 하오펑은 까닥 고갯짓으로 답례를 했다.

분위기는 좋았다. 롱쉬미엔을 먹은 귀빈들은 누구라도 감탄과 칭찬을 아끼지 않았다.

"내가 먹어본 최고의 국수 요리."

"세계 3대 진미와 겨루어도 뒤지지 않을 요리."

"내 인생의 요리."

표현은 다양했지만 최고라는 의미는 빠지지 않았다. 뿌듯해하던 후밍위안이 민규 쪽으로 고개를 돌렸다. 그쪽으로 향하는 영부인을 본 것이다. 그 앞에도 사람은 많았다. 하지만 귀빈들의 반응은 아주 달랐다. 자지러지는 소리만 들릴 뿐, 소리 높여 찬양하는 사람은 없는 것이다.

'감히……'

후밍위안은 몹시 만족스러웠다.

하지만, 그건 그녀의 착각이었다. 민규의 흙국수를 시식한 사람들. 맛이 없어서 말을 않는 게 아니었다. 오히려 그 반대였다. 그들이 먹은 건 요리가 아니라 예술이자 감동이었기에 차마 뭐라고 표현할 방법을 찾지 못하고 있었던 것이다.

귀빈들의 공통점은 또 하나 있었다.

파르르…….

흙국수를 받아 들면 사시나무처럼 떨었다. 차게 나온 국수라 추워서 그런 게 아니었다. 이 아름다운 신선의 세계를 차마 건드리지 못하는 것이었다. 그러다 한 입을 머금으면 이번에는 격한 감동으로 떨었다. 흙 반죽에 더해진 산마와 녹말가루. 그리고 그들의 진기에 생동감을 더한 초자연수의 시너지. 인간의 원초를 쓰다듬는 초자연의 맛에 아련한 새소리까지 더해지니 오감이 무장해제를 당하는 것만 같았다.

맛있어, 맛있어.

하오펑의 롱쉬미엔을 먹으면 그 소리가 입으로 나왔지만 민규의 흙국수에서는 그 말이 머리와 심장 안으로 녹아들었다. 순백의 신선의 요리를 먹으면 반드시 다홍 신선의 세계를 집어 들었다. 롱쉬미엔이 황홀한 미식이었다면 흙국수는 정화의 미식이었다. 몸에 더해 마음까지 맑아지는 것이다.

"아아!"

"오오!"

그렇기에 민규의 요리대 주변에는 신음 같은 찬사의 바다가 출렁. 원초의 맛에 취한 사람들은 풀린 다리를 지탱하느라 어쩔 줄을 몰랐다. 그중에서도 압권은 사브리나와 사야카였다. 어느새 에이미와 함께 붙어 선 세 사람은 사이좋게 넋을 놓고 있었다.

"셰프……."

영부인도 다르지 않았다. 두 가지 흙국수를 모두 비워낸 그녀. 빈 그릇에 내려앉은 노랑나비를 보는 눈에는 초점이 없었다. 민규가 정화수 한 잔을 건네주었다. 영부인의 품격을 위한 배려였다. 시식은 그렇게 끝났다.

"어떻습니까? 여러분?"

후밍위안이 나와 소리쳤다.

"와아아!"

귀빈들은 환호와 박수로 화답했다.

"희대의 국수 요리를 선보여 준 두 셰프에게도 박수 부탁합니다."

짝짝짝!

"그럼 수고하신 두 분 셰프에게 직접 요리 해설을 듣겠습니다."

후밍위안이 하오펑과 민규를 가리켰다. 민규는 하오펑에게 발언을 양보했다.

"큼큼!"

목청을 고른 하오펑이 롱쉬미엔 하나를 들고 한 발 앞으로 나왔다.

"롱쉬미엔을 아껴주셔서 고맙습니다. 익히 아시겠지만 이 롱쉬미엔 안에는 64,000가닥의 용의 수염이 들어 있습니다. 최고의 면발을 위해 들어간 설탕과 반죽의 비율 또한 황금 비율인 1 대 1.618을 맞췄습니다. 여기서 조금만 틀려도 64,000가닥은 나오지 않습니다."

"우와아!"

하오펑의 말에 환호가 이어졌다. 흥이 오른 하오펑. 괴팍한 성향답게 손에 든 롱쉬미엔을 중식도로 살짝 건드렸다. 그러자 겉이 부서지며 드러난 새하얀 면발이 민들레 홀씨처럼 하늘거렸다.

허리를 굽혀 예의를 갖춘 하오펑, 다시 말을 이어나갔다.

"고맙습니다. 중국에 있어 용은 매우 특별한 존재입니다. 우리나라에서는 이 롱쉬미엔을 먹으며 한 해의 길운을 소망하지요. 이 면은 명나라 대에 개발되어 황제의 미각까지도 홀려버린 국수의 황제입니다. 오늘 롱쉬미엔을 드신 분들 모두모두 소원과 꿈이 이루어질 것을 믿습니다."

후우!

하오펑이 홀씨를 불었다. 홀씨가 귀빈들의 머리 위로 날아올랐다.

"와아!"

아이들은 그 홀씨를 잡으려 두 손을 팔랑거렸다.

민규 차례가 되었다. 민규는 하오펑을 향해 박수부터 보냈다. 빈정이 아니라 진심이었다. 국수 대가의 롱쉬미엔은 '그레이트'라는 평을 듣기에 충분하고도 남았다. 하지만 승자로의 인정은 아니었다.

"하오펑 셰프의 롱쉬미엔, 감탄하지 않을 수 없는 걸작이었습니다."

하오펑을 돌아본 민규가 차분하게 말을 이어갔다.

"그는 최상의 밀가루에 잘 정제된 설탕으로 기적의 요리를 재현했습니다. 64,000가닥의 용 수염이라니요."

빙긋.

흡족해하는 사람들의 얼굴이 보였다. 후밍위안과 하오펑, 그리고 레이첼과 그녀의 지지자들이었다.

"그에 비하면 제 식재료는 보잘것없습니다. 누가 한 분 나오서서 확인해 주시겠습니까?"

민규가 푸른 흙가구가 든 그릇을 들어 보였다.

기다렸다는 듯이 레이첼이 나와 가루를 찍어 맛을 보았다.

"웹!"

레이첼이 비위를 뒤집었다. 입을 씻어낸 레이첼이 민규를 돌아보았다.

"이거 설마 흙?"

"맞습니다. 제 국수의 주된 식재료는 흙이었습니다."

"……!"

민규의 한마디에 귀빈들이 뒤집어졌다. 신선의 산수화 같던 국수. 인간의 원초적인 미각을 달래주던 그 국수가 흙이었다니?

"맙소사!"

"오 마이 갓!"

여기저기서 경악의 웅성거림이 흘러나왔다.

"하지만 그냥 흙은 아닙니다. 이 흙은 오랜 옛날, 한국의 선조들이 국수로 만들어 먹던 특별한 흙입니다."

"……."

"세계적으로 흙으로 만든 먹거리는 한둘이 아닙니다. 국수뿐만 아니라 빵과 쿠키도 흙으로 만들고는 했으니까요. 나아가 돌아보면 우리 인간이 먹는 모든 음식의 재료는 거의 다

흙에서 비롯됩니다. 심지어는 사람도 흙에서 비롯되었습니다. 성서에 이르기를 창세기의 마지막 날 하나님이 흙으로 사람을 빚은 후에 코에 생명을 불어넣었다고 하셨지요."

"……."

"가장 희귀한 국수를 생각하니 고려와 조선시대에 먹었던 흙국수가 생각났습니다. 자연의 일부인 인간에게 가장 고귀하고 본질적인 먹거리. 저는 그게 흙국수라고 생각했습니다."

"……."

"그 흙의 담미를 살려내 잃어버린 미각을 찾아내려고 한 게 제 요리의 포인트입니다. 제 요리는 행운을 주지는 않지만 인간들이 잊어가던 미식의 본질에 작은 씨앗을 틔우고 싶었습니다. 그 소망을 산수를 연출한 세팅으로 담아냄으로써 자연의 일부인 우리 인간과 함께 어우러지는 요리를 구현해 보았습니다. 오래오래 기억에 남는 요리가 되기를 바랍니다."

민규가 설명을 마감했다.

짝짝짝짝!

박수가 나왔다. 조용하지만 길었다. 그 박수가 그치지 않자 레이첼이 까칠하게 손을 저어 정리를 했다.

"두 세프의 요리 철학이 굉장합니다. 용의 존엄과 소박한 흙국수. 이름하여 황제천상지몽면과 약선무위자연면. 둘 다 매혹적인 요리가 분명하지요. 하지만 이 이벤트를 제안한 사람으로서 어떤 요리가 더 인기 있는지 확인하고 싶습니다. 롱쉬미엔을 상징하는 황색기와 흙국수를 의미하는 청색기를 드릴 테니 제 신호에 맞춰 들어주시기 바랍니다."

레이첼의 말에 따라 작은 깃발이 주어졌다.

"자, 하나, 둘, 셋에 일제히 들어주세요."

하나!

둘!

셋!

레이첼의 구령이 후원에 울려 퍼졌다. 황색 깃발이 먼저 올라갔다. 10여 개였다. 영부인도 황색기를 들었다. 대한민국 영부인으로서 상대에 대한 예우였다. 후밍위안과 레이첼의 입가에 흡족한 미소가 번져갔다.

"나머지 분들도 부탁합니다."

레이첼이 재촉했다. 그러자 나머지 30여 명의 귀빈들이 일제히 깃발을 들어올렸다.

"아자!"

애태우던 종규가 환호를 질렀다.

"셰프님!"

재희와 차미람의 애절함도 그 뒤를 이었다.

깃발… 깃발… 나중에 올라온 깃발들은 죄다 청색기였다. 세어볼 필요도 없었다.

"대체……"

대반전에 놀란 레이첼의 목소리가 떨렸다. 그러자 에이미가 일어나 소감을 밝혔다. 레이첼의 눈매가 살짝 흔들렸다. 사브리나가 아니라 에이미였기 때문이다. 원래는 사브리나가 발언하려 한 일. 그러나 에이미가 원했다. 자신의 검버섯을 씻어준 민규에 대한 고마움 때문이었다.

사브리나는 기꺼이 양보했다. 사브리나와 레이첼의 불편한 견제 관계를 아는 귀빈들. 그렇기에 자신보다 에이미가 나서주면 더 자연스럽다고 판단한 것이다.

"하오펑 셰프의 룽쉬미엔은 미식의 극치를 보여주었습니다. 그 요리는 마음의 빈 곳까지 푸짐하게 채워주고 미식의 황홀경에 다다르게 했습니다."

"그런데 왜?"

레이첼의 시선은 에이미의 깃발에 있었다. 그녀가 들어 올린 건 청색기였다.

"룽쉬미엔은 훌륭했지만 그 훌륭함은 일반적인 미식의 기준이기 때문입니다. 그가 추구한 화려함과 정열적인 맛은 분명 기억에 남겠지만 이 셰프의 흙국수는……."

"……."

"그의 흙국수는 정화의 극치였고 마음을 지나 영혼까지 쓰다듬어 주었습니다. 단순한 미식이 아니라 우리가 잊고 살아온 원초의 맛을 구현함으로써 미식에 대한 새로운 지평을 열어주었죠. 이보다 더 희귀한 국수, 희대의 요리가 있을까요?"

"하지만 롱쉬미엔은 무려 64,000가닥이나……."

"겹겹을 자랑하는 요리는 밀푀유도 있습니다. 오늘 우리가 이 자리에서 맛보길 원한 건 동양적인 요리였지요. 흙국수는 그 주제를 탁월하게 구현해 주었습니다. 한국적이고 선적이며 한 폭의 수려한 산수화를 옮겨 온 요리… 더 설명이 필요하나요?"

"……!"

"그렇다면 이 질문이 답이 될 수 있겠군요, 하오펑 셰프님."

에이미가 하오펑을 바라보며 말을 이었다.

"롱쉬미엔 말이에요, 중국에 가면 먹을 수 있나요?"

"고급 호텔이나 국수 명인의 집이라면 가능합니다. 롱쉬미엔은 우리 중국의 자랑스러운 요리니까요."

하오펑의 답은 통역을 통해 나왔다.

"이 셰프님."

에이미의 눈빛이 민규에게 향했다.

"이 흙국수도 한국의 요리 명인들이 만들어 파는 요리인가요?"

"아닙니다. 흙국수는 일반적으로 만들어 먹거나 파는 요리가 아닙니다. 오직 여러분만이 맛을 보신 겁니다."

민규가 답했다.

"이상입니다."

에이미가 논쟁의 종지부를 찍었다. 이벤트의 주제는 '희귀 국수'. 민규의 흙국수는 맛을 떠나 그 명제에도 부합하고 있었던 것이다.

짝짝!

첫 박수는 일본 대사 부인 사야카였다. 그녀 역시 흙국수의 감동에서 헤어나지 못하고 있었다.

짝짝짝!

다른 박수가 릴레이로 이어졌다. 에이미의 논리는 반박할 여지가 없었다.

"이제 우리가 궁금합니다. 후밍위안과 레이첼은 어떤 깃발을 들 겁니까?"

에이미의 시선이 두 여자를 겨누었다.

"나는 기권입니다. 솔직히 국수를 별로 좋아하지 않거든요."

레이첼은 얄팍한 핑계를 대고 빠져나갔다.

"후밍위안도 국수를 좋아하지 않나요?"

에이미가 다그쳤다. 후밍위안은 발열이 더 심해지는 걸 느꼈다. 그녀 자신이 데려온 국수의 신 하오펑이었다. 레이첼 같은 이유를 댈 수 없었다.

"나는……"

후밍위안이 어쩔 줄 몰라 할 때 민규가 나섰다.

"아까는 바빠서 제 국수를 제대로 감상하지 못하시더군요. 이걸 드신 후에 결정해 주시기 바랍니다."

"······!"

후밍위안이 민규를 쏘아보았다.

'감히······.'

그녀의 핏대 게이지가 올라갔다. 감정이 격해지자 돌연 배가 땡기며 숨이 막혀왔다. 참을 수 없는 복통이었다.

'윽!'

아랫입술을 물며 간신히 버티는 후밍위안. 수많은 귀빈들 앞에서 이미지를 망치고 싶지 않았다.

"드셔야 합니다."

민규가 흙국수를 내밀었다.

"셰프······."

"열이 심하죠? 해열제는 드셨을 걸로 생각됩니다. 하지만 그걸로는 감당할 수 없는 열입니다. 아닙니까?"

"······?"

"으슬으슬 오한에 혈압도 내려가고 복통도 굉장할 겁니다. 아닙니까?"

"······."

"제 말이 맞으면 어서 드십시오. 엄지손가락 때문입니다. 새우라고 했으니 아마도 비브리오패혈증으로 보입니다."

"비, 비브리오패혈증?"

"더 늦으면 패혈성쇼크가 올 수 있습니다. 그렇게 되면……."

"지금 무슨 말을 하는 거예요? 새우는 문제가 아니라고 했을 텐데요?"

후밍위안이 핏대를 올렸다.

"혹시 여기 계신 분 중에 의사가 있습니까? 아니면 대사관 직원 분들 중에서라도."

민규가 귀빈들을 보며 물었다.

"제가 내과의사를 했었어요."

손을 든 사람은 인도 대사의 부인 아이쉬와라였다.

"제가 볼 때 후밍위안은 비브리오패혈증에 걸린 것 같습니다. 죄송하지만 확인을 부탁드립니다."

"비브리오패혈증?"

"시간이 없습니다. 부탁합니다."

민규의 청을 받은 아이쉬와라가 후밍위안에게 다가섰다. 후밍위안은 황당했지만 더 이상 항변하지 못했다. 거부의 뜻을 밝히려는 순간, 다시 복통이 발작하며 무너져 버린 것.

"후밍위안!"

레이첼이 달려들었다. 아이쉬와라가 그녀를 막았다. 아이쉬와라는 의사. 콧대 높은 영국 대사의 부인도 면허증 앞에서는 통하지 않았다.

"다리를 보십시오."

민규가 정보를 제공했다.

"맙소사!"

발열에 이어 다리의 수포 조짐까지 확인한 아이쉬와라가 엉덩방아를 찧었다.

"장담할 수는 없지만 이 셰프의 말이 맞는 것 같아요."

"오오!"

아이쉬와라의 진단이 나오자 귀빈들이 술렁거렸다.

"어서 드세요. 해독에 좋은 식재료를 넣은 국수입니다. 후루룩 육수라도 마시면 조금 좋아질 겁니다."

"으억!"

후밍위안은 대답은 경련이었다.

"어서요. 입 벌리세요. 응급조치라도 해야 한다고요!"

민규의 소리가 버럭 높아졌다. 그 위엄에 압도된 후밍위안, 벌벌 떠는 입을 벌려주었다. 민규는 그녀의 입안으로 육수를 떠 넣었다.

"푸웁!"

후밍위안이 육수를 밀어냈다.

"너무 짜……."

"먹으세요. 신장부터 돌봐야 하기 때문에 짜게 간을 했습니다."

민규는 사정을 봐주지 않았다. 국수의 육수는 거의 반강제로 들어갔다.

"이봐요, 셰프!"

보다 못한 레이첼이 목청을 높였다.

"흥분하지 마세요. 당신이 할 일은 구급차를 부르는 겁니다. 차가 올 때까지는 내게 맡겨두세요!"

민규가 카리스마를 뿜었다.

"뭐라고요?"

"셰프 말이 맞아요. 루이스 번하드가 그런 말도 했어요. 이 셰프는 약선요리로 사람의 질병도 고칠 수 있다고요. 그저 구경이나 하는 레이첼보다 백배는 나은 거 아닌가요?"

사브리나가 민규를 지지하고 나섰다. 레이첼은 기세에 질려 군소리를 하지 못했다. 그사이에 국수가 바뀌었다. 첫 육수는 신장을 보하는 구성이었다. 비브리오패혈증은 해독이 필요했다. 해독은 간이 하지만 그 간을 지원하는 건 신장. 그렇기에 신장의 조치부터 시작한 민규였다.

"독을 해독하는 좁쌀가루 속미분에 역시 해독에 탁월한 쌀로 만든 초를 더하고 녹차의 성분을 우려 만들었습니다. 동시에 위장을 위해 찐 대추가루, 들깨가루, 영지버섯가루와 쪽씨가루를 더해 당신의 체질에 맞게 구성하고, 마지막으로 해독 효과가 뛰어난 한국의 약수 지장수로 우려냈으니 도움이 될 겁니다. 홀리지 말고 넘기세요."

"으……."

후밍위안의 풀린 눈이 하오펑을 돌아보았다.

"말해주세요. 내가 말한 식재료와 약재들… 당신도 아시겠지요? 좁쌀을 가루로 낸 속미분, 쌀로 만든 식초, 쪽씨 가루와 지장수가 해독 작용이 있다는 거 모르지 않잖아요?"

민규가 하오펑에게 소리쳤다. 그 앞에는 민규가 말한 재료들이 들이밀어져 있었다. 종규가 보조를 맞춘 것이다.

"이 셰프의 말이 맞습니다."

재료를 본 하오펑이 중얼거렸다. 그제야 후밍위안의 육수 섭취가 고분고분해졌다. 몇 숟가락이 거푸 들어가자 후밍위안의 복통이 가라앉기 시작했다. 쾌속의 효과를 위해 더한 급류수의 위력이었다. 몇 숟가락을 더 먹이자 후밍위안의 자세가 바르게 돌아왔다.

띠뽀띠뽀!

담장 너머로 구급차의 사이렌 소리가 들렸다. 민규는 비로소 국수 그릇을 거두었다. 위급한 상황은 넘겼다. 민규가 마무리할 수도 있었지만 그럴 생각은 없었다. 비브리오패혈증. 중국 대사관이 주치의로 삼은 병원에서 정식으로 듣는 게 나았다. 민규의 사후 돌봄 서비스까지는 받지 않을 여자기 때문이었다.

"……."

후밍위안의 시선은 이제 민규에게 있었다. 믿기지 않게 가라앉은 복통과 작열감. 구토 증세와 전신의 무력감도 거의 사라진 후였다. 그러나 먹은 건 흙국수에 딸린 두 가지 육수…….

"시식 소감은 나중에 말해주셔도 됩니다."

민규가 예의를 갖추고 물러났다. 구급 대원들이 가까워지고 있었다.

후밍위안은 결국 들것에 실렸다. 그때까지 그녀는 어떤 말도 하지 않았다. 구급차에 실리기 전, 우두커니 민규를 돌아보았을 뿐.

만찬장의 분위기는 어수선하게 변했다. 그 와중에도 사브리나와 에이미 등은 민규에게 인사를 잊지 않았다.

"매직이네요. 내 얼굴의 검버섯… 이거 자고 나면 다시 나는 거 아니겠죠?"

에이미가 웃었다. 민규는 추로수를 한 병 안겨주었다.

"내일 아침까지는 다 드세요. 다시는 그 얼굴에 검은 꽃이 피지 않을 겁니다."

민규도 웃었다.

"셰프님."

다음 인사는 한스 몫이었다. 엄마 손을 잡고 온 한스는 배꼽 두 손 자세로 고마움을 전해왔다.

"굉장했어요."

사야카 역시 엄지를 세워주고 차에 올랐다.

"셰프!"

귀빈들의 인사 행렬이 끝나가자 영부인이 다가왔다.

"국수 맛은 어떠셨습니까?"

민규가 물었다.

"최고였어요."

"다행이군요."

"다행 정도가 아니에요. 아까 어떤 대사 부인이 그런 말을 해요. 셰프를 만난 건 신의 축복 같다고… 나도 그 심정이에요."

"고맙습니다."

"아뇨. 단순히 후밍위안에게 한국 요리의 진수를 보여줘서가 아니에요. 처음에는 그게 목적이었는데 내 생각이 짧다는 걸 느꼈어요. 셰프의 요리는 한국의 요리가 아니라 인류의 요리였어요. 내 작은 그릇에는 차마 담을 수도 없는… 보이세요? 내 안에서 숨 쉬는 셰프의 흙국수 산수화… 그 신선의 고요한 풍경?"

"신선만이 신선의 국수를 알아보는 법이죠. 저야말로 여사님 덕분에 더 큰 세상을 보았습니다."

"아아, 셰프는 정말……."

영부인의 눈시울이 뜨거워졌다. 감동의 크기가 감성을 제압해 버린 것이다.

"다음에 뵙겠습니다."

민규는 정중한 인사로 작별을 고했다. 요리대도 정리해야 했고 할 일이 태산이었다.

"오늘을 기억할 거예요. 영원히……."

영부인은 뜨거운 마음을 남기고 돌아섰다.

"형!"

"셰프님!"

종규와 재희, 차미람 등이 달려왔다. 그들 모두 빨갛게 상기된 건 말할 필요도 없었다.

"수고했다. 특히 나비와 새소리 효과……."

민규가 종규 귀에 속삭였다.

"뭘, 나도 밥값은 해야지.

종규 어깨가 으쓱 올라갔다.

"너희들도 수고했다. 다 너희들 덕분이야."

재희와 봉사자들을 챙기는 것도 잊지 않았다.

"별말씀을요. 정말 너무 보람된 자리였어요. 동생분이 사례를 주셨는데 돈을 받는다는 게 부끄러울 정도로 행복한 시간이었어요. 불러주셔서 너무 고맙습니다."

차미람이 학생 대표로 소감을 밝혔다. 그들을 격려한 민규가 하오펑의 요리대 쪽을 바라보았다.

"짜식들, 기죽은 것 좀 봐."

종규가 뿌듯해할 때 민규 눈은 오히려 결연한 쪽으로 변했다.

"또 하나 준비한 거 있지?"

"또 뭐 하게? 사람들 다 갔는데?"

"다 간 건 아니지."

민규의 눈이 하오펑의 요리대 쪽을 겨누었다. 그 타깃은 허우밍이었다.

　"형."

　"아직 조리대 건드리지 마라. 국수 한 그릇 더 말아야 할 수도 있으니까."

　하오펑을 향해 직진하는 민규의 목소리에는 전운(戰雲)마저 가득했다.

　한 그릇 더라고?

　이번에는 또 누구에게?

8. 요리는 베푸는 것

　"하오펑 선생님."

　민규가 그들의 요리대 앞에서 멈췄다. 중식도를 챙기던 하오펑이 돌아보았다.

　뭡니까?

　하오펑은 날 선 눈빛으로 말했다. 롱쉬미엔을 뽑아내고도 민규에게 밀린 불편함이 고스란히 엿보였다.

　"잠깐 제자분과 이야기를 해도 되겠습니까?"

　"허우밍과?"

　"예."

　피식!

하오펑이 썩은 미소를 자아냈다.

"화타와 편작을 흉내 내는 친구도 모르는 게 있는 모양이군."

"허우밍이 말을 못하는 사실 말입니까?"

"……?"

민규를 외면하던 하오펑이 벼락처럼 시선을 들었다.

"당신……."

"허우밍이 말을 못 하는 건 알고 있었습니다. 어쩌면 그 이유도 알 것 같습니다만."

"……?"

"허우밍."

민규가 허우밍에게 다가섰다. 조리 기구를 정리하던 그는 민규에게 신경을 주지 않았다.

"언제였습니까?"

"……."

"당신이 미치도록 뒤집힌 날."

"……?"

"바로 그날부터 당신은 언어를 잃었죠?"

댕그랑!

팬이 떨어지는 소리가 허공을 흔들었다. 그 팬은 하오펑의 전속 팬. 다른 때 같으면 몸을 던져서라도 받아낼 허우밍이었지만 굳은 몸이 반응하지 않았다.

"손으로 대답하세요. 들을 수는 있잖습니까?"

"……"

"예스는 동그라미, 노는 가위표. 그것도 아니면 필답도 무난합니다."

"이봐, 셰프!"

등 뒤에서 하오펑의 거친 손이 들어와 민규를 돌려세웠다. 민규는 그 손을 가볍게 밀어냈다.

"무슨 짓인가?"

하오펑이 칼 각을 세우고 나왔다. 여러 감정이 얽힌 탓인지 이제는 공대도 쓰지 않았다.

"음강(陰强)!"

민규가 또렷하게 말했다.

"음강?"

"한의학에서 쓰는 말입니다. 모르십니까?"

"……?"

"말소리는 목에서 나오지만 그 뿌리는 오장이지요. 외치는 소리는 간이 주관합니다. 간장이 상하면 혀 길이가 변하는데 혀가 늘어나면 양강이오, 줄어들면 음강이라 합니다. 둘 다 말을 못 하기는 마찬가지지요."

"제법이군."

하오펑이 피식 냉소를 뿜었다.

"이렇게 만나게 된 것도 인연인 데다 내 동생도 치명적인 질병이 있었기에 마음이 갔습니다. 조금만 준비를 하면 언어장애를 뚫을 것도 같아 비방요리를 준비해 보았습니다. 시간이 오래 걸리지 않을 테니 10분만 주십시오."

"조금만 준비를 하면 될 것 같다고?"

"예."

"콰하하핫!"

"……."

"이봐, 젊은 친구. 오늘 당신 솜씨가 그럴듯하기는 했어. 하지만 그렇다고 이렇게 진짜 화타나 편작인 듯 나대면 곤란하지. 우리 허우밍의 병은 베이징과 상하이 최고 병원에서도 꿈꾸지 말라고 한 거라고. 알아?"

"베이징과 상하이에서 못 고쳤다고 세상의 모두가 못 고치는 건 아닙니다."

"뭐라고?"

"본인의 의사를 물어도 되겠습니까?"

"뭐라?"

"대신 이 말은 당신의 입으로 해주십시오. 제가 쑨펑하오 그룹 쑨빙빙 회장님의 불치병을 약선요리로 고쳤다는."

"……?"

민규의 위엄에 하오펑이 흔들렸다. 개의치 않고 허우밍을 바라보았다. 허우밍은 딱 한 번 고개를 저었다. 불필요한 짓 말라는 뜻이었다.

"허우밍."

"……."

"사양해도 괜찮습니다. 사실 당신이 말을 하든 말든 나하고
는 큰 관계없어요."

"……."

"그럼에도 내가 이렇게 하는 건 당신이 요리사이기 때문입
니다. 댜오이타이에서 한국의 영부인께 요리를 대접한 적이
있다죠?"

"……."

"그렇다면 다른 나라의 정상들에게 대접한 적이 있겠군요.
그때 가장 답답한 게 무엇이었습니까? 언어 아니었습니까?"

"……."

"그 나이에 벌써 요리의 경지에 도달한 솜씨가 아까워서 이
럴 뿐입니다. 당신이 말을 할 수 있다면 당신의 요리에 대한
설명으로 더 많은 사람을, 더 깊이 감동시킬 수 있을 테니까
요."

민규의 말을 들은 허우밍, 안면경련이 심해졌다. 갈등하는
것이다.

"이봐."

다시 하오펑이 끼어들었다.

"자네 말이야, 그렇게 화타와 편작처럼 굴 거면 허우밍이 왜
말을 못 하게 되었는지도 맞춰보시지. 그럼 당신의 약선요리

를 받도록 허락해 줄 테니까."

"허락?"

"그래, 허락. 허우밍은 내 지시에 복종하니까."

"혹시… 당신 아들입니까?"

"……?"

민규의 돌직구에 놀란 하오펑이 휘청거렸다.

"내 말이 맞군요?"

"……."

"당신과 허우밍… 어딘가 닮은 점이 있습니다. 얼굴 체형이
그렇고 몸체도 그렇고… 나아가 오장육부도……."

"그만!"

하오펑의 손이 요리대를 내려쳤다. 그는 격하게 상기되어 있
었다. 그의 행동에서 답을 얻었다. 소리 없이 전율하는 허우밍
의 태도도 그랬다. 하오펑은 부정하지만 두 사람은 부자지간
이 분명했다.

"허튼소리 말고 가게나. 만물에는 다 이유가 있는 법."

이유.

그 말이 민규의 의지를 막아섰다. 평양감사도 저 싫으면 그
만인 것. 허우밍에게 맞춤한 약선을 준비했지만 그가 원치 않
으면 별 수 없는 일이었다.

"아쉽군요. 말을 못 한다고 해서 요리를 못 하는 건 아니지
만 말을 하게 되면 또 하나의 덕목이 되리라 생각했는데……."

"그 반대일 수도 있지."

"예?"

"되었다. 네 자리로 가거라."

하오펑이 민규의 요리대 쪽을 가리켰다. 돌아서기 전, 민규가 허우밍을 바라보았다. 파르르 경련하는 어깨에 소리 없는 아우성으로 가득한 눈동자. 그 눈에 든 건 갈망이었지만 주저와 순종의 눈빛도 만만치 않았다.

"그럼……."

민규는 그렇게 돌아섰다.

"형."

추이를 지켜보던 종규가 입을 열었다.

"거둬야겠다. 마지막 요리는 거절이네?"

"그럼 저기 언어장애 셰프에게 해주려는 거였어?"

"너무 각 세우지 마라. 너도 불치병 앓았던 사람이잖아? 더구나 젊은 친구니 얼마나 답답하겠어?"

"……"

그 말에 종규 각이 무너졌다. 불치병. 종규도 그 절망의 무게를 아는 까닭이었다.

약선개언면.

민규가 준비한 식재료들. 기가 팍 늘어져 보였다. 식재료도 자신의 운명을 아는 것이다.

'너희는 다음 기회에.'

아쉬움을 달래며 약재들을 치우려 할 때였다. 종규 손이 민규 옆구리를 톡톡 건드렸다.

"……."

고개를 든 민규의 눈이 휘둥그레졌다. 하오펑이 자리를 비운 사이에 허우밍이 달려온 것이다. 그는 다짜고짜 무릎부터 꿇었다. 그런 다음 메모지 한 장을 꺼내 보였다.

[我想说.]

중국어였다.

말을 하고 싶어요.

그 뜻이었다.

허우밍의 표정은 애절했다.

"형."

"불 올려라."

"형."

"손님 오셨잖아? 요리의 덕목은 베푸는 것이지, 아끼는 게 아니야. 오더는 약선개언면이다."

민규 목소리에 힘이 들어갔다.

약선개언면.

사실 별다른 식재료는 아니었다. 먼저 정갈한 정화수를 소환해 끓였다. 정화수는 혀에 잘 든다. 민규의 초자연 정화수라면 의심할 바가 없었다.

면 반죽은 메밀과 보리를 2 대 8의 비율로 혼합했다. 메밀과 보리는 오장을 튼튼하게 한다. 치료의 기본이 되는 것이다. 함께 선택된 건 참외씨가루와 토종꿀, 그리고 양젖이 전부였다. 그러나 모두 혀 병에 좋은 식재료들이었다. 정화수와 꿀을 반죽에 투하하고 치대기 시작했다.

착, 착, 차작!

반죽은 점점 탄력을 받았다. 종규와 재희, 차미람의 시선이 모두 쏠려 있다. 학생들과 할머니까지도 이제는 구경꾼이었다.

완성된 면발을 허우밍의 혼탁과 비교하니 궁합이 잘 맞았다.

사사사삭!

면을 밀고 칼질을 했다. 면은 소면이었다. 먹기 좋도록 최대한 가늘게 썰었다.

팔팔 끓는 정화수에 면발이 들어갔다. 면이 익는 사이에 고명을 만들었다. 약효가 우선이지만 그래도 요리. 민규는 맛을 포기하지 않았다.

쫄깃하게 익어 나온 면을 건져 납설수에서 씻었다. 면은 더욱 탱글하게 변했다. 고이 타래를 틀어 그릇에 담고 멸치 육수를 부었다. 고명으로는 잣가루를 놓고 깻잎채를 올렸다. 마지막은 잘 숙성된 매실 알로 장식했다. 모두 간에 좋은 식재료들이었다.

"드세요."

요리를 내주었다. 국수를 받아 든 허우밍이 문득 뒤를 돌아
보았다. 하오펑은 아직 보이지 않았다. 잠시 국수를 응시하던
허우밍. 그대로 흡입을 시작했다.

후룩, 후루룩!

서너 젓가락으로 끝이 났다. 그야말로 폭풍 흡입이었다. 민
규는 그의 혼탁을 보고 있었다. 뭔가 일렁임이 있었지만 그대
로 주저앉았다.

"이걸 마시세요."

추가로 투입된 건 오미자즙에 섞은 양파즙이었다.

"……."

"금극목, 수생목, 그런 말 아나요? 원래는 수생목이라 신장
의 힘을 키워 간장을 도와야 하는 병이지만 이런 경우에는 충
격요법, 즉 금극목의 견제구가 효과적일 겁니다."

"……."

"좀 매울 겁니다. 금에 속하는 맛에는 희고 매운 것들이 많
거든요."

설명하는 사이에 허우밍이 잔을 비워냈다. 그리고, 허우밍
이 잔을 내미는 순간, 목의 열감과 함께 왈칵 흔들려 버렸다.

"까어어."

허우밍이 목을 잡고 몸서리를 쳤다. 순식간이었다.

"형."

종규가 다가왔다. 하지만 종규는 문제가 아니었다. 잠시 사라졌던 하오펑이 등장한 것이다.

"뭐야?"

한달음에 달려온 하오펑이 현장을 보았다. 두 손으로 목을 잡고 뒤틀리는 허우밍의 몸. 그 눈과 코, 입에서는 피가 섞인 액체가 흘러나오고 있었다.

"이놈, 기어이?"

"조금만 기다려 보십시오. 약선의 기운이 퍼지는 단계에서는……."

"닥쳐. 이건 비브리오 따위와는 다른 불치야. 상하이의 최고 병원에서도 틀렸다고 말했다고."

흥분한 하오펑이 민규의 멱살을 잡아챘다.

"하오펑 선생님."

"닥치라고. 게다가 저놈은 말을 해서는 안 될 사연이 있어."

'사연?'

사연.

그 단어가 민규 머릿속을 하얗게 만들어 버렸다. 말을 해서는 안 될 사연이라니?

"우에엑!"

순간, 허우밍이 고막을 찢는 괴성을 질렀다.

"우엑, 우에엑!"

허우밍은 내장이라도 쏟아내려는 듯 모진 발악을 했다.

"병원, 누가 구급차 불러."

하오펑이 유학생들에게 악을 썼다. 그 하오펑의 팔에 젖은 손이 올라왔다. 그리고……

"저으… 꽤하… 흐이아. 아어이."

허우밍의 목소리가 들렸다.

"……?"

하오펑의 눈에 지진이 일었다. 귀에는 폭풍 벽력이 몰아쳤다. 목소리였다. 허우밍이 말을 하는 것이다.

"저으… 꽹차… 흐이다."

"허우밍."

"혀가… 우엑!"

허우밍은 꺾어질 듯 경련하며 체액을 뱉어내더니 다음 말을 이었다.

"혀아 헤에오… 우지겨요."

"……"

"흐홍임……"

"이, 이……"

"스, 숭, 님."

마침내 허우밍의 발음이 제대로 터졌다. 음강으로 언어를 잃었던 허우밍의 혀 길이가 정상으로 돌아간 것이다.

"허어, 허어!"

하오펑은 한숨만 내쉬었다.

"스승님."

허우밍은 하오펑 앞에 고개를 숙였다.

"허어!"

하오펑은 거의 넋을 놓고 있었다. 둘은 대체 무슨 사연이 있는 걸까?

"이 셰프님."

허우밍이 민규를 바라보았다.

"예."

"셰프님은 약수를 다룬다지요? 우리 스승님의 마음을 진정시킬 수 있는 약수 한 잔 부탁해도 될까요?"

"그러지요."

민규가 방제수를 소환해 주었다. 아침 이슬과 같은 물이니 마음을 안정시키는 데 좋았다. 허우밍은 하오펑이 물을 다 마실 때까지 공손했다.

"죄송합니다. 스승님을 세 번이나 놀라게 했습니다."

물잔이 비워지며 하오펑의 숨결이 안정되자 허우밍이 고개를 숙였다.

"세 번……."

"한 번은 제 어머니가 돌아가시고 느닷없이 찾아뵈었을 때, 또 한 번은 스스로 목소리를 버리고 왔을 때, 그리고 지금……."

"허어."

"하지만 이제는 말을 떠벌리지 않고 요리에 전념할 수 있습니다. 그러니 용서해 주십시오. 말을 버리고 요리를 얻었지만 그 또한 말을 잘하고 요리를 못할 때처럼 답답함을 감출 수 없었습니다."

"허어……."

"용서하지 않으신다면 이 길로 중국을 떠나 다른 나라로 가겠습니다. 다시는 스승님 앞에 나타나지 않을 것이며 스승님에 대해서는 무엇도 이야기하지 않을 것입니다."

"허어."

"저란 놈은 늘 이런가 봅니다. 그럼 오래 건강하십시오."

하오밍이 일어나 큰절 자세를 취했다. 그러자 침묵하던 하오펑의 입이 열렸다.

"그 절은 누구에게 하는 것이냐?"

"예?"

"네 스승에게 하는 것이라면 당장 거두고 네 아버지에게 하는 것이라면 받아주겠다."

아버지?

민규 청각이 활짝 열어젖혀지는 단어였다.

"스승님."

"역시 스승인 게냐?"

"아, 아닙니다. 아… 버지!"

아버지?

종규가 민규를 바라보았다. 민규는 쉿, 손가락으로 침묵을
지시했다.

"아버지……."

"손으로 하늘을 가리려 한 내게 주는 하늘의 깨우침이겠지.
네가 내 피를 받아 요리사를 꿈꾸었고, 말을 앞세우는 걸 질
책했더니 목소리를 버리고 왔었다. 이제 네 실력이 중국의 젊
은 요리사 중에서 꼽힐 만하기에 나도 백방으로 알아보던 중
이었다. 다만 한결같이 목소리를 찾는 건 불가능하다기에 허
튼 미련을 가질까 봐 반대한 일인데, 하늘이 저 셰프를 내려
나에게 깨달음을 주었구나."

하오펑이 민규를 바라보았다. 민규는 가벼운 목 인사를 하
며 부자의 말을 경청했다.

"그렇게 말을 하고 싶었더냐?"

"예……."

허우밍의 눈에서 눈물이 쏟아졌다.

"목소리를 찾았으니 전처럼 요리보다 떠벌거리는 일에 집중
할 것이냐?"

"절대로. 그동안 아버지 덕분에 요리의 도에 발을 적실 정
도는 되었으니 말이 아니라 마음으로 요리에 매진할 것입니
다. 말은 그저 요리의 설명에……."

"그래. 오랜만에 들으니 좋구나. 네 목소리……."

"아버지."

"나보다 저 셰프에게 먼저 절을 하거라. 그럼 네 절을 받아 주마."

"알겠습니다."

허우밍이 민규에게 돌아섰다. 뭐라고 말릴 시간도 없이 바로 절이 들어왔다.

"고맙습니다. 이 은혜 잊지 않겠습니다. 셰프님의 약선요리도 함께……."

"허우밍."

민규가 당황할 때 또 하나의 절이 들어왔다.

"이 사람 절도 함께 받으시오."

"하오펑 선생님……."

"내 오늘 여기서 국수의 도를 배웠습니다. 진정한 요리의 도란 과시로 마음을 홀리는 게 아니라는 것. 약선무위자연면 때 해야 할 말이었는데 잘난 자존심이 입을 막았습니다. 오늘의 승자는 당신입니다."

"선생님……."

"이제야 알겠군요. 쩌우정 선배께서 왜 긴장하라고 했는지… 과연 앞서간 사람들은 뭐가 달라도 다릅니다."

하오펑의 눈에는 칼 각이 남아 있지 않았다. 절한 자세로 고개만 들고 있는 그는 잘 삶아진 잔치국수처럼 푸근한 표정이었다.

"일어나세요. 누가 볼까 두렵습니다."

민규가 하오펑을 부축해 세웠다.

"아, 잠깐만요. 내 아들에게 절은 받아야죠."

하오펑이 웃었다. 민규가 비키자 허우밍이 큰절을 올렸다.

"아버지⋯⋯."

"그래. 이제부터는 네 스승이 아니라 아버지다. 알겠느냐?"

"아버지⋯⋯."

허우밍이 하오펑의 품에 안겼다. 허우밍은 어깨가 부서져라 울었고 하오펑은 그 등을 토닥이며 서러움을 위로해 주었다.

하오펑과 허우밍.

평범한 부자 관계는 아니었다. 젊은 날, 광둥으로 요리 유학을 갔던 하오펑. 광둥의 전통국수집에서 한 여자 종업원을 만났다. 가게 주인의 조카인 그녀는 하오펑을 좋아했다. 단체 손님이 많아 파김치가 된 날, 서로의 피로함을 위로해 주다 사고를 치고 말았다. 그리고 그 장면을 주인에게 들켰다. 단 한 번의 일탈은 하오펑에게 가혹하게 돌아왔다.

해고!

하오펑에게 떨어진 조치였다. 공안을 부른다는 협박에 하오펑은 먼 길을 떠났다. 그렇게 끝난 풋사랑이었다. 하지만 운명은 그날의 관계를 허우밍이라는 씨앗으로 이어놓았다. 아버지 없이 태어난 허우밍, 12살 되던 해에 어머니가 죽었다. 유언이 나왔다. 하오펑과 찍은 사진 한 장이었다.

"네 아버지야. 훌륭한 요리사가 되었다고 들었어. 나 때문에 가게에서 쫓겨났으니 엄마는 그분 앞에 나설 자격이 없지만 너는 거두어주실 거야. 꼭 훌륭한 요리사가 되렴. 엄마의 소원이야."

소원.

그 단어를 안고 허우밍이 하오펑을 찾아왔다. 하오펑은 단숨에 소년을 알아보았다. 사진이라는 증거도 있었다. 그때의 충격에 상심하면서 성격이 괴팍하게 변한 하오펑, 그러나 책임감까지 없지는 않았다.

소년은 요리에 재주가 있었다. 하지만 문제가 있었다. 말이었다. 아버지 없이 자랐지만 명랑한 성격의 소년은 말이 너무 많았다. 요리를 할 때도 그랬다. 결국 중국 최대의 요리경연대회의 하나인 만한전석 대회에서 예선 탈락이라는 고배를 마셨다. 그 또한 옆자리의 참가자들과 쉴 새 없이 떠벌거리며 참견을 하다가 집중하지 못한 탓이었다.

"요리를 그만두든지 혀를 뽑든지 택일하거라."

격노한 하오펑이 폭탄선언을 했다. 앞으로 조심하라는 경고였다. 그러나 곧이곧대로 받아들인 소년, 목을 해치는 극약을 구해 목에 털어 넣었다. 그렇게 허우밍은 말을 잃었다. 하오펑은 경악했지만 돌이킬 수 없는 일이었다.

병원에서 퇴원한 다음 날, 허우밍은 새벽처럼 일어나 주방을 쓸고 닦았다. 하오펑은 또 한 번 경악할 수밖에 없었다. 요리에 대한 소년의 의지는 꺾을 수 없었다.

말을 잃은 소년은 정말, 요리에 집중했다. 원래 소질이 있던 터라 일취월장해 나갔다. 그러나 하오펑의 마음 한구석에는 두 개의 죄책감이 커져갔다. 벼락처럼 찾아온 핏줄. 하지만 아들로 입양하지 않고 제자로 불렀다. 그 실력이 어디든 내놓을 정도가 되자 이제는 말을 못 하는 게 통한이 되었다. 그래서 여기저기 알아보았던 하오펑······.

'요리는 천천히 배워도 되었겠지만 한번 잃어버린 말은 영영 찾을 수 없음이라.'

그렇게 치명적인 후회를 안고 살게 되었다.

여기까지가 부자의 사연이었다.

"이거······."

사연을 털어놓은 하오펑이 봉투 하나를 내놓았다.

"뭐죠?"

"후밍위안으로부터 받은 출장 요리비입니다. 중국 돈으로 100만 위안이더군요."

"그런데 이걸 왜 저에게?"

"받아야 합니다. 우리 부자는 이 만찬의 조연으로 충분합니다. 당신이라는 훌륭한 거울을 얻었으니까요."

"거울이라고요?"

"중국에 전하는 말 중에 이런 게 있습니다. 구리로 거울을 만들어서 의관을 가지런히 하듯, 옛것을 거울로 삼는다면 홍하고 망하는 것을 볼 수 있고, 사람을 거울로 삼는다면 잘잘못을 알 수 있는 법이다. 내 부끄러움에 더불어 아들의 장애까지 고쳐주었으니 어찌 거울이 아니겠습니까?"

"선생님."

"부탁합니다."

하오펑이 고개를 조아렸다. 부자 아니랄까 봐 허우밍까지 합세했다.

100만 위안.

한국 돈으로 1억 7천여만 원에 가까운 거액이었다.

"두 분이 작정하고 주신 것이니 사양해도 소용이 없겠지요?"

"아마 그렇습니다."

"그럼 받겠습니다. 수락을 했으니 제 마음대로 해도 되겠죠?"

"그럼요. 대신 부탁이 하나 있습니다."

"뭐죠?"

"방금 대사관에 알아봤는데 후밍위안은 큰 문제가 없다고 합니다. 셰프께서 조치를 잘해준 덕분이라고 하루 정도 안정하고 나올 모양이더군요."

"다행이네요."

"해서 말인데… 우리끼리 만찬 한번 어떻습니까? 솔직히 나도 셰프의 약선무위자연면이 땡겼거든요. 맛도 보지 못하고 가면 평생의 후회가 될 것 같습니다."

"그건 저도 마찬입니다. 황제천상지몽면… 옥침까지 흘렀거든요."

"그럼 우리끼리 만찬 한판 벌일까요? 뒤에서 고생한 친구들도 배불리 먹일 겸."

"좋죠."

민규가 콜을 받았다.

"어이, 짐 정리 동작 그만. 만찬 2부 시작이야."

하오펑이 유학생들에게 신호를 보냈다.

만찬 2부.

정말이지 신명 나는 한판이었다. 귀빈들을 보내고 고생한 요리 스태프들끼리 벌이는 식사. 이건 민규도 생각지 못한 일이었다.

이번 롱쉬미엔의 면발은 허우밍이 맡았다. 그의 솜씨도 하오펑에게 크게 뒤지지 않았다. 민규도 상당 부분을 재희와 종규에게 맡겼다. 그 시간에 허우밍을 위한 요리를 했다.

새팥죽.

잣과 참깨를 섞은 새팥죽은 게우고 토해낸 그의 속을 달래줄 최상의 요리. 민규가 주는 또 하나의 보너스였다.

"어때요?"

죽을 퍼준 민규가 물었다. 고명까지 제대로 올린 새팥죽이었다.

"몸이 먼저 반응하는 요리는 처음입니다. 정말이지 제 몸 구석구석을 채우는 진액을 먹는 것만 같네요."

"천천히 먹어요. 놀란 목과 간에 활력이 될 겁니다."

"셰프님."

"네."

"괜찮으면 나중에 저도 좀 배울 기회가 있었으면 좋겠습니다. 셰프님의 약선요리들……."

"내가 볼 때 허우밍은 이미 나 이상일 것 같은데요?"

"그럴 리가요? 제 아버지와 쩌우정 님께서 인정하신 분입니다. 저는 아직 비교의 그릇이 아닙니다."

"기회가 되면 제 가게로 오세요. 미슐랭 별도 없고 별로 오래된 곳도 아니지만 따뜻한 마음은 언제든 나눠줄 수 있습니다."

"고맙습니다."

하오펑이 고개를 숙였다.

본격 식사가 시작되었다. 할머니는 룽쉬미엔을 한 입 물더니 그냥 늘어져 버렸다. 풍미의 하늘이 무너졌다나 어쨌다나? 수고한 차미람과 대화도 많이 나누었다. 학생 때의 고민은 언제나 취업. 그나마 맛난 요리가 지친 그들에게 힘이 되기를 바랐다.

2부의 전체적인 요리 감상평은 어땠냐고?

한번 와서 잡숴봐.

두말하면 잔소리거든!

*   *   *

"하오펑 셰프님?"

인천공항, 중국 대사관 차에서 내리는 하오펑에게 한 여자
가 다가와 중국어를 건넸다.

"그렇습니다만 뭡니까?"

"한국 KTBC 방송국에서 나왔습니다. 잠깐 인터뷰 좀 할
수 있을까요?"

여자가 말하는 동안 남자 기자 둘이 늘어났다.

"무슨 인터뷰 말이죠?"

"오늘 중국 대사관에서 희대의 국수 만찬이 있었다면서요?
셰프께서 중국 측 대표로 요리를 했다던데 맞습니까?"

"그건 맞습니다만······."

"잠깐이면 됩니다. 잠깐만요."

여자가 서두르는 하오펑을 막아섰다.

"그 취재를 위해서라면 나보다 한국 측 대표인 이민규 셰프
를 찾아가세요. 나보다는 몇 배나 나은 사람이니까요."

"그게 아니라 그분의 제보를 받고 왔습니다만."

"이 셰프의 제보?"

하오펑이 고개를 들었다.

"오늘 대사관의 만찬장에서 한국의 농아 어린이 장애아들을 위해 100만 위안을 쾌척해 주셨다고요? 맞습니까?"

"……?"

"거기에 대한 소감을 듣고 싶습니다. 중국에도 농아들이 많을 텐데 한국의 농아들에게 거액을 쾌척한 특별한 이유라도 있습니까?"

"100만 위안… 내가 한국의 농아들에게 쾌척을 했다고요?"

"그렇습니다. 이미 농아복지센터의 관계자들에게 확인을 했으니 시치미를 떼셔도 소용이 없습니다."

"아버지."

허우밍이 하오펑을 바라보았다.

"아뿔싸, 이민규 셰프……."

"그런 모양인데요?"

"이 사람 정말……."

하오펑의 안색이 하얗게 변해 버렸다.

"내 마음대로 해도 되겠죠?"

그제야 민규의 말뜻을 이해하는 하오펑이었다.

"100만 위안이면 거액인데 소감 한마디 부탁합니다."

기자들이 마이크를 내밀었다. 길을 막아 밀고 갈 수도 없었다. 그때 허우밍의 핸드폰이 울렸다. 민규였다.

"셰프님."

―공항입니까?

"공항은 맞는데 기자들이 왔습니다."

―아, 빠르네요. 아버님도 곁에 계시나요?

"지금 난감해하시고 계십니다."

―난감하다뇨? 한국의 장애아들을 위해 거액을 기부하신 분인데… 요리하듯 즐겁게 한마디 하시고 가달라고 하세요.

"셰프님."

―그럼 잘 돌아가시고 다음에 또 봐요.

딸깍!

전화가 끊겼다.

"이 셰프냐?"

"그런데요."

"뭐라더냐?"

"그게… 요리하듯 기자회견도 잘 즐기시라고……."

"허어!"

"하오펑 셰프님, 소감을 좀……."

기자들이 다시 재촉하고 나섰다.

"알겠습니다. 자격은 없지만 간단히 한마디 해드리죠."

하오펑이 수락하자 카메라가 바삐 움직이기 시작했다.

"이번 한국행에서 한국 요리의 진수를 배웠습니다. 중국 속담에 목불견첩(目不見睫)이라는 말이 있습니다. 자기 눈으로 자기 눈썹을 보지 못한다는 뜻인데 이번 한국행에서 그 진리를 깨닫고 갑니다. 이번에 한국의 이민규 셰프와 함께 주관한 외교 만찬장에서 느낀 게 많아 그 고마움의 표시로 기부하게 되었습니다. 많은 농아 어린이들에게 작은 희망이 되기를 바랍니다."

"만찬장에 참석했던 대사 부인들을 취재하니 지상 최고의 국수 향연이 펼쳐졌다고 합니다. 면의 종주국을 자부하는 중국에서도 국수의 신으로 불리는 분이신데, 한국 국수의 수준을 인정한다는 겁니까?"

"정확히 말하면 이민규 셰프의 국수를 인정한다는 뜻입니다."

"이민규 셰프……."

"그럼 이만……."

하오펑이 앞으로 나섰다. 기자들은 더 이상 하오펑 부자를 잡지 않았다. 출국심사를 마친 하오펑, 면세 구역을 걷다가 한 식당 앞에서 걸음을 멈췄다. 거기 김치와 잔치국수, 불고기 등의 이미지 사진이 보였다.

'이민규 셰프…….'

음식 사진에 민규 얼굴이 비쳐왔다. 요리를 배우는 수십 년 동안 수없는 격랑의 길을 걸어온 하오펑. 그 역시 동경과 파리, 뉴욕을 누비며 세계요리의 흐름을 관통한 적이 있었다. 그러나 가까운 한국은 안중에도 없었다. 그러나, 결국 이 가까운 나라에서 깨달음을 얻고 말았다.

포정해우(庖丁解牛)…….

신기의 솜씨를 가진 사람을 기릴 때 쓰는 중국 말.

민규야말로 그 단어가 어울리는 셰프로 보였다.

'당신, 죽어도 잊지 않으리다.'

하오펑의 시선은 잔치국수 이미지에서 떨어지지 않았다.

9. 승복

　그날 밤, 민규는 3차까지 달려야 했다. 차만술 때문이었다. 민규가 중국의 절정 셰프와 붙는다는 걸 알고 있던 차만술. 영업을 하는 사이사이에도 초빛을 체크하는 걸 잊지 않았다. 그러다 민규가 도착하자 바로 납치(?)를 감행했다. 이미 민속전 영업이 끝났기에 가릴 것도 없었다.

　거기서 한국 전 요리의 만한전석이 차려졌다. 무려 16가지의 전을 펼쳐놓으니 만한전석이 울고 갈 정도였다.

　"애썼어. 나도 꼭 가보고 싶었는데……."

　차만술이 귀한 약선주를 따라주었다.

　"할머니 먼저 드세요."

민규는 그 잔을 황 할머니에게 넘겼다.

"아이고, 우리 민규 좀 보고 배워. 요리사라는 게 마음이 따뜻해야지."

황 할머니 눈에서 레이저가 나왔다.

"앗, 죄송합니다. 제가 이 셰프 일이 너무 궁금하다 보니……."

차만술이 잔 위에 첨잔으로 부었다. 그런 다음 다시 민규에게 한 잔을 주었다. 종규도 재희도 한 잔씩 받아 들었다.

"그래서? 어떻게 된 거야? 롱쉬미엔에 도삭면, 우육면, 귀개면까지 나왔다며?"

차만술이 민규 옆으로 바짝 다가앉았다.

"종규가 한 말이 전부입니다. 그냥 중국과 한국의 국수 축제를 벌인 거예요."

민규가 답했다.

"축제는 무슨? 피 튀기는 한판 승부였다면서? 그것도 전 세계의 대사들을 다 모아놓고서……."

"야, 이종규. 너 대체 사장님께 뭐라고 구라를 친 거야?"

민규가 종규를 바라보았다.

"구라는 무슨… 재희도 그렇게 생각하는데……."

"재희 너도?"

민규의 시선이 재희에게 건너갔다.

"죄송해요. 하지만 저희 생각은… 말은 안 했지만 아까 긴

장해서 죽는 줄 알았다고요. 롱쉬미엔 속에서 민들레 홀씨 같
은 게 터질 때는 기절 직전까지……."

"롱쉬미엔에서 민들레 홀씨가 나왔다고?"

차만술의 목소리가 높아졌다.

"그 민들레 홀씨를 우리 형의 흙국수가 평정해 버렸죠."

"흙국수? 그건 또 웬 전대미문의 요리?"

"푸른 흙 모르세요? 책에 다 나오는데……."

"정말 흙국수로 롱쉬미엔을 잡았단 말이야?"

"보세요."

종규가 핸드폰 화면을 내밀었다. 민규가 만든 약선무위자연
면의 자태가 보였다. 화면으로 보니 정말 산수 명화의 한 폭
과 같았다.

"끄어어… 이게 국수 요리란 말인가?"

"대사 부인들도 사장님처럼 뒤집어졌어요."

"이 셰프……."

차만술은 차마 믿기지 않는 표정이었다.

"중국요리 수준이 굉장하더라고요. 우리도 더 많이 연구하
고 노력해야 할 것 같습니다."

민규가 나서서 정리를 했다.

"이야… 내가 그 자리에 갔어야 하는 건데……."

차만술은 아쉬움을 금치 못했다.

"자자, 한 잔 더 받아, 우리 국가대표 셰프님."

고무된 차만술이 술병을 들이댔다. 늦게까지 신경 써주는 마음이 고마워 술을 받았다. 한 모금 더 들이켜니 알딸딸하니 좋았다.

"내가 이런 인물을 몰라보고 깝죽거렸다니 참……."

차만술이 자성의 혀를 찼다.

"자꾸 그러지 마십시오. 세상은 넓고 요리는 많습니다."

"아니, 우육면에 롱쉬미엔까지 넘었으면 됐지, 더 뭘?"

"저도 긴장은 했지만 하오펑이 불도장에 제비집수프, 철갑상어연골수프까지 육수로 쓸 줄은 몰랐습니다. 아마 소동파가 말한 인도요리의 전설 수타(酥酡: 소타)까지 응용했다면 저도 두 손 들었을지 모릅니다."

"수타?"

"인도에서 우유로 만드는 요리라는데 천상의 요리로 불리더군요."

"허얼, 이 셰프의 내공은 참… 술 깨네, 술 깨."

차만술의 얼굴이 붉어졌다.

국수의 신과 한판 어우러진 날. 살 떨리는 긴장은 담담한 민속전과 약선주를 따라 풀려 나갔다. 하오펑 부자의 마음을 산 것도 큰 소득이었다.

요리에는 국경이 없다.

그 말이 실감 나는 밤이었다.

이른 아침, 민규는 청아한 향에 눈을 떴다.

'응?'

주방 쪽이었다. 시계를 보니 아직 새벽이었다. 범인은 종규였다. 가만히 보니 국수를 만들고 있었다. 무엇인지 알 것 같았다. 방해하지 않으려고 뒷문 쪽으로 나왔다. 새벽하늘의 별빛은 맑았다. 그 별들은 보안등과 함께 풍덩풍덩 연못에 빠져 있었다.

창 안으로 보이는 종규는 더 없이 진지했다.

탐구심.

어쩌면 그건 민규 패밀리의 DNA인지도 몰랐다. 종규에게도 그 피가 있어 뿌듯했다. 저 투지와 열정이 있는 한 민규 같은 절정의 스킬이 없더라도 좋은 셰프가 될 건 확실했다.

마당을 쓸었다. 청소 역시 좋은 셰프의 덕목이었다. 청결과 단정이 없다면 제아무리 좋은 맛이라도 좋게 평가받을 수 없었다.

"형!"

청소가 끝나갈 때 종규의 짧은 목소리가 뒤통수를 때렸다.

"끝났냐?"

"아, 씨… 언제 일어났어? 내가 후딱 해치우고 하려고 그랬는데?"

"뭐 공부했냐?"

"헤헷… 봤어?"

"아니, 하도 진지하길래 몰래 나왔다."

"짝퉁무위자연면 만들어 봤는데 한번 봐줄래?"

"오, 완성?"

"만들기는 했는데… 형처럼 뽀대가 안 나네."

종규가 뻘쭘한 표정을 지었다.

"어디, 오늘 아침은 우리 부셰프님 요리로 채워볼까?"

민규가 주방으로 걸었다.

종규가 슬그머니 '짝퉁무위자연면'을 내놓았다.

"오, 쿨한데?"

"진짜?"

"어디 보자?"

민규가 국수 그릇을 집어 들었다. 무위자연면의 마 육수 타입이었다. 마 점도가 제대로 맞지 않았다. 마끼리 찰싹 달라붙어 국수와 따로 놀았다. 하지만 면은 제법 그대로 구현해 냈다. 그렇다면 맛은?

후룩!

국수를 먹었다. 종규는 꿀꺽 마른침을 넘기며 민규의 평가를 기다렸다.

"어때?"

기다리다 못한 종규가 목을 빼 들고 물었다.

"맛과 싱크로율은 빵점."

"에? 빵점씩이나?"

종규의 미간이 확 구겨졌다.

"우선 마의 점성도… 이거 거의 안 풀렸잖아? 이거 국수하고 색깔만 맞추는 게 아니거든. 국수에 자연스럽게 묻어나야지."

"……."

"그리고 기왕 남의 것을 카피하려면 일단 똑같아야 해. 카피조차 제대로 안 된 카피라면 카피하지 아니함만 못하느니……."

"……."

"하지만 열정과 정성은 100점."

"우와."

울상이던 종규 얼굴이 활짝 펴졌다.

"됐으면 빨리 먹고 시장 가자."

"오케이!"

후룩, 호로록!

형제는 사이좋게 국수를 비워냈다.

"이거."

탑차가 도로에 올라설 때 종규가 신문을 건네주었다. 하오펑의 기부 미담이 실린 지면이었다.

"잘 나왔네?"

"인터넷에도 올라왔더라? 네티즌들 댓글도 중국 사람 기사임에도 우호적이고."

"세상에 기부만큼 아름다운 일도 드무니까. 게다가 셰프들은 대개 개인적인 사업이라 큰 기부를 하는 경우가 별로 없잖아?"

"그거 보니까 생각났는데… 형 혹시 나한테 숨기는 거 없어?"

"숨기는 거?"

"있어, 없어?"

"힌트는?"

민규가 잠시 숨을 골랐다.

"결산, 큰 테이블들의 결산에서 2%씩 차이가 나는 것 같길래."

"그것도 맞춰봤냐?"

"당연한 거 아니야?"

"으음, 결국 자수해야겠네. 그거 내가 따로 떼어서 가난한 어린아이들 돕고 있다."

"네팔의 산골 학교?"

종규가 물었다. 민규가 메모한 걸 본 모양이었다. 그곳의 학교에 10,000불을 보낸 적이 있었다.

"아니, 거긴 한 번만 보냈고. 일단 우리나라의 어려운 아이들. 해외 아이들 돕는 것도 좋지만 우리나라에도 어렵고 힘든 사람이 많거든."

"그런데 왜 나한테는 말 안 했어?"

"오른손이 하는 일을 왼손이 모르게 하라. 그 말 흉내 내느라고."

"형."

"미안, 사실 그거 네 이름으로 보내고 있거든."

"내 이름? 왜?"

"뭐가 왜야? 너도 초빛의 2분의 1이야. 형만 생색낼 수 있냐?"

"⋯⋯."

"어제 받은 돈도 일부 보낼 거다. 그러니까 자부심 가지고 뿌듯하게 일하자. 가게가 잘되면 더 많은 아이들에게 도움을 줄 수 있으니까."

"형⋯⋯."

"신호 바뀐다!"

눈이 풀어지는 종규의 주의력을 환기시켰다. 먼동이 터오고 있었다.

*　　　*　　　*

점심시간의 마지막 예약석, 16명의 단체 손님이었다. 이규태 박사가 보낸 15명의 외래 환자들. 놀랍게도 갖가지 잔병으로 시달리고 있었다.

"억!"

오만 가지 약재와 식재료를 본 종규가 입을 쩍 벌렸다. 평범한 약선으로 만드는 요리가 총동원되는 것이다.

"다 제각각 손님이야?"

"그래. 재희도 불러라. 공부하자."

"형……."

"좋은 기회잖아?"

종규는 질린 듯한 표정이지만 민규는 웃었다. 요리사는 꽃길만 가지 않는다. 때로는 이렇게 난도가 높은 날도 있다. 그것까지 즐기지 않으면 좋은 약선요리를 할 수 없었다. 민규 마음은 정말 즐거웠다. 세 번째 전생 정진도에 비하면 아무것도 아니었다. 그는 걸핏하면 가마솥을 동원했다. 그리고 부자들에게 받은 약값을 빈민 병자들을 위해 아끼지 않았다. 의술은 천술. 아낀다고 금덩어리가 될 것도 아니었다.

"안신약선(安神藥膳), 누가 말해볼까?"

재희가 오자 민규가 물었다.

"진정 효과를 가진 약재와 식재료로 구성하며 불면증이나 심리적 불안 등을 달래는 요리입니다. 연자육과 사조인, 통밀, 양송이 등을 많이 씁니다."

재희가 먼저 답했다.

"이혈약선(理血藥膳)은?"

"혈액순환을 원활하게 하는 구성. 익모초와 우슬, 천궁과 당귀가 많이 쓰여."

이번에는 종규였다.

"거습약선(祛濕藥膳)은?"

"성질이 건조한 식재료, 소변을 잘 보게 하는 식재료로 몸의 담음수습(痰飮水濕)을 제거하는 약선요리입니다."

"대소변을 잘 보게 하는 식재료는 어떤 특징?"

"속 빈 채소가 좋습니다. 대파, 쪽파, 양파에 대나무와 죽순이 좋죠."

재희의 속도가 빨라졌다.

"사하약선(瀉下藥膳)은?"

"그건 내가! 변비나 어혈 등을 없애기 위해. 흑임자, 시금치, 바나나와 꿀."

종규도 스피드를 냈다. 질문과 대답이 오가는 동안 요리가 하나씩 나왔다. 청열약선(淸熱藥膳)에 이기약선(理氣藥膳)이 이어졌다. 민규의 질문이 끝났을 때 완성된 요리는 무려 열한 가지였다.

"와아!"

재희가 감탄을 난사했다.

약선영지당귀떡갈비에 약선산마복령경단, 약선죽순찹쌀죽에 궁중밀죽, 궁중황기용안대맥죽, 궁중초과닭찜, 궁중새우소방, 약선대추설기, 약선천궁꼬리곰탕…….

열한 가지 요리에 곁들임 요리의 풍미가 섞이니 맛의 천국이 따로 없는 것이다.

"어이쿠야, 왕의 성찬이 따로 없구나."

테이블이 세팅되자 열여섯 손님들의 입이 함지박만 하게 벌어졌다. 셰프의 행복이었다.

"어, 개운하다."

"속이 다 시원하네요."

"이건 별맛이 없는 거 같은데 목구멍으로 넘어가면 중독이네?"

"그러게요. 자극이 없으면서도 자꾸만 땡기는 맛이에요."

손님들은 전투적으로 식욕을 불태웠다. 한 사람, 한 사람의 체질에 잔병까지 고려한 구성이기 때문이었다.

그러나!

단 한 사람, 40대의 하경주 손님만은 그렇지 않았다. 그는 약선죽에 손도 대지 못하고 있었다.

"먹고는 싶은데 속에서 안 받네요."

하경주는 쓸쓸히 숟가락을 놓았다. 그는 식도암 환자로 항암 치료를 끝내기 무섭게 한방 관리로 돌아선 사람. 이제부터 정기와 진기, 생기를 올려야 할 시기였기에 이규태도 고민이 되었다. 그러나 음식물을 제대로 넘기지 못하는 환자. 수액만으로는 한계가 있기에 민규에게 추천을 했던 것. 그렇기에 金형 체질에 맞춰 저격 약선을 만들었다. 하지만 본인이 먹지 못하는 데야 민규도 손쓸 도리가 없었다. 그는 초자연수도 거의 그 대로 남겨놓았다.

먹으면 토하는 병은 누룽지 약선으로 돌볼 수 있지만 먹지 못하는 병은 그마저도 소용이 없었다. 그나마 웃으며 일어서니 다행이었다. 하경주의 요리값은 당연히 빼주었지만 그 또한 사양했다.

"입은 댔지 않습니까? 요리라는 게 물릴 수 있는 것도 아니고……."

그가 쓸쓸히 웃었다. 카드 결제를 하는 수밖에 없었다.

"잘 먹고 갑니다."

"병이 다 나은 거 같아요."

다른 단체 손님들이 인사를 두고 일어섰다. 다들 가벼워진 걸음과 달리 하경주의 어깨는 무거워 보였다. 열넷의 성공보다 하나의 실패가 마음에 남았다.

컹컹!

어지러운 마음을 달래는 와중에 위쪽 주택에서 개 짖는 소리가 들려왔다. 착잡한 마음으로 고개를 들다가 새로 온 차 한 대를 발견하게 되었다. 점심 예약이 또 있었나? 종규를 돌아보았다. 종규가 어깨를 으쓱해 보였다. 단체 손님을 태운 차가 출발했다. 그러자 새 차의 문이 열렸다.

딸깍!

30대의 여자가 내렸다.

"형, 저 여자……."

종규가 먼저 반응했다. 대사관에서 본 얼굴이기 때문이었다.

"나도 안다."

민규가 답했다. 여자는 절도 있는 몸짓으로 뒷문을 열었다. 그 안에서 나온 사람… 놀랍게도 후밍위안이었다.

"형."

"……."

종규의 짧은 호칭은 흘려들었다. 후밍위안은 반듯한 걸음으로 다가왔다.

이 여자.

여긴 왜?

생각하는 사이에 후밍위안이 민규 앞에 멈췄다.

"셰프."

그녀가 입을 열었다.

"예약은 없는 것으로 압니다만."

민규가 담담하게 말했다.

"대사관에서 있었던 일, 감사와 함께 사과를 전하러 왔어요."

'감사와 사과?'

"오전에 병원에서 퇴원했어요. 덕분에 비브리오패혈증의 위기를 넘겼습니다."

후밍위안이 정중히 허리를 숙였다.

"……."

"닥터 말이 조금만 늦었어도 치명적일 수 있었다고 하더군요."

"……."

"더불어 만찬에서… 당신에게 지나치게 무례했음을 고백합니다. 그 사과도 함께 전하려고 왔습니다."

"만찬……."

"솔직히 한국의 요리사들에게 대해 감동이나 존경 같은 건 없었습니다. 당신들의 요리는 우리 중국요리의 발끝에도 미치지 못한다고 생각했으니까요."

"……."

"한국의 영부인께서 한국 요리를 말할 때마다 냉소를 머금었습니다. 당신을 부각시킬 때 역시 예외는 아니었고요."

"……."

"하오펑과 당신의 매치. 있을 수 없는 일이라고 생각했는데……."

"……."

"오늘 아침, 퇴원하기 전에 하오펑 셰프와 통화를 했습니다. 그가 말하더군요. 그 자신은 당신에게 요리뿐 아니라 모든 면에서 부족했다고……."

"……."

"기부금 얘기도 들었습니다. 기사를 보니 우리 중국의 이미지 개선에도 큰 도움이 되었더군요."

"……"

"다시 한번, 진심으로 감사를 전하며 공연한 무례를 사과합니다."

후밍위안의 허리가 또 한 번 숙여졌다.

"여사님."

"사과를 받아주세요."

후밍위안은 숙인 고개를 들지 않았다.

"혹시 저희 영부인께도 그 말씀을 전하셨나요?"

"오면서 통화를 했습니다."

"뭐라시던가요?"

"영부인께서는 기꺼이 제 과오를 보듬어주셨습니다. 여기 위치도 영부인께서 알려주신걸요."

"그렇다면 제 마음도 같습니다. 그러니 고개를 드셔도 됩니다."

"셰프……"

그제야 후밍위안이 허리를 세웠다.

"테이블에 앉으십시오. 아직 몸의 기혈이 완전치 못하니 제가 도움이 되는 약선요리 한 그릇 올리겠습니다."

"셰프……"

"이쪽으로."

민규가 연못가의 야외 테이블을 권했다.

"드세요. 몸에 기운을 돌게 하는 약수입니다."

시작 테이프는 열탕으로 끊었다. 양기를 북돋고 경락을 열어주는 물이니 그녀에게 어울렸다. 함께 온 여직원에게는 정화수를 내주어 기분을 맑게 만들어주었다.

약선수수양고기죽.

민규가 요리에 돌입했다. 비브리오패혈증 때문에 많이 다운된 온몸의 기혈. 그걸 돌봐줄 생각이었다. 흰쌀을 끓여 죽물을 받아내고, 그 물에 생숙탕과 요수를 더한 뒤 양고기와 불린 수수를 넣었다.

생숙탕으로 음양의 조화.

요수로 비위 보강에 중초 강화.

쌀의 죽물로 정기 보충.

양고기로 기 보충.

여기에 더해진 수수는 멀티플레이어였으니, 비장을 강화하고 원기를 보충하며 중초에 힘을 더하고, 허한 복통을 다스리며 소화를 도울 수 있었다.

여직원에게는 간단하게 약선밀죽을 준비해 주었다. 그녀의 체질이 木형이었으니 유용한 메뉴였다.

달그락, 달각!

후밍위안의 숟가락이 천천히 움직였다. 서두르지 않지만 쉬지도 않았다. 그러다 보니 어느새 바닥이었다. 후밍위안의 눈빛이 파르르 떨렸다. 아쉬움이었다. 그때 반가운 냄새가 가까워졌다.

"한 그릇 더 드셔야 좋을 겁니다."

민규가 새 죽을 내려놓은 것이다.

"셰프⋯⋯."

후밍위안은 자신도 모르게 웃고 말았다. 야멸찬 냉소가 사라진, 아이처럼 순박한 미소였다.

"드세요."

민규가 죽을 권했다. 그녀의 시선이 죽 그릇으로 내려갔다. 죽은 술술 들어갔다. 밍밍한 것 같으면서도 목을 넘어가면 감동으로 남았다. 아무런 간 없이 식재료의 성분으로만 깃들인 맛. 가만히 음미하면 단맛에 신맛, 짠맛까지도 여운처럼 느껴졌다.

'하아.'

그녀가 몰랐던 세계였다. 푸짐하고 자극적인 풍미에 묻혀 살던 후밍위안. 열린 마음으로 맛본 민규의 죽에는 또 다른 맛의 세계가 있었다.

게다가⋯⋯.

"⋯⋯!"

후밍위안은 어느새 가뜬해진 몸을 느꼈다. 어딘가 모르게 무기력하던 육신. 맥이 살짝 풀린 듯하던 몸에 생기가 흐르고 있지 않은가?

"셰프……?"

"몸이 좀 가벼워지셨죠?"

"예……."

"비브리오의 대미지는 이제 다 가신 것 같습니다. 다음에
생물 새우를 만질 때는 조심하시기 바랍니다."

"……."

"맛은 어땠습니까?"

"신세계였어요. 이제야 영부인의 자부심과 만찬장의 평을
알 것 같네요."

"고맙습니다. 그리고 이건 먼 길 찾아와 주신 서비스입니
다."

민규의 서비스는 추로수에 타낸 약선유자청이었다.

"서비스?"

"천천히 드시면 피부가 고와지고 얼굴도 좋아집니다. 어제
만찬장에서 에이미의 검버섯을 씻어낸 물이죠. 여자 손님들이
좋아하는 약수라서 한잔 권해 드립니다."

"세상에, 그게 진짜 이 물 때문이었어요?"

노란빛이 아른거리는 약선유자청. 새콤달콤한 냄새도 일품
이었다. 후밍위안이 유자청을 마셨다. 여직원도 함께 마셨다.
그녀들은 어느새 민규의 요리에 푹 빠진 표정이었다.

"소박하지만 황제의 만족을 주는 요리였습니다."

후밍위안이 웃었다.

"저희 가게에서 궁중요리도 많이 합니다. 몸 상태가 좋았다면 조선 왕의 수라상을 맛보여 드렸을 것을요."

"셰프가 만드는 조선 왕의 수라상… 궁금해지네요. 사실 다른 식당에서 수라상을 받아봤지만 번거로워만 보였거든요. 제가 기대한 만한전석 같은 신해진미가 아니라서……."

"중국의 황제들이 산해진미를 받은 건 맞지만 그렇다고 무엇 하나 마음껏 먹을 수는 없었던 것으로 알고 있습니다만."

"중국요리도 공부하셨어요?"

"조금요."

민규가 겸손히 답했다. 민규의 제1생은 요리의 아버지이자 중국요리의 기원으로 불리는 이윤. 시대적 차이가 멀다지만 모를 리 없었다.

"맞아요. 어떻게 보면 중국의 황제들은 요리에 있어서만은 실속 없는 자리였지요. 매번 산해진미를 차리고도 마음껏 먹을 수 없었으니… 그에 비하면 조선 왕들의 수라가 실속 있는 거였는지도 모르겠네요. 최소한 자신이 좋아하는 요리나, 상에 올라오는 요리는 마음대로 먹을 수 있었을 테니까요."

"맞습니다."

"그 맥이 한국 요리에 이어졌군요. 그래서 다소 허전해 보이는 구성이지만 실속은 꽉 찬……."

후밍위안이 공감을 했다.

중국 황제의 진선(進膳)과 조선 왕의 수라(水刺).

어떻게 다를까? 중국의 황제들은 그 격에 맞게 산해진미를 배 터지도록 먹었을까? 조선의 수라와 달리 중국에서는 황제의 밥을 진선 혹은 용선(用膳)이라고 불렀다. 이 진선은 어선방에서 주관한다. 황제들이 무엇을 먹는가는 권력과도 궤를 같이했다.

지론에 따라 황제는 무엇이든 먹을 수 있었다. 따라서 먹거리에 들어간 예산도 어마무시했다. 우리의 영정조처럼 근검절약의 상징으로 불리는 숭정제와 황후의 연평균 식비가 한화로 6억 원 언저리였으니 다른 황제들의 비용은 상상이 어렵지 않았다.

황제들의 공식 식사는 정선으로 불린다. 하루 두 번 나오는데 아침은 조선, 저녁은 만선으로 불렸다. 모든 요리는 한국의 기미상궁이 그랬듯이 '태감'들이 은패를 이용해 독의 여부를 체크했다.

황제의 식사는 번거롭고 외로웠다. 황제는 늘 '혼밥'이었다. 황후나 황자를 불러 함께 먹게 되는 일은 프라이드치킨이 살아나 새벽 홰를 치기를 바라는 게 빠를 정도로 드물었다.

후궁도 예외는 없었다. 어쩌다 밀애에 빠진 후궁이 있다고 해도 맞상은 받을 수 없었다.

그 외로움을 위로하기 위해서였을까? 조선이나 만선에 나오는 요리는 셀 수도 없이 많았다. 수발을 드는 태감은 끊임없이 요리를 올린다. 준비된 요리를 다 맛보게 하기 위함이었다. 그러다 황제가 좋아하는 요리에 꽂히면 더 이상 다른 요리를 올리지 않고 올리는 시늉만 낸다. 황제가 선호하는 음식의 기밀을 유지하기 위함이었다.

황제의 식성은 특급 비밀.

중국 황실의 전통이었다.

이 진선은 황제의 안위와 함께 편식 방지 기능도 있었다. 황제는 자신이 먹고 싶은 요리가 올라와도 배가 터지게 먹을 수 없었다. 만약 황제가 그 요리에 반해 두 번, 세 번 먹는다면 그 요리는 영원히 황제의 식탁에서 삭제되었다.

독살 방지 프로그램이었다.

이 또한 황실의 전통이었다.

뿐만 아니라 제철 음식의 진상도 거의 금지되어 있었다. 이는 황제의 식탐으로 인한 폭주를 방지하려는 황궁 태감과 참모들의 대책이었다. 그러니까 황제는 최고의 자리였으되 미식 수준은 낮을수록 좋았다. 그렇지 않으면 프로그램과 충돌하기 때문이었다.

"그렇다면 셰프, 우리 황제들이 가장 맛있게 먹은 요리도 알고 계시나요?"

후밍위안이 물었다.

"시장기입니다."

민규가 답했다. 그건 중국요리 책에 나오는 우스갯소리이기도 했다. 한 황제가 있었다. 드물게 미식가였다. 산해진미를 다 먹어봐도 참맛이 나지 않았다. 제철 요리가 아니니 모양만 화려하지 맛이 없었던 것. 어선방의 책임자를 불러 제대로 된 요리를 가져오라고 했다. 책임자의 입에서 요리 대신 대안이 나왔다.

"그런 요리는 황궁에 없고 저잣거리에 나가야 있습니다."

"저잣거리?"

"예."

황제는 책임자를 앞세워 저잣거리로 미식 사냥을 나갔다. 책임자는 황제를 데리고 빙빙 돌았다. 대체 뭘 먹여야 할지 대책이 서지 않았던 것이다.

"여기가 저잣거리거늘 왜 빙빙 도는 것이냐?"

황제가 다그쳤다. 그때 보인 게 거리의 만두점이었다.

"저 만두가 천하일미입니다."

이제는 이판사판이었다. 책임자는 떨리는 손으로 만두를 내밀었다. 그걸 한 입 베어 문 황제가 탄성을 질렀다.

"바로 이 맛이구나."

제철 음식이 통제된 황제. 그렇다고 거리의 만두가 그렇게나 진미였을까? 황제의 만두로 불리는 탕빠오(灌汤包)라도 만난 걸까? 아니, 황제가 만난 건 그냥 만두였다. 만두보다는 황제의 시장기가 앞섰을 테니 민규 말의 의도가 거기 있었다.

황제의 진선 VS 왕의 수라.

내실에서는 왕의 수라가 압승한 셈이었다.

"셰프는 볼수록 대단하네요. 영부인의 혜안에 탄복할 뿐입니다."

대화를 끝낸 후밍위안의 표정은 밝았다. 그때 여직원의 눈이 휘둥그레지더니 입까지 쩌억 벌어졌다.

"왜?"

후밍위안이 물었다.

"여사님 얼굴이……."

"내 얼굴?"

"생기가 돌고 있어요. 얼굴빛도 뽀송뽀송……."

"내 얼굴이?"

후밍위안이 두 손으로 볼을 더듬었다. 피부 살결이 아까와 달랐다.

"아까 그 약수가 정말?"

후밍위안이 민규를 돌아보았다.

"방문 선물입니다. 가져가셔서 내일 아침까지 나눠 드시기 바랍니다. 그럼 수척해진 얼굴빛이 곱게 바뀔 테니까요."

민규가 추로수 두 병을 안겨주었다.

"한 병은 레이첼에게 안겨줘야겠어요. 어제 보니까 에이미를 보고 부러운 눈치던데⋯⋯."

후밍위안은 좋아 어쩔 줄을 몰랐다.

그녀가 떠난 후에 전화가 걸려왔다. 번호를 보니 쩌우정 셰
프였다.

"닌 하오?"

민규가 전화를 받았다.

─이 셰프님, 하오펑과 요리 대결을 펼쳤다고요?

전화 속 쩌우정의 목소리는 밝았다.

"대결이라니요? 그냥 제가 한 수 지도를 받았습니다."

─하오펑의 말로는 그 반대라고 하더군요. 요리 지도에 더
불어 인성에 대한 지도까지 받았다고⋯⋯.

"당치 않습니다."

─너무 겸손하지 않아도 됩니다. 오죽하면 그 친구가 감췄
던 아들 이야기까지 고백을 했으려고요.

"셰프님에게요?"

─예. 내가 대충 눈치는 채고 있음에도 끝까지 내색하지 않
더니 느닷없이 전화를 걸어와 고백을 하네요. 이 셰프를 만나
게 해줘서 고맙다고⋯⋯.

"고마운 건 저죠. 하오펑 셰프님의 깊고 넓은 국수의 세계
에 대해 많이 배운 기회였습니다."

─그 친구, 오늘 당장 현역으로 복귀를 한다고 하더군요. 그
런 다음에 다시 한번 셰프와 요리 자웅을 겨룰 작품을 만들

어보겠다고…….

"별말씀을……."

—이번에는 하오펑이 아니고 허우밍을 내세워서 말입니
다.

"……!"

—어때요? 허우밍이 가도 한판 벌여주는 겁니까?

"당연하죠. 요리란 겨루는 게 아니고 축제를 벌이는 일이니
까요."

—멋진 말이군요. 하오펑에게 그대로 전하겠습니다.

쩌우정의 전화가 끊겼다.

허우밍!

목이 트인 그가 떠올랐다. 요리와 목소리를 바꾼 간절함.
그런 갈망이 있는 사람이기에 허우밍은 무섭게 발전할 것 같
았다.

"우리, 노력 많이 해야겠다."

두 제자(?)를 바라보며 민규가 웃었다.

"갑자기 웬 뜬금포? 누가 형이 허접하다고 시비라도 건 거
야?"

종규가 물었다.

"아니, 다른 사람들이 무섭게 노력하니까. 요리든 뭐든 노력
을 당할 수는 없으니까."

민규가 주방으로 향할 때였다. 하얀 새 탑차가 마당으로 들

어섰다. 처음 보는 차… 그런데…….

'응?'

민규와 종규의 눈이 휘둥그레 변했다. 차에 새겨진 선명한 로고 때문이었다.

대한민국 대표 약선요리, 초빛약선.

눈을 씻고 봐도 '초빛'이었다.

"이민규 님."

차에서 기사가 내렸다.

"뭐죠?"

"사인하시죠. 차량 인수 인도 서류입니다."

차량 인수 인도 서류?

"우린 차 뽑은 적 없는데요?"

"그럴 리가요? 초빛약선 이민규 셰프, 여기가 초빛약선 맞잖아요? 네비에 주소 찍었더니 여기로 왔고 저기 간판도 맞는데……?"

"그건 맞지만 새 차는……."

의문은 카드에서 풀렸다. 기사가 내민 카드에 영부인의 메모가 있었다.

작은 선물이에요. 대한민국 국가대표 약선요리사 냉장 차량이

이 정도는 되어야 하지 않겠어요? 앞으로도 온 국민을 돌보는 약선요리, 기대할게요.

차량은 영부인의 선물이었다.
"으아악! 그럼 우리 차네?"
민규 어깨 너머로 카드를 본 종규가 펄펄 뛰었다.
그날 밤, 펄펄 뛴 건 또 있었다. 바로 인터넷의 유티비 동영상. 펄펄 뛰다 못해 절절 끓어올랐다.
누군가가 올린 중국 대사관의 민규 요리가 대박을 치고 있었다.

[신선의 흙국수, 먹어는 봤나?]

영어와 중국어 제목이 붙은 동영상에는 두 스타일의 약선 무위자연면이 올라와 있었다. 영상 속의 국수는 요리인지 그림인지 알 수가 없을 정도였다.

─레알 흙으로 만든 국수? 사기 아님?
─요리가 아니고 판타지…….
─저건 외계인의 요리야.
─신이 만들었다에 한 표.
─흙국수 위엄 장난 아니네.

―윗분, 맛도 장난 아니랍니다. 대사관 만찬회에서 나왔는데. 먹은 사람들 싹쓸이로 뽕 갔대요.

―저걸 먹으면 몸의 중금속은 물론이고 나쁜 마음까지 정화될 것 같아.

―나 진심 한 입만…….

―먹방 놈들아, 좀 본받아라. 맨날 칼로리 덩어리만 찍어대지 말고 저렇게 역사와 스토리 있는 요리 좀.

댓글은 끝이 없었다.

히트 수는 더욱 끝이 없었다.

게시된 지 2시간 만에 700만 히트를 넘을 정도였다.

"누가 올렸을까?"

영상의 마지막쯤에 종규가 중얼거렸다.

글쎄…….

민규도 짐작할 수 없었다. 대사관 만찬에 온 사람은 한둘이 아니었다. 하지만 상관없었다. 누가 올리면 어때? 올린 사람 마음이지. 화면을 닫으며 벅찬 하루를 마감했다.

10. 육천기

　일요일 이른 밤. 마지막 손님을 보낸 종규가 서둘러 테이블
을 치웠다. 재희도 손이 빨라졌다. 황 할머니도 잰걸음이다.
이유가 있었다.

　"끝났냐?"

　주방 정리를 끝낸 민규가 소리쳤다.

　"네, 셰프님."

　재희가 대답했다.

　"나도 정리 끝."

　종규도 복창을 했다.

　"그럼 가자."

민규가 요리복을 벗었다.

"와아, 진짜로 가는 거예요?"

재희가 반색을 했다.

"너, 아빠에게 허락은 받은 거야?"

종규가 짐짓 레이저를 뿜었다.

"당연하지. 확인해 봐."

재희는 대뜸 전화를 연결해 종규에게 던져주었다.

"야, 누가 못 믿는대?"

—여보세요?

"예, 여보세요. 안녕하세요?"

종규가 버벅거리기 시작했다. 재희 아버지의 목소리가 나온 것이다.

"아, 예… 그냥 안부 전화인… 재희 바꿔 드릴게요. 안녕히 계세요."

종규는 허둥지둥 핸드폰을 재희에게 넘겼다.

"아빠, 잘 다녀올게요."

재희가 통화 마감을 했다.

"죽을래?"

종규가 주먹을 겨누었다.

"내가 뭘?"

"어휴, 정말… 그렇다고 진짜 바꾸냐?"

"그만하고 불 꺼라. 할머니 차에 모시고."

주방 불을 끈 민규가 홀 쪽으로 나왔다.

"알겠습니다."

종규가 특명을 받았다. 마당에는 또 하나의 새 차가 기다리고 있었다. 그 또한 양경조 회장이 협찬한 차였다.

양경조 회장, 토요일에 동생과 함께 찾아왔었다. 그들이 중국에서 온 낭보를 전해주었다.

"순평하이 그룹과 합작 투자가 결정되었습니다."

형제는 싱글벙글이었다.

"계약 조건도 좋습니다. 그쪽 말이 이 셰프님 보고 하는 거라니 중국 쪽에서 나는 수입의 배분 비율은 더 높여 드리겠습니다."

양경조는 숨김이 없었다. 민규가 추가 사례를 사양했지만 고집을 꺾지 않았다. 거기에 차까지 한 대 보너스로 안겨주었다. 졸지에 새 차가 두 대로 늘어난 민규였다.

그 기념으로 결정한 게 할머니의 동생이 사는 마을에 방문하는 것이었다. 그동안 그곳 할머니들 도움을 많이 받았다. 인사 한번 드리고 싶었다. 나아가 야생초 공부도 될 곳이었다. 황 할머니의 사정도 한몫을 했다.

황 할머니.

혼자 산 지 오래였다. 동생도 그랬다. 그러나 이제는 서로 늙은 할머니들. 누군가 모셔 가지 않으면 피붙이 방문조차 엄두를 못 낼 처지였다.

원래는 새 탑차를 타고 시골 장터를 돌아보려던 민규. 스케줄을 바꿔 남해에 가기로 했다. 거기 또한 산촌이었으니 시골 장터에 겸해 야생초 현장을 구경하려는 것. 그러다 보니 재희까지 끼워 넣었다. 황 할머니의 동생이 숙식을 책임져 준다고 한 데다 재희만 빼고 가는 것도 편하지 않았다.

황 할머니가 짐을 바리바리 들고 나왔다.

"그 싸가지 없는 것이 내가 내려간다니까 이것저것 부탁을 해서……."

할머니는 좋으면서 괜히 툴툴거렸다.

"출발할까요?"

운전석에 앉은 종규가 목청을 높였다.

"이벤트 식재료는?"

"당연히 다 챙겼지."

"그럼 출발."

민규 콜이 떨어졌다.

부릉!

"으아, 스무디처럼 부드러운 엔진 소리 죽이고."

차가 출발을 했다.

"승차감도 나름 죽이고……."

차량은 랜드로버 디스커버리였다. 받을 때는 잘 몰랐지만 풀 옵션이 장착된 차라 사뿐히 1억을 넘는 가격. 인사차 전화를 걸자 양경모는 오히려 미안한 목소리를 쏟아냈었다.

"할머니!"

재희가 전화를 걸어 황 할머니에게 건네주었다.

"동상이냐?"

할머니가 의기양양 샤우팅을 뽑았다.

―오는 거유?

동생 목소리가 들렸다.

"그래, 이것아. 집 청소는 제대로 한 거여?"

―대충 치웠지.

"대충 가지고 돼? 군수님 모시듯이 깍듯하게 준비해 놔. 이불도 새것으로 준비하고."

―아따, 걱정을 말라니까. 내가 호텔방처럼 반질반질하게 맹글러놨어.

"정말이지?"

―내가 언니 같은 줄 알어? 여그는 걱정 말고 조심해서 오기나 해.

"알았어."

할머니가 전화를 끊었다. 대화를 듣고 있던 민규와 종규가 쿡쿡 웃음을 참았다. 할머니, 동생하고 이야기하면 괜히 쌀쌀맞다. 목소리도 퉁명스레 변한다. 물론 민규는 알고 있었다. 할머니와 동생의 사이가 나빠서라기보다 오랜 습관이라는 거.

사실 가장 들뜬 건 할머니였다. 오랜만에 가는 고향. 거기 절친이 아직 살고 있었다. 동생도 동생이지만 절친을 만날 기대까지 겹쳐 할머니는 눈알은 토끼의 그것이었다. 잠조차 설친 모양이었다.

첫 휴게소에서 커피를 한 잔씩 사 들었다. 처음으로 여행을 나온 초빛의 네 멤버들. 하하호호 웃음꽃을 피우며 어둠 속으로 질주해 갔다.

*   *   *

"어서 와요!"

산기슭에 우뚝한 느티나무 아래에서 황 할머니 동생이 민규를 맞았다. 다른 할머니들도 넷이나 있었다. 노인들은 원래 초저녁잠이 많다. 시골은 보통 저녁 8시가 넘으면 대개 취침 모드에 들어간다. 그럼에도 불구하고 11시 가까운 시간까지 기다리고 있으니 미안할 뿐이었다.

"여그가 우리 세뿌님이시구만."

동생이 민규를 알아보았다.

"세뿌가 아니고 세푸."

할머니가 강조해 보지만 정확하지 않기는 오십보백보였다.

"늙은이들이라 저녁잠이 많아요. 오늘 못 본 할마씨들은 내일 볼 수 있을 거예요."

동생이 너스레를 떨었다. 정다운 이웃들과 섞여 살아서 그런지 황 할머니보다는 명랑해 보였다.

"자자, 인자 성님들 아우님들은 싸게 집으로 가. 졸려서 죽 겠다, 죽겠다 하지 말고."

동생이 환영 인파를 정리했다.

"강명자가 없네? 니, 내가 온다고 말 안 했어?"

할머니가 아쉬운 듯 두리번거렸다.

"왜 안 해? 성님 오면 나물부침이라도 부쳐준다고 돌아치다 가 몸살이 났다데. 내일 아침에나 올라가 보셔."

동생이 할머니의 손을 끌었다.

동생 집은 마당이 넓었다. 방도 세 개나 되었다. 하지만 살 림살이 정리는 엉망이었다. 그저 편한 대로 배치해 둔 게 한 눈에 들어왔다.

"아이고, 저것이 깔끔하게 치워놓으랬더니……."

할머니가 쌍심지를 켜고 뒷정리에 나섰다.

"아따, 우리 성님도 많이 쪼잔해졌네. 시골에 살아보시오. 깔끔떨어서 뭣한다고? 그 시간에 빨빨거리고 돌아쳐야 몸이 안 아프다는 거 몰라?"

"뭐야?"

"허튼소리 말고 앉기나 하셔. 출출할까 봐 밥 따로 해뒀으 니……."

"어, 저희는 안 먹어도 됩니다."

민규가 동생 말을 막았다.

"워매, 그게 무슨 경우라요? 우덜한테 돈을 주니까 사장님

육천기 277

이나 매한가지인데 대접을 말라니? 준비는 다 끝났으니 잠깐
만 기다려요."

동생이 부엌으로 뛰었다. 정말이지 번갯불에 콩 볶아 먹을
동생이었다. 잠시 상 차리는 소리가 들리더니 푸짐한 고기볶
음에 오곡밥, 막걸리까지 곁들인 상이 나왔다.

"이거 돼지고기여, 뭐여? 우리 세푸님은 대한민국 최고 요리
사인데……"

상차림을 본 할머니가 애정 어린 핀잔을 주었다.

"고기를 제대로 보고 말해야지. 이 고기가 그냥 고기가 아
니거든. 남자한테 좋다는 거시기, 그 말고기라고."

동생이 기염을 토했다.

"말고기? 니가 말고기가 어디서 났냐?"

"세뿌님이 오신다기에 저 아래 동네에 뭘 좀 사러갔더니 이
장님 부부가 마침 칠순 기념으로 제주도에 다녀왔다고 하잖
아. 거기서 아침에 잡은 말고기를 사 왔는데 그 양반이 쩌번
에 실수한 것도 있고 해서, 염치없다며 한칼 잘라주데. 남자
한테 억수로 끝내준다고 하던데……"

"하긴 그때 큰 실수 했지. 언제고 만나면 내가 한 소리 할
줄 알아라."

"아따, 또 왜 이러시나? 다 지나간 일을 가지고… 자자, 세뿌
님, 얼른 먹어보세요. 말고기가 싱싱하더라고요."

동생이 고기볶음을 밀어놓았다.

"말고기……."

재희는 떨떠름한 표정을 지었다. 낯선 음식에 대한 경계심은 요리를 배우는 재희에게도 예외는 아니었다. 민규도 사실 애호가는 아니었다. 하지만 비주얼에 비해 냄새는 괜찮았다. 고기가 싱싱하고 할머니 동생이 양념을 제대로 맞춘 것이다.

"먹어봐요. 맛이 좋대도."

동생이 재촉을 했다. 바로 그때…….

"아이고야!"

창 너머에서 비명이 들려왔다.

"워매, 춘순이네 집 같은데?"

동생이 파뜩 고개를 들었다.

"그 일 바보 춘순이?"

할머니가 물었다.

"그럼 누구겠어? 가가 맞다, 정춘순."

"가가 아직도 일에 미쳐 살아?"

"가가 욕심덩어리잖아? 아침이면 힘들어서 제대로 일어나지도 못하면서 징하게 일만 한다니까. 오늘도 하루 종일 소를 몰아치더니 소한테 받히기라도 했나? 후딱 가봐야겠네. 먹고들 계셔."

동생이 무릎을 달래며 일어섰다.

"우리도 가볼까요?"

민규가 할머니를 바라보았다. 보아하니 드문드문 사는 산골 마을. 비명을 들어서 그런지 밥이 넘어가지 않았다.

"그럴까?"

할머니가 일어섰다. 민규네는 그 뒤를 따라 걸었다.

컹컹!

개 짖는 소리가 어둠을 흔들었다. 비명이 난 집은 멀지 않았다. 전기를 아끼느라 작은 알전구 하나 켜놓은 게 전부인 마당이었다. 그믐날이라 숲까지 어두워 음산한 기분마저 들었다.

움머어어!

마당에 들어서자 개와 소 소리가 동시에 천둥을 쳤다. 할머니 동생과 집주인은 삐쩍 곯은 늙은 쇠 고삐를 잡은 채 씨름하고 있었다. 집주인 또한 소처럼 피골이 상접한 몸매였다.

"아이고, 이게 웬일이래?"

할머니가 바로 가세했다. 무엇에 놀랐는지 소가 날뛰고 있었다.

"삼식아, 니 땜시로 더 정신없으니 그만 짖거라. 후딱 저리 가지 못하겠나?"

집주인이 개를 향해 소리쳤다. 할머니는 정신이 반은 나가 있었다. 기력 빠진 소라 뛰어나오지는 못하지만 멋대로 경중거리니 경황이 없는 것이다.

"쫌 도와주시오. 이 순딩이가 갑자기 왜 이러나? 낮에 일 많이 시켰다고 삐졌나?"

힘에 부친 집주인, 쓰러지기 직전이었다. 민규와 종규가 뛰어들었다. 그리고 할머니의 고삐를 건네받아 힘껏 당겼다. 그래도 소를 진정시키기에는 역부족이었다.

"어떡하지?"

종규가 울상을 지었다. 산골이다. 119를 부를 수도 없었다. 이 시간에 수의사는 더욱 그랬다. 결국 소의 오장육부 리딩을 시도했다. 개의 오장육부를 읽으니 소라고 안 될 건 없었다. 스스로 해결책을 찾는 게 최상의 길이었다.

"……!"

민규가 주춤 움츠렸다. 음양의 음이 읽혀졌다. 음이 너무 많았다.

'음(陰)…….'

요리에 있어 동물의 식재료는 양에 속했다. 그런데 웬 음일까? 이야기를 넓혀가자면 식재료의 음양은 불변의 것이 아니었다. 음의 채소를 양의 기름으로 볶아내면 성질이 변할 수 있었다. 그렇게 디테일하게 파고 들어간 내용이 본초강목에 있었다.

말과 소.

음양으로 나눈다. 같은 동물인데 어떻게 음양이 구분되는 걸까? 첫째는 발굽이었다. 말은 발굽이 둥글어 하나이니 양이고, 소는 발굽이 갈려 둘이니 음이라 한다.

두 번째는 병든 자세였다. 말은 병이 들면 앉아 있고 소는

육천기 281

병이 들면 서 있는다.

세 번째는 일어나는 동작이었다. 말은 일어설 때 앞발을 먼저 세우고 소는 뒷발을 세우고 일어난다. 말은 양이라서 그렇고 소는 음이라서 그렇다는 것이다.

'아!'

그걸 더듬다가 해법을 찾아냈다.

"할머니."

황 할머니 동생을 불렀다.

"왜요?"

"혹시 집에 요리 안 한 말고기가 남았나요?"

"있는데 그건 왜?"

"가서서 가져오세요. 잘근잘근 다져서요."

"아따, 시방 이 판국에 말고기는 뭐 한다고?"

"부탁합니다. 그거면 이 소를 달랠 수 있습니다."

"니 빨랑 세푸 말 안 들을래?"

황 할머니가 악을 썼다. 동생은 긴가민가하며 집으로 향했다. 잠시 후 돌아온 동생이 말고기 다진 것을 내놓았다.

"종규야, 재희야, 꽉 잡아라."

민규가 고깃덩이를 들고 소에게 다가섰다.

'될까?'

잠시 호흡을 골랐다. 하지만 밑져야 본전이었다. 정 안 되면 황 할머니 동생에게 고깃값을 물어주면 되는 것이다.

"자, 착하지."

민규가 고기 다진 걸 소에게 내밀었다.

"형!"

종규가 울상을 지었다. 길길이 날뛰는 소에게 말고기라니? 생뚱도 이런 생뚱이 있단 말인가? 그런데 거기서 대반전이 일어났다. 소가 불쑥 고개를 내밀더니 말고기를 받아먹은 것이다.

"자, 더 있다. 다 먹고 얌전하게……."

민규가 남은 고기를 내밀었다. 그 또한 한입에 꿀꺽하시는 소였다. 몇 번의 되새김 끝에 고기가 넘어갔다. 그리고 놀라운 일이 일어났다.

움머어!

언제 그랬냐는 듯 소가 얌전해진 것이다.

"워매? 이게 뭔 일이다냐? 우리 순딩이가 얌전해졌네?"

집주인의 입이 쩌억 벌어졌다. 황 할머니와 동생도 그랬다. 믿을 수 없는 일이 일어난 것이다.

"셰프님……."

돌아오는 길에 재희가 원리를 물었다. 우연은 아닌 것 같았기 때문이었다.

"음양의 원리."

민규는 한마디로 답했다.

"그러니까 그게 뭐냐고요."

"말은 양이고 소는 음이라고 하거든. 옛날에 말이 미친 듯이 날뛸 때 소고기를 먹이면 온순해졌다고 해. 그런데 오늘은 소가 날뛰었으니……."

민규가 재희를 바라보았다.

"와아, 역시 셰프님은……."

대박!

재희 표정에서 그 단어가 뚝뚝 떨어졌다. 밤길을 따라 별똥별들도 뚝뚝 떨어져 내렸다.

첫새벽, 민규가 잠에서 깨었다. 상큼한 공기 때문이었다. 아니, 어쩌면 습관 때문이었다. 문득 시계를 보니 새벽 시장을 갈 시간이었다. 종규는 곤하게 자고 있었다. 새벽 공기가 궁금해 마당으로 나왔다.

"드러렁, 푸아!"

코 고는 소리가 들려왔다. 황 할머니인가 했는데 동생의 숨소리였다. 고단한 숨소리를 뒤로하고 마당을 나왔다. 하늘에서는 마지막 별똥별들이 다투어 스러지고 있었다. 어둠이 벗겨지는 시간, 마지막 불꽃놀이는 장엄하기 그지없었다.

큰 풀잎 위에는 밤이슬이 내려앉았다. 반천하수, 즉 상지수였다. 어디에 인삼밭이 있는지 인삼 냄새도 끼쳐왔다. 가만히 맑은 공기를 마셨다.

후우, 후우우!

공기는 마시는 것보다 내뿜는 게 중요하다. 그렇게 숨을 쉬는 동안 어둠이 차곡차곡 밀려나기 시작했다. 광명처럼 밝아오는 아침의 기운. 그걸 느끼는 순간 한 단어가 뼈를 치고 들어왔다.

육천기.

하오펑 때문이었을까? 말과 소에 얽힌 음양 지혜를 알게 해준 본초강목 때문이었을까? 본초강목에도 육천기에 대한 언급이 나온다. 민규 역시 33 초자연수와 더불어 알고 있었다. 하지만 그것만은 아직 소환할 수 없었다.

'육천기.'

다시 한번 실험해 보았다. 큰 나뭇잎을 둥글게 말아 작은 샘물의 물을 떠 담고는 육천기 소환 시전. 시전 완료 후에 물을 마셔보지만 샘물 맛은 변하지 않았다.

실패!

육천기…….

하늘을 보며 생각에 잠겼다. 하오펑이 그 말을 했을 때 민규는 뜨끔했었다. 만약 그 말이 나왔을 때 바로 육천기를 소환했다면 어땠을까? 하오펑의 얼굴은 어떻게 변했을까?

다른 초자연수와 달리 도무지 소환이 불가능했던 육천기. 그렇기에 최근에는 아예 생각도 않고 있던 민규였다.

해가 뜰 때의 동쪽 공기…….

해 뜨는 쪽으로 호흡기를 돌렸다. 맛난 요리를 음미하듯 공기를 마셨다. 마치 물을 마시는 것처럼…….

육천기의 구성은 동서남북과 하늘, 그리고 땅이었다. 달리 보면 봄여름가을겨울과 하늘땅이었다. 그 여섯 기운이 모여야 육천기를 이루는 것이다.

이윤…….

그의 얼굴이 스쳐 갔다. 그가 지상의 모든 물을 실험하고 분석할 때의 고난이 떠올랐다. 앉아서 그냥 얻은 필살기가 아니었다.

'이민규, 어느새 매너리즘에 빠진 거냐?'

생각이 거기에 미치자 머리카락이 우수수 솟구쳤다.

만약!

민규가 만약 아직도 유치원 편식 교정 출장요리사라면… 오늘 아침은 지겨웠을 것이다. 눈 뜬 다음에 나오는 건 한숨과 부담 백배였을 것이다.

오늘은 또 어떻게 넘기나.

오늘 하루는 또 어떻게 사나.

만약 그런 상황이라면, 뭔가를 노력해 그걸 지울 수 있는 방법이 있다면… 뭐든 가리지 않고 노력했을 민규…….

'육천기를 찾아야겠어.'

뇌리에 짜릿한 각성이 찾아왔다. 마시면 음식을 먹지 않아도 허기가 지지 않는 신비수. 마시면 장수하는 물. 마시면 피부가 아기처럼 뽀송해지는 절정수.

그런 해설이 나오는 건 그 물이 지상에 존재함을 의미했다. 누군가 마셔봤다는 얘기였다. 달리 말해 방법이 있다는 것. 그 방법이라는 게 뭘까?

서른세 가지 물은 이미 민규 손에 있었다. 그 물을 섞고 합치며 새로운 효능까지 이해했다. 신성수 계열과 독수 계열을 섞어 효능을 실험했고 최적의 육수 구성도 찾아냈다. 그렇다면 육천기 역시 기존 33 초자연수 안에 답이 있지 않을까?

동서남북 하늘땅…….

봄여름가을겨울 하늘땅…….

육천기의 구성 요소를 짚어가던 민규가 봄여름가을겨울에서 호흡을 멈췄다. 머리를 때리는 영감의 끈을 잡아낸 것이다.

육천기…….

어쩌면 가능할 것도 같았다.

동서남북.

봄은 동쪽이다. 여름은 남쪽, 가을은 서쪽이고 겨울은 북쪽을 뜻한다. 바람으로도 알 수 있다. 동풍은 봄바람, 서풍은 가을바람, 남풍은 여름바람이오, 북풍은 겨울바람이다.

서른세 가지 초자연수를 더듬어 나갔다.

봄의 물은 춘우수, 매우수.

여름의 물은 하빙수, 우박.

가을의 물은 추로수.

겨울의 물은 납설수, 동상.

하늘의 물은 반천하수, 즉 상지수.

땅의 물은 지장수.

여섯 퍼즐이 맞는 소리가 들렸다. 봄의 물과 겨울 물이 두 개씩이지만 대표를 골라내면 될 일.

'아아……'

퍼즐을 맞춰본 민규의 심장이 격하게 떨렸다. 육천기… 감히 신선의 물이라 말할 수 있는 그 물을 소환할 수 있을 것인가?

호박꽃 몇 개를 꺾어 든 민규가 다시 샘물을 찾았다. 샘물을 떠서 여덟 물을 소환해 하나하나 맛보았다.

정월에 처음으로 내린 빗물 춘우수.

매화 열매가 누렇게 익어갈 때 내리는 빗물 매우수.

여름철의 얼음물 하빙수.

여름철의 우박.

가을, 해가 뜨기 전의 이슬을 받은 물 추로수.

섣달에 온 눈이 녹은 물 납설수.

겨울에 내린 서리 동상수.

땅에 닿지 않은 천상의 물 상지수.

땅을 대표하는 물 지장수…….

여덟 가지 물을 마시며 물의 원형을 쫓아 들어갔다. 춘우수는 〈빗물〉, 매우수도 〈빗물〉, 하빙수는 〈얼음〉, 박은 〈우박〉,

추로수는 〈이슬〉, 납설수는 〈눈〉, 동상수는 〈서리〉…….

눈.

비.

이슬.

서리.

우박.

얼음.

핵심을 세우니 여섯 가지였다. 눈과 비, 이슬과 서리, 그리고 우박과 얼음…….

이것들이 무엇인가? 바로 지상의 물을 이루는 근원이었다. 춘우수와 매우수는 같은 빗물이므로 매우수를 지웠다. 춘우수를 봄의 대표로 세우는 민규였다. 여름은 하빙수를 꼽고 가을은 추로수를 꼽았다. 겨울에 이르니 다시 문제가 되었다. 겨울 물은 두 개였으니 눈(雪)의 물 납설수와 서리의 동상수가 있었다. 일단 납설수를 겨울 대표로 내세웠다. 서리는 눈(雪)으로도 볼 수 있는 까닭이었다.

'춘우수, 하빙수, 추로수, 납설수…….'

여기에 반천하수와 지장수…….

정리를 끝낸 민규가 또 다른 호박꽃을 집어 들었다.

'엇!'

안에 늘어진 왕개미가 보였다. 꽃봉오리를 딸 때 안에 들어 있었던 모양이다. 미안한 마음에 가볍게 털어냈다. 개미는 기절이라도 한 것인지 움직이지 않았다. 그 꽃을 다른 것으로 바꾸었다. 중요한 실험이었으니 찜찜한 꽃은 쓰고 싶지 않았다.

후우!

심호흡을 하고 샘물을 담았다.

톡, 톡!

바위 위에 꽃을 고정하고 방울방울 머리에 그리던 초자연수를 소환했다. 봄, 여름, 가을, 겨울의 순이었다. 마지막으로 반천하수와 지장수를 더했다. 능양자의 명경에 나오는 '레시피(?)'가 이것이었다. 숨을 고르고 한 모금을 마셨다. 낯선 신효함은 느껴지지 않았다.

실패.

다른 꽃을 집었다. 이번에는 순서를 바꾸었다. 하늘이 먼저이므로 반천하수를 일타로 넣고 계절을 쫓아갔다. 마지막으로 땅의 지장수를 소환해 갈무리를 했다.

'이번에는……'

꿀깍!

다시 목을 차고 넘어가는 테스트 물.

'쉿!'

맛은 처음과 별다르지 않았다.

'쉽지 않군.'

후끈 달아올랐던 전의가 살짝 내려앉았다. 틀림없다고 생각한 방법이 빗나갔기 때문이다. 그래도 아직 경우의 수는 남아 있었다. 이번에는 봄의 물에서 춘우수를 대신해 매우수를 넣었다.

실패!

겨울 물 때문인가 싶어 납설수 대신 동상수를 넣었다.

실패!

얼음 대신 우박을 넣어보아도······.

실패!

혹시나 싶어 계절을 역순으로 해서 겨울, 가을, 여름, 봄으로 바꾸었지만······.

실패!

'푸헐.'

호박꽃을 내려놓았다. 맥이 탁 풀렸다.

샘물을 몇 모금 마시고 세수도 했다. 정신이 맑아졌다.

후우!

호흡을 가다듬었다. 사실 육천기를 찾아내지 못한다고 해서 문제 될 건 없었다. 지금까지도 그랬고 앞으로도 그럴 것 같았다. 그렇게 생각하니 마음이 가벼워졌다.

봄여름가을겨울.

조바심을 내려놓고 한 번 더 생각을 했다.

눈비이슬서리우박얼음.

동서남북.

"……!"

그러다 보니 빼먹은 게 떠올랐다. 방위를 잡지 않은 것이다.

'다시 한번……'

샘물을 담은 호박꽃 네 송이를 바위틈에 고정하고 재시도에 돌입했다. 춘우수를 소환할 때는 동쪽을 보았고 하빙수를 소환할 때는 남쪽을 보았다. 마지막 반천하수 역시 하늘을 보며, 지장수는 땅을 보며 더해놓았다. 또 하나는 땅 위의 호박꽃. 마지막은 허공에서 반천하수를 소환한 후에 여섯 물을 함께 섞었다.

'웃?'

새 물맛을 본 민규가 움찔 흔들렸다. 첫맛에서 아련한 감이 왔다. 맹렬했지만 너무 짧았다. 게다가 바로 신기루처럼 사라졌다. 마치 안개를 쥐었다가 놓친 것 같았다.

'뭔가 부족하다.'

길은 옳았다. 하지만 모자란 게 있었다. 그게 무엇일까? 한번 더 체크하니 서리였다. 물을 이루는 다섯 가지 형태. 다섯이면 오행… 그러나 육천기는 여섯 가지 기… 달리 말하면 봄 여름 가을 겨울, 모든 물의 기일 수 있었다.

'아!'

거기서 깨달음이 열렸다. 서른세 가지 초자연수. 그중에서도 사계절을 아우르는 물의 원수(原水)는 여섯이었다.

눈, 비, 이슬, 서리, 우박, 얼음.

들풀도 쓸모가 있는데 여름의 우박과 겨울 서리가 쓸모가 없을 리 없었다.

"......"

떨리는 마음으로 여름 물에 우박을, 겨울 물에 서리를 함께 넣었다. 다음은 하늘과 땅의 물이었다. 호박꽃의 물을 합친 후에 집어 들자 두 손이 와들거렸다. 이제는 과연 성공한 걸까? 민규는 눈을 감았다. 그리고, 호박꽃의 물을 단숨에 들이켜려는 순간이었다.

·"......?"

다시 벼락처럼 눈을 뜨는 민규.

물에서 신효한 냄새가 느껴졌다.

큼큼!

다시 맡아도 신효했다. 동서남북상하. 그 여섯 지기의 향이 배인 물은 이슬인 듯, 서리인 듯, 혹은 눈인 듯 아련한 물 냄새를 풍겼다. 그 향이 저절로 풍겨 나와 민규의 코를 밀고 들어갔다.

툭!

물에 홀린 민규가 호박꽃을 놓쳤다. 떨리는 감격 때문이었다.

육천기!

다시 호박꽃을 모았다. 이제는 확인에 돌입하는 민규였다. 육천기는 문헌에서 말하듯 마시는 물이 아니었다. '기'를 먹는 것이다.

네 개의 방위에 호박꽃을 놓고 그 샘물 안에 봄여름가을겨울의 초자연수를 소환했다. 땅의 지장수를 더하고 하늘의 반천하수를 더했다.

후우웅!

물의 울림 소리가 들렸다. 조금 전의 일이 우연은 아니었던 것이다. 민규가 늘어진 왕개미의 엉덩이를 잡았다. 신산하게 너울지는 물 향 위로 왕개미를 가져갔다.

꿈틀!

왕개미가 움직였다. 놀란 민규가 개미를 놓자 개미는 마치 깊은 잠에서 깨어난 듯 재빨리 사라졌다.

'아아……'

어깨가 흔들렸다. 다리도 떨렸다. 더는 견딜 수 없어 그대로 주저앉고 말았다. 육천기. 신선의 물로 불리는 물까지 장착하게 되는 민규였다.

"형!"

감격에 겨워하고 있을 때 민규를 부르는 소리가 들려왔다. 마당 쪽이었다. 종규가 깨어난 모양이었다.

"형, 여기 있다."

종규가 숲으로 올라왔다.

"웬 호박꽃들?"

종규가 물었다.

"새로운 물 좀 실험하느라고."

"새로운 물?"

"육천기라고 굉장히 신효한 물인데 한번 맛볼래?"

"이상한 거 아니지?"

종규가 경계의 눈빛을 보였다.

"허튼소리 말고 영광으로 알아라. 네가 처음으로 맛보는 '사람'이니까."

민규가 다시 호박꽃을 세팅했다. 소환수를 다 더하자 종규가 손을 내밀었다.

"마시면 안 되고 그냥 냄새만……."

"냄새? 내가 무슨 짐승이야? 물 냄새를 맡게?"

"맡아보면 알아."

민규가 웃었다.

"……!"

코를 대보던 종규 낯빛이 하얗게 변해 버렸다. 향이 있었다. 원초의 심연, 그곳을 축복처럼 쓰다듬는 물의 향내…….

"어!"

종규 시선이 배 쪽으로 내려갔다.

"왜?"

"배가 안 고파. 어제 소랑 실랑이하느라고 배가 꺼졌는지 눈 떴을 때는 꼬르륵거렸는데……."

"육천기 때문이다. 그게 그런 물이거든."

"배부르게 하는 물?"

"그게 아니고 신선의 식사. 신선처럼 물만 마셔도 가뜬한 거지."

"그러고 보니 손도 깨끗해진 듯?"

"그것도 맞다. 피부도 깨끗해지고 몸도 가벼워졌을 거야."

"우와, 대박."

종규 입이 쫘악 벌어졌다. 민규도 웃었다. 여섯 방위에 여덟 가지 물을 넣고 만들어 하나로 합치는 육천기. 물 요리의 궁극이 아닐 수 없었다.

*　　　*　　　*

"어머!"

아침 밥상을 받은 재희 눈이 휘둥그레졌다. 밥상의 구성 때문이었다. 국과 나물, 장아찌 모두 야생초들이었다. 그러니까 초빛에서 쓰던 거의 모든 야생초가 동원된 만찬이었다.

"우리 성님한테 물었더니 세뿌님은 이런 걸 더 좋아한다고 해서……."

황 할머니 동생이 이유를 말했다.

"너 여그다 찌질한 것들 막 넣은 거 아니지? 우리 세푸님은 느그 시어머니보다 더 눈썰미가 좋거든."

"걱정 마소. 몇 가지는 내가 아침 댓바람에 따 온 거고 나머지도 젤로 좋은 걸로 골라둔 거니까."

동생의 말에는 자부심이 가득했다.

"자, 우리 세뿔님, 많이 먹고 나물 좀 많이 사주셔."

동생이 밥을 퍼놓았다. 귀한 무릇엿밥이었다.

"세뿔님 동상도 많이 먹고, 색시도 많이많이……."

후한 인심이 담긴 밥은 흡사 탑을 방불케 했다.

"성님, 우리 왔어요."

그때 밖에서 기척이 들려왔다. 동생이 문을 열자 간밤에 보았던 할머니들이 옹기종기 서 있었다. 그녀들 역시 죄다 찬그릇을 들고 있었다.

"우리 사장님 오셨는데 줄 것도 없고……."

할머니들이 바리바리 반찬을 내려놓았다. 상에 빈자리가 없어 상 아래에 쌓았다.

"어허, 고작 요거야? 세뿔님에게 찍혀서 나물 일 그만두고 싶어?"

동생이 괜한 으름장을 놓았다.

"아닙니다. 이것만 해도 다 못 먹습니다. 고맙습니다."

민규가 수습에 들어갔다. 고기는 없지만 자연의 모든 것이 올라온 위대한 밥상이었다.

하지만!

민규와 종규는 섣불리 밥을 뜨지 못했다. 육천기 때문이었다. 테스트용으로 체험한 육천기. 그로 인해 시장기가 싹 가신 형제들이었다.

"아이고, 안 되겠네. 내가 알보 가득 찬 씨암탉이라도 한 마리 비틀어야지."

반찬이 부실한 것으로 오해한 동생이 자리를 털고 일어섰다. 그 손을 민규가 잡았다.

"아닙니다. 닭 필요 없습니다. 이것만 해도 서울에서는 구경도 못 하는 산해진미인걸요?"

"그런데 왜 안 먹고?"

동생이 갸우뚱 시선을 겨누었다.

"이제 먹을 겁니다. 우리가 아직 잠이 덜 깨서… 야, 종규야. 먹자, 먹어."

요수 소환수를 들이켠 민규가 숟가락을 들었다. 육천기 평계를 댈 수도 없는 일이었다.

'흐음……'

무릇엿밥을 떠 넣었다. 아리면서 달달한 자연의 맛이 그만이었다. 야생초 나물들도 된장과 간장으로 간을 해 술술 들어갔다.

"그럼 먹고 있어요들. 나는 쩌그 춘순이한테 누룽지죽 한 그릇 주고 올라니까."

동생이 일어섰다.

"가가 안 그래도 밥을 잘 안 먹어서 비영비영하는데 어젯밤 일로 거동도 제대로 못 한다네."

황 할머니가 이유를 알려주었다.

"나도 가봐야겠다. 금방 안 내려오면 너희 둘, 알지?"

신호를 보낸 민규가 자리에서 일어섰다.

"나도 친구 집에 좀 가봐야겠다. 그것도 나이 먹으니 몸뚱이가 부실해졌나? 이 형님이 왔는데도 코빼기도 안 비치네?"

할머니도 수저를 놓았다.

민규와 할머니는 다른 길을 걸었다. 지난밤에 본 춘순 할머니. 지나치게 마른 모습이 기억에 남았다. 그때는 밤인 데다 소의 소동이 급해 체질창을 보지 않았다. 나아가 소에게 조치한 음양의 효과도 확인하고 싶었다.

"아따, 누군 먹고 자파서 먹나? 이럴 때일수록 한 숟가락 떠야 기운이 나지."

춘순 할머니 집이 가까워지자 황 할머니 동생 목소리가 낮은 담을 넘어왔다. 두 할머니는 마루에서 실랑이를 하고 있었다.

"글쎄, 생각 없어. 내가 언제는 끼니 챙겨 먹고 살았어?"

춘순 할머니는 마루 위 낡은 문에 기댄 채 손사래를 쳤다. 소는 여물 앞에서 얌전했다. 주인을 닮은 건지 먹지는 않았다. 할머니, 저 몸을 하고도 쇠여물을 챙긴 모양이었다. 말고기를 이용한 음양론은 제대로 먹혔다. 늘어지기 직전의 할머니 얼굴을 보며 체질창을 리딩했다.

"……!"

민규가 흠칫 흔들렸다. 할머니의 혼탁은 몸 전체에서 안개

와도 같았다. 안개들은 위장의 윗부분과 방광 쪽에서 거칠고 비장까지 억누르고 있었다. 그나마 뚝뚝 끊겨 버리는 느낌. 기가 바닥난 몸이었으니 한방에서는 노권(勞倦)으로 부르는 질환이었다.

쉽게 말해 노가다 타입의 피로가 쌓인 것이다. 피로가 켜켜이 쌓이면 이런 상태가 된다. 노곤하고 맥이 없다. 숨도 차고 가슴도 답답하다. 소도 똑같았다. 음양은 어느 정도 조화가 되었지만 기가 바닥에 닿아 있었다.

소도 노권.

허얼!

춘순 할머니와 늙은 소. 알고 보니 천생연분? 어쩌면 이렇게 빼다 박았단 말인가? 이때까지만 해도 민규는 춘순 할머니 상황을 대수롭지 않게 생각했다. 약선죽 한 그릇이면… 그렇게 생각했던 민규. 그러나 세상일은 그렇게 만만하지 않았다.

11. 산골 식의食醫 1

"안녕하세요?"

아침 인사를 하며 민규가 마당에 들어섰다.

"응? 어젯밤 그 젊은 양반?"

춘순 할머니가 겨우 고개를 들었다.

"젊은 양반이라니? 우리 돈 벌어주는 세뿌님이셔. 나물도
젤로 많이 뜯어서 돈도 젤로 받음시롬……"

황 할머니 동생이 벼락을 쳤다.

"입맛이 없으세요?"

민규가 다가서며 물었다.

"아, 물어볼 때 대답해. 우리 세뿌님이 밥으로 아픈 데 고치

는 유명한 양반이래."

동생이 목청을 높였다.

"밥으로 무슨 병을 고쳐? 내 살다 살다 그런 건 처음 듣네."

춘순 할머니가 뚱한 표정을 지었다.

"할머니는 몸이 너무 고단하셔서 기가 불통입니다. 한의학식으로 말하면 노권이라는 건데 지금이라도 몸을 돌보지 않으면 아주 못 일어날지도 모릅니다."

민규가 마루로 다가섰다.

"놔둬. 한 이틀 이러면 또 기운 돌아오니까."

"위장 위쪽이 굉장히 갑갑하시죠? 오줌통 쪽도 마찬가지고요. 어쩌다 열이라도 나면 비장에 과부하가 걸려 팔다리도 움직이기 힘들고 말하기도 귀찮을 겁니다."

"응?"

족집게?

민규가 혼탁 부분을 설명하자 할머니가 관심을 보였다.

"일은 힘들고 먹는 건 시덥지 않고… 그러다 보니 기가 부족해서 상초가 막히고 하초도 신통치 않습니다. 중초에서 기를 조절해 주지 않으면 곧 눕게 될 수도 있습니다."

"그렇게 나빠?"

"예."

"아휴, 그러면 안 되는데… 우리 손주들 초등학교 졸업할 때까지는 꼼작거려야 할 텐데……."

"저 소도 그렇습니다. 아픈 것도 주인하고 똑같네요."

"아이고, 저것이 주인 잘못 만나 생고생이네."

춘순 할머니는 늘어진 채 한숨을 쉬었다. 움머어, 소 역시
지친 목소리로 장단을 맞췄다.

바닥난 기(氣).

그중에서도 신장의 모터라고 할 수 있는 원기였다. 돌아
보니 마루 구석에 잡다한 약재가 보였다. 심심산골이다 보
니 종류가 많았다. 오미자에 구기자, 산수유와 익모초 씨앗까
지…….

저거라면 원기의 에너지가 되는 정(精)을 만들 수 있었다.
거기 상초와 중초, 하초의 조화를 이루는 초자연수, 방제수
와 동상(冬霜), 그리고 요수. 요수는 중초의 기운을 보하는
데 유용하니 얽히고설킨 할머니의 기의 소통을 이룰 것 같
았다.

그것만이 아니었다. 마루 뒤에서 손을 뻗는 호박 줄기도 보
였다. 마디에 맺힌 호박꽃들은 두툼하고도 실했다.

'육천기?'

까마득히 잊고 있던 초자연수가 떠올랐다. 이른 아침에 깨
우친 육천기. 공자는 말했다. 아침에 도에 들면 저녁에 죽어도
좋다고. 민규 생각은 달랐다. 아침에 배운 육천기, 지금이 써
먹을 타이밍이었다. 할머니가 밥을 잘 먹지 않는 사람이기에

더욱 그랬다.

"수도는 어디 있나요?"

민규가 할머니에게 물었다.

"뒷마당에 있는데?"

할머니가 힘겹게 대답했다. 그리로 걸었다. 가는 길에 호박꽃을 땄다. 물은 산에서 내려왔다. 호박꽃을 동서남북으로 꽂고 육천기를 소환했다. 반천하수와 지장수를 더해 넣으니 육천기가 되었다.

육천기.

무려 여덟 가지 초자연수를 동원해 만든 걸작 요리가 아닐 수 없었다. 마침내 새 메뉴, 새 요리가 출격을 했다. 진정한 실전이었다.

"이거 냄새 좀 맡아보세요. 몸이 가뜬해질 겁니다."

마루로 돌아온 민규가 호박꽃을 내밀었다. 안에 든 육천기에서 물 향이 아른 피어올랐다.

"나는 괜찮아."

할머니가 손을 내저었다.

"냄새를 맡으면 기운이 나는 약수입니다. 그냥 코만 대시면……."

"세상에 그런 물이 어디 있겠소? 약장수에게 속은 건 3년 전 일로 됐거든."

"아이고, 그 사기꾼들하고 울 세뿌 선생님하고 똑같아? 그

것들은 경찰서에 잡혀갔잖아?"

황 할머니 동생이 기세를 올렸다. 춘순 할머니, 알고 보니 읍내 5일장에서 사기를 당한 적이 있었다. 만병통치약이라는 약을 30만 원에 산 것이다. 혼자 속은 것도 아니었다. 그걸 먹고 개고생을 했다. 그 후로 약수라면 정색을 하고 있었다.

"그럼 우리 소한테나 주시게. 말 못 하는 짐승도 아프면 서러운지 눈물을 찔끔거리거든."

춘순 할머니 시선이 외양간으로 향했다.

나쁘지 않았다. 소가 먼저 일어나면 할머니도 수긍할 일이었다.

"어디 보자, 누렁아……."

민규가 소에게 다가섰다. 소는 본능적으로 민규를 외면했다. 그 고삐를 당겨 코앞에 육천기를 대주었다.

움머어!

소가 고개를 저었다. 주인이 아니니 불안한 것이다. 잠시 눈을 가렸다. 그런 다음 코에 손수건을 덮었다가 떼었다. 호박꽃은 그 다음에 디밀어졌다. 들숨을 쉬던 소는 꼼짝없이 육천기의 향을 맡았다.

움머!

"……!"

짧은 반응과 함께 놀라운 일이 일어났다. 비실거리던 소의 다리근육에 힘이 들어간 것이다. 소도 목숨이다. 좋은 건 안다. 이제는 스스로 다가와 육천기 향을 맡았다. 그 냄새가 다 사라질 즈음, 민규가 꽃을 입에 넣어주었다.

서걱서걱.

소가 호박꽃을 씹었다.

"아이코야, 춘순아, 니 소가 받아먹는다. 쟈가 새팥중기 몇 입 홀짝거린 지가 일주일도 넘었지 않냐?"

"진짜?"

황 할머니 동생의 말에 할머니가 고개를 들었다. 소는 움머어, 울음소리를 내며 외양간에서 나왔다. 민규가 줄을 풀어주었다. 소는 마루 앞의 할머니에게서 멈췄다.

움머어.

마치 아이 같은 눈빛을 보낸다.

"워매, 야가 뭔 일이래?"

할머니가 지친 상체를 세웠다. 민규가 쇠고삐를 할머니 손에 쥐어주었다.

"이제 냄새를 마시세요. 여물 갈아주셔야 할 거 같은데요?"

새 육천기를 만들어 온 민규가 호박꽃을 내밀었다. 그리고 할머니는 소와 민규를 번갈아 보더니 호박꽃을 받아 들었다. 열심히 물 향을 맡았다. 마지막은 소와 같았다. 소처럼 호박꽃을 먹어버린 것이다.

"아이고, 우리 누렁이……."

춘순 할머니가 일어나 소 이마를 쓰다듬었다. 그녀의 기가 소통되기 시작했다.

움머어.

소가 꼬리를 휘두르며 좋아했다.

"고마워. 병원 의사들보다 용하네?"

소를 쓰다듬던 할머니, 민규를 보며 순박하게 웃었다.

"아닙니다. 혹시 집에 매실청 있나요?"

"아니, 하지만 저 아래 사는 내 동무 순배네는 있지."

"식사 생각은 별로 안 날 건데 그래도 조금씩 드시고요. 틈틈이 매실청도 드세요. 할머니 몸은 신맛이 넉넉해야 기가 다시 흩어지지 않을 거거든요."

"우리 소는?"

"할머니하고 비슷하니까 나눠 먹으세요."

"그렇다면 먹어야지."

"그러니까 내가 뭐랬어? 우리 세뿌 선생님은 다르다고 했잖아?"

황 할머니 동생의 표정 또한 환하게 펴져 있었다.

"고마워."

음머어.

소 울음소리도 할머니 인사에 묻어왔다. 애견, 애묘에 못지않은 애우(愛牛)가 분명했다. 마당을 나오며 돌아보았다. 춘순 할머니는 아직도 손을 흔들고 있었다. 그 손에 한 사람의 얼굴이 물어왔다.

'하경주……'

후밍위안이 오던 날 단체로 물어왔던 식도암 치료 환자. 물조차 제대로 넘기지 못해 헛걸음을 하고 간 사람이 하경주였다. 육천기라면 그 사람에게도 도움이 될 것 같았다.

체면 회복을 할 수 있는 건가?

나이스!

주먹이 저절로 쥐어졌다.

고마워요.

그림자를 따라오는 할머니의 목소리…….

고맙긴요.

덕분에 큰 공부가 되었습니다.

똑 닮은 소하고 둘이 오래오래 행복하세요.

춘순 할머니는 육천기의 개시 손님이자 확신을 준 사람. 소와의 인연까지 애틋하니 나름 뜻깊은 날로 남을 게 분명했다.

*　　　　*　　　　*

"……!"

비탈진 길을 내려올 때였다. 세상의 한숨을 다 짊어지고 내려오는 황 할머니가 보였다.

"할머니."

민규가 손을 흔들었다.

"춘순이는 괜찮아?"

할머니가 다가왔다.

"예. 그런데 왜 그렇게 안색이 안 좋으세요? 어디 불편하세요?"

"그게 아니고 내 친구 때문에……."

할머니가 한숨을 쉬었다.

"친구요?"

"내가 와도 코빼기도 안 보여서 가봤더니 아주 병자가 다 됐네. 게다가 눈병까지 났는지 사람도 잘 못 알아보는 거 같아."

"그래요?"

"아유, 미련한 것. 아무리 산골에 살아도 그렇지. 그렇게 아프면 보건소라도 내려가 볼 일이지."

"제가 한번 뵐까요? 혹시 약선요리로 도와줄 수 있을지도 모르니까."

"참말이야?"

할머니 표정이 확 펴졌다. 민규를 생각하고 있었지만 차마 말을 못 하던 차였던 것.

"야야, 명자야. 나 다시 왔다."

작은 마당에 들어선 할머니가 소리를 높였다. 반응이 없자 할머니가 직접 문을 열었다. 명자 할머니는 방에 누워 있었다.

"야가 이 모양이야."

할머니가 민규를 바라보았다.

"난 괜찮다니까 그러네. 누구 데려왔어?"

명자 할머니, 누운 채 고개를 돌렸다.

"……?"

그걸 본 민규의 미간이 격하게 좁혀졌다. 명자 할머니의 눈 때문이었다.

백내장이었다. 그러나 백내장보다 심각한 그 반대쪽 눈…….

"야가 환갑 무렵에 눈병이 와서 한쪽 눈을 못 봐. 그래서 한 눈으로 사는데 이게 어제부터 갑자기 잘 안 보인다네?"

황 할머니가 대신 설명을 했다.

"누구여?"

명자 할머니가 상체를 일으키며 물었다.

"우리 셰푸님이시다. 서울에서 난다 긴다 하는 의사 선생님들도 인정하는 요리 의사셔."

"요리 의사?"

"음식으로 병을 치료한단 말이다. 그 뭐냐 텔레비전에도 나오고 신문에도 나오고… 대통령 영부인도 찾아오는 그런 분이야."

"워매, 우덜 야생 나물 사 가시고 후하게 돈 쳐주시는?"

"그래, 이것아."

황 할머니가 명자 할머니의 몸을 바로잡아 주었다.

"아이고, 하필이면 내가 이럴 때 몸이 이래서… 죄송합니다. 선생님."

"별말씀을요. 눈은 전혀 안 보이세요?"

"글쎄, 이 눈이 요술이네요. 전에 없이 바늘귀까지 꿸 정도로 눈이 잘 보이길래 사람 죽으란 법 없다고 눈알이 하나뿐이니까 이게 잘 보이게 되는구나 하고 좋아했는데……."

"……."

민규가 한숨을 참았다.

백내장…….

진행 자체는 그렇게 빠르지 않다. 문제는 이 할머니 같은 경우들이었다. 늙어서 침침하던 눈. 갑자기 근거리가 밝아진 다면 좋아할 게 아니라 백내장을 의심할 일이었다.

"전에 며칠 굼벵이가 많아서 그걸 잡느라고 돌아쳤더니 힘도 좀 들고 땀도 많이 흘렸어요. 그래서 몸살이다 싶어서 며칠 누웠다 일어나면 되겠지 싶었는데 이게 생각보다 오래가고… 눈도… 기운 좀 들면 산 내려가서 보건소라도 가볼 생각이었는데……."

"몸살도 몸살이지만 백내장이 심해진 것 같습니다."

"백내장이요?"

"예."

"아이고, 그럼 어쩌나? 백내장 오면 큰 병원 가야 한다고 했는데……."

명자 할머니가 한숨을 쉬었다.

혼자 사는 산골 마을. 평소에는 좋지만 아프면 큰일이었다. 더구나 눈이 아프니 산을 내려가는 것부터가 일이었다. 도시 사람들 같으면 119를 부르겠지만 순박한 산골 마을 사람들은 민폐부터 생각하는 까닭이었다.

"잠깐만요."

민규가 체질 리딩에 들어갔다.

木형 체질이었다.

몸에 두 개의 혼탁이 보였다.

눈 쪽에 강력한 혼탁, 그리고 간에 작은 혼탁들…

다른 오장은 나이에 비해 괜찮은 편이었다.

"셰푸… 안 되겠지?"

황 할머니가 조금 앞서갔다.

"밑져야 본전인데, 한번 해보죠 뭐."

민규가 웃었다.

"그럼 되는 거야?"

"할머니 친구분인데 최선을 다해봐야죠. 혹시 굼벵이 남았나요?"

민규가 명자 할머니에게 물었다.

"아니요. 그게 사촌동생 남편 사장이 당뇨병인데 거기 좋다고 구해달래서 다 보내줬는데……."

"할머니."

민규가 황 할머니를 돌아보았다.

"왜?"

"이 산에 산대추나무는 있을까요?"

"산대추나무? 옛날에는 있었는데……."

"산조인 말이군요. 그건 우리 뒷밭에도 있어요. 대추가 필요하면 저기 마루 대들보에 말려둔 게 몇 주먹 있는데……."

명자 할머니 입에서 반가운 답이 나왔다.

"혹시 익모초 씨앗도 좀 있나요? 저 위에 소 키우는 할머니 집에는 있던데……."

"나는 없어요. 필요하면 그 집 가서 조금 얻어 오면 돼요."

"알겠습니다. 할머니는 여기서 친구분 말동무하고 계세요."

황 할머니에게 임무를 주고 일어섰다.

마당의 수도에서 물을 받아 초자연수를 만들었다.

정화수와 방제수의 혼합이었다.

둘 다 눈을 밝게 하는 물이었다.

"이거 천천히 다 드시게 하세요."

물을 건네준 민규, 마루에서 산조인 한 주먹을 덜어내고 춘순 할머니네 집으로 향했다.

익모초 씨앗.

오미자.

두 가지를 얻어 황 할머니 동생 집으로 돌아왔다.

오는 길에 또 하나의 긴요한 약재(?)를 얻었으니 바로 비름 씨인 현실(莧實)이었다.

비름은 시골 텃밭에 흔한 풀이다.

그러나 이 씨앗이 백내장에 얼마나 긴요한 약재인지는 민규만이 알 일이었다.

"형."

"세프님."

종규와 재희는 요리 준비에 분주했다.

종규를 쉬게 하고 백내장 약선요리에 돌입했다.

산조인.

오미자.

현실.

익모초 씨앗,

산골 마을에서 구한 약재에 서울에서 가지고 온 구기자, 황 련과 전복을 더해놓았다.

모두 눈에 좋은 재료들.

현실과 전복껍데기는 백내장의 치료제이기도 했다.

'체질창은······.'

木형에 좋은 참깨밀죽 재료를 준비하며 체질창의 혼탁과 대조를 했다.

오미자는 후보군에서 탈락시켰다.

많이 진행되어 수정체까지 단단해진 성숙 백내장.

기왕에 손을 대는 거라면 명쾌하게 도움을 줘야 할 일이었다.

그러나 오미자는 수확 시기가 좋지 않았다.

음력 8월산이 최상인데 서리가 온 다음에 딴 것.

'현실, 산조인, 황련……'

약재는 세 가지로 추렸다.

산조인은 산대추나무의 속씨로, 약해진 시력에 좋다.

더불어 불면증도 잡아주고 간장까지 보하는 약재였으니 木형 할머니에게 맞춤했다.

세 약재를 위해 술을 준비했다.

청일점 할아버지 집에서 빌려온 빨간 딱지의 소주였다.

머리나 얼굴 쪽으로 약 기운을 끌어 올리는 데는 술에 넣었다가 볶아 쓰는 게 최고였다.

죽물은 방제수와 반천하수로 잡았다.

방제수는 눈을 밝게 하니 필요했고 반천하수는 선약과 불로약에 쓰이니 필수적이었다.

약재를 하나하나 골라 쭉정이를 치웠다.

참깨와 밀도 그랬다. 토실한 참깨와 알찬 밀만을 선별해 죽을 안쳤다.

약선참깨밀죽.

백내장을 잡을 약선요리 이름이었다.

산속에서 만난 백내장.

수술도 아니고 참깨밀죽?

『밥도둑 약선요리王』10권에 계속…

초대형 24시 만화방

신간 100%, 샤워실, 흡연실, 수면실(침대석), 커플석, 세탁기 완비

■ 광명 광명사거리역점 ■

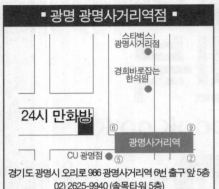

경기도 광명시 오리로 986 광명사거리역 6번 출구 앞 5층
02) 2625-9940 (솔목타워 5층)

■ 강북 노원역점 ■

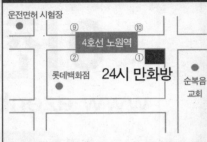

서울 노원구 상계동 340-6 노원역 1번 출구 앞 3층
02) 951-8324 (화용빌딩 3층)

■ 일산 정발산역점 ■

라페스타 E동 건너편 먹자골목 내 객잔건물 5층
031) 914-1957

■ 일산 화정역점 ■

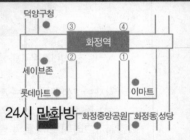

경기도 고양시 덕양구 화정동 984번지 서일빌딩 7층
031) 979-4874 (서일사우나 건물 7층)

■ 부천 역곡역점 ■

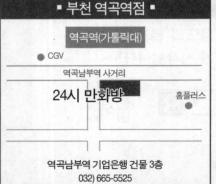

역곡남부역 기업은행 건물 3층
032) 665-5525

■ 부평역점 ■

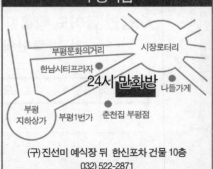

(구)진선미 예식장 뒤 한신포차 건물 10층
032) 522-2871

100만 클릭을 부르는
웹소설의 법칙

100만 클릭을 부르는 웹소설의 법칙

차소희 지음

쓰자마자 데뷔까지 간다!

더 퀘스트

추천사

내가 웹소설 집필에 처음 도전할 때 이 책이 있었다면 얼마나 좋았을까? 웹소설 10종 이상을 출간한 지금 봐도 '혹'하는 노하우로 가득 차 있다. 책장을 넘기는 내내 '와, 인기 작가는 이렇게 쓰는구나!'하고 감탄하다가, 책을 덮는 순간 이 책에서 얻은 노하우로 새롭게 글을 써 보고 싶다는 욕심이 생겼다.

당신이 지망생이든, 기성 작가든 '인기 작가'가 되고 싶다면 한 번은 꼭 읽어봐야 할 작법서다.

- 재겸, 《전남편의 미친개를 길들였다》 작가

기성 작가와 신인 작가 모두에게 도움이 될 '올 라운더(All-rounder)'라고 부를 수 있는 책이다. 작품을 어떻게 집필하는지 알고 있는 작가들에게는 웹소설에 대한 전체 흐름과 개념을 다시금 정리해줄 수 있는 책이, 웹소설 쓰기 능력을 갈고 닦아야 하는 신인들에게는 길잡이가 되어줄 수 있을 것이다.

- 에클레어, 《폐하, 또 죽이진 말아주세요》 작가

차소희 작가는 내가 만났던 작가 중 가장 집요하게 글을 쓰는 창작자다. 이 책에는 실제 시장에서 통했던 차소희 작가만의 웹소설 흥행 꿀팁이 담겨 있다.

작가에게는 작품을 위해 늘 무언가를 '선택'해야 하는 순간이 찾아온다. 그리고 지망생과 신인 작가들은 대개 이 선택을 어려워한다. 이 책이 그 어려운 선택을 조금은 수월하게 만들어 줄 것이다.

- 북마녀, 《억대 연봉 부르는 웹소설 작가수업》 저자

차소희 작가의 주요작

《SSS급 회귀자는 양심도 없습니다》, 2022
《어느 날 남편이 후회한다》, 2021
《여보, 왜 이혼은 왜 안 되나요?》, 2021
《황녀님이 사악하셔》, 2021
《악역에게 정체를 들켜 버렸다》, 2020
《조선여우스캔들》, 2017
《죽은 탑에도 꽃은 핀다》, 2015
《단향-색을 탐하다》, 2014

'로맨스 장인'의
클릭을 부르는 웹소설 쓰기

2013년 네이버에서 네이버 웹소설 공모전이 열렸습니다. '웹소설'이라는 단어가 대중들에게 각인되기 시작한 때였지요. 물론 그전에 조아라, 문피아, 사과박스, 로망띠끄 등 웹소설 연재 사이트는 있었지만 네이버라는 거대 포털 사이트에서 웹소설을 대대적으로 홍보한 건 유례없는 일이었습니다. 그 후 카카오페이지가 뒤를 이으며 웹소설 시장은 10년도 안 되는 사이에 6,000억 원의 규모로 성장했습니다.

저는 이 격동의 웹소설 시장 초창기에 데뷔했습니다. 2014년 네이버 웹소설 공모전 2회 때 우수상을 받고 당선돼 웹소설 정식 연재를 시작했지요. 그때부터 지금까지 네이버 웹소설에서 장편 세 개, 카카오페이지에서 장편 다섯 개 등 총 15개 작품을 집필했습니다. 지망생 시절까지 합치면 약 14년간 글을 썼고 대략 700만 자, 46권 분량의 웹소설을 썼습니다. 《황녀님이 사악하셔》를 비롯한 로맨스 판타지 분야의 웹소설을 집필했고, 다수의 작품에 수십만 명의 독자들이 열광하기도 했습니다. 제 작품의 누적 독자만 해도 100만 명은 훌쩍 넘습니다.

그렇다고 해서 제가 글쓰기와 관련된 일을 해왔느냐, 관련 전공을 했느냐 하면 그건 아닙니다. 저는 글쓰기와는 전혀 다른 분야에서 살았던 사람입니다. 평범하게 직장을 다니고 있는 청년이었지요. 지금 설레는 마음으로 이 책을 펼친 당신과 똑같았습니다.

그런데 어떻게 해서 지금까지 롱런하는 작가가 될 수 있었을까요? 10년 넘게 작품을 집필하면서 매너리즘에 빠지지 않고 트렌디한 글을 쓸 수 있었던 비결은 무엇일까요? 로맨스 분야 웹소설을 연쇄적으로 흥행시킨 일명 '로맨스 장인'이 될 수 있었을까요?(다소 민망하지만 많은 팬들이 저를 그렇게 부르기도 합니다.) 그 모든 노하우를 이 책에 담아보고자 합니다.

바야흐로 웹소설의 시대

제가 처음 연재를 시작했을 당시 네이버 웹소설에 올라온 작품들은 손에 꼽을 정도로 그 수가 적었습니다. 하지만 지금은 셀 수 없이 작품이 많지요. 비단 작품 수뿐일까요? 국내에서 활동하는 웹소설 작가도 약 20만 명으로 어마어마하게 늘었습니다.

포털에 '웹소설'을 입력하면 '웹소설 작가 되는 법', '웹소설 쓰기'가 자동 검색어에 뜰 정도입니다. 그만큼 요즘 사람들은 웹소설 쓰기에 관심이 많습니다. 이 책을 펼친 당신도 마찬가지겠지만요. 하지만 정말 연재 사이트에 소설을 무작정 올리기만 하면 되는 걸까요? 그러다 보면 자연스럽게 출간도 할 수 있게 되고 돈도 많이 벌 수 있을까요? 그 답은 '아니요'입니다. 웹소설은 생각보다 훨씬 더 쉽지 않습니다.

쉽지 않은 것, 웹소설 연재

세상에는 소설을 쓰는 방법을 알려주는 수많은 책이 있습니다. 그 책들을 통해 우리는 많은 것을 배울 수 있습니다.

시놉시스를 작성하는 법, 캐릭터를 만들어내는 법, 내용을 전개해가는 법, 복선을 배치하는 법, 아름다운 결말을 내는 법 등. 이런 작법서를 몇 권 읽다 보면 어느 정도 '감'이 생깁니다. 당장 한글 프로그램을 열어 글을 써 내려가도 될 것 같은 자신감이 생기지요. 저 역시 그렇게 시작했습니다. 하지만 현실은 이론과 달랐습니다. 특히 웹소설의 경우는 더 그랬고요. 많은 사람이 웹소설에 쉽게 도전하지 못하고, 도전한다고 해도 얼마 안 가 뒷걸음질을 치곤 합니다. 어디서부터 어떻게 시작해야 할지, 어떤 방향으로 나아가야 할지 감을 잡지 못하기 때문이지요.

웹소설은 웹소설만의 특징과 작법, 연재 방식이 있습니다. 일반적인 소설과는 조금 다르지요. 웹소설만이 가지고 있는 그 '무언가'를 잘 파악해야만 웹소설 연재를 할 수 있고, 또 시장에서 살아남을 수 있습니다. 그러나 이런 중요한 포인트를 상세히 설명한 책을 찾기는 어렵습니다.

그래서 저는 '어디에서 어떻게 시작해야 할지'부터 알려드리고자 합니다. 웹소설 쓰기는 어려운 일이 아닙니다만 쉬운 일도 아닙니다. 웹소설은 작가의 '라이팅 니즈writing needs'를 충족시키는 게 아닌, 독자의 '리딩 니즈reading needs'를 충족시켜야 하는 장르이기 때문입니다. 독자가 원하는 게 분명한 그 영역, 그것이 웹소설 연재입니다.

기획부터 완성까지, 웹소설 작법 노하우

이 책에서는 웹소설이란 무엇인가부터 시작해 웹소설 집필을 잘하는 법 그리고 웹소설 작가로서 어떻게 살아야 하는지 등 웹소설 쓰기와 작가 생활에 대한 A to Z를 알려드립니다.

챕터 1에서는 웹소설을 처음 접하는 분들을 위해 웹소설 시초부터 작가의 수익, 웹소설 작법에 대한 전반적인 것을 담았습니다. 실제 노트북에 앉아 글을 쓰기 전 '준비 운동'하는 단계라고 생각하고 가볍게 읽어주시면 됩니다.

챕터 2는 웹소설을 써서 올릴 수 있는 플랫폼에 대해 알아봅니다. 글을 잘 쓰는 것 못지 않게 '어떤 웹사이트에 내 소설을 업로드할 것인지'도 중요하기 때문입니다.

예를 들어 40분짜리 동영상을 찍었다고 합시다. 이 영상을 어디에 올려야 할까요? 요즘은 틱톡Tiktok, 인스타그램, 유튜브 등 영상 플랫폼이 많기 때문에 헷갈릴 수도 있고 굳이 온갖 사이트에 다 올려야 하나 싶기도 합니다.

웹소설도 마찬가지입니다. 커지는 시장에 따라 네이버, 카카오, 리디 등 많은 기업들이 이 사업에 뛰어들고 플랫폼을 만들고 있습니다. 여기서는 잘나가는 플랫폼 몇 가지에 대해 알아보려고 합니다.

챕터 3부터는 본격적인 작법 노하우를 이야기합니다. 웹소설 독자의 리딩 니즈를 충족시키는 다양한 키워드를 담았습니다. 특히 저는 로맨스 분야를 중점으로 쓰는 작가이기에 로맨스 소설에 특화하여 키워드, 클리셰, 캐릭터 성격 분석을 했지요. 또한 제 작품을 예시로 들어 시놉시스, 트리트먼트 구상, 제목 짓는 법 등을 설명했습니다. 초보자를 위해 어렵지 않게, 딱 알아야 할 것만 이야기했습니다.

마지막 챕터 4에서는 소소하지만 작가라면 반드시 잊지 말아야 할 것들을 정리했습니다. 하루 루틴부터 계약서 보는 법, 팬들과 소통하는 법, 멘탈 관리법 등입니다.

부록에서는 웹소설 초보자를 위한 캐릭터 설정, 시놉시스 구상 템플릿을 준비했습니다. 또한 8주 웹소설 쓰기 가이드를 통해 어떤 식으로 집필을 시작해야 하는지 알려드립니다.

웹소설 쓰고 싶지만 글을 쓴 적이 없어 막막한 초보자, N잡으로 웹소설을 써서 용돈 벌고 싶은 사람, 꾸준히 글을 쓰고는 있지만 성과가 나지 않아 좌절한 사람들에게 이 책의 내용이 작가로서 데뷔하고 새로운 시작을 하는 데 도움이 되면 좋겠습니다.

이 책을 다 읽으면 웹소설을 본격적으로 써보고 싶은 마음이 생길 겁니다. 책의 마지막 장을 덮은 후 노트북을 열고 글쓰기를 시작하세요. 그러면 당신은 작가가 되기 위한 한 걸음을 내디딘 것입니다.

환영합니다. 험난한 웹소설의 세계를 함께 헤쳐 나가봅시다. 머지않은 미래에 동료로서 만나기를 희망합니다.

차례

Chapter 3

카카오와 네이버가 반한 작법의 비밀

Chapter 4

마침내 작가의 길로 들어선 당신에게

Chapter 1

난생처음 웹소설을 쓰는 당신에게

웹소설,
얼마나 알고 있나요?

웹소설, 폭발적으로 성장하다

웹소설은 통상적으로 모바일기기(스마트폰, 태블릿PC 등)를 통해 즐길 수 있는 소설을 말합니다. 현재 가장 많이 이용하는 웹소설 플랫폼으로는 웹사이트를 기반으로 시작했던 네이버 웹소설과 애플리케이션을 기반으로 한 카카오페이지 등이 있습니다.

사실 2010년대 초반까지만 해도 웹소설이 이렇게 폭발적인 인기를 끌지 않았습니다. 제가 데뷔한 2014년에도 "웹소설은 대체 뭐야? 웹툰 종류 중에 하나야?" 하며 친구가 물었을 정도니까요. 웹소설은 소설로 인정하지 않는다는 순수문학 작가님도 있었습니다. 이렇듯 웹소설은 대중적이지 않았고 문학 장르로 인정받지 못한 채 사람들의 냉대를 받아왔습니다(물론 웹소설 이전에 '인터넷 소설'이 있었습니다. 하지만 이는 대여점 시절과 데스크톱 시대에 유행한 뒤 사그라든 장르였고 웹소설은 대중들에게 낯선 영역이었습니다).

하지만 2022년, 지금은 어떤가요? 웹소설이라는 단어를 모르는 사람들이 거의 없다고 봐도 과언이 아닙니다. 어느 날 버스를 타고 가다 앞자리에 앉아서 제 소설을 읽고 있는 사람을 발견한 적도 있었습니다. 출퇴근길에 작은 스마트폰 화면에 빼곡히 담긴 글자를 보는 사람을 목격하는 것도 이제는 드문 일이 아닙니다.

네이버와 카카오에서 대규모로 자본을 투입하는 일도 웹소설 시장이 폭발적으로 커졌음을 보여주는 예입니다. 그렇게 2021년 6월 기준, 국내 웹소설 시장 규모만 6,000억 대입니다. 특히 최근 카카오와 네이버 등은 코로나 수혜, K-콘텐츠 인기 등에 힘입어 시장을 더욱 넓히고자 경쟁력 있는 웹툰·웹소설 해외 플랫폼을 찾아 인수·합병하고 있습니다.

네이버는 왓패드Wattpad를 인수했고 카카오엔터테인먼

출처: 현대차증권 리포트. F는 추정치.

그림 1 | 네이버와 카카오의 콘텐츠 사업 부문 매출

트도 북미 웹툰, 웹소설 자회사인 타파스Tapas와 래디쉬Radish
를 2022년 8월에 합병하고, 해외 진출을 노리고 있습니다. 이
렇듯 리딩leading 기업들이 웹소설 시장 규모를 계속적으로
키워나가고 있는 상황이지요.

스낵처럼 가볍게 넘기는 웹소설

"그러니까 대체 웹소설이 뭔데? 대체 뭔데 사람들이 이
렇게 열광하고 대기업들이 투자하지 못해 안달인 거야? 어

떻게 매출을 몇십 억씩이나 내는 거야?"라고 묻는 분들이 있을 것 같습니다. 알기 쉽게 딱 한 문장으로 설명하면 이렇습니다. 그 이유는 바로 웹소설이 스낵컬처Snack Culture이기 때문입니다.

스낵컬처란 과자를 먹듯 짧은 시간에 문화 콘텐츠를 소비한다는 뜻입니다. 처음에는 지하철역이나 병원 등에서 이뤄지는 작은 음악회, 직장인의 점심시간 같은 자투리 시간에 즐길 수 있는 문화 공연이나 레포츠 등에서 시작되었다고 합니다. 그러다 큰맘 먹고 시도해야 하는 음악회나 공연장, 두

그림 2 | 네이버 웹툰 《소녀의 세계》 작품은 흥행 후 웹드라마로 제작되기도 했습니다.

꺼운 문학 서적이 아니라도 가볍게 즐기고자 하는 욕구가 커지면서 문화 콘텐츠에 웹소설이나 짧은 만화 등이 포함되게 되었지요.

특히 2010년 전후로 스마트폰 등 스마트기기가 대중화되면서 이를 활용해 웹·영상 콘텐츠를 즐기는 방식이 등장했습니다. 온라인상에서 인기를 끌던 웹툰이 10분 미만의 웹드라마 또는 6부작 모바일 영화로 제작된 것이 대표적인 사례입니다.

더 나아가 요즘에는 '짧은 시간'의 범위가 크게 줄어들었습니다. 유튜브에서는 5분 안팎으로 콘텐츠를 요약한 영상이 뜨기 시작했고 5~10초 사이에 재미를 선사하는 틱톡과 릴스가 유행을 타기 시작했습니다. 더 빨리, 더 짜릿한 재미를 원하는 대중의 욕구가 반영된 것이지요.

이런 맥락에서 웹소설은 현대인의 니즈를 정확하게 충족시키는 스낵컬처입니다. 스마트폰만 있어도 읽을 수 있고, 전개가 빠르고 캐릭터가 명확하며 주제 의식이 뚜렷해서 깊이 고민하지 않고 읽어도 모든 내용이 한눈에 들어오기 때문이지요.

웹소설을 스낵컬처로 표현하는 것을 불편해하는 사람들이 있을지도 모릅니다. 웹소설에 담긴 진가를 제대로 보지

난생처음 웹소설을 쓰는 당신에게

못하고 단순히 가벼운 콘텐츠로만 매도한다고 생각할 수도 있습니다. 하지만 제가 말하는 스낵컬처는 '깊이가 없는' 혹은 '마냥 가볍기만 한' 콘텐츠를 뜻하는 게 아닙니다. 현대 대중의 취향과 욕구를 총망라한, 이 시대와 가장 잘 어울리는 '문화'라고 저는 생각합니다.

월요일을 기다리게 만드는 글쓰기

이 책을 펼친 여러분이 웹소설 작가를 희망하는 이유에 대해서는 여러 가지가 있을 겁니다. 내가 쓴 소설을 많은 사람이 읽어줬으면 좋겠다는 꿈을 가진 분도 있을 테고, 웹소설로 대중의 관심을 받고 싶은 분도 있을 겁니다. 또 웹소설 작가의 억대 연봉 기사를 보고 뛰어든 분도 있겠지요.

무슨 이유에서든 여러분은 웹소설 작가가 되기를 선택했습니다. 그렇기 때문에 우리는 '대중성', 즉 '상업성'에 초점을 맞춰 세상을 바라보고 생각해야 합니다. 빠르게 변화하는 세상, 복잡하고 어지러운 현실, 치일 대로 치여 숨 돌릴 여유조차 없는 각박한 삶. 그속에서 사람들은 소소하지만 확실한 즐거움을 누리고 싶어 합니다. 앞서 말했듯이 스낵컬처가 유행하기 시작한 것도 이 때문입니다.

제가 웹소설 작법에 대한 강의를 할 때 받는 질문 중에 "가장 기억에 남는 댓글이 무엇인가요?"라는 게 많았는데요. 그때마다 저는 항상 똑같이 대답합니다. "'덕분에 월요일이 기대돼요'라는 댓글이요."(당시 제 소설은 평일에 연재되었습니다.)

저 역시 한때 평범한 직장인으로서 회사 생활을 해봤기에 월요일이 얼마나 지치고 힘든지 알고 있습니다. 그런데 고작 제 소설 1회차 때문에 생각만 해도 끔찍한 월요일이 기대된다니, 이보다 더 좋은 댓글이 있을까요? 그때 저는 실시간 연재에 매우 지쳤었는데 이 댓글에 힘을 얻었고 프린트해서 모니터 옆에 붙여놓았습니다. 그리고 힘들 때마다 붙여놓은 댓글을 보며 '월요일이 기대되는 소설을 쓰자'라고 다짐하곤 했습니다.

이처럼 웹소설을 읽는 독자들은 웹소설이라는 환상의 세계에 푹 빠져 현실의 괴로움을 잊으려는 성향이 있습니다. 각박한 현실에 지칠 대로 지친 몸이니 정신만큼은 달콤한 세계를 유영하고픈 마음이 큰 것이지요. 따라서 우리는 대중이 원하는, 그들이 숨을 돌릴 수 있게끔 도와주는 스낵컬처 콘텐츠를 제작해야만 합니다. 그러기 위해서는 우선 스낵컬처를 잘 다루는 방법을 익혀야겠죠?

다시 말하지만 스낵컬처는 간편하게 즐길 수 있는 콘텐츠를 뜻합니다. 여기서 말하는 '간편하게'라는 말은 단순히 '쉽게' 쓴다는 뜻이 아닙니다. 무슨 말이냐고요? 자세히 이야기해보도록 하겠습니다.

스낵컬처 콘텐츠는 보는 이로 하여금 부담이 없게, 가볍고 재미있게 즐기도록 만들어야 합니다. 짬짬이 시간을 내서 즐기는 콘텐츠인데 조금이라도 무겁게 느껴지면 마음의 부담이 커지기 때문이지요.

그리고 웹소설은 소설, 즉 글자로 이뤄진 콘텐츠이기 때문에 더더욱 직관적이어야만 합니다. 일반적인 소설보다 짧은 문장, 많은 대사, 한눈에 들어오는 자극적인 제목이 괜히 유행하는 게 아닙니다. 많은 사람이 웹소설을 보며 '이 정도는 나도 쓰겠는데?'라고 생각하고 도전하곤 합니다.

한눈에 들어오는 짧은 문장과 한 편의 절반 이상을 차지하는 대사 비율, 다소 유치하게 느껴질 법한 제목 때문이겠지요. 하지만 그렇게 생각해서 도전하는 사람들의 90퍼센트가 금방 나가떨어집니다. 당연한 일입니다. 웹소설은 '이 정도' 해서 성공할 수 있는 분야가 아니기 때문입니다.

짧은 문장에 명확한 의미를 담아야 하고, 많은 대사를 통해 캐릭터를 부각해야 하며, 간략한 제목에 작품의 전체 내용이 묻어나게 해야 합니다. 이를 잘하기 위해서는 웹소설만의 작법을 반드시 익혀야 합니다. 그러지 않고서 '이 정도는 나도 쓰겠는데?'라는 마음으로 덤볐다간 큰코다치기 십상입니다.

웹소설 써서
먹고살 수 있을까?

누적 매출이 300억 원?

웹소설 작가의 매출은 많은 사람이 궁금해하는 내용입니다. 포털 검색창에 '웹소설'을 치면 자동으로 연결되는 완성어가 '웹소설 작가 수익'이니, 얼마나 많은 사람들이 수익성에 대해 고민하고 궁금해하는지 알 수 있습니다.

2019년 9월 영화화까지 계약이 완료되어 2021년 5월 영화감독이 정해진 인기 웹소설《전지적 독자 시점》같은 경우는 웹툰화 이후 웹소설 누적 거래액이 100억 원을 돌파했다

그림 3 | 《전지적 독자 시점》웹소설 종이책 표지

는 소식이 들려왔지요.* 또한 종이책으로도 출간되었습니다 (그림 3 참조). 누적 독자 3억 9천 만을 기록한 웹소설《화산귀환》같은 경우도 누적 매출이 300억 원을 돌파했습니다.**

　　이렇게 매출이 숫자로 공개되다 보니 많은 사람이 '그러면 저 돈이 다 작가에게 돌아가는 거야?' 하며 눈이 휘둥그

~~~~~~~~~~

* 〈세계일보〉, "웹툰 뜨자 원작 매출도 쑥쑥… '전지적 독자 시점' 웹소설 누적 거래액 100억 돌파", 2021.05.29.

** 〈연합뉴스〉, "네이버시리즈 1위 웹소설 '화산귀환', 누적매출 300억 원 올려", 2022.07.14.

난생처음 웹소설을 쓰는 당신에게

레지지요. 물론 수억 원 이상을 벌어들일 수 있습니다. 하지만 우리가 알아둬야 할 것이 하나 있습니다. 사실 언론에서 공표되는 매출이 곧 작가의 수익인 것은 아닙니다. 플랫폼과 수익을 나누기 때문입니다.

흔히 뉴스에서 보이는 '매출'은 전체적인 판매량입니다. 그 판매량에서 인앱 결제In-App-Purchase 수수료와 플랫폼 수수료를 공제하는데요. 2022년 기준 네이버 시리즈 수수료는 30퍼센트, 카카오페이지 수수료는 '기다리면 무료' 프로모션을 했을 때 40퍼센트입니다. 그리고 남은 금액을 또다시 웹소설 출판사와 정산합니다. 출판사와 계약하는 비율은 회사마다 다르기 때문에 대략 전체 매출의 33~49퍼센트 정도가 작가에게 떨어집니다. 즉 모든 매출이 작가에게 돌아가지는 않는 것이지요.

그래서 '매출 10억 원 달성!'이라고 해도 실제 작가는 대략 4억 원 정도의 수익을 받습니다. 하지만 작가의 수입 구조는 이게 다가 아닙니다. 바로 웹소설의 꽃, OSMUone source multi use 판매가 있습니다. 뒷장에서 자세히 이야기할 테지만, OSMU는 웹소설이라는 1차 IP를 이용해 2차, 3차 IP 사업까지 확장하는 것을 뜻합니다. 보통 웹툰화, 드라마화를 이야기합니다.

웹소설이 흥하면 흥할수록 OSMU 판매 금액이 높아지며, 2차 콘텐츠 판매로 인해 돌아오는 수익도 상당히 높아집니다. 제 작품《악역에게 정체를 들켜 버렸다》는 웹소설로는 평균적인 매출을 냈으나 웹툰 출간 이후 매출이 급성장을 했습니다. 약 2배 정도 더 벌었다고 보면 됩니다.

《조선여우스캔들》은 연재 당시 성적이 저조했으나 웹툰화를 거치고 드라마 판권을 팔게 되며 저작권료만 몇 천만 원을 받게 되었습니다. 이후 드라마가 방영되면 소설 판매 수익도 더 높아질 것입니다.

이처럼 OSMU 시장까지 합친다면 '10억 원 매출'이 작가의 수익에 가까워집니다. 여기까지 보신 분들은 '가만히 앉아서 키보드를 두드리기만 하면 돈 벌 수 있잖아!'라고 생각할 수 있습니다. 하지만 일단 제 과거 이야기를 조금 해보겠습니다. 아무것도 모르고 웹소설에 무작정 뛰어들었을 때 말입니다.

현실적인 작가 수익은?

많은 언론에서 《김 비서가 왜 이럴까》, 《사내맞선》과 같이 드라마화가 된 대박 웹소설을 이야기하며 억대의 매출만 이야기합니다. 대박이 나지 않은 작품이 얼마만큼의 적은 매출을 냈는지는 알려주지 않는 것입니다. 그래서 일단 저는 작가가 벌어들이는 현실적인 수익을 이야기하고자 합니다. 저 같은 경우는 1년에 현재 억 단위를 벌고 있습니다. 3년째 꾸준히 달성하고 있지요.

처음 작가가 되었을 때가 생각이 나네요. 그때 저는 본가에서 막 독립해 서울로 올라왔습니다. 작가로서의 수입은 생활을 쾌적하게 만들어 줄 만큼 넉넉하지 않았습니다. 5평짜리 원룸에 살았지만 우울해하거나 슬퍼하지 않았습니다. 네이버 공모전 당선이라는 쾌거를 이루었고, 이제 떼돈을 벌일만 남아있을 거라고 생각했으니까요. 몇 달만 연재하면 이 작은 원룸을 벗어날 수 있으리라 생각했습니다. 현실은 어땠을까요? 전 그 작은 원룸에서 2년을 더 살게 됩니다.

　글로 돈을 버는 건 결코 쉬운 일이 아니었습니다. 당시 네이버 웹소설은 고료제(월급처럼 원고료를 받는 형태)였는데, '미리보기'의 추가 수익이 굉장히 저조했어요. "이번 달 인세 치킨값이다."라는 작가들 사이에 떠도는 농담이 정말 농담이 아니게 되었을 때의 기분이란! 한 달에 고료 외 추가 수익이 2~3만 원도 안 되던 날들이 이어졌습니다. 공모전 당선은 그저 운이었다 싶어 제 자신의 무능력함에 화가 났습니다. 진지하게 다른 일을 찾아봐야 하나 고민을 하다가, 문득 이런 생각이 들더라고요. '억대 매출을 올리는 작품과 내 작품이 뭐가 다른 거지?'

　그 당시에도 억대 매출을 올리는 작품은 분명히 있었습니다. 꾸준히 상위권을 유지하는 작가님들도 많았고요. 그러면 내 작품과 그 작품의 차이점은 뭘까? 나와 그 작가님들의 차이점이 뭐지? 되는대로 글을 쓰는 게 아니라 작품, 댓글, 트렌드 등을 분석하고 플랫폼도 전략적으로 선택한 건 바로 그때부터였습니다. 제 작품이 전환점을 맞이한 순간이었지요.

　한 달에 2만 원 수익의 작가였던 제가 한 달 3,000만 원을 넘게 벌게 되었습니다. 5평짜리 원룸에서 30평대 아파트로 이사를 왔고, 버스비가 없어 30분 거리를 걸어 다녔는데

자차를 타고 작업실에 출근을 하게 됐습니다.

성공의 방정식은 분명 존재합니다. 그러니 무작정 글을 쓰기보다는 먼저 팔리는 작법 노하우를 공부해야 합니다. 지름길을 보여주는 지도가 있는데 굳이 맨땅에 헤딩할 필요는 없겠지요.

여러 플랫폼을 넘나드는 작가가 되자

사실 저는 최근에서야 억대 수익을 달성하기 시작했습니다. 초창기에 네이버 웹소설 연재를 하며 월급을 받았고 네이버 웹소설 외에 e북(전자책) 출간, 일반 유료 연재 출간 등 다른 방식으로 출간하게 되니 수익은 크게 늘지 않고 제자리였습니다. 그렇지만 점차 연재 플랫폼을 넓히고 웹툰화, 드라마 계약까지 하다 보니 수익이 상승곡선을 그리게 되었습니다.

여기서 중요한 점은 '연재 플랫폼을 넓힌다'입니다. 즉 하나의 플랫폼에서만 웹소설을 연재하는 것보다 2~3개의 플랫폼에 연재하는 것이 수익을 높이는 데 유리합니다. 다양한 플랫폼에 내 웹소설을 론칭하면 웹소설이 웹툰 제작, 드라마와 영화화, 심지어 게임 제작까지 이어질 확률이 높아지기 때문입니다. 그래서 하나의 IP Intellectual Property (지적재산)로 많은 도전을 할 수 있도록 활동 영역을 넓히는 것이 중요합니다.

한국콘텐츠진흥원의 조사에 따르면 현재 활동 중인 작가는 약 20만 명으로 추정됩니다. 하지만 이 중에 억 단위 수익을 내는 작가는 1퍼센트에 불과하지요. 바로 《김 비서가 왜 그럴까》, 《사내 맞선》 같은 웹소설이 이 1퍼센트에 해당합니다. 그러면 나머지 99퍼센트의 매출은 어떨까요? 유감스

그림 4 | 《김 비서가 왜 그럴까》(좌), 《사내 맞선》(우) 드라마 포스터

난생처음 웹소설을 쓰는 당신에게

럽게도 평균을 내기가 힘듭니다. 그만큼 편차가 큰 시장이기 때문입니다.

물론 여러분도 억 단위 수익을 내는 1퍼센트가 될 수 있습니다. 웹소설이라는 장르를 이해하고 이 분야의 글쓰기 노하우를 숙지한 다음 차근차근 따라 하기만 하면 처음 웹소설을 쓰는 초보자도 충분히 할 수 있습니다.

웹소설은 웹소설만의
작법이 필요합니다

너무 현실적이면 재미 없다

웹소설은 근본적으로 '재미'에 중점을 둡니다. 그렇기에 독자들의 흥미를 유발할 만한 요소들을 군데군데 배치해야 합니다. 재미와 술술 읽히는 것! 이것만큼은 꼭 기억하세요. 웹소설을 읽는 독자들은 소설에서 인간 군상에 대한 고찰이나 철학적인 메시지를 읽고 싶어 하지 않습니다.

예를 들어 갑자기 여주인공이 나와서 실존주의 철학을 줄줄 읽어댑니다. '인생이란 왜 혼자서는 살아갈 수 없는 걸

난생처음 웹소설을 쓰는 당신에게

까?', '나의 실존과 이 우주는 어떤 연관이 있는 걸까?', '죽음 뒤에 오는 세상에는 나라는 존재가 어떤 존재로 변해 있을 까?' 듣기만 해도 머리가 아파오지 않나요?

독자들이 웹소설을 읽는 이유는 짧은 시간에 빨리 즐거움을 얻기 위해서입니다. 이런 니즈를 결코 잊으면 안 됩니다(물론 철학적 메시지를 집어넣음으로써 성공한 작품들도 있습니다. 그러나 그들은 타고난 재능으로 웹소설의 법칙을 씹어 먹은 어마어마한 괴물 작가들입니다. 그러니 이제 막 시작하는 우리는 초점을 '재미'에 맞춰 글을 쓰도록 합시다).

이걸 알기까지 저도 꽤나 오랜 시간이 걸렸습니다. 처음 데뷔했던 작품은 2014년 《단향-색을 탐하다》였지만 히트작 《황녀님이 사악하셔》를 쓴 게 2020년이니 꼬박 6년이 걸렸네요. 물론 이 짧지 않은 기간에 장편도 여러 권 출간했지만 크게 히트 친 작품은 없었습니다. 그때는 '왜 나는 이렇게 안 될까?'라며 좌절했는데 돌이켜 생각해보면 안 되는 이유가 있었습니다.

첫 작품인 《단향-색을 탐하다》 이후 차기작은 2015년 출간한 네이버 웹소설 《환상야화》였습니다. 전작 《단향》이 다소 우울한 느낌이 있었기에 이번에는 유쾌한 글을 써보자고 마음먹었지요.

《환상야화》는 작가 지망생인 주인공이 자신의 습작에 뚝 떨어지면서 시작하는 '빙의물'입니다. 당시에는 '로판(로맨스 판타지)'이라는 카테고리도 없었고, 카카오페이지도 이제 막 시작될 때라 소설 속에 떨어진다는 빙의물은 나름대로 획기적인 소재였습니다(당시 빙의라는 소재는 조아라 등 무료 연재 플랫폼에서 여러모로 대중적인 소재였지만 유료 연재처를 기준으로 볼 때는 신선한 소재였습니다).

두 소설의 분위기 차이를 한번 보겠습니다. 먼저《단향》 특유의 우울하고 가라앉은 묘사는 이렇습니다.

뜨겁게 내리쬐는 태양은 온 대지를 거칠게 휘감는다. 바싹 말라 누렇게 뜬 솔의 잎사귀가 온 바닥에 흩뿌려져 있다. 제단 위, 암사슴의 찢긴 고깃덩어리에서 흘러나오는 검붉은 피가 제단을 그득 물들인다. 맵고 퀴퀴한 향이 코를 찌른다.

"태자비 전하 납시오!"

옹기종기 모여 이야기를 나누고 있던 대신들은 이내 자신의 뒤편에서 들려오는 큰 소리에 열을 맞춰 좌우로 늘어섰다.

복색을 갖춘 신부가 걸어온다. 그러나 그의 신랑은 없다.

넓디넓은 황도를 홀로 걷는 향의 주먹은 펴질 생각을 하지
않았으매, 꾹 다물어진 입술은 열릴 생각을 하지 않았다.
참으로 매섭다. 참으로 원통했고, 또한 참으로 분하다.
향은 두 눈을 질끈 내리감았다. 참아야 한다. 그래, 태자
비가 된다면, 황후가 될 수 있다면 이보다도 더 오욕스러
운 것도 감내하리라……!
파르라니 부르튼 향의 입술에 발간 핏방울이 묻었다.

《단향》보다 발랄하고 유쾌한 분위기의 《환상야화》 소설
일부분은 다음과 같습니다.

"짐이 궁녀를 마음에 품었다는 사실을 어떻게 알았느
냐?"
……어?
"그러다 들키면 어쩌려고! 그렇게 크게!"
벽에 걸려 있는 햇불이 어슴푸레하여 그의 얼굴이 자세히
보이지는 않았다만, 모해는 알 수 있었다.
건후의 얼굴에 새빨간 열이 들떠 있다는 사실을.
건후야. 너…… 그게 궁금해서 온 거니……? 너…… 위엄이
넘치는 황제가 아니었니……?

모해는 순간적으로 두통이 밀려온 이마를 바로잡으며 간신히 대답했다.

"그, 그야 보, 보였으니까요……?"

보인다, 가 아니라 만들었다, 이지만 이는 건후가 알지 못하는 사실. 그렇기에 그는 한층 더 커진 목소리로 반문했다.

"그렇게 티가 났단 말이더냐? 궁녀도 눈치를 챘을까? 알고 있었을까?"

"그, 글쎄요? 아, 아마 알고 있을 수도……?"

"으윽……!"

건후는 신음을 내뱉으며 고개를 푹 숙이었다.

그러고는 두 손에 얼굴을 묻는다. 귀까지 새빨개진 채 씩씩 숨을 내뱉는 저 모습이, 영락없는…….

"이제부터 부끄러워서 그 궁녀를 어찌 본단 말이냐!"

사춘기 고등학생.

저기요, 건후야? 난 너를 그렇게 만든 적 없거든? 그러니 제발 내 환상을 깨지 말아 주겠니, 라는 모해의 외침은.

"그녀도 짐에게 마음이 있더냐?"

고이 접어 나빌레라.

안녕, 나의 건후야.

안녕, 나의 소설아…….

난생처음 웹소설을 쓰는 당신에게

소재, 분위기를 바꾼 탓인지 출발이 꽤 좋았습니다. 댓글을 보면 《단향》 작가님이 이런 유쾌한 글을 쓰실 줄 몰랐다', '재미있다', '신선하다' 등 전체적으로 호평이었습니다. 하지만 그런 반응은 초반에 그치고 말았습니다. 회차가 거듭될수록 독자들은 떨어져 나갔고 결국 마지막 화 댓글은 50개도 달리지 않은 채 마무리되고 말았습니다.

왜 그랬을까요? 당시에는 이유를 몰랐지만 지금의 저는 명확하게 압니다. 《환상야화》 속 캐릭터들이 너무나 '현실적'이었기 때문입니다. 그들은 현실에서 살아가는 사람들처럼 마냥 행복하지 않고 고난을 겪으면 좌절하고 울며 해결 방법을 찾지 못해 발을 동동 굴렀습니다. 여자주인공 캐릭터는 시원시원한 사이다 성격이 아니라 작은 일에도 벌벌 떠는 그야말로 '쫄보'였습니다. 남자주인공 캐릭터는 결정을 쉽게

TIP

빙의물이란?

주인공이 특정 인물에 빙의되는 형태의 창작물을 뜻한다.

내리지 못하고 '우유부단'했습니다. 그리고 글의 전개도 대중적이지 않았어요. 예시처럼 초반 텐션은 굉장히 밝고 장난스러운데, 뒤로 가면 갈 수록 각각의 캐릭터들이 각자의 고뇌에 빠지며 글이 어두워지거든요. 물론 소설이기에 결과적으로는 해피엔딩을 맞이하긴 했지만 그 과정은 결코 순탄치 않았습니다.

당시 저는 《환상야화》 캐릭터들의 양면성이야말로 현실적이라고 생각했고, 이런 캐릭터와 전개로 현대 사회를 표현하고 비평하는 건 소설가로서 당연한 일이라고 생각했습니다. 독자들이 웹소설을 현실의 도피처로 여기고 있었음을 깨닫지 못했던 것이지요.

독자들은 현대 사회의 중심에서 살아가고 있는 사회인입니다. 직장, 학교, 가정에서 각각의 불편한 현실을 느끼며 살아가지요. 그렇기에 이런 불편함을 상상의 세계에서까지 느끼고 싶어 하지 않습니다. 명심하세요! 독자들은 '현실의 나'와 소설 속 '가상의 나'가 일치하는 것을 원하지 않습니다. 현실에서는 이겨내지 못하는 것들을 '가상의 나'는 쉽게 이겨내는 모습을 보고 싶어 합니다.

이를 전혀 간파하지 못했던 저는 그야말로 완벽하게 패배하고 말았습니다. 독자들의 니즈를 모르면서 그 니즈를 만족시키는 것이 가장 큰 목적인 웹소설을 쓰다니, 지금 생각하면 부끄러운 일입니다. 이를 알기까지 정말 오랜 시간이 걸렸습니다. 긴 시간 동안 많은 글을 썼고, 쓰면서 수없이 실패를 맛보았고 좌절했습니다. 이 책을 읽는 여러분은 이런 시행착오를 겪지 않았으면 합니다. 쉬운 길이 있는데 굳이 어려운 길을 갈 필요는 없겠지요.

앞으로 여러분은 독자들의 흥미를 유발할 수 있는 요소들, 그런 요소들을 배치하는 방법 그리고 독자의 니즈를 완벽히 충족시키는 팁까지 제가 알고 있는 모든 것을 차근차근 배우게 될 겁니다.

글을 한 번도 안 써봤는데 괜찮을까?

웹소설을 쓰는 데 천재적인 재능이 필요한지 많이들 물어보곤 합니다. 그러면 저는 "어마어마한 재능 없이도 가능하죠. 시작도 하지 않고 걱정부터 하지 마세요"라고 대답합니다.

보통 소설은 '재능'이 있어야만 진입할 수 있는 분야라 생각합니다. 하지만 웹소설은 조금만 공부하면 누구나 쓸 수 있습니다. 기본적인 이론 몇 가지만 알면 충분히 자신의 경험을 바탕으로 글을 쓸 수 있거든요. 이론과 경험의 접점을 잘 잇기만 해도 좋은 그림을 그릴 수 있습니다. 하늘의 별 그 자체는 떠 있는 하나의 별에 불과합니다. 하지만 그 별들을 차례대로 연결하면 별자리가 완성되지요. 웹소설도 마찬가지입니다. 약간의 이론과 자신의 경험을 잇는 순간 웹소설이 탄생합니다.

덧붙여 제가 생각하는 웹소설 작가의 특징은 이렇습니다. 아무리 재능이 없다고 해도 다음과 같은 특징들 중 딱 한 가지만 있다면 누구나 작가로 데뷔할 수 있습니다.

- 잠자기 전이나 샤워할 때 지금 하는 업무가 아닌 'N잡으로 다른 뭔가를 해볼까?'라는 생각을 많이 한다.
- 드라마 또는 영화를 좋아하고 등장인물에 푹 빠진 경험이 있다.
- 친구들과 얘기할 때 '재미있게 말 잘한다', '말발 있다'라는 이야기를 듣는다.
- 아이패드, 스마트폰 등으로 자주 끄적이곤 한다.
- 넷플릭스 드라마를 보면서 '다음 장면에서는 주인공이 …하는 거 아니야?'라며 뒷이야기를 상상한다(그리고

예상이 맞아떨어질 때가 많다).

- 서점을 한 달에 한 번은 방문한다. 취향을 저격하는 책들 속에서 무슨 책을 살까 오래 고민한다.

이런 소소한 특징만 있어도 여러분은 글을 쓸 수 있습니다. 물론 한 번도 글을 써본 적이 없는 분이라면 더 많은 노력을 기울여야 합니다.

웹소설 작가가 되기 위한 훈련

① 5,000자 루틴 만들기

사실 과거의 저는 기분 내키는 때에 글을 쓰던 사람이었습니다. '어, 오늘은 느낌이 좀 오는데?' 싶으면 1만 자 이상을 썼지만, '오늘은 그냥 이유 없이 피곤해…' 싶으면 한 글자도 쓰지 않는 날도 있었습니다. 그래도 1만 자를 쓸 때가 있으면 괜찮은 거 아니냐고 할 수 있겠지만, 중요한 건 그런 날이 한 달에 한두 번 있을까 말까 했다는 겁니다.

어떤 행동을 반복하면 습관이 되고, 습관이 반복되면 특기가 되고, 특기가 반복되면 직업이 됩니다. 직업으로 삼기 위해 그리고 글을 쓰기 위해서 습관부터 만들어야 한다는 생각이 들었어요. 그래서 저는 글이 써지든 써지지 않든 무조건 하루에 5,000자씩 쓰기 시작했습니다. 5,000자는 A4용지를 기준으로 했을 때 약 3~4장 정도의 분량입니다.

처음에는 정말 힘들었습니다. 내 마음에 들지 않는 글이 꾸역꾸역 쌓이는 느낌이라서요. 어제 쓴 글을 오늘 지우고, 오늘 쓴 글을 내일 지우는 일이 반복됐습니다. 그러기를 약 한 달이 지났습니다. 평소처럼 꾸역꾸역 글을 써 보자는 마음으로 책상에 앉은 저는 깜짝 놀랐습니다. 한나절을 붙어있어야 겨우 5,000자를 쓰던 저였는데, 단 2시간 만에 완성을 했기 때문이지요. 더불어 원고의 질도 정말 좋아졌습니다.

성장은 계단식입니다. 한 계단을 훌쩍 뛰어넘고 싶다면 매일매일 5,000자씩 써 보세요. 그러다 보면 어느 순간 '내가 이걸 썼다고?'싶을 만큼 만족스러운 글을 쓰실 수 있을 거예요.

② 작품 분석해 보기

초보 작가들이나 강의할 때 교육생들에게 최근 흥행한 작품 중 하나를 골라 분석해보라고 하면 대부분 어려워합니다. 어디서부터 어떻게 분석해야 할지, 어떤 걸 분석해야 할지 잘 모르기 때문이지요. 하지만 간단합니다. '내가 재미있다고 느낀 부분'을 중점적으로 보시면 됩니다.

작품을 읽으며 '어, 나 이 부분이 특히 재미있는데?' 느낀다면, '왜 재미있는가?'를 생각해 보는 겁니다. 이 '전개가/캐릭터가/대사가' 좋다면 '왜' 그렇게 느끼게 되었는지 하나하나 짚어보는 것이지요. 그렇게 하다보면 내가 어떤 장면을 좋아하고 어떤 전개에서 카타르시스를 느끼며 어떤 캐릭터에게 이입을 하게 되는지 알 수 있게 됩니다.

만약 '난 재미를 모르겠어.' 라는 생각이 든다면, 그때는 댓글창을 열어서 보면 됩니다. 댓글을 보면 독자들이 좋아하고 즐거워하는 포인트가 그대로 드러나 있습니다.

글을 써본 적이 있더라도 웹소설의 결에 맞지 않는 글을 썼다면 웹소설 공부에 더 힘을 써야겠지요. 확실히 말할 수 있는 건 공부와 노력은 절대 배신하지 않는다는 것입니다. 여기서 말하는 공부는 '플랫폼 분석과 작품의 흥행 키워드 분석 그리고 여러 작품과 댓글 분석'을 하는 것입니다. 노력은 '하루 5,000자 이상 꾸준히 쓰기' 정도가 되겠네요.

하루 5,000자 쓰기와 작품 분석은 꾸준하게 해야 합니다. 결심은 언제나 흐려지기 마련이고, 트렌드는 빠르게 바뀌며 독자들의 니즈는 갈대 같으니까요.

자, 이렇게 준비운동을 마쳤다면 다음 장을 넘겨볼까요? 2장에서는 우리가 공격, 아니 공략해야 할 상대를 알아보겠습니다. 바로 내가 쓴 웹소설을 업로드할 플랫폼입니다. 적을 알고 나를 알면 백전백승이라고 했습니다. 플랫폼별 필승 전략과 어떻게 플랫폼 연재를 시작할 수 있는지, 차근차근 살펴보도록 하겠습니다.

내 소설과
찰떡인 플랫폼 찾기

독자를 목적지까지 잘 태워갑시다

웹소설을 잘 쓰는 방법, 즉 작법 스킬을 익히는 것도 중요하지만 더 중요한 것이 있습니다. 바로 플랫폼 분석입니다. 기사나 여러 매체에서 '플랫폼platform'이라는 말은 많이 들어봤을 겁니다. '정류장'을 뜻하는 플랫폼은 수요자와 공급자를 연결하거나 서비스 이용자들의 기반이 되는 공간을 말합니다. 웹소설 분야에서는 네이버 웹소설, 카카오페이지, 리디 등이 있으며 웹소설과 독자를 이어주는 역할을 합니다.

즉 웹소설이라는 버스에 독자가 탑승하는 만남의 공간이라 할 수 있지요.

각 플랫폼을 이용하고 드나드는 독자층이 다르므로 선호하는 글의 성향도 다릅니다. 내가 어떤 글을 쓸 수 있는지, 어떤 글을 쓰고 싶은지 잘 생각해본 뒤 해당 취향의 플랫폼을 공략해봅시다. 내 웹소설이라는 버스를 어디에 정차할지 알아보는 것이지요.

그렇게 버스에 탑승한 독자는 그대로 쭉 종점(결말)까지 함께 갈 수도 있고, 중간에 하차할 수도 있습니다. 실제로 웹소설이나 웹툰에서 독자가 중간에 이탈하는 현상을 '도중하차'라고 표현하는데요. 그렇게 보면 웹소설의 목적이란 독자를 내가 원하는 목적지까지 데리고 가면서 중간에 보여주고 싶은 풍경들을 충분히 보여주는 것이라는 생각이 듭니다.

대표 플랫폼 다섯 가지

앞으로 대표적인 웹소설 플랫폼을 몇 군데 살펴볼 텐데요. 조아라, 문피아, 카카오페이지, 네이버 웹소설(네이버 시리즈), 리디 등입니다. 가장 좋은 방법은 직접 각 플랫폼에 들어

가 인기 작품을 읽어보는 것입
니다. 인기 작품은 독자들의 니
즈가 쏙쏙 스며든 트렌드의 정
석일 테니까요. 판타지 장르 같
은 경우는 네이버 시리즈와 문
피아가 거의 동기화된 수준으로
성향이 비슷하기 때문에 논외입
니다만 로맨스 쪽은 다릅니다.
각 플랫폼의 상위권을 차지하는
작품을 1~3화만 읽어봐도 확실
히 알 수 있습니다.

그림 5 | 《어느 날 남편이 후회
한다》 표지

저 같은 경우는 로맨스 분야 중에서도 로코물과 피폐물
을 동시에 쓰는 작가입니다.《황녀님이 사악하셔》처럼 밝고
유쾌한 육아물을 쓰기도 하지만《어느 날 남편이 후회한다》
처럼 우울하고 피폐한 글을 쓰기도 하지요.

두 소설의 주인공과 분위기는 많이 다른데 소설 내용을
보면 확연히 차이가 드러납니다. 먼저《황녀님이 사악하셔》
의 일부 내용입니다.

"……압빠?"

잘나가는 플랫폼 뽀개기

로코물이란?

'로코'는 '로맨틱 코미디'의 줄임말이며 로맨틱 코미디는 로맨스와 코미디를 합친 장르를 말한다. 가볍고 톡톡 튀는 사건 전개가 매력적이며 주인공들의 '티키타카'와 경쾌한 분위기에 초점을 둔다.

피페물이란?

'피페하다'의 '피페'를 따서 이름 붙인 장르다. 보통 어둡고 우울한 느낌의 글로, 꿈도 희망도 없는 상황에서 주인공들이 계속적으로 부정적인 상황을 겪는 전개가 특징이다.

마치 겨울이 찾아온 것처럼 뼈가 시릴 정도로 짙은 한기가 몰아쳤다.

뭐야. 또 왜 이러는데.

이번에는 정말 이해가 되지 않았다.

호오, 호오. 하얀 입김이 절로 나올 정도의 추위였다. 으슬으슬 몸이 절로 떨렸다. 리오나는 단풍잎같이 작은 손을 오므리며 손바닥 안에 입김을 불었다.

"압빠. 얼어 디지게써."

이놈이 갑자기 또 왜 이러는지 아무리 머리를 굴려 봐도 이해가 되지 않았다.

아, 인간의 마음이란. 너무도 복잡하다.

"지짜 왜 이러눈 그야? 제정시니야?"

황제는 제 바지를 붙잡은 리오나를 물끄러미 내려다보았다. 그러며 생각했다.

왜 화가 나는 것인가.

'1항자가 나보고 겨론하자 해 꺼든.'

1황자가, 리오나에게 청혼을 해서?

'겨론해서 아이를 가짜구 해써.'

고작 3살짜리 아이에게 말도 안 되는 망발을 해서? 하지만 서로가 서로를 죽이는 이 황실에서 이 정도의 말은 농담 축에도 끼지 못했다. 그러니 아무렇지 않아야 했다.

"......"

황제는 주먹을 바르쥐었다.

짙게 서린 한기는 도무지 가라앉을 기미를 보이지 않았다.

"압빠. 나 디지게 하려고 작정한 그 가튼디. 왜캐 화나써?"

왜일까. 황제는 자문해 보았다.

'이유를 모르겠군.'

황제는 목덜미를 감싸며 미간을 좁혔다.

반대로 《어느 날 남편이 후회한다》는 문장, 묘사, 대사에서 보다 음울한 분위기가 느껴집니다. 소설의 일부를 보면 다음과 같습니다.

지지직. 축음기는 닳은 소리를 내며 회전을 멈췄다. 끼익, 끽, 쇠가 긁히는 소리만이 방을 채웠다.

클로이는 멍하니 축음기를 응시했다. 항시 맑았던 푸른 눈동자는 가라앉아 있던 불순물이 올라온 것처럼 혼탁해져 있었다.

흡사 장송곡이 울려 퍼지는 그 한가운데에 갇혀 버린 이의 것 같았다. 정말 죽음을 듣고 죽음을 겪은 것처럼…….

그녀는 일찍이 죽어 버린 눈동자를 천천히 굴려 보았다. 그러다 문득, 앙상한 뼈마디만 남은 제 손등으로 시선을 옮겼다.

'죽는다……고.'

중얼거려 보니, 그 개념이 매우 낯설었다. 사람은 언제나 죽음과 가까이 있는데도 죽음을 고려하지 않으며 살아간다.

클로이 역시 마찬가지였다. 그녀는 자신의 삶이 영원할 것처럼 그렇게 하루하루를 보냈다.

'……2년.'

하지만 그녀의 삶이 품고 있는 유효기간은 매우 짧았다. 두 번의 봄과 여름과 가을, 그리고 겨울을 겪고 나면 끝이 나는 시간이었다.

'이런 때야말로 울어야 하지 않나?'

생각해 보았다.

생각한 후 슬픔을 흘려보려 했다.

그러나 눈물은 나지 않았다. 눈시울이 뜨거워지지도 않았다.

'왜?'

자문에 대한 답은 금세 튀어나왔다.

이럴 수밖에 없었다. 애초에 그녀의 삶은 치열하지 않았고, 살아가는 것이 아닌 죽어 가는 것에 가까웠으니까. 어차피 죽음으로 치닫게 되는 삶, 조금 일찍 마무리된다고 생각하면 그다지 아쉬울 게 없었다. 아쉬울 게 없어야 했다.

'……아니.'

정말 그러할까?

문득 든 의문에, 클로이는 천천히 고개를 들어 올렸다.

비스듬하게 솟구친 시선에 바로 들어온 건 벽에 삐뚜름하게 걸려 있는 남편의 초상화였다. 그림에서조차 명확하게 보이는 남편의 차가운 눈빛은 그녀를 한기에 저며 들게 만들었다.

클로이는 어깨를 잘게 떨며 흘러내린 숄을 주워 담았다. 그러며 숨을 크게 들이켰다. 비린 쇠 냄새가 폐부를 가득 채웠다.

그녀가 있는 이 방은 녹슨 기계가 가득하다. 모두 다 남편이 버린 기계들이다. 한때는 남편의 숨을 받아 생명을 얻었으나, 이제는 그 쓰임을 다한…… 그러한 기계들이 비린 냄새를 피처럼 흘리고 있었다.

클로이는 돌연 생각했다.

어쩌면, 이 기계들과 자신은 별다를 게 없다고.

나 역시 남편에게 버려진 후 이곳에 처박혀 꾸역꾸역 삶을 이어 나가고 있지 않은가.

《황녀님이 사악하셔》는 카카오페이지에서 연재했고, 약 84만 명의 독자 수를 기록했습니다.《어느 날 남편이 후회한다》는 네이버 시리즈에서 연재했고 약 2,000개가 넘는 댓글 수를 기록했습니다. 각각 3일 이상 1위를 유지할 만큼 팔목

할 만한 성적을 냈습니다.

　　그런데 두 개의 작품이 플랫폼이 뒤바뀌어 출간됐다면 어떻게 됐을까요? 아마도 그만큼 성공하지는 못했을 것입니다. 각 플랫폼의 독자 성향이 다르고 연령대도 다르며 선호하는 장르가 다르니까요. 내 소설의 흥행을 위해서는 플랫폼 성향을 파악한 뒤, 적재적소에 글을 올리는 것이 중요합니다. 이후부터 각 플랫폼별 성향을 알아보도록 하겠습니다.

잘나가는 플랫폼 뽀개기

여성 독자들이 모인 플랫폼, 조아라

조아라 웹사이트 QR코드

'조아라'라는 플랫폼은 2003년 6월에 설립된 웹사이트입니다. 2010년대 초반까지 문피아와 함께 최대 규모를 자랑했던 만큼 과거 조아라에서 연재하는 작가들이 많았습니다. 하지만 남성향 웹소설 작가들은 대부분 문피아로 이탈한 상태입니다.

무료로 내 글을 연재할 수 있으며, 누구나 쉽게 웹소설을 올릴 수 있다는 플랫폼 특성상 수준이 높은 글은 많지 않습니다만, 글이 많다 보니 독자도 많이 몰려들어 일정 퀄리

그림 6 | 조아라 웹사이트

티 이상만 유지하면 고정 독자들이 생깁니다. 연재 게시판에 가보면 수많은 웹소설이 올라와 있는 것을 볼 수 있습니다.

2019년 이후에는 플랫폼 자체가 예전보다 활기가 많이 줄어들긴 했습니다. 로맨스 판타지 장르가 대부분이지만 그마저도 대부분 20편 이내의 소설이며, 조아라 무료 연재에서 어느 정도 인기가 있는 작품 대부분이 카카오페이지에서 유료화되고, 19금 웹소설은 주로 리디에서 계약을 하기도 합니다. 사실상 카카오페이지와 리디의 작품 수급처 역할을 하고 있다고 봐도 무방합니다.

다른 플랫폼들이 나타나기 전에는 거의 조아라가 무료

연재 웹소설 플랫폼의 대표 주자였습니다. 특히 이곳에서 히트 작품이 되면 카카오페이지 등 좀 더 큰 플랫폼의 유료 연재로 뽑혀 올라갈 가능성이 커집니다. 지금도 이곳에서 작품이 인기를 얻으면 웹소설 출판사와 계약하거나 규모가 큰 플랫폼으로 뽑혀가 연재되는 경우가 많습니다.

그러면 조아라에서 말하는 히트 작품은 무엇일까요? '투데이 베스트('투베'라고 줄여서 부르기도 합니다)'를 공략해야 합니다. 말 그대로 그날 인기 있었던 글의 순위를 1위부터 100위까지 매기는 것이지요. 투데이 베스트가 되기 위해서는 분량(글자 수), 조회 수(클릭 수), 선호 작품 수, 추천 수, 편 수 등을 충족시켜야 합니다. 이 조건들을 조합해 '베스트 지수'가 최종적으로 나오고 순위가 정해집니다. 예스24, 교보문고 등 온라인 서점의 인기 검색어, 베스트셀러 순위를 책정하는 것과 비슷한 형식입니다.

투데이 베스트에 올라가는 건 1~20편을 연재한 소설이어야 합니다. 단 한 편의 소설로 올라갈 수는 없습니다. 양을 늘리는 것이 우선이 되어야 하지요. 한 편당 글자 수는 약 6,000자 정도로 맞추면 좋습니다. 다시금 '꾸준한 쓰기'가 중요해지는 대목입니다.

이 집계 순위는 매일 밤 12시, 그러니까 자정에 바뀝니다. 따라서 조금 연재해본 작가들은 자정에 맞춰서 글을 올립니다. 하지만 역시나 쉽지 않습니다. 처음 웹소설에 도전한다면 일반 독자들이 많이 몰리는 출퇴근 시간이나 자정을 넘긴 조용한 새벽에 업로드하는 것을 추천합니다.

무료 연재에서는 선작(선호 작품) 수도 중요하지만, 독자들이 계속적으로 읽는다는 뜻의 '연독률'도 중요합니다. 즉 연독은 1편에서 2편으로, 2편에서 3편으로 독자들이 중간에 읽기를 멈추지 않고 계속 다음 편을 읽어나가는 것을 말합니다. 전체 독자 중 연독하는 사람들의 비율을 연독률이라고 하지요. 연독률은 내 소설을 업로드하면 데이터로 확인할 수 있으니 연독이 떨어졌다 싶으면 해당 회차를 다시금 읽어보며 독자 집중도가 떨어지는 부분이 어딜까 고민해봐야 합니다.

TIP

여성향이란?

로맨스물, BL(남성 간 연애를 다룬 장르) 등 여성들이 좋아할 만한 콘텐츠로, 말 그대로 '여성 성향'의 작품을 뜻한다.

잘나가는 플랫폼 뽀개기

한편 조아라는 여성 독자들이 많은 플랫폼이기에 웹소설 분야도 여성향인 로맨스 판타지와 퓨전극이 강세입니다. 독자 연령대는 10대부터 30대까지 비교적 넓게 분포되어 있습니다. 여성 독자는 나이와 상관없이 소설 읽는 걸 즐기기 때문이지요. 특히 심장을 콩닥콩닥 뛰게 하는 로맨스 작품은 언제나 대환영입니다.

저는 조아라가 '유조아'일 때부터 활동했는데요.(조아라는 2001년 설립 초기 유조아라는 이름으로 불렸습니다.) 습작 작품만 해도 손가락으로 꼽을 수 없을 만큼 많습니다. 그중 출

그림 7 | 《죽은 탑에도 꽃은 핀다》,《여주인공의 첫사랑을 타락시켜 버리면》 표지

간한 작품은 《죽은 탑에도 꽃은 핀다》, 《단향-색을 탐하다》, 《악역에게 정체를 들켜버렸다》, 《여주인공의 첫사랑을 타락시켜 버리면》, 《황녀님이 사악하셔》가 있습니다. 최근 카카오페이지에 연재했던 작품들 대부분이라고 생각하면 됩니다.

조아라에 웹소설 연재하는 법은 어렵지 않습니다. 조아라 웹사이트 상단 메뉴에서 '회원가입'을 클릭해 가입합니다.

이후 로그인을 하고 웹사이트 상단 아이콘을 클릭한 뒤 '내 작품'을 클릭합니다.

그러면 아래와 같이 '새 작품 등록'이라는 메뉴가 나옵니다. 이것을 클릭하면 글을 쓰는 화면이 나오고 내 글을 써서 등록할 수 있습니다.

남성 찐팬이 모인 플랫폼, 문피아

조아라가 여성향 강세의 플랫폼이라면 문피아는 남성향 강세의 플랫폼이라 할 수 있습니다. 문피아에 들어가보면 현대 판타지 부터 무협, 스포츠, 현대 레이드물 등이 있습니다. 문피아의 독자 연령대는 비교적 높습

문피아 웹사이트 QR코드

니다. 아무래도 젊은 남성들은 소설, 글보다는 게임 등 콘텐츠에 많은 시간을 투자해서 그런 게 아닐까요?

특히 무협 분야의 인기를 보면 알 수 있습니다. 이렇게 확실한 장르에 구매력 있는 높은 연령대 독자가 포진되어 있

그림 8 | 문피아 웹사이트

으니 유료 작품을 결제하는 사람도 많습니다. 문피아에서 자신의 작품을 유료로 만들어 높은 수익을 올릴 수 있다는 뜻이지요.

2021년 4월, 네이버와 카카오가 문피아 인수 경쟁에 뛰어들었고 결국 당해 9월 네이버가 문피아를 인수했습니다. 사업이 합쳐진 것은 아니지만 네이버가 최대 주주인 만큼 문피아의 작품들이 네이버로 많이 흘러갈 것이라고 예상됩니다.

네이버 웹툰으로 만들어지고 영화화까지 결정된 《전지적 독자 시점》이라는 작품이 바로 이 문피아에서 탄생한 작품입니다. 현대 판타지 작품인데, 당연히 작가도 이 작품 하나로 단번에 뜬 건 아니며 그전에 몇 작품을 더 연재했습니다. 대표작으로는 《내가 키운 S급들》, 《백작가의 망나니가 되었다》 등이 있습니다.

처음 이 웹사이트에서 글을 쓴다면 '자유 연재' 게시판에 들어가서 작품을 등록하면 됩니다. 7만 5,000자 이상의 글자 수를 충족시키는 연재를 해야 '일반 연재' 게시판으로 승급할 수 있습니다. '작가 연재' 게시판은 넘어야 할 허들이 있습니다. 두 종 이상의 소설을 시작하고 완결한 작가만 신청 후

등록이 가능합니다.

문피아 플랫폼도 조아라처럼 '투데이 베스트'가 있습니다. 다만 문피아는 1~103위의 작품을 보여줍니다. 순위를 바꾸려면 조회 수가 가장 중요합니다. 조아라와 마찬가지로 처음 글을 올린다면 자정이나 출퇴근 시간에 업로드를 해봅시다.

문피아에 글 연재하는 법은 먼저, 문피아 웹사이트 왼쪽 메뉴에서 '간편 회원가입'을 눌러 가입부터 합니다.

그런 다음 '내서재' 아이콘을 찾아 클릭을 합니다.

펼쳐진 메뉴 중에서 '새 작품 등록하기'를 누르면 작가의
자격이 생깁니다. 글을 써서 바로 업로드하면 됩니다.

잘나가는 플랫폼 뽀개기

'덕후'들이 모인 곳,
리디

리디는 e북을 주 사업으로 해서 커진 플랫폼입니다. 말 그대로 e북 형태인 웹소설 분야 덕분에 성장했다 해도 과언이 아닙니다. 초기에는 '리디북스'라는 이름으로 사업을 시작했지만 최근 '리디'로 회사 이름을 바꿨습니다. 도서 대신 폭발적으로 성장하고 있는 웹툰과 웹소설에 주력하면서 사업의 방향이 완전 전환되었지요. 리디의 매출은 지난 4년 동안 전년 대비 30~40퍼센트씩 상승했습니다.

이 플랫폼은 주로 여성향, 특히 BL(19금)과 로맨스가 강세입니다. 분야만 봐도 알 수 있듯이 여성 독자들이 많이 몰

그림 9 | 리디 웹사이트

려 있지요. 최근에는 리디에서 연재되던 《시멘틱 에러》라는 브로맨스 웹소설을 원작으로 한 드라마가 공개 직후 왓챠^watcha^ 톱10에서 1위를 차지하기도 했습니다.

리디에는 앞서의 플랫폼들처럼 따로 자유 연재 게시판은 없습니다. 즉 이곳은 일반인들이 자유롭게 글을 올릴 수 없는 상업 연재 플랫폼이라는 뜻이지요. 리디에서 출간하려면 리디 웹소설 팀에 투고하거나 다른 웹소설 출판사와 계약을 마친 후 리디에 투고하는 방법이 있습니다.

원래는 대표적인 19금 플랫폼이었습니다만 최근 상장을 거치며 전연령 플랫폼으로 노선을 틀고 있습니다. 애플리케

잘나가는 플랫폼 뽀개기

그림 10 | 리디의 대표 웹소설 《상수리나무 아래》 웹툰 버전 표지

이션 개편을 하면서 전체 연령가 작품을 많이 론칭하고 있지요. 웹소설 연재 코너에서는 통칭 '리다무(기다리면 무료)'라고 하는, 하루 한 편 무료로 볼 수 있는 유료 연재 프로모션을 진행하고도 있습니다.

리디는 자체적으로 '오렌지디'라는 웹툰 스튜디오를 가지고 있기 때문에 인기를 많이 끈다면 자기 소설이 리디 플랫폼에서 유통되는 웹툰이 될 수도 있습니다.

리디의 독자 성향은 조금 헤비합니다. 카카오페이지나 네이버 시리즈 같은 플랫폼이 아닌, 과거에는 웹소설로 크게 주목받지 못했던 리디라는 플랫폼을 이용하는 사람들이니만큼 일반 독자보다는 '덕후'가 많지요. 즉, 이들은 이미 오래전부터 리디에 드나들었던 진성 팬을 의미합니다. 그래서 좀 더 복잡한 설정, 무거운 문장, 방대한 세계관 등 여러 실험적인 요소가 들어간 작품들이 많은 편입니다. 대표작으로는 《상수리나무 아래》가 있습니다.

라이트 독자

웹소설이라는 장르를 알고 소비하지만 심심하거나 시간이 날 때 정도만 감상하는 독자. 랭킹 상위에 있는 작품들을 주로 읽고, 취향이 정해져 있는 게 아니기 때문에 다양한 장르보다는 두어 개의 분야만 집중적으로 보는 편이다.

덕후 독자

웹소설을 읽기 위해 없던 시간도 짜낸다. 랭킹 상위 작품뿐만 아니라 하위권에 있는 작품들도 샅샅이 찾아본다. 자신의 취향을 명확히 알고 있으며 해당 장르의 신간이 나오면 당연하게 작품을 소비한다. 작품의 완결을 읽는 게 끝이 아니라 작품의 캐릭터들로 2차 팬픽을 만들거나 찾아 읽는 경우도 많다.

- 예시
- 라이트 독자: "나 웹소설 알아! 어, 그 황녀님이… 어쩌고?"
- 덕후 독자: "리오나 캐해(캐릭터 해석)로 봤을 때, 제로스보다 아이벡이랑 이어지는 게 어떨까 그 편이 어쩌고…."

《상수리나무 아래》는 로맨스 판타지 장르로 2017년 1월부터 연재가 시작되었으며 최근에는 2부 스토리가 진행 중입니다. 기사, 마법사 등 직업이 등장하는 중세시대가 배경이며 다양한 화폐 단위, 마법, 국가 등 세세하면서도 방대한 세계관이 설정되어 있습니다. 여기에 신물 간의 감정선을 세심하고 심도 깊게 묘사합니다. 각 사건들의 전개 또한 흥미롭게 배치했습니다. 바로 이런 점이 찐팬을 만드는 요소라 할 수 있지요.

지금 핫한 플랫폼, 카카오페이지

카카오페이지의 역사

제 작품들에서 볼 수 있다시피 저는 '여성향' 작품을 쓰는 작가입니다. 카카오페이지에서 연재했던 작품만 쭉 나열해보면《황녀님이 사악하셔》,《여보, 왜 이혼은 안 되나요?》,《신 황궁연애담》,《악역에게 정체를 들켜버렸다》,《여주인공의 첫사랑을 타락시켜 버리면》 등이 있습니다. 이 작품들은 로맨스 판타지 분야인데요. 왜 카카오페이지에서 연재할 수 있었는지 먼저 플랫폼의 역사부터 파악해봅시다.

잘나가는 플랫폼 뽀개기

그림 11 | 카카오페이지 웹사이트의 '웹소설' 메뉴

카카오페이지(줄여서 '카카페'라고도 부릅니다)는 본래 모바일에서 디지털 콘텐츠를 제작, 유통하는 개방형 플랫폼으로 구상되었습니다. 다시 말해 창작자 본인이 웹에디터를 이용해 콘텐츠를 제작하고 등록할 수 있는 유료 콘텐츠 마켓 시스템이었지요. 이 플랫폼을 이용하는 구매자와 창작자가 양자 간 소통을 할 수 있게 하자는 것이 카카오페이지의 본래 목적이었습니다.

그러다 카카오톡의 덩치가 커지고 CJ E&M 등 콘텐츠 대기업에서 투자가 이어지며 2013년 4월 9일 정식 오픈된 카카오페이지는 텍스트, 이미지, 오디오, 영상으로 구성된 약

8,000개의 콘텐츠를 선보였습니다.

하지만 카카오페이지는 우리가 생각하는 것보다 더 빨리 성공하지는 못했습니다. 만화가 허영만 씨와 음악인 윤종신 씨 등이 참여하며 화제가 되기도 했지만 이용률이 저조하다는 평가를 받았지요.

그러다 2014년, 그간 완결된 웹툰 위주로 서비스했던 카카오페이지는 네이버와 레진코믹스의 뒤를 이어 웹소설과 웹툰 연재를 시작하게 됩니다. 이렇게 해서 현재 우리가 알고 있는 카카오페이지가 완성되었지요.

카카오페이지가 웹소설 플랫폼의 최초라고 알고 있는 사람들이 많은데, 이런 역사를 봤을 때 카카오페이지는 엄밀히 말하면 후발 주자에 가깝습니다. 하지만 웹소설 시장에 무섭게 달려들어 선발 주자들을 모두 제친, 어마어마한 괴물이라 할 수 있지요.

어떻게 성공할 수 있었을까요? 바로 카카오페이지가 카카오톡과 연결되어 있기 때문입니다. 카카오톡과 연결된 카카오페이지는 카카오톡에 있는 친구에게 '선물하기'로 다음 회차를 읽을 수 있는 무료이용권을 주었고 그 이벤트로 단숨에 많은 이용자를 끌어모을 수 있었습니다.

특히 '기다리면 무료('기다무'라고 줄여서 부르기도 합니다)'

그림 12 | '기다리면 무료 플러스' 프로모션

프로모션 시스템도 한몫했습니다. 하루(24시간도 있고 12시간 도 있습니다)를 기다리면 다음 회차를 볼 수 있도록 만든 이 프로모션은 '기다리긴 무리'라고 불리며 독자들의 구매를 유 도했지요.

이 기다리면 무료 프로모션은 카카오페이지에서 시작해 네이버 시리즈, 리디로 퍼져나가며 웹소설 업계에 완전히 정 착하게 되었습니다. 이렇듯 카카오페이지는 카카오톡에서 프로모션을 통해 넘어온 대중들이 많은, 이른바 '머글' 플랫 폼이었지요. 웹소설을 전혀 모르는 대중들이 넘어왔기에 우선 친숙한 장르이자 가볍고 즐겁게, 깔깔거리며 볼 수 있는 로맨틱 코미디, 로맨스 판타지 장르가 유행했습니다. 앞서 말했듯이 스낵컬처가 유행하던 때입니다.

여기에 더해 로맨스 판타지 장르가 카카오페이지에서 유독 강세를 보였던 건 당시 조아라의 무료 연재 콘텐츠를 유료 연재로 끌어와 출간하기 시작했기 때문입니다. 카카오페이지의 웹소설 PD들은 조아라의 작품을 자사 플랫폼에 많이 가져와 론칭했습니다.

카카오페이지에 연재하기

카카오페이지는 다른 플랫폼과 비교했을 때 10대 독자가 가장 많은 플랫폼입니다. 그렇기 때문에 유행이 빠르게 지나가는 편입니다. 한 가지 소재가 오래 유지되지 않지요. 그래서 장르 키워드를 두어 개 조합해 전개하는 신선한 느낌의 글이 많습니다(예를 들면 '육아물+회귀물', '빙의물+회귀물' 등).

작품으로 예시를 들어보겠습니다. 《황녀님이 사악하셔》는 마녀가 배신을 당해 죽음을 맞이하는 것으로 시작합니다. 그 이후 자신과 싸웠던 황제의 딸로 환생해 복수하는 내용입니다. 즉 환생물과 육아물이 합쳐진 작품입니다.

그리고 《악역에게 정체를 들켜 버렸다》의 소설 속 악역의 오른팔인 인물은 쌍둥이인데요. 그 쌍둥이 중 누나로 빙의한 주인공이 남장을 하게 되는 전개입니다. 보시다시피 빙의물과 남장물을 조합한 것입니다. 이처럼 한 가지 키워드가 아닌 두 가지 이상의 키워드를 합쳐 독특한 방식으로 전개해 나가고 캐릭터를 조성할 수 있습니다.

더불어 지금은 웹소설 화면이 텍스트 뷰어지만 전에는 이미지 뷰어로 볼 수밖에 없었기에 문장이 짧고 문단이 좁은 게 보통입니다. 또한 10대 등 젊은 층이 많아서 문장이 짧은

그림 13 | 카카오페이지(좌)와 네이버(우) 웹소설 연재 화면

호흡으로 진행되기도 합니다. 예를 들면 문장마다 엔터를 많이 넣어 여백을 두는 것이지요. 반대로 네이버 웹소설은 긴 문단과 비교적 느린 호흡으로 전개하는 게 좋습니다. 연령대가 카카오보다는 조금 더 높기 때문입니다.

카카오페이지에 연재하려면 일반 웹소설 출판사와 계약해야 합니다. 그러면 출판사가 내 작품을 카카오페이지에 투고해줍니다. 미공개 투고도 있지만 요즘은 카카오스테이지에 연재하는 게 일반적입니다. 연재 성적을 토대로 투고하는

그림 14 | 《황녀님이 사악하셔》 외 작품의 조아라 연재 성적

방법이지요.

　이후 카카오페이지의 심사를 거쳐 통과되면 당당히 내 작품이 플랫폼에 올라갑니다. 여기서 '기다리면 무료'에 바로 올라가는 방법이 있고 '독점 연재'로 한번 들어갔다가 기다리면 무료로 승격되는 방법도 있습니다.

　그래서 먼저 웹소설을 쓴 뒤 출판사를 골라야 합니다. 저 또한 조아라에서 연재를 거친 후 카카오페이지에 입성했

그림 15 | 《황녀님이 사악하셔》와 《악역에게 정체를 들켜버렸다》 표지

는데요. 대표작 《황녀님이 사악하셔》, 《악역에게 정체를 들켜버렸다》, 《여주인공의 첫사랑을 타락시켜 버리면》의 조아라 무료 연재 성적은 [그림 14]와 같습니다(그림 14에 언급한 작품들의 연재 당시 최고 선작 성적은 각각 1만 6,000점, 2만 1,000점, 1만 9,000점이었습니다.).

이 조아라 성적을 토대로 카카오페이지에 투고한 뒤 심사 결과를 기다리면 됩니다. 인내가 필요한 순간입니다. 로맨스 판타지 분야는 원고 심사부터 선정이 약 3~4개월이 걸리니까요. 이 기간을 견디기 힘들다면 앞서 말한 것처럼 독

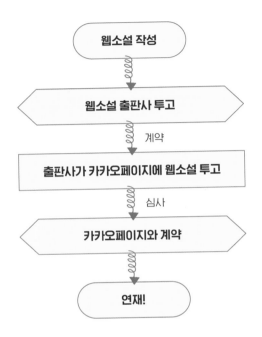

카카오페이지의 웹소설 연재 과정(유료 연재)

웹소설 작성

웹소설 출판사 투고

계약

출판사가 카카오페이지에 웹소설 투고

심사

카카오페이지와 계약

연재!

점 연재 코너에 들어가는 것이 방법입니다만, 이 경우 기다리면 무료로 전환되는 것이 확정되지는 않습니다.

　카카오페이지에서《황녀님이 사악하서》는 웹소설 기준 구독자가 약 84만 명이며 최근에는 웹툰화까지 되었습니다.《악역에게 정체를 들켜버렸다》는 웹소설 기준 구독자가 약 45만

명 정도이고 웹툰은 현재 시즌 2가 마무리된 상황입니다.

카카오 공모전 도전하기

과거 투고 형식이었던 카카오페이지 공모전은 현재 '카카오스테이지'라는 플랫폼에 연재하는 방식으로 바뀌었습니다. 카카오스테이지는 줄여서 '카스테'라고 부르기도 하는데요. 조아라와 비슷한 무료 연재 플랫폼이라 생각하면 됩니다. 2013년에 오픈한 플랫폼이며 공모전이 자주 열리는 편입

그림 16 | 카카오스테이지 웹사이트

잘나가는 플랫폼 뽀개기

니다.

　최근에는 2022년 2월 3일부터 3월 13일까지 공모전이 진행되었습니다. 상금은 총 5억 원이었으며, 카카오 일본 자회사인 픽코마 동시 연재 기회까지 제공하기도 했습니다. 카카오스테이지 공모전 분야는 웹소설에서 인기 높은 장르들이 총 망라된 판타지, 현대 판타지, 무협, 로맨스, 로맨스 판타지, BL 부문입니다.

　늘 그랬듯 응모 자격은 기성 작가나 신인 작가 누구나 참여 가능합니다. 참여하기 위해서는 카카오스테이지에 연재를 시작하면 되는데, 최소 15화 이상 연재를 해야 하며 완결 회차가 100화 이상은 되어야 합니다.

　카카오스테이지 연재 후 내부 심사 기준에 따라 당선 여부가 갈리는데요. 심사 기준은 명확하게 공개하지 않았지만 작품의 완성도, 창의성, 대중성, 웹툰이나 드라마 등 2차 저작물화의 적합성 등이 카카오스테이지에서 말하는 기준입니다. 하지만 역시 독자들의 클릭을 많이 받는 인기 있는 작품일수록 심사위원의 눈에 띄는 것은 사실입니다. 따라서 결과적으로는 최대한 많은 독자 수를 확보하는 것이 심사에 유리합니다.

초기 시장을 만든
네이버 웹소설

네이버 웹소설의 시초

2010년대 초반 네이버 웹소설은 조아라, 북큐브와 함께 초기 웹소설 시장을 대표했던 인기 플랫폼이었으며 이때가 네이버 웹소설의 전성기였습니다. 당시에는 웹소설을 제공하는 플랫폼 자체가 별로 없었기에 초기의 선점 효과를 누렸던 셈이지요. 이는 거대 포털인 네이버를 통한 접근성과, '미리보기 결제' 구조를 채택한 덕분에 독자들이 작품을 무료로 볼 수 있다는 장점이 합쳐져 나타난 결과였습니다.

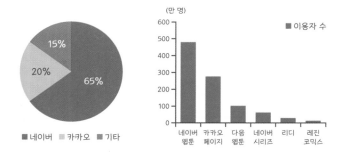

자료: 각 사, 랭킹닷컴, 현대차증권.

그림 17 | 국내 플랫폼별 트래픽 점유율 및 이용자 수

2010년대 중반 이후 카카오페이지가 기다리면 무료를 내세워 인기몰이를 시작하고, 문피아가 급격히 부상하면서 웹소설 시장에 편당 결제 모델이 정착되었는데요. 미리보기 결제를 내세웠던 네이버 웹소설은 이때부터 위축의 길을 걷기 시작했습니다.

네이버 웹소설이 내세웠던 미리보기 결제 모델은 작품을 완결까지 무료로 볼 수 있다는 장점이 있었습니다. 하지만 네이버는 타플랫폼과 달리 웹소설 작가에게 원고료(일반 회사원들에게 주는 것처럼 작가에게 달마다 지급하는 금액)를 지급하는 방식이었기에 신작 발매에 타 플랫폼보다 비용이 많이 들었습니다.

그림 18 | 네이버 웹소설 웹사이트

     문피아와 카카오페이지는 원고료 지급 없이 작품의 수익을 작가와 나눠 갖는 구조였기 때문에 네이버 웹소설보다 훨씬 더 많은 신작을 발매할 수 있었지요. 많은 신작이 발매되는 만큼 볼 작품도 많은 문피아와 카카오페이지로 독자가 몰리는 건 당연한 현상이었습니다.

     또한 네이버 웹소설이 작가들에게 기본적인 원고료를 보장하기는 하지만 챌린지리그와 베스트리그를 거치기 때문에 정식 연재작이 되기는 극도로 어렵습니다. 각 리그 게시판에는 하루에도 수천 편의 글이 등록되지만 정식 연재로

잘나가는 플랫폼 뽀개기

채택되는 숫자는 적었기 때문입니다. 이런 협소한 연재 구조
는 작가들이 곧바로 유료화를 통해 돈을 벌 수 있는 문피아
와, 사실상 카카오페이지의 작품 수급처 역할을 하는 조아라
를 더 선호하는 계기가 되었습니다.

현재 네이버는 네이버 웹소설과 네이버 시리즈라는 두
가지 플랫폼으로 웹소설 사업을 운영하고 있습니다. 둘 다
현대 로맨스가 강세인데요. 네이버 시리즈에서는 로맨스 판
타지 분야에서 몸집을 키우려는 움직임이 있어 카카오페이
지의 대항마로 떠오르고 있습니다.

네이버 웹소설의 독자 연령대는 비교적 높은 편이며 치정, 막장 같은 아침 드라마 느낌의 글이 많습니다. 시리즈 대표작인《재혼 황후》처럼 '어떻게 이런 일이?!' 하며 입을 틀어막고 다음 화를 누르게 되는 막장 드라마 스타일이지요.

그림 19 |《재혼 황후》표지

소재는 아침 드라마급 줄거리가 많지만, 특이한 전개 구조보다는 인물 간 갈등에 집중한 글이 많습니다. 독자 나이대가 있다보니 카카오보다는 평균적으로 문장의 길이가 길고 문단이 굵직합니다. 호흡이 길기에 대사도 적지 않고 서술도 많은 편입니다.

네이버 웹소설에 내 글은 어떻게 올릴까?

네이버 웹소설은 여성향 분야가 강세로 현대 로맨스, 로맨스 판타지 등의 작품이 인기를 끌고 있습니다. 따라서 일단 소설에 로맨스 느낌만 들어가면 평점이 반은 먹고 들어간 다고 봐도 됩니다.

또한 소설에 어울리는 삽화를 넣을 수도 있습니다. 삽화 도 독자들의 시선을 사로잡는 하나의 수단이기 때문에 매우 중요하지요. 따라서 처음 웹소설을 쓸 때부터 '내 소설의 삽 화는 이런 분위기였으면 좋겠다!'라고 일러스트레이터 후보 를 추려놔도 좋습니다. 그러면 나중에 편집자와 웹소설에 대 해 논의할 때 자신이 원하는 분위기로 삽화와 웹소설의 표지 를 그리기가 수월해집니다.

처음 소설을 쓰는 분들은 챌린지리그에서 무료 연재가 가능합니다. 조회 수, 댓글 등 여러 조건을 충족하면 네이버 웹소설 PD들이 심사를 합니다. 여기서 통과되면 베스트리그 로 승격되고 유료로 전환할 수 있게 됩니다. 그리고 한 단계 더 위인 '오늘의 웹소설' 섹션이 있습니다. 오늘의 웹소설 연 재작이 되면 정식 연재 작가라는 타이틀이 붙고 일정 원고료 를 매달 수령합니다.

다만 무료 연재 코너인 챌린지리그에서 히트 작품이 되 면 오늘의 웹소설 코너로 작품이 승격될 수 있습니다. 그러 면 바로 정식 연재 작가가 됩니다. 배우 수애가 광고주인공 으로 나와 유명한 《재혼 황후》가 바로 이 경우입니다. 챌린지리그에서 단숨에 올라가는 것이 가장 좋겠지만 그 과정은 매우 어렵습니다.

네이버 웹소설에 별도로 투고하는 방법도 있습니다. 신인 작가가 아닌 어느 정도 작품을 출간한 경험이 있는 기성 작가라면 가능합니다. 개인으로 투고할 수도 있고, 출판사를 끼고 투고할 수도 있습니다. 10화 분량의 원고와 시놉시스, 작가 경력을 보내야 합니다.

이처럼 네이버 웹소설의 연재 방식은 두 가지입니다. 웹소설 팀과 직접 계약해 연재하는 경우(챌린지리그 승격작, 공모전 작) 그리고 출판사를 중간에 끼고 연재하는 경우(투고작)입니다. 챌린지리그는 분량 제한이 없고 네이버 웹소설 정식 연재는 편당 7,000자가 기준입니다.

그림 20 │《조선여우스캔들》
표지

저 같은 경우는 두 가지 연재 방식을 다 해봤는데요. 공모전 당선작이었던《단향-색을 탐하다》는 연재 전 출판사와 계약한 후 출판사를 끼고 연재를 시작했습니다.《환상야화》는 네이버와 직접 계약해서 연재했고,《조선여우스캔들》은 출판사와 함께 투고했습니다. 웹소설《조선여우스캔들》은 네이버에서 웹

《환상야화》연재 과정

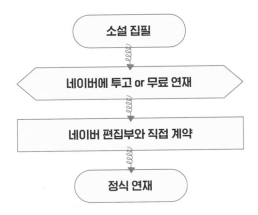

소설 집필

네이버에 투고 or 무료 연재

네이버 편집부와 직접 계약

정식 연재

《조선여우스캔들》 연재 과정

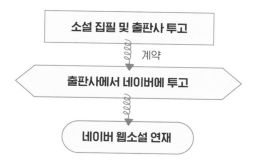

투화되어 매주 일요일에 연재되고 있습니다. 드라마 판권을 판매하기도 했지요.

네이버에 챌린지리그 글 연재하는 법은 어렵지 않습니다. 요즘 대부분의 사람들은 네이버에 계정을 갖고 있을 겁니다. 따라서 원래 사용하던 계정으로 네이버 로그인을 하면 됩니다. 이후 웹소설을 검색해 해당 화면으로 가서 '작품 올리기' 아이콘을 클릭합니다.

잘나가는 플랫폼 뽀개기

작품을 올리기 위한 최소한의 조건(제목, 내용 등)을 작성 후 '등록'을 누르면 손쉽게 웹소설을 업로드할 수 있습니다.

네이버 웹소설 공모전에 도전하기

네이버 웹소설 공모전 역시 연재 형태입니다. 정해진 기간에 챌린지리그에 연재하는 방식입니다. 네이버는 공모전을 해마다 꾸준히 개최하고 있습니다. 2019년부터 시작한 네이버 웹소설 공모전은 2022년 상반기에도 '지상 최대 웹소설 공모전'이 진행되었고 총 상금 규모는 무려 10억 원에 달했습니다. 문피아와 연합으로 진행된 상반기 공모전에서는 판타지, 무협, 현대물, 스포츠 등의 장르 웹소설 부문을 모집했습니다. 아무래도 문피아 플랫폼이 남성향 작품을 지향하기 때문이겠죠? 응모 자격은 역시 누구나 참가 가능하며, 접수 기간 동안 웹소설을 최소 30화 이상 연재를 해야 합니다. 또한 각 회차별로 최소 글자수는 4,000자 이상입니다.

문피아와 함께 진행한 이번 공모전은 1라운드라는 이름이었고, 2라운드는 네이버 웹소설 챌린지리그에서 진행될 예정이라고 합니다. 2021년에는 2라운드 공모전이 9월부터 시작되었으니 올해에도 비슷한 시기에 오픈될 거라 예상됩니다. 당연히 네이버 웹소설의 주 분야인 로맨스, 로맨스 판타지 장르가 모집 부문입니다.

앞서 말했지만 저는 2014년 제2회 네이버 웹소설 공모전에서 우수상을 받았습니다. 《단향-색을 탐하다》라는 작품이었는데요.

사실 저는 이 작품이 당선될 줄은 꿈에도 몰랐습니다. 일단, 별로 인기가 없는 동양풍 로맨스 판타지였기 때문입니다. 동양풍이란 보통 조선시대 혹은 가상의 황실세계(청나라,

명나라 등 과거 중국의 정치체제를 따옵니다)를 배경으로 한 소설을 말합니다. 《단향》은 고려시대와 중국 청나라의 정치체제를 기반으로 가상의 황실세계에서 벌어지는 로맨스를 담은 내용입니다. 당시 현대 로맨스가 강세였던 네이버에서 이런 동양풍 로맨스 판타지는 다소 생소했지요.

거기다가 《단향》의 캐릭터는 당시 독자들에게 인기가 많던 주인공의 성격과는 매우 달랐습니다. 당시 유행하던 여자 주인공 캐릭터는 귀엽고 순수하고 착한 성품을 가진 인물이 많았습니다. 하지만 《단향》의 여자주인공은 그렇지 않았지요. 어머니의 복수를 위해 일부러 머나먼 나라까지 가서 마음을 감추고 혼인을 할 만큼 복수심에 불타올랐고, 악독했으며, 전혀 순수하지 않았습니다. 네이버 웹소설 연재 당시에는 없었지만 공모전 심사 연재 원고 중에는 시녀의 입술을 자르는 장면까지 나왔었어요. 얼마나 잔혹했는지 느껴지나요?

거기다가 관작(관심 작품)이 적었습니다. 네이버 웹소설 챌린지리그에는 '관심작품 추가'라는 것이 있는데요(조아라 선호작품과 같은 것), 이 버튼을 눌러 놓으면 웹소설 보관함에 담기게 되고, 새로운 회차가 올라올 때마다 개인 핸드폰에 알림이 울리게 됩니다. 즉 제 작품을 좋아하는 독자들이 눌러주는 버튼인 것이지요. '인기 투표'와 마찬가지인 것이고요. 그 당시 저는 관작이 1,000명도 되지 않았습니다. 다른 상위권 작품은 관작이 1만 명이 넘었던 것에 비해 현저히 저조한 성적이었지요.

이런저런 이유로 마음 편하게 결과를 기대하고 있지 않았는데 공모전 발표 날, 당선이 되었다는 연락을 받았습니다. '이걸 대체 왜?' 싶어서 네이버 웹소설 공모전 담당자에게 물어보니, 동양풍이라는 신선함과 특이한 캐릭터가 눈에 띄었기 때문이라고 했습니다. 다시 말해 제가 약점이라고 생각했던 부분이 독특함으로 작용돼 당선이 된 것이지요.

이처럼 네이버에서는 독자에게 인기가 없는 작품일지라도 전개나 캐릭터, 소재 등이 독특하고 트렌드에 부합하면 얼마든지 심사위원 눈에 띨 수 있습니다.

07
기타
플랫폼들

19금 작품이 강세, 북팔

북팔은 19금 작품이 강세인 플랫폼입니다. 최근에는 유료 연재가 활성화되었고, 출판사가 직접 운영하다 보니 다른 플랫폼에 비해 작가를 육성하려는 느낌이 강합니다. 작가를 위한 개별적인 페이지가 있으며 자유 연재 외에 출판사 투고란도 따로 있습니다.

북팔에서는 작가 등급이 다음과 같이 정해집니다. 먼저 '일반 작가'로 시작해서 작품 하나를 잘 끝내면 '성실 작가'

그림 21 │ 북팔 웹사이트

로 올라갑니다. 여기서 작품 세 편을 완결하면 '인기 작가'로 승격됩니다. 이후 등급은 '프로 작가'가 있고 전속 매니지먼트 계약을 맺으면 '추천 작가' 타이틀이 붙습니다. 전월 매출 1위를 달성한다면 '스타 작가' 등급이 됩니다.

아무래도 19금 작품이 강세다 보니 검수도 까다롭습니다. 무료 연재 후에 유료 연재를 노릴 수도 있는데, 여기 북팔에서도 카카오페이지의 '기다리면 무료'와 비슷하게 '내일도 무료', '3일도 무료' 등의 프로모션이 있습니다. 글자 수는 자유입니다.

잘나가는 플랫폼 뽀개기

북팔에 글을 연재하기 위해서는 먼저 북팔 웹사이트에 들어가 회원 가입 후 '내 글 올리기' 아이콘을 클릭합니다. 그런 다음 '새 작품 쓰기'로 연재를 시작하면 됩니다.

다양한 장르를 아우르는 톡소다

톡소다는 교보문고가 2017년 출시한 웹소설 플랫폼입니다. 기존의 교보문고 온라인 웹사이트와는 다르게 웹소설, 웹툰만 서비스하고 있습니다. 유료 연재작과 자유연재 섹션이 따로 운영되고 있으며, 자유연재 섹션에서는 조아라와 문피아처럼 누구나 무료 연재를 할 수 있습니다.

작가 그룹은 자유연재 섹션에서 자유롭게 작품을 등록하는 작가, 자유연재 작품 중 일정 요건을 갖춰 유료판매로 전환한 루키 작가, 톡소다와 정식계약하여 작품을 등록하는 정식 작가로 나뉘어져 있습니다.

그림 22 | 톡소다 웹사이트

톡소다는 주력 분야라고 할 것은 따로 없습니다. 로맨스 판타지, 현대 로맨스, 현대 판타지, 무협 등 다양한 장르를 서비스하고 있습니다. 웹소설을 연재하기 위해서는 회원가입을 해야 하는데, 기존의 교보문고 회원이면 별도의 가입 절차 없이 해당 아이디로 로그인을 할 수 있습니다.

플랫폼 분석이 필요한 이유

지금까지 살펴본 것 외에도 로망띠끄, 북큐브, 스토리야 등 여러 플랫폼이 있습니다. 그중에서 대표적인 몇 가지를 소개했는데요. 이처럼 플랫폼마다 작품 분위기가 다른 건 플랫폼의 주 독자 연령층이 다르기 때문입니다.

살펴보면 리디, 네이버, 카카오페이지 순으로 연령대가 낮아집니다. 그래서 리디나 네이버는 로맨스에 치중된 작품이 더 인기를 끌고, 카카오페이지 같은 경우는 로맨스도 있지만 사건을 전개해나가며 주인공이 성장하는 성장물도 인기를 끕니다.

더불어 각 플랫폼의 '머글 진입도'도 다릅니다. 리디 같은 경우는 대표적으로 알려진 플랫폼이 아닙니다. '알 사람들만 아는' 플랫폼 중 하나이지요. 그렇다 보니 이른바 '고인물' 독자들이 많습니다. 웬만한 소설은 다 읽어본 독자들이 많다 보니 더욱 특이한 작품을 찾고, 그러면서 흡입력 있는 문장을 원하기도 합니다. 《상수리나무 아래》가 대표작인 이유가 있겠지요?

카카오페이지 역시 신규 독자들의 유입이 늘어났다고는 하나 애초부터 로맨스 판타지를 원하는 독자들을 위주로 만들어진 플랫폼이다 보니 이 장르에 치중된 작품들이 많습니다. 그래서 앞서 말한 대로 대부분 독자가 신박한 전개를 원하는데요. 이는 웬만한 전개의 로맨스 판타지는 모두 읽은 독자들의 니즈가 반영된 결과라고 할 수 있겠습니다.

네이버 시리즈는 세 플랫폼 중 가장 '머글 친화적'인 플랫폼이라고 할 수 있겠습니다. 네이버 웹툰에서부터 네이버 웹소설, TV 광고까지 웹소설을 잘 모르는 독자들을 유입하기에 충분하지요. 그렇다 보니 대략적인 설정과 키워드를 알아야 더 즐겁게 읽을 수 있는 정석적인 로맨스 판타지보다는 더 직관적인 내용, 즉 우리가 더 쉽게 받아들일 수 있는 감정으로 전개되는 소설이 독자들의 입맛에 잘 맞습니다.

물론 지금은 이 세 플랫폼과 독자들이 한데 뒤섞여 구분이 명확하지 않고 앞으로는 더 구분하기가 어려워지겠지만, 그래도 플랫폼 분석은 꾸준히 해야 합니다. 그래야 자신의 소설이 잘 팔릴 수 있는 플랫폼을 예상하고 선택할 수 있으니까요.

플랫폼 분석을 하고 나서는 '나는 어떤 글을 좋아하고 잘 쓰는가'를 파악하는 게 중요합니다. 저는 로맨스 판타지 분야에 강점이 있다고 판단했기 때문에 주로 조아라와 카카오페이지에 많이 도전했습니다. 거기에 맞게 스토리를 짜기도 했고요. 그러면 이제 다음 단계로 넘어가 스토리 작법에 대해 알아볼까요?

Chapter 3

카카오와 네이버가
반한 작법의 비밀

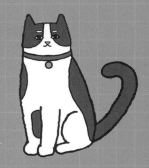

트렌드는 변해도
키워드는 변하지 않는다

리딩 니즈를 충족시켜라

처음부터 강조했지만 웹소설은 재미, 즉 술술 읽히는 것이 중요합니다. 독자가 원하는 대로 써야 독자들이 모여듭니다. 그리고 독자는 트렌드에 따라 움직입니다. 여기서 이런 의문이 듭니다. '트렌드는 계속 바뀔 텐데, 그러면 웹소설을 꾸준히 연재하는 게 어렵지 않을까?' 당연히 이렇게 생각할 수 있습니다.

하지만 저는 이렇게 생각합니다. '트렌드는 변해도 키워

카카오와 네이버가 반한 작법의 비밀

드는 변하지 않는다'라고요. 독자들이 찾고 열광하는 소재·키워드는 겉모습만 바뀔 뿐 본질은 바뀌지 않습니다. 이 장에서는 본격적으로 독자의 마음을 꽉 잡는 작법의 비밀을 알아보고자 합니다.

여러분이 글을 쓰려는 이유는 각양각색일 테지만 그중 하나는 앞서 말했듯이 '나'를 드러내고 싶어서일 겁니다. 나만이 겪은 일을 드러내고 싶어서, 나만이 깨달은 사실을 말하고 싶어서, 나만이 감내한 고통을 알리고 싶어서 등 결은 달라도 '나'를 세상에 외치고 싶은 마음은 똑같습니다.

저는 이것을 '라이팅 니즈'라고 부릅니다. 강의에 나가서든 동료와 이야기를 해보든 작가들은 모두 저만의 라이팅 니즈가 있습니다. 본인이 쓰고 싶은 글이 명확히 있는 것이지요. 여러분도 이러이러한 글을 쓰고 싶다는 욕심이 어느 정도 있을 겁니다. 그 내용은 굉장히 창의적인 것일 수도 있고, 전에 없던 대단히 신박한 것일 수도 있습니다.

본인의 창의적인 아이디어에 자신감이 생긴 여러분은 곧장 한글 프로그램을 열어 노트북에 웹소설을 쭉쭉 써 내려갑니다. 그리고 무료 연재 사이트에 올립니다. 결과가 어떨까요? 24시간이 지나도 조회 수가 한 자릿수에 머물러 있고 여러분은 좌절합니다(물론 여러분의 라이팅 니즈가 독자들의 리딩 니즈와 정확하게 맞아떨어져 첫 연재부터 대박이 터지고 수많은 출판사의 러브콜을 받을 수도 있습니다. 하지만 이 책은 그러지 못하거나 그러지 못할 예비 작가님들을 위한 책입니다).

'이상하다. 내 머릿속에서는 분명 대박 작품이었는데. 올리기만 하면 모든 독자를 휩쓸어올 줄 알았는데 왜 안 되지?' 이렇게 생각할지도 모릅니다. 그래서 저는 단호히 말합니다. 라이팅 니즈는 리딩 니즈와 같지 않다고요.

여러분이 만약 웹소설이 아닌 일반 문학을 창작한다고 하면 얼마든지 라이팅 니즈에 충실하라고 이야기할 겁니다. 하지만 우리는 웹소설을 쓰고자 하는 사람들입니다. 즉 대중 문학을 하려는 사람이고 대중의 욕구를 충족시키는 스낵컬처를 생산하는 예비 생산자라는 말이지요. 따라서 우리는 독자들의 리딩 니즈를 만족시키는 글을 써야 합니다. 그렇다면 리딩 니즈란 과연 무엇일까요? 이것은 다른 말로 하면 '욕망'이라고 할 수 있습니다.

웹소설 독자들이 원하는 것

앞서 웹소설은 스낵컬처라고 했습니다. 스낵컬처를 즐

기려는 사람들은 빠르게 즐거움을 얻고자 한다고도 했고요. 여기에 더해, 스낵컬처인 웹소설을 즐기는 독자들은 또 다른 목적이 있습니다. 바로 현실에서 동떨어지고 싶은 욕구입니다.

웹소설은 기본적으로 판타지 성향을 띕니다. 일반적인 소설도 물론 허구에 기반하지만 웹소설은 그 세계관이 더욱 깊고 방대한 편에 속합니다. 로맨스 판타지와 판타지 소설은 가상의 세계에서 벌어지는 일을 담고 있고, 무협은 독자적인 무협 세계관을 토대로 진행됩니다. 현대 판타지와 현대 로맨스는 현실을 기반으로 하지만 모두가 다 알고 있지요. 《사내 맞선》처럼 겨우 30세에 본부장이 된 회장님 아들은 세상에 없다는 사실, 《나 혼자만 레벨업》, 《데뷔 못하면 죽는 병 걸림》처럼 어느 날 갑자기 상태창이 보이는 능력이 생기지 않는다는 사실을요.

이렇듯 웹소설은 현실과 상당히 다른 세계를 보여줍니다. 독자들은 웹소설의 내용이 현실에서 일어나지 않을 거라는 사실을 누구보다 잘 압니다. 하지만 한편으로는 그런 일들이 현실에서 일어나기를 바랍니다. 그래서 '나라면 어땠을까?' 하는 마음으로 더더욱 소설에 몰입합니다. 각박하고 힘든 현실 세계에서 벗어나 '나'가 주인공인 소설에서 위안을 얻는 것이지요.

그러면 이렇게 생각할 수도 있습니다. "웹소설은 사람들이 원하는 대로 '짱짱 센' 주인공(보통 '먼치킨'이라고 부릅니다)이 나와 모두를 때려잡는 이야기를 쓰면 되겠네!" 하지만 저는 그럴 수도 있고, 아닐 수도 있다고 봅니다. 왜 이런 모호한 대답을 하냐고요? 예를 들어보겠습니다.

지금으로부터 10년 전쯤 '피폐물'이라는 장르가 유행했습니다. 피폐물은 주인공이 바닥을 데굴데굴 구르다 못해 진흙에 범벅이 되어 절벽에서 떨어지는 듯한 고난을 겪으며 성장해서 결국은 해피 엔딩(혹은 새드 엔딩)을 맞이하는 장르를 뜻합니다.

이는 역경을 극복하고 행복해지는 주인공을 보고 싶어 하는 그 당시의 독자들의 리딩 니즈가 반영된 결과라고 할 수 있습니다. 하지만 2022년 현재 해당 웹소설을 접한 사람들이 보기엔 의아할 수도 있습니다. 피폐물은 현재 순위권에서 찾아보기 힘든 장르이기 때문입니다. 이런 질문을 할지도 모릅니다. '대체 피폐물 장르가 왜 유행한 거야?'

2010년대로 돌아가 생각해봅시다. 당시에는 '개천에서 나는 용'이 통하는 시절이었습니다. 지금과 달리 취직도 비교적 잘 되었고, 누구나 노력만 하면 신분적으로나 경제적으로 상승할 수 있는 사다리가 존재하던 때였습니다. 따라서 역경을 겪으면서도 좌절하지 않고 끊임없이 노력하는 주인공을 봐도 불편하지 않았습니다. '언젠가' 혹은 '마침내' 성공하는 게 당연하게 여겨지는 시대였기 때문입니다.

그렇기 때문에 소설 속 주인공이 고생 끝에 성공하는 모습을 보며 쉽게 감정이입할 수 있었고, 자신도 그러리라는 희망을 얻고 편안히 엔딩까지 볼 수 있었습니다. 소설 속 주인공이 처한 환경이 아무리 힘들고 피폐해도 현실은 그보다 나았기 때문에 위안을 얻기도 했었고요. 어떻게 보면 현실의 기조와 비슷하면서도 완전히 일치하지는 않습니다.

하지만 지금은 어떤가요? '헬조선'이라는 단어가 이제는 당연하다는듯 어느 곳에나 등장할 정도로 각박한 환경에, 태어날 때 어떤 수저를 물고 나왔는지에 따라 사람의 급이 나뉘고, 아무리 노력해도 위로 올라갈 사다리는 보이지 않습니다. 치솟는 물가와는 다르게 오르지 않는 월급, 지방과 격차가 벌어져도 너무 벌어진 서울의 부동산, 떨어지는 주가, 전쟁으로 인한 팍팍한 삶 등 이렇게 어두컴컴한 사회를 살아가는 사람들에게 피폐물을 보여준다면 어떻게 될까요?

이런 글을 과연 어느 누가 즐겁게 읽을까요? 현실도 고통스러운데 소설에서까지 힘든 걸 보고 싶은 사람이 있을까요? 따라서 현재 웹소설 트렌드는 '사이다'입니다. 악역들을 손쉽게 무너뜨리고 자신의 목표를 이루며 승승장구하는 주인공이 괜히 나오는 게 아닙니다. 이런 주인공은 현실에서 사이다 없는 진짜 고구마를 먹고 있는 독자들의 숨통을 틔워줍니다.

한 예로 《판사 이한영》은 주인공이 과거의 기억을 모두 가진 채 젊은 시절로 회귀하는 이야기입니다. 좀 더 구체적으로 살펴보면 판사인 주인공은 중년의 나이에 거대 권력의 희생양으로 억울하게 죽게 됩니다. 하지만 이후 눈을 떠보니 판사로 임관된지 얼마 안 된 젊은 시절로 돌아오게 되었지요. 그것도 과거에 있던 큰 사건들과 판결문에 대한 기억을 고스란히 가진 채로 말이죠. 따라서 주인공은 본인과 주위에 닥칠 위험한 일들을 모두 꿰뚫어보고 명쾌하게 사건을 해결해갑니다. 악역들이 속수무책으로 당하는 장면에서 독자들은 쾌감을 느끼지요.

'모두에게 사랑받는 나' 역시도 현재 트렌드입니다. 내가 사랑받기 위해 노력하지 않아도, 아무것도 하지 않아도 모두가 나를 알아주고 사랑해주는 것을 바라기 때문이지요. 삭막해진 현대 사회에서 사랑이라는 따뜻함을 무한정으로 받아보고 싶은 외로움에서 비롯된 현상이라 볼 수 있습니다. 제

카카오와 네이버가 반한 작법의 비밀

작품 《황녀님이 사악하셔》도 여기에 해당합니다.

이렇듯 10년 사이에 트렌드가 바뀌었습니다. 그래서 웹소설은 무조건 '이렇게 쓰면 된다'고 함부로 말씀드릴 수 없습니다. 다시 말해 웹소설에서의 유행을 단순하게 생각하면 안 된다는 뜻입니다. 사회상의 변화를 읽을 수 있어야 합니다.

현대 사회를 사는 대중에게 가장 결핍된 것이 무엇인지, 그들이 무엇을 원하는지 파악해서 그 결핍을 채워줘야 합니다. 이것이 바로 상업 작가에게 내려진 지상 과제입니다.

다독의 중요성

웹소설의 트렌드는 사회현상에 따라 변화합니다. 그래서 유동적으로 생각해야 합니다. 하지만 그렇다고 해서 웹소설의 골자가 되는 것, 즉 키워드는 변하지 않습니다. 그래서 이 키워드에 대해 살펴보고자 합니다.

키워드라는 단어가 생소하게 느껴질 수 있는데요. 만일 뒤에 나오는 내용이 잘 이해되지 않는다면 지금 해야 할 일은 이 책을 읽는 게 아니라 당장 웹소설 애플리케이션을 켜고 웹소설을 읽어야 합니다.

'이 방법만 알면 월 1억 원 웹소설 작가가 될 수 있다!' 같은 광고 문구가 붙은 강의나 유튜브 영상을 많이 접해봤을 겁니다. 여기에 혹해서 강의를 수강하거나 유튜브 영상을 본 다음 글을 쓰기 시작한다고 해봅시다. 월 1억 원의 삶을 누리고 싶어서 말이지요.

하지만 현실은 녹록하지 않습니다. 무료 연재 웹사이트에 글을 올렸다가 처음부터 좌절하는 사람도 있고, 출간했다고 해도 좋지 않은 성적에 키보드를 집어 던지며 재능을 탓하는 사람도 있을 겁니다. 하지만 이는 재능의 문제가 아닙니다. 글을 쓰는 건 연습을 많이 하면 얼마든지 익힐 수 있습니다. 노력하면 할수록 실전에서 결과가 나타납니다.

여러분은 글을 못 쓰는 것이 아닙니다. 그렇다면 왜 열심히 쓴 글에 반응이 없는 걸까요? 답은 간단합니다. 여러분이 웹소설을 읽지 않았기 때문에 그런 결과가 나온 겁니다.

이 책의 처음부터 지금까지 독자들이 무엇을 좋아하는지, 무엇을 위해 웹소설을 소비하는지 여러 번 설명했습니다. 하지만 이론적으로 아는 것과 실제로 경험해서 체득하는 것은 다르지요. 제가 아무리 쉽게 설명하고 보기 좋게 풀어낸다고 해도 독자들이 환호하는 포인트, 즉 셀링 포인트를 잡지 못하는 경우가 있을 겁니다.

카카오와 네이버가 반한 작법의 비밀

이 역시 웹소설을 읽지 않았기 때문입니다. 웹소설을 최소 10편 정도 읽어본 사람은 집필에 대해 사고하는 방식이 아예 다릅니다. 여러 번 말했지만 웹소설은 기본적으로 사람들의 욕구를 충족시키는 스낵컬처입니다. 따라서 웹소설 플랫폼에서 상위 랭크된 작품을 읽고 직접 경험해야 합니다.

키워드 빌드업시키기

그렇다면 이런 생각이 들지 모릅니다. 트렌드에 따라서 '악역을 단칼에 무찌를 만큼 강하고, 아무것도 안 해도 모두에게 사랑받는 주인공을 쓰면 되겠네!' 이렇게 생각하고 또다시 글을 씁니다. 하지만 여전히 조회 수는 오르지 않습니다. '대체 뭐가 문제일까?' 머리를 쥐어뜯으며 고민하지만 애꿎은 키보드만 부서질 뿐입니다.

여기서 패착은 트렌드를 얼마나 재미있게 '전개'해야 하는지 고민하지 않았다는 것입니다. 트렌드만 알고 쓰는 것과 트렌드에 맞춰 내용을 구성하고 전개하는 것은 하늘과 땅 차이입니다. 독자들이 아무리 사이다를 좋아한다고 해도, 주인공이 처음부터 우주 최강급으로 강해서 악역들이 매 화에 힘

없이 픽픽 쓰러지고 죽어나가는 전개를 원할까요?

처음에야 흥미를 끌 수 있을지 몰라도 그런 패턴이 반복되면(5화 이상 넘어가면) 독자들은 질리기 시작합니다. 독자들은 주인공이 강하지만 때때로 위기를 겪고 나름의 재치로 헤쳐나가는 모습을 보고 싶어 합니다. 또 악역들을 무너뜨리는 과정에서 주인공만의 능력이 부각되기를 원합니다. 그러기 위해서는 '빌드업'되는 과정, 즉 전개가 매우 중요합니다.

전개에 대해서는 뒤에서 설명하겠지만 사실 이 부분은 '감'의 영역에 가까워서 제가 모든 걸 설명할 수는 없습니다. 그렇다면 어떻게 해야 할까요? 바로 '다독'을 해야 합니다. 글을 쓰기 전 어떻게 해서든 시간을 내서 최대한 많은 작품을 읽어야 합니다.

무작정 읽기만 해서 되냐고요? 됩니다! 웹소설 전개에 대한 감이 없다면 일단 무조건 읽어야 합니다. 카카오페이지에서 '밀리언 페이지'를 기록한 작품을 모두 읽고, 네이버 시리즈에서 '레전드 노블'을 달성한 작품을 모두 읽고, 리디북스에서 '별점 5,000개' 이상의 작품을 모두 읽으세요. 이렇게 하면 어림잡아 50작품 정도가 될 겁니다.

클리셰 활용하기

인기 있는 웹소설 작품들을 모두 읽었다면 이젠 어느 정도 감이라는 게 생겼을 겁니다. 이런 장면에서는 이렇게 전개하는구나, 이런 상황에서는 캐릭터가 이렇게 행동하는구나 같은 감 말입니다. 이 감을 다르게 표현하면 '클리셰cliché'라고 할 수 있습니다. 사전적으로는 '판에 박힌 듯한 문구 또는 진부한 표현을 가리키는 문학 용어'를 뜻하지만 우리는 이 클리셰에 집중해야 합니다.

클리셰의 대표적인 예를 들면 이렇습니다. 여주인공이 도서관에서 책을 찾고 있는데, 하필이면 필요한 책이 높은 책장에 꽂혀 있는 겁니다. 그래서 사다리에 올라가 끙끙거리다 책을 뽑았는데 그만 발이 삐끗해서 사다리에서 떨어지려고 하지요. 그 순간 어디선가 남주인공이 백마 탄 왕자님처럼 등장해 여주인공을 품에 살포시 안아 다치지 않게 구해줍니다. 어디선가 많이 본 장면이지요? 이렇게 고전적으로 어디선가 봤던 플롯을 클리셰라고 합니다.

고전적인 플롯 말고도 클리셰는 굉장히 많습니다. 특히 제가 요즘에 좋아하는 클리셰는 이렇습니다. 주인공 재산을 노리고 접근한 나쁜 남자에게 여주인공이 죽어버립니다. 그런데 기연으로 과거로 회귀를 하게 되지요. 그렇게 여주인공은 본인을 죽음으로 몰고 간 나쁜 남자에게 복수를 다짐합니다. 그러다 나쁜 남자의 원수로 나오는 남주인공과 합심하게 되고 결국에는 나쁜 남자를 짓밟아 버립니다. 복수로 끝나는 게 아닙니다. 함께 손을 잡은 남자 상대와는 진정한 사랑에 빠지게 되지요. 이 플롯은 오래됐으면서도 여전히 트렌디한 클리셰입니다. 각각의 작품마다 인물과 배경 설정이 다르기 때문에 읽는 맛이 다르기 때문이지요.

클리셰는 진부한 게 아니냐고요? 아니요. 웹소설 판에서는 그런 말이 없습니다. '유치해요. 어디서 본 것 같아요'라는 댓글이 최고의 호평이라는 걸 기억합시다. 여러 번 말하지만 독자들은 바쁘고 시간이 없기 때문에 '원래 알던 맛'을 더 선호하니까요! 그러니까 클리셰는 곧 '클래식'이라고 보면 됩니다. 우리도 어디 가면 꼭 '원조'를 먼저 찾게 되니까요.

잘 팔리는 웹소설을 쓰려면 장르적 클리셰를 최대한 잘 활용해야 합니다. 이 감을 익혀야만 잘 팔리는 웹소설을 쓸 수 있습니다. 그러기 위해서는 뭘 해야 한다고요? 최대한 많이 읽어야 합니다. 그러다 보면 어느 순간 클리셰를 익힌 여러분이 키보드 앞에 앉아 있을 겁니다.

웹소설 쓰기 기본 구조

독자의 리딩 니즈를 충족시켜라.

많이 읽고, 많이 쓰면서 감각을 키워라.

인기 있는 키워드를 트렌드에 연결시켜라.

독자를 끌어들이는 클리셰를 활용하라.

TIP

플롯이란?

플롯(plot)은 이야기의 구조이자 핵심 뼈대다. 캐릭터와 사건을 연결해서 나아가는 과정을 말한다. 소설의 원인, 결과, 결말을 꿰어주는 것이다. 플롯을 잘 짜기 위해서는 캐릭터의 성격, 원인 및 결과의 개연성이 명확해야 한다.

100만 클릭을 부르는
장르·전개·소재 키워드

주목해야 할 키워드는 따로 있다

키워드는 말 그대로 그 소설의 정보를 담은 단어입니다. 소재라고 하기에는 좀 더 포괄적이고, 소개라고 하기에는 지엽적입니다. 키워드는 보통 작품 소개글 아래에 표시되어 있는데요. 제 작품 중《황녀님이 사악하셔》같은 경우는 '#힐링물#육아물#먼치킨여주'로 표시돼 있습니다. 이처럼 해당 소설의 내용을 대략적으로 드러내는 게 키워드입니다. 물론 더 구체적으로 표현할 수도 있습니다.《황녀님이 사악하셔》에

카카오와 네이버가 반한 작법의 비밀

[힐링물/육아물/먼치킨여주]
[강한 자만이 살아남는 황실][하지만 모두가 여주를 사랑해]
[마탑주 남주][또라이 직진남 능글남주]
[이 모두가 귀찮은 시니컬한 마녀 여주]

분류	기다무소설 | 로판	
발행자	피플앤스토리,페가수스	
연령등급	전체이용가	
전자책 정가	100원/회차 당	
작가	글	차소희

그림 23 │《황녀님이 사악하셔》 키워드 소개

도 '강한 자만이 살아남는 황실', '하지만 모두가 여주를 사랑
해', '마탑주 남주', '또라이 직진남, 능글남주', '이 모두가 귀
찮은 시니컬한 마녀 여주' 같은 표현이 있습니다.

　45만 명이 열광한《악역에게 정체를 들켜버렸다》의 메
인 키워드는 '#책빙의#남장여주#걸크러쉬#먼치킨여주'입
니다. 구체적인 키워드로는 '졸지에 악역의 히든카드가 되었
다', '집착남주', '악역남주', '계략남', '우리 그냥 사랑하게 해
주세요' 등이 설정되어 있습니다.

　이런 키워드는 작품을 살펴보는 독자에게 안내서가 되
어주는데요. 모든 작품을 다 읽을 수 없는 독자들에게 '내 작

품은 이런 소재와 전개로 나아갈 겁니다!'라고 알려주며 취향이 맞는 독자들을 끌어올 수 있는 거지요.

따라서 작품을 쓰기 전, 먼저 키워드를 잡고 들어가야 합니다. 그리고 각각의 키워드에 맞는 전개를 선택해야 합니다. 사실 기성작가들은 흔한 키워드로 자신만의 전개를 구축하기도 하지만 우리는 아직 초보 작가이므로 조금 더 고전적인, 즉 클리셰적인 전개를 배울 겁니다.

다시 말씀드리지만 트렌드는 변합니다. 하지만 키워드는 변하지 않습니다. 사라지거나 생기는 게 있더라도 키워드 자체는 변하지 않습니다.

장르 키워드

일단 장르를 정해야 소설을 시작할 수 있는 법! 무엇을 쓰고 싶은지, 무엇을 쓸 수 있는지 곰곰이 생각해보는 과정이 필요합니다. 장르 키워드는 소설의 골조이기 때문에 글을 쓰기 전에 무조건 잡고 들어가야 합니다. 장르 키워드는 대표적으로 다음과 같은 것들이 있습니다.

카카오와 네이버가 반한 작법의 비밀

① 현대물

고전이나 역사적 배경이 아닌 현대를 배경으로 한 작품을 뜻합니다. 현대 로맨스 같은 경우는 특별한 예외 없이 현 시대를 살아가는 주인공들끼리 만나 인연이 이루어지는 게 대부분입니다.《김 비서가 왜 그럴까》같은 작품이 대표적입니다.

그런데 여기에 판타지 키워드가 들어가면 소설의 성격이 달라집니다. 주인공이 과거로 회귀하는 능력이 들어가기도 하고, 개인의 성격, 능력치 등 가상의 상태창이 보이는 게임물처럼 진행되기도 합니다. 상태창이 보이는 초능력은 현대 판타지에서 많이 나오는데, 특히 연예계물이나 헌터물, 학원물에서 주로 쓰입니다.

② 연예계물

주인공이 아이돌, 배우, 나아가 매니저가 되어 실제 연예계에서 생활하는 모습을 그리는 물입니다. 육성 시뮬레이션 '프린세스 메이커' 같은 게임과 비슷한 장르라고 생각하면 됩니다.

예를 들어 나의 현재 능력치를 보여주는 가상의 상태창이 띄워지고, 상태창에 맞게 '나 혹은 너'를 키우며 해당 분야

톱으로 나아가는 내용이 주가 됩니다.《데뷔 못 하면 죽는 병 걸림》,《탑 매니지먼트》 같은 작품이 대표적입니다.

③ 헌터물

현대 판타지로 분류되는 이 장르는 제 작품《SSS급 회귀 자는 양심도 없습니다》나 카카오페이지 대표작《나 혼자만 레벨업》처럼 몬스터가 나오고 이세계로 통하는 게이트가 열 리는 판타지적 세계관을 기저에 깔고 진행됩니다.

이런 헌터물에서는 회귀 키워드가 보편적으로 쓰이는데 요. 별 능력이 없던 주인공이 배신을 당하거나 억울한 죽음 을 맞이한 후 과거로 회귀하는데, 이때 갑자기 능력이 생겨 자신만 알고 있는 미래를 자신에게 유리하게 바꾸며 나아가 는 전개가 많습니다.

④ 동양물

윤이수 작가의 원작이자 배우 박보검, 김유정이 드라마 주인공으로 출연했던 화제작《구르미 그린 달빛》처럼 조선 시대를 배경으로 하거나 제 작품《단향-색을 탐하다》처럼 가상의 황실 시대를 배경으로 한 사극을 말합니다. 종종 동 양물 웹소설이 드라마화되어 큰 인기를 끌기는 하지만, 이런

카카오와 네이버가 반한 작법의 비밀

그림 24 | 《단향》 표지

류의 웹소설은 과거보다는 인기가 시들해졌습니다. 아무래도 진입장벽이 높기 때문이지요. 시대극인 만큼 역사에 대한 고증이 필수입니다. 특히 《단향》의 분위기를 엿볼 수 있는 대목을 살펴보겠습니다.

태양이 하늘 가장 가운데에 올라갈 때에, 하나둘씩 모인 대신들이 바쁜 걸음으로 내궁했다. 이는 금일 치러질, 혼례식 때문이렷다.

본디 이렇게도 급박하게 진행시킬 일이 아니건만. 아직 정찰을 나간 황태자가 돌아오지 않고 있건만. 신랑 없는 혼례라니, 이 어찌 말도 안 되는 일이던가. 그러나 식은 단걸음에 진척되기 이르렀다. 내명부를 휘어잡고 있는 황후의 입김이 작용한 것이 분명하였다.

터벅, 터벅.

대신들의 발길이 멈춘 곳은 본궁 앞 황도의 끝. 제단을 기점으로 왼편에는 황태자를 지지하는, 오른편에는 황후와 2황자를 지지하는 이들이 서 있다. 그들은 침묵했다. 그리고 서로를 견제하듯 바라본다. 본디 산수화란 보이는 그대로를 그린 것이 아니렸다.

높은 온도와, 척척한 습도와, 감사나운 기운에 눌려 땀이 방울씩 흘러나왔다. 뜨거운 열기처럼 팔팔 끓는 상제의 시선들. 이를 점멸시킨 것은 나긋나긋하게 들리는 발걸음 소리였다.

뜨거운 지면을 훑는 아지랑이가 가라앉았다. 희뿌연 모래 바람이 황도의 공기 사이를 내리훑었다. 하늘을 휘감는 선바람처럼 서늘한 기운. 순식간에 내려앉은 대기에 모여 있는 사람 모두가 어깨를 움츠렸다.

"한울."

누군가의 중얼거림. 그와 동시에 모두가 고개를 숙인다.

한울. 황제의 눈과 귀와 다름없는 태위의 여식.

"왜들 그러십니까. 고개를 드세요."

그리고 내정된. 아니, 내정되었던 황태자비.

대신들은 허리를 올렸다. 왼편에 서 있는 대신들의 얼굴은 참으로 어둡다. 본디 태위의 여식과 황태자를 결합시켜 그네들의 세력을 공고히 하고자 하였으나, 늙은 구렁이의 수에 휘말려 금일 이러한 혼례식을 치르게 된 것이었으니. 이 어찌 원통하지 아니한가? 이는 한울 역시 마찬

카카오와 네이버가 반한 작법의 비밀

가지일 것이었다.

동양물에서는 이처럼 대사, 풍경 등에서 특유의 분위기를 잘 살려내는 것이 중요합니다.

⑤ 판타지물

대체로 중세에서 근대에 이르는 유럽 황실을 배경으로 합니다. 하지만 그렇다고 해서 실제 역사를 바탕으로 쓰는 건 아닙니다. 모티브가 되는 영국 황실, 프랑스 황실 등 배경이 있을 수는 있지만 완벽하게 고증할 필요는 없습니다. 이런 판타지 배경은 말 그대로 배경, 즉 가상세계의 뼈대만 가지고 와서 재현한 것뿐이니까요. 고증을 위한 구구절절하게 늘어지는 설명은 절대로 하지 마세요. 독자들은 실제 역사가 궁금한 것이 아니라 그 시대의 향취만 느끼고 싶어 할 뿐이니까요.

⑥ 무협물

무협의 일반적인 설정과 배경은 소싯적 무협 작품을 많이 읽어본 사람이라면 다 알 겁니다. 무협은 판타지물과 조금 다른데요. 판타지물은 작가가 재량껏 세계를 설정해도 되지만 무협은 그렇지 않습니다. 아주 오래전, 책 대여점 시절의 무협소설부터 이어져온 세계관이 있기 때문인데요. 각 가문의 문파라든지 고유의 능력 등 명확한 세계관이 존재합니다.

간단히 예를 들면 크게는 작중 올바른 행위를 하거나 그런 행동을 요구받아 예절과 위계질서를 매우 중시하는 정파와 그 반대인 사파가 있습니다. 정파 중에서도 구파일방, 오대세가가 있으며 '정의'를 상징해왔기에 무협의 주인공으로 많이 등장합니다.

사파는 흑도라고도 불리우며 사악한 길을 걷는 무리를 말하지요. 과거에는 주로 악역으로 등장했으나 최근 들어 '정파는 규율만을 중시해 딱딱하거나 위선자'라는 견해가 퍼지면서 사파를 주인공으로 하는 웹소설과 웹툰도 늘어나고 있는 추세입니다.

이처럼 무협물만이 가지고 있는 세계관을 잘 모르고 쓴다면 독자들에게 뭇매를 맞을 수도 있습니다. 그러니 무협물을 쓸 때는 반드시 미리 공부해야 합니다!

이렇게 장르가 나뉘긴 합니다만 명확한 경계선이 있는 것은 아닙니다. 예를 들어《SSS급 죽어야 사는 헌터》같은 경우는 탑등반물이라는 헌터물입니다. 하지만 헌터 사회만 계

카카오와 네이버가 반한 작법의 비밀

속해서 나오는 게 아닌데요. 각각의 층마다 무협, 로맨스 판타지 등 여러 세계가 등장합니다. 무협 세계에서는 주인공이 기술을 배우는 동시에 작품을 관통하는 주제를 보여주며, 로맨스 판타지 세계에서는 주인공의 조력자를 만나 사랑에 빠지기도 합니다. 즉 한 가지 주제와 키워드로만 전개되지 않습니다. 요즘에는 이런 식으로 키워드를 조합해 여러 세계를 보여주는 경우가 많습니다.

다만 주인공이 남자인 판타지 장르라면 로맨스보다는 판타지 성향에 맞게, 로맨스 판타지라면 로맨스에 조금 더 힘을 주어 써야겠지요? 장르의 색을 완전히 잃어버리는 것은 금물입니다.

전개 키워드

전개 키워드는 이 글이 앞으로 어떻게 전개될 것인지를 독자들에게 알려주는 일종의 내용 힌트라고 보면 됩니다.

앞서 말한 대로 독자들은 클리셰를 좋아합니다. 그래서 키워드를 보고 '아, 이런 내용이구나?'하고 어느 정도 짐작하는 것을 선호하지요. 또한 글을 쓰는 작가 입장에서도 전개할 내용을 명확하게 짚어놓아야지만 시놉시스를 짜기에 편리합니다. 그래서 저는 전개 키워드를 매우 중요하게 생각합니다.

유명한 전개 키워드가 있습니다. 흔히들 '회빙환'이라고 하지요. 회귀, 빙의, 환생. 이 세 가지 키워드는 웹소설이 도약했을 때부터 지금까지 유구한 역사를 자랑합니다. 10년이 넘었는데도 말이지요. 변주가 있기는 하지만 키워드 자체는 바뀐 게 없습니다. 그래서 독자들도 지금은 회빙환에 굉장히 익숙합니다.

① 회귀물

'회귀'는 말 그대로 시간을 돌려(혹은 거슬러) 과거로 돌아가는 경우를 뜻합니다. 주인공 캐릭터의 삶에 후회나 미련

카카오와 네이버가 반한 작법의 비밀

등이 있는 전개에서 많이 사용됩니다. 예를 들면 일평생 가족을 위해 헌신해왔던 주인공이 사실은 입양된 자식이었고 이용만 당했다는 것을 죽기 직전 깨달았을 때, 사랑했던 남자가 알고 보니 쓰레기였고 나를 죽음으로 몰고갔을 때, 충성했던 성군이 나를 배신하고 적군에 팔아버렸을 때 같은 상황에서 주인공이 죽고 다시 태어나 복수한다는 설정으로 사용됩니다.

혹은 삶의 목적을 제대로 달성하지 못했을 때도 사용됩니다. 두 번의 삶이라면 보다 완벽한 성공을 이룰 수 있을 테니까요. 우리도 지금 로또 번호를 외운 뒤 과거로 돌아가고 싶다고 생각할 때가 있습니다. 지금 오른 주식이나 코인들을 과거로 돌아가 왕창 사고 싶다는 생각도 하지요.

회귀물의 주인공은 다시 태어나거나 과거로 돌아가더라도 '미래에 일어날 일'을 그대로 알고 있습니다. 그래서 과거로 돌아간 후에 미래에 일어날 일을 예측하고 자기만의 판을 짜서 행동하지요. 그렇기 때문에 회귀물의 주인공은 명석해야 합니다. 또한 목적 지향적인 인물이어야 합니다. 독자들이 주인공에게 기대하는 것은 '회귀한 주인공만 알고 있는 미래의 정보'를 이용해서 자신의 목적을 이루는 모습입니다. 그러므로 주인공은 타인의 설득에 손쉽게 흔들려서는 안 되

회귀물 주인공의 특징

반드시 명석해야 한다.

목적 지향적이어야 한다.

고, 고난에도 정신을 빼앗겨서도 안 됩니다. 다소 냉혈한처럼 보이는 게 해당 장르 주인공의 특징입니다.

이런 경우 주인공을 유일하게 당황하게 만드는 뭔가가 있어야 합니다. 바로 '미래와는 다른 전개'인데요. 이는 과거로 돌아온 주인공이 과거에는 하지 않았던 어떤 행동을 함으로써 미래가 달라지기 때문입니다. 영화에서도 많이 나온 스토리인데 원래 하려던 일을 하지 않고 주인공에게 유리한 선택을 했다가 '인과성'에 위배되어 현재의 미래가 바뀌는 전개인 것입니다.

여기서 작가가 선택할 수 있는 전개는 두 가지입니다. 하나는 해당 미래에 당황하다가 악역의 역풍을 맞아 잠시 후퇴하는 것이고, 다른 하나는 바뀌는 미래 또한 예측했다는 것

카카오와 네이버가 반한 작법의 비밀

을 강조하며 더 앞으로 나아가는 것입니다. 얼마 전까지만 해도 전자의 전개로도 괜찮았습니다. 그러나 요즘은 주인공 에게 조금의 결점도 허락하지 않는 추세라 웬만하면 후자로 전개를 이어나가길 권합니다.

곧 연재를 앞둔 제 작품《SSS급 회귀자는 양심도 없습니다》 같은 경우도 제목에서 느껴지는 것처럼 회귀물입니다. 과거의 선택에 대한 후회, 세계 최고를 원하는 욕심 그리고 선택받은 자라는 특별성이 부각된 주인공인데요. 그렇다 보니 다소 소시오패스 같은 주인공을 만들게 되었습니다. 앞서 말했듯이 어떤 고난이 있어도 흔들리지 않고 앞으로 나아가고 또 나아가야 하니까요.

《SSS급 회귀자는 양심도 없습니다》주인공의 모습을 살짝 공개하겠습니다.

'설마하지만 그렇게까지 쓰레기는 아닐 거라고 믿고 싶은
나의 마음을 가득 담아 묻는다.'
'네?'
'미래를 미리 알고 있었다면 이곳에 더 일찍 와 다른 이들
을 구할 수 있었던 것 아니었느냐?'
성좌의 말에 고개를 갸웃했다.

'제가 왜요?'

알고 있다. 이 레드 게이트 발발로 인해 죽은 사람들이 많다는 걸.

하지만, 그래서 뭐?

내가 그들을 구해주어야 하는가? 왜? 미래를 알고 있으니까?

그런 걸로 치면 지금도 지구 반대편에서 터진 게이트로 인해 죽어가는 사람들이 수천 수만 명이다. 그럼 내가 그들을 구해야 하는가? 단지 내가 알고 있다는 이유로?

진서호라면 그렇게 했을 거다.

하지만 난 진서호가 아니다.

'정의의 히어로가 될 생각은 없습니다.'

물론 성좌가 말한 절대자니 뭐니를 하게 된다면 세계를 지키게 되겠지. 하지만 내 욕망은 '내'가 살고 있는 세계를 지키는 것뿐이다.

다시 말해 나는 내가 잘 살 수 있는 이 세계를 보존해 놓고 싶은 거지, 남들을 구하며 시간을 낭비할 생각은 추호도 없다는 거다.

일단 나부터 살아야지 않겠는가?

이처럼 감정보다는 이성이 앞서고, 어쩐지 정 없어 보이는 성격을 강조했습니다. 또 하나의 포인트는 문장을 연달아 붙여 쓰지 않고 문단으로 분리한 것입니다. 독자들이 문장을 읽을 때 호흡이 짧아져서 주인공의 딱딱한 성격이 강조될 수 있습니다.

그러나 이 작품의 장르는 로맨스 판타지이기 때문에 로맨스도 있어야 했습니다. 그래서 주인공의 마음 한 켠에 빈자리를 설정했습니다. 외로움을 타고, 불안함이 있고, 사람에 대한 기대가 없는 느낌으로요. 이렇게 설정해두었기 때문에 남자주인공 후보들이 행동할 수 있는 범위가 넓어져 로맨스로 전개하기에 큰 어려움이 없었습니다.

이처럼 장르에 따라서도 회귀물의 결이 조금 달라지는데요. 판타지나 무협같이 로맨스가 없는 장르에서는 '한길만 걷는 주인공'으로 진행이 가능합니다만, 로맨스 판타지나 현대 로맨스 같은 장르에서는 그런 주인공의 곁을 함께하는 남자주인공이 필요합니다. 이런 경우는 저처럼 처음부터 캐릭터 설정을 해두거나 전개에서 남자주인공의 역할을 늘려주는 방향으로 가는 게 좋습니다.

미래를 알고 달려가던 여자주인공이 예기치 못한 미래를 만났을 때 도움을 받는 경우, 여자주인공이 꿈꾸는 미래에 남자주인공이 있는 경우 등 웹소설을 많이 읽어봤다면 말하지 않아도 충분히 이런 전개가 예상될 겁니다. 그렇다면 이런 전개에 자신만의 설정을 녹여 진행해보는 것도 좋겠지요?

② 빙의

빙의 역시 로맨스 판타지 장르에 한 획을 그은 키워드입니다. 흔히들 '빙의'라고 하면 귀신에 씌는 것으로 생각할 텐데요. 웹소설 장르에서 빙의는 다른 계열입니다.

대표적인 것으로 '책빙의'가 있는데요. 주인공이 읽고 있던 책 속의 인물에 빙의하는 것을 뜻합니다. 회귀물과도 결이 비슷한데요. 판타지든 무협이든 주인공 자신이 읽던 책이기에 '나는 미래(책의 내용)를 다 알고 있어!'를 전제로 깔고 들어가는 경우가 많습니다.

물론 이 경우에도 주인공의 행동으로 전개가 바뀌지만, 초반 도입부에서는 미래를 다 아는 주인공이 나만 아는 미래를 '피하기 위해' 혹은 '만들기 위해' 결심하고 시작하는 경우가 일반적입니다. 즉 책이라는 외부 매개체로부터 인물 내면의 변화가 시작돼 전개가 이뤄지는 게 일반적입니다. 회귀물처럼 캐릭터 내면에서 올라오는 감정으로 주변 환경이 바뀌는 전개와는 조금 다르지요.

카카오와 네이버가 반한 작법의 비밀

빙의라는 키워드가 탄생한 것은 '새로운 세계'에 대한 갈망 때문입니다. 앞서 말했던 회귀물은 시간만 역행할 뿐 사는 세계가 같다면, 빙의물은 내가 전혀 모르는 새로운 세계에서 시작하는 뉴 라이프임과 동시에 아무도 알지 못하는 이세계에 대한 각종 정보까지 알고 있는 전지전능한 존재가 되는 거니까요! 모든 캐릭터의 면면을 알고 있는 신과 같은 존재가 되다니, 이보다 짜릿한 일이 있을까요? 그래서 독자들은 빙의물 주인공에 더 많이 이입하고, 더욱 응원합니다.

이런 빙의물의 경우는 빙의 전 현실이 그다지 좋지 못한 경우가 많습니다. '불행한 나날을 보내고 있던 나'가 평소 동경하던 소설 속 인물이 되거나 새로운 세계에서 '새로운 나'로 탄생합니다. 상상만 해도 즐겁지 않나요? 빙의물은 독자들의 이런 욕구를 시원하게 긁어주는 키워드입니다.

빙의물이 유행하던 초창기에는 주인공이 책 속의 주인공이 되는 게 정석이었습니다. 대체로 책 속 여자주인공으로 빙의해서 앞으로 닥칠 위기와 고난을 단숨에 무찌르고 해피 엔딩을 맞이하는 내용이었죠. 하지만 시간이 지나면서 조금 변주가 이뤄집니다. 소설 속 여자주인공으로만 빙의했던 주인공이 악녀로 그리고 엑스트라로…. 빙의되는 역할이 달라지고 있습니다. 대표적으로 《어느 날 공주가 되어버렸다》,

《남주의 첫날밤을 가져버렸다》 작품이 있습니다.

이는 여자주인공에만 빙의하는 것으로는 내용을 크게 확장해나갈 수 없는 점 때문이기도 하지만 점점 더 캐릭터의 다양성이 중시되는 추세이기 때문입니다. 단순히 책 속의 여자주인공에 빙의하면 제약이 많습니다. 기존 줄거리에 맞게 특정한 남자주인공과 반드시 얽혀야 하고, 특정한 악역들과 반드시 대립해야 하지요.

하지만 그 외 인물에 빙의하면 달라집니다. 반드시 남자주인공과 엮일 필요가 없고, 반드시 악역들과 대립할 필요가 없지요. 빙의한 '나'의 계획과 생각대로 얼마든지 전개를 다르게 펼칠 수 있습니다. 즉 '모든 세계를 알고' 있으면서 동시에 '캐릭터를 선택'해서 '전개를 이끌어나가는 것'이 빙의물의 큰 장점이라고 말할 수 있습니다.

이러면서도 빙의물은 반드시 지켜야 하는 규칙이 있는데요. 바로 이전 생(빙의 전)보다 지금(빙의 후)의 삶이 행복해야 한다는 겁니다. 언급했듯이 이런 빙의물의 경우는 빙의 전 현실이 그다지 좋지 못한 경우가 많습니다. '나'의 행복을 바라는 독자의 소망을 위해 주인공은 반드시 그전보다 행복해야만 합니다. 가령 이전 생에서는 가족 간 갈등이 있었다면 빙의 후에는 가족에게 많은 사랑을 받는다든지, 이전 생

카카오와 네이버가 반한 작법의 비밀

애가 직장에서든 사랑에서든 실패의 연속이었다면 빙의 후에는 성공의 가도에 오른다든지 해야 합니다.

빙의물은 매우 중요한 키워드이니 조금 더 자세히 설명하도록 하겠습니다. 먼저 '주인공이 어쩔 수 없이 움직이는 경우'가 있습니다. 제 전작인 《악역에게 정체를 들켜버렸다》 같은 경우도 빙의물입니다. 주인공이 작중 악역의 오른팔인 인물의 쌍둥이 누나로 빙의하게 되지요.

사실 이전 생에서 주인공은 검도 선수였습니다. 그러나 부상을 입은 후 강제로 은퇴하게 됩니다. 거기에 가족도 친척도 없는 고아라서 홀로 외롭게 살았지요. 그러던 중 책 속으로 빙의하게 됩니다. 그렇게 현실과는 다르게 부상 없는 몸 그리고 사랑하는 가족까지 얻게 됩니다. 모든 걸 갖춘 주인공은 원작의 스토리대로 전개하도록 두지 않겠다는 일념 아래 악역을 교화시키고자 노력합니다.

여기서 제가 중점을 둔 것은 캐릭터의 욕망이었습니다. 주인공은 전생에서 끝없는 외로움에 시달리던 인물이었습니다. 그래서 가족을 갖게 되고 평화롭게 살게 된 지금(책 속 세계)을 어떻게든 유지하고 싶어 하지요.

하지만 원작의 전개대로 간다면 지금의 삶이 깨지는 것은 물론이거니와 죽음에 이를 수도 있어, 어쩔 수 없이 전개를 바꾸고자 두 팔을 걷어붙이고 나섭니다. 이처럼 '어쩔 수 없이' 나서는 경우는 현생에서 얻은 행복을 유지하기 위해 혹은 얻기 위해 움직이는 사례입니다.

그래서 이런 전개의 경우는 '고구마'가 되지 않도록 유의

'고구마 전개'란?

주인공이 계속해서 당하기만 하는 내용을 일컫는다. 마땅한 반격 없이 악역에게 계속 괴롭힘을 당하며 답답한 상황을 연출한다.

'사이다 전개'란?

주인공이 답답하게 굴지 않고 시원하게 반격하며 전개되는 내용을 일컫는다. 악역을 무찌르고, 시원시원하게 목표를 향해 달려나가는 상황을 연출한다.

• 참고
보통 '고구마 전개 0.5~1편에서 사이다 전개 1편' 형식으로 진행하는 것이 좋다.

카카오와 네이버가 반한 작법의 비밀

할 필요가 있습니다. 어쩔 수 없다는 건 외부의 압박으로 움직인다는 건데, 독자들은 주인공이 주체적이지 않고 휘둘리는 것을 싫어하거든요. 따라서 어쩔 수 없이 움직이는 주인공은 '내가 대체 왜 이렇게까지 해야 하지?'라고 생각하지만 동시에 '이렇게 해야 행복해질 수 있어!'라는 목적의식이 분명해야 합니다. 그래야 고구마 전개처럼 느껴지지 않을 테니까요.

두 번째로 '주인공이 의도적으로 움직이는 경우'가 있습니다. '나는 조용히 살고 싶은데!' 이런 문장을 웹소설 작품의 소개글에서 많이 봤을 겁니다. 보통 책 속의 주인공이나 비중이 많은 인물이 아닌 엑스트라 인물에 빙의한 경우가 많은데요. 비중 있는 인물이 아니므로 이대로 룰루랄라 유유자적하게 살고자 마음을 먹습니다. 편하게 지낼 수 있으니까요. 하지만 그렇게만 되면 소설 내용이 진행되지 않겠지요?

그렇기 때문에 주인공의 의도대로 유유자적하게 살려면 '반드시 이것을 해야 한다'라는 전제가 있어야 합니다. 그래서 주인공은 의도적으로 움직입니다. 나의 평온과 안정을 위해서요!

주인공이 어쩔 수 없이 움직이는 경우와 뭐가 다른 건지 차이점을 잘 모르겠다는 사람도 있을 겁니다. 사실 분류해놓은 것일 뿐 큰 차이가 없기도 합니다. 다만 앞 경우와 달리 주인공이 보다 의도적으로 움직이기 때문에 보다 시원한 사이다를 줄 수 있다는 점이 특징입니다.

그림 25 | 《여보, 왜 이혼은 안 되나요?》 표지

제 작품인《여보, 왜 이혼은 안 되나요?》가 여기에 해당합니다. 빙의한 주인공이 평온하게 살기 위해서는 결혼 대상인 남자 악역과 이혼해야만 합니다.

그래야 자신은 사형당하지 않고 먼 곳으로 떠나 유유자적하게 살 수 있기 때문입니다. 그래서 주인공은 남편과 이혼하려 하는데, 남편이 이혼을 조건으로 소설의 남자주인공인 황태자를 유혹하라는 제안을 합니다. 그래서 주인공은 '의도적으로' 소설에 개입합니다.

이런 전개는 독자들에게 보다 막힘 없는 내용을 보여줄 수 있습니다. 주인공은 모든 걸 다 알고 있으므로 예측 가능한 범위 내에서 움직입니다. 하지만 주인공에게 아무런 위기도 없어서는 안 되겠지요? 그래서 남자주인공의 성격이나 행동을 예측할 수 없는 인물로 만드는 게 일반적입니다. 원작에서는 여자주인공에 집착하던 악역이 갑자기 내게 시선을 돌린다거나, 소설 속에서는 그다지 중요하지 않았던 엑스트라가 갑자기 비중이 커진다거나 하는 식으로 말이지요.

《여보, 왜 이혼은 안 되나요?》에서 여자주인공의 남편은 원작에서 차갑고 무자비한 악역으로 묘사되었습니다. 하지만 여자주인공과의 관계가 발전되면서 남편은 입체적인 인물이 되고 여자주인공에 대한 마음을 드러내기 시작하지요. 이런 어긋남을 도드라지게 묘사하고 서술해야 소설이 한층 재미있어집니다.

여기서는 주인공의 행동 양식에 따라 빙의물의 전개를 두 가지로 나눠 설명했지만, 말했듯이 두 전개가 크게 다른 건 아닙니다. 구분이 잘 되지 않을 정도로 비슷하지요. 두 분류를 합쳐서 어쩔 수 없이 의도적으로 행동하는 주인공도 있습니다.

다만 다른 건 주인공의 목적의식입니다. 목적이 정확히 어디에 있느냐, 주인공은 앞으로 어떤 것을 원하느냐, 이걸 명확하게 잡고 가야지만 빙의물의 전체적인 구조를 짜고 이야기를 진행해나갈 수 있습니다.

③ 환생물

'환생트럭'이라는 단어를 들어본 적이 있나요? 소싯적 대여점을 다닌 분들이라면 익숙한 단어일 겁니다. '트럭에 치였더니 이세계에서 환생해버렸다!'라는 말을 줄인 것입니다. 환생물은 다음 두 가지 유형으로 나뉩니다.

- 새로운 세계에서 새로운 나로 태어나는 것
- 같은 세계에서 새로운 나로 태어나는 것

전자의 경우는 '차원이동물'에서 많이 쓰입니다. 세계에 대한 정보도 없이 완전히 백지인 상태에서 주인공이 뚝 하고 떨어지는 것입니다. 하지만 요즘 트렌드는 아니지요. 모든 걸 알고 움직이는 사이다 주인공을 원하는 요즘 독자들의 니즈와 잘 맞지 않으니까요. 그래서 후자로 진행되는 경우가 많은데요. 제 전작 《황녀님이 사악해서》가 여기에 해당합니다. 《황녀님이 사악해서》는 마녀로 살던 주인공이 믿었던 연인에게 배신을 당하고 죽은 후, 같은 세계에서 악연으로 얽혀 있던 황제의 딸로 태어나면서 벌어지는 이야기입니다.

이렇게 같은 세계에서 다른 인물로 태어난다면 세계의 요모조모를 알고 있음과 더불어 새로운 삶을 살게 되는 것이

카카오와 네이버가 반한 작법의 비밀

기 때문에 과오를 뉘우치고 보다 행복한 삶을 살기 위해 노력하는 경우가 많습니다. 하지만 회귀물이나 빙의물처럼 '나만 알고 있는 정보'에 어느 정도 제한이 있어 시원시원한 사이다를 주기에는 다소 무리가 있습니다. 그래서 환생물은 다른 키워드와 합쳐지는 경우가 많습니다.

- A의 인생으로 살다가 후회를 가득 안은 채 죽었다. 그리고 회귀했는데 B로 태어났다!
- A의 인생으로 살다가 어느 날 이곳이 책 속이었다는 걸 깨달아버렸다!

첫 번째는 '환생물+회귀물'이고, 두 번째는 '환생물+빙의물'이 합쳐진 것입니다. 키워드를 믹스해서 잘 풀어내면 정말 재미있고 흥미진진한 전개로 갈 수 있지만 웹소설을 처음 쓰는 사람에게는 권하지 않습니다. 키워드를 합치는 건 분명 신선한 장점일 수 있으나 그만큼 쓰기가 힘들어지기 때문입니다.

지금까지 가장 유명한 회빙환 키워드를 살펴봤습니다. 사실 글로만 읽으면 잘 구분되지 않아 헷갈릴 수도 있는데요. 앞서 말했듯이 최소 10종의 작품을 읽어봤다면 여기서 설명한 내용을 정확하게 파악할 수 있을 겁니다. 그러니 아직도 웹소설을 읽지 않았다면 여기서 책을 덮고 먼저 웹소설을 꼭 읽어보길 바랍니다.

소재 키워드

소재 키워드는 전개 키워드와 비슷합니다. 독자들이 알고 싶어하는 것도 있거니와 글의 내용을 구상할 때 반드시 필요한 부분이니까요. 소재는 굉장히 많습니다. 사실 지나가는 고양이만으로도 소재를 삼을 수도 있습니다. 여기서는 요즘 인기 있는 대표적인 것들만 설명해 보도록 하겠습니다.

① 육아물

육아물은 주인공의 나이가 어린아이부터 시작하는 형식입니다. 아예 주인공이 어머니 뱃속에 있거나 태어나면서부터 시작하는 경우가 다수지만 말을 할 수 있는 3~5세부터 시작하는 경우도 많습니다.

기본적인 골조는 '아무것도 하지 않아도 모두에게 사랑

받는 주인공'입니다. 내가 실수를 해도, 잘못을 저질러도, 막무가내로 굴어도 모두가 나를 예뻐해주는 분위기가 형성되어야 합니다. 《황녀님이 사악하셔》처럼 주인공이 일부러 나쁜 행동을 했는데 주변에서 착각해서 좋은 아이로 생각해주는 경우도 있습니다.

《황녀님이 사악하셔》의 일부를 보면 바로 알 수 있습니다. 주인공은 사실 사악한 마녀라 내재된 마법의 힘 때문에 몸이 뜨거운 건데 다른 사람들은 아픈 줄 알고 호들갑을 떨기도 합니다.

난 내 앞으로 다가온 남자를 멀뚱멀뚱 올려다보았다.

"그…… 저는 치료사 베르라고 합니다, 황녀님."

치료사라니?

케이지를 쳐다봤으나, 그녀는 내 시선을 아예 무시하고 있었다.

"이 녀석이 워낙 숫기가 없고 말이 없는 놈이라…… 그런데 절 끌고 온 걸 보니 황녀님을 살펴보라는 것 같습니다."

베르는 린에게 허락을 구한다는 듯 눈짓했다. 잠시 머뭇거리던 린은 곧 고개를 끄덕였다.

야, 린. 너 왜 내 의사는 안 물어봐? 넌 역시 하찮은 인간이다. 이제 번복하지 않겠어.

난 입술을 댓 발 내밀며 베르에게로 손목을 맡겼다.

"그럼 살펴보겠습니다."

그는 내 손을 잡았다.

그리고 얼마 가지 않아 그의 눈이 튀어나올 듯 커졌다.

"시, 신관을 불러와야 합니다."

"네?"

느닷없는 말에 린은 고개를 갸웃했다.

"그게 무슨 말씀이신가요?"

"마, 마나 폭주가 일어나고 있단 말입니다!"

내가?

몸을 내려다보았다.

아니, 나 완전 멀쩡한데?

이 돌팔이 새……

"이 작은 몸에 5성급이나 되는 마나가 휘몰아치고 있습니다. 이건 분명 누군가가 마나를 억지로 주입한 겁니다. 당장 치료하지 않으면 목숨이 위험해져요!"

린의 입이 떡 벌어졌고, 케이지는 그럴 줄 알았다는 듯 입술을 꾹 깨물었다. 방 안의 인간들이 수군거리기 시작했다.

"세상에, 황녀님! 어쩐지 아까부터 땀을 계속 흘리시더니……!"

그건 더워서. 난 불의 마녀니까.

"계속 어깨도 떨고 계셨죠. 어쩜 좋아, 제가 그걸 모르고……."

그건 황제가 될 생각에 기뻐서.

"끔찍하게 아프셨을 텐데……."

아니, 애들아.

"어떻게 울지도 않으시고."

내 얘기 좀 들어 주면 안 될까.

"계속 웃기만 하셨지. 어쩜 저렇게 의연하실 수 있지?"

난 원래 5성급 마나를 가진 몸뚱이라고.

"예스키나 님의 축복을 받으신 게 아닐까?"

그런 노망난 드래곤의 축복이 아니라 내가 원래 강하다고!

"당장 의원을 불러오겠습니다!"

미친놈들아!

"끼야아!"

하지만 아무리 외쳐 봤자 내 말을 알아들을 수 있는 인간은 이곳에 없었다.

아, 열 받아.

육아물의 경우는 주인공이 (너무 어리기 때문에) 스스로 무엇을 해낸다기보다는 위기가 닥쳤을 때 주인공을 사랑하는 인물들이 대신 맞닥뜨리고 처리해주는 전개도 많이 씁니다.

주인공이 어린이 정도로 성장한 후에는 조력자들의 힘을 얻어 어려움을 이겨내기도 합니다. 따라서 육아물은 조력자들이 중요합니다. '모두에게 사랑받는 나'가 가장 중요하고 지켜야 할 핵심임을 잊지 마세요!

② 계약결혼물

'선 결혼 후 연애'라는 말을 들어본 적이 있나요? 가문 간 약속 혹은 개인 간 약속으로 주인공이 계약결혼을 하게 되는데, 감정이 없을 줄로만 알았던 계약결혼에서 연애 감정이 피어오르는 키워드를 뜻합니다.

계약결혼물에서는 아무래도 결혼하고 나서부터 썸을 타게 되니 설레는 장면들이 많이 나오겠죠? 내게 관심 없던 남편이 나에게 기울어지는 장면들은 독자들에게 큰 설렘과 기대를 유발합니다. 계약결혼물은 보통 남자주인공의 집안이 여자주인공보다 잘 살거나 재벌 신분인 설정이며, 여주인공은 어떤 형태로든 남자주인공의 도움이 필요한 상황인 경우가 많습니다.

카카오와 네이버가 반한 작법의 비밀

③ 후회물

후회물의 주인공은 '쓰레기남×처연녀'인 경우가 많습니다. 나쁜 남자 캐릭터가 여자주인공에게 한껏 못된 짓을 한 뒤, 여자주인공이 떠나자 그제야 후회하는 모습을 보여주는 키워드인데요. 《어느 날 남편이 후회한다》처럼 매정했던 남자 캐릭터가 여자주인공 한 명이 떠남과 동시에 그의 일상 모든 게 무너지며 절절매는 모습을 보여주는 게 키포인트입니다.

④ 양육물

양육물은 성인 주인공이 아이를 키워나가는 이야기입니다. 보통 빙의물에서 많이 쓰이는데요. 빙의한 작품의 주인공 혹은 악역과 같은 주요 인물을 어릴 때부터 키워내는 내용이 많습니다. 이 경우는 2번의 계약결혼물 소재와 합쳐져 주인공과 지금 남편의 로맨스를 보여줄 수 있습니다.

누구나 즐겁게 읽는
시놉시스 짜기

여기까지 왔으면 웹소설 쓰기의 기초는 완료한 셈입니다. 지금쯤 여러분은 글을 쓰고 싶어서 손이 드릉드릉할 텐데요. 하지만 막상 노트북 앞에 앉으면 어디서부터 어떻게 시작해야 할지 감이 안 올 겁니다. '소재는? 캐릭터는? 배경은? 연출은? 어떻게 해야 쓸 수 있지?'라면서요.

글쓰기의 가장 어려운 부분은 첫 페이지를 쓰는 것입니다. 뭐든지 시작 단계가 가장 힘든 법이지요. 이 단계를 잘 넘어서기 위해 우리는 글을 쓰기 전에 어떤 글을 어떻게 쓸지 정하는 과정을 거쳐야 합니다.

카카오와 네이버가 반한 작법의 비밀

이 과정을 '시놉시스 구상'이라고 합니다. '기-승-전-결' 혹은 '발단-전개-위기-절정-결말' 같은 소설의 구상 단계에 대해 많이 들어봤을 겁니다. 그래서 대부분 사람은 이 단계에 맞춰 시놉시스를 작성합니다. 가장 간편하고 익숙하니까요.

하지만 솔직히 말씀드리면 저는 10년이 넘는 작가 생활 동안 이 구상 단계를 세세하게 짜본 적이 없습니다. 플랫폼 심사나 공모전에 제출할 때 한번 써본 적이 있을 뿐이지요. 그렇다고 해서 시놉시스를 아예 짜지 않는다는 건 아닙니다. 저만의 시놉시스를 짜는 방법이 있습니다.

그래서 여기서는 저만의 시놉시스 구상 노하우를 알려드리고자 합니다. 《악역에게 정체를 들켜버렸다》의 시놉시스 전반부 구상 단계를 예를 들어 설명하겠습니다(물론 시놉시스를 짜는 방법은 작가마다 다르므로 여러분은 자신에게 잘 맞는 방식을 골라 활용하면 됩니다).

키워드부터 설정하자

웹소설 쓰기 첫 단계는 키워드 설정입니다. 그만큼 키워드는 중요합니다. 키워드가 있어야만 다음 단계의 내용을 구상할 수 있으니까요. 회귀물인지, 빙의물인지, 그냥 일단 판타지물인지 정해놓지 않고서는 내용을 시작할 수 없겠죠? 또한 육아물인지, 로맨스물인지, 생존물인지 등도 정하지 않으면 내용 구상을 할 수 없습니다. 따라서 반드시 키워드를 정해야 합니다.

앞서 웹소설의 키워드를 설명했습니다. 장르, 전개, 소재 키워드에 대해서요. 이 부분을 읽으면서 유난히 가슴이 뛰는 키워드가 있었을 겁니다. 혹은 다른 작품을 읽으면서, 일상생활을 하다가, 어느 날 갑자기 '어, 나 이런 거 한번 써보고 싶은데?'라는 생각이 들었던 키워드가 있다면 그걸 놓치지 말고 잡으세요. 바로 거기부터 시작하는 겁니다.

하지만 명심할 점이 있습니다. 선택한 키워드는 반드시 독자들의 리딩 니즈를 충족시켜야 합니다. 리딩 니즈를 고려하지 않고 나만 좋아하는 키워드를 골라 시작한다면 전과 같이 저조한 조회 수를 유지할 겁니다.

"하지만 저는 남들이 별로 좋아하지 않는 키워드에만 가슴이 뛰는걸요!" 물론 이런 분도 있을 수 있습니다. 이해합니다. 저도 그랬으니까요.

저도 뼛속까지 마이너한 작가입니다. 남들이 잘 안 읽는 것, 쓰지 않는 것, 모르는 것을 쓰고 싶어 합니다. 그래서 몇

카카오와 네이버가 반한 작법의 비밀

작품을 내기도 했는데 소리 소문도 없이 망했습니다. 처참했지요. 다시 생각하니 눈물이 나네요. 그래서 꾀를 낸 것이 바로 '메이저의 탈을 쓴 마이너'였습니다. 그 작품이 2020년에 연재한 《악역에게 정체를 들켜버렸다》입니다.

이 작품을 쓸 때 저는 '뭘 써야 할까?' 고민하며 매일 침대에 누워 머리를 팽팽 굴려댔습니다. 전작들이 그리 성적이 좋지 않았기 때문에 이번에는 잘 써보고자 결심했지만 마땅한 게 떠오르지 않았죠. 도대체 뭘 써야 할지 감이 오지 않았습니다.

그렇게 허송세월하다가 이렇게는 안 되겠다는 생각에 정신을 차리고 펜을 쥐었습니다. 그리고 아주 오래전, 책 읽기를 좋아하던 어린 시절부터 되짚어보기로 했지요. '내가 가장 가슴이 뛰었던 소재가 무엇이었을까?' 초등학생 때부터 책방을 전전하며 여러 장르를 읽고 또 읽었던 저로서는 가슴 뛰는 소재를 찾는 게 그리 어려운 일이 아니었습니다. 바로 '남장여자물'이었습니다.

'이거다!' 비로소 가슴이 뛰었습니다. 그런데 문제가 있었습니다. 남장여자물은 최신 트렌드가 아니었거든요. 지금으로부터 약 15년 전에 유행했던 플롯이기에 냉정하게 판단하면 인기를 얻기 힘들 것 같았습니다. 하지만 이미 남장여자 캐릭터를 쓰고 싶어졌고 돌이킬 수 없었습니다. 한번 꽂힌 건 반드시 써야 했거든요.

한참 고민하던 저는 앞서 말한 대로 꾀를 냈습니다. 남장여자 키워드를 제외한 나머지를 모두 메이저 키워드로 잡아 최신 트렌드처럼 보이게 하는 것이었지요.

그래서 당시에 가장 유행했고 지금도 인기가 많은 '#책빙의' 키워드를 잡고, 여자주인공의 능력을 부각할 수 있는 '#먼치킨여주' 키워드를 잡았으며, 나쁜 남자를 매력으로 둔 '#악역남주' 키워드를 잡았습니다. 결과는 어땠을까요? 성공이었습니다! 조아라 연재 당시 '선작'이 2만개가 넘었지요.

> **TIP**
>
> ### 선작이란?
>
> '선호 작품'의 줄임말. '관작(관심 작품)'이라는 말로도 쓰이는데 독자들이 '이 글의 다음 편이 올라오면 알림을 받겠다'라는 의미로 선호 작품 버튼을 누른다. 선작이 높을수록 순위권에 머무르기 유리하므로 선작과 추천은 굉장히 중요하게 여겨진다.

카카오와 네이버가 반한 작법의 비밀

이후 무사히 카카오페이지에 론칭할 수 있었습니다.

《황녀님이 사악하셔》도 마찬가지였습니다. 저는 육아물을 절대 쓸 수 없을 거라고 생각하던 사람 중 한 명이었습니다. 이유는 간단했습니다. 저는 소위 '싸가지 없는 주인공'을 좋아하거든요. 육아물의 주인공은 사랑스럽고, 귀엽고, 안타까워야지만 된다는 생각을 했던 저로서는 육아물이 굉장히 어려워보였습니다.

하지만 '마녀가 배신을 당한 뒤 빙의한 몸으로 힘을 키워 복수한다'는 내용에는 육아물이 적합할 것 같았습니다. 위대한 마녀가 1살짜리 어린 아이로 환생한다는 게 코믹할 것 같았고요. 그래서 제가 쓸 수 있는 것과 쓸 수 없는 것을 차분히 정리해 보았습니다. 일단 저는 연약한 주인공을 쓰지 못합니다. 그런데 육아물이니만큼 안타까운 모습을 보여주어서 동정심을 유발하는 게 좋을 텐데, 어떻게 해야 할까?

오랜 고민 끝에 저는 '과거 서사'로 안타까운 모습을 만들었습니다. 마녀는 사실 버려진 아이였고, 믿었던 인간에게 생체실험을 당하며 고통을 겪었고, 그래서 인간을 미워하는 존재가 되어 버렸다고요. 이렇게 설정하니 육아물 주인공이지만 사람과 가까워지는 걸 싫어하고 도망다니는 게 모두 다 설명이 됐습니다. 다시 말해, 전 '#복수물' 키워드에 '#육아물'을 넣고, 이 아이가 강해지는 '#성장물'도 함께 하며 동시에 '#시니컬여주' 키워드까지 넣을 수 있게 되었습니다.

캐릭터 콘셉트 잡기

웹소설 흥망에 가장 중요한 게 무엇이냐고 묻는다면 저는 단연 '캐릭터'라고 하겠습니다. 독자들은 주인공 캐릭터에 감정을 이입해 전개되는 내용을 받아들이고 몰입하기 때문이지요. 그렇기에 캐릭터는 정말 중요한데요. 구체적인 캐릭터 구상에 대해서는 뒤에 가서 좀 더 자세히 설명하겠습니다. 여기서는 시놉시스 단계의 캐릭터 구상에 관해 설명하고자 합니다.

《악역에게 정체를 들켜버렸다》 줄거리를 구상할 때 여자주인공의 캐릭터는 어느 정도 성격이 잡힌 상태였습니다. '#남장여자' 키워드를 넣었으니 이게 가장 큰 정체성이었기 때문입니다. 남장을 하는 여자이므로 보이시한 느낌이 필요했고, 그러기 위해서는 조금 무심한 성격의 캐릭터가 잘 어울릴 것 같았습니다. 그래서 '#남장여자#무심여주' 키워드가 완성되었지요.

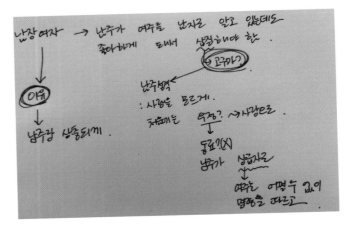

그림 26 | 《악역에게 정체를 들켜버렸다》 작가 노트 1

    하지만 남자주인공이 조금 문제였습니다. '#악역남주' 키워드를 잡은 것까지는 좋은데, 그 외 성격을 정하기가 다소 애매했습니다. 여자주인공과 잘 어우러지는 성격을 만들어야 하는데 어떻게 잡아야 할지 고민이 되었지요. 그래서 지금까지 나온 키워드를 놓고 스토리텔링을 해봤습니다.

    당시 제 의식의 흐름은 이랬습니다. '일단 남장여자 캐릭터가 여자주인공인데, 독자들은 뭘 좋아할까? 남장여자물의 묘미는 주인공이 여자인지 모르는 남자주인공이 속으로 끙끙거리다가 결국 여자주인공을 있는 그대로 받아들이며 사랑에 빠지는 과정인데 이 부분이 로딩이 걸리고 답답한 고구마가 될 수도 있겠네. 그러면 남주 캐릭터를 고구마 같지 않게 만들어야 하는데 애초에 남주가 사랑을 모르는 캐릭터면 어떨까? 사람을 아예 믿지 못하고, 사랑을 모르는 결핍된 상태라면 처음으로 마음에 든 여주를 제대로 받아들이지 못하는 게 말이 되지 않을까? 우정인 줄 알았다가 나중에 사랑이라는 걸 깨닫게 하면 되겠다. 그러면 남주를 최대한 불쌍하게 만들자. 어차피 원작에서 악역 캐릭터였으니까 더 잘 맞겠네. 악역이 될 수밖에 없었던 캐릭터로 만들어 여주가 그걸 안쓰럽게 보는 걸로 하자.'

어떤가요? 남장여자라는 키워드에서 시작해 퍼져나간 마인드맵이 남자주인공의 성격을 정해주었습니다. 결과로 '#악역남주#집착남주#계략남주'라는 키워드가 만들어졌지요. 이처럼 저는 처음 정한 소재 키워드에서 주인공들의 성격을 뽑아냅니다. 각각의 소재에 어울리는 전개가 따로 있는데, 그 전개에 부합하는 캐릭터를 만들고자 하지요.

이 부분은 뒤에 가서 조금 더 자세히 설명하도록 하겠습니다.

간략하면서도 세세한 설정 짜기

전개, 소재, 캐릭터 키워드까지 잡았으면 마지막으로 설정 구상 단계입니다. 설정 구상은 사람에 따라 편차가 큽니다. 엄청나게 세세하게 짜는 사람 아니면 아예 구상을 안 하는 사람으로 나뉘지요.

설정을 대강 구상하면 작가 자신도 나중에 헷갈리거나 잊어버릴 수도 있습니다. 그렇게 되면 '작가님, nn편에는 xx라고 나왔는데 왜 이번 편에는 yy라고 나오나요?' 같은 허를 찌르는 독자 댓글의 폭격을 받을 수 있습니다. 작가와 작품의 신뢰가 떨어져 별점도 낮아질 수 있으니 주의해야 합니다. 우리의 뇌는 방대한 이야기의 면면을 모두 기억할 수 없기에 중요한 설정들은 꼼꼼하게 짜고, 잊지 않도록 메모를 해서 어딘가에 저장해야 합니다.

반대로 설정을 너무 꼼꼼하게 짜면 여기에 시간이 너무 많이 들어가 집필 자체를 시작할 수 없거나, 집필을 하고 연재하게 되더라도 설명하는 부분이 많아져 '지루해요', '구구절절 잡설이 너무 많아요', '이해가 잘 안 돼요' 같은 댓글을 받습니다.

그러면 어느 정도의 설정 구상이 적정할까요? 예를 들어

제국력 248년이라는 소설의 배경이 되는 날짜와 황제인 주인공 캐릭터가 있습니다. 설정을 대강 구상하는 경우는 애초에 248년이라는 날짜 자체를 잊어버리죠(제 경험입니다). 설정을 세세하게 구상하는 경우는 제국이 세워진 지 248년이라는 시간이 지났으니 1대 황제부터 시작해 각 황제의 이름, 나이, 재위 기간 등등을 만드는 것입니다. 작중 내에서는 모든 게 언급조차 되지 않지만요.

적정한 설정 구상은 주인공이 황제이고 248년이라는 구체적인 숫자가 있으므로, 주인공을 14대 황제로 만드는 것입니다. 이 이상을 할 필요도 없고 쓸모도 없습니다. 만약 주인공이 아버지에게 학대를 당했다거나 반란이 일어나 많은 사람이 처형되는 장면을 보는 등의 트라우마가 있는 경우라면 13대 황제의 배경을 설정하겠지만 그런 특수한 경우가 아니라면 굳이 모든 것을 세세하게 구상하고 만들어놓을 필요가 없습니다.

그렇다고 해서 설정을 아예 안 만들면 안 되겠죠? 날짜와 세대 정도는 있어야 독자들에게 생동감을 줄 수 있을 테니까요. 이처럼 설정 구상은 간략한 동시에 세세하게 해야 합니다. 하지만 말이 쉽지, 실제로 설정을 구상하는 단계에서는 지키기 어렵습니다.

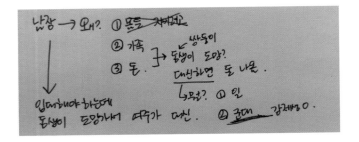

그림 27 | 《악역에게 정체를 들켜버렸다》 작가 노트 2

그래서 저는 기본 설정에 '왜?'라는 의문을 던지는 것부터 시작하길 권합니다. 《악역에게 정체를 들켜버렸다》의 가장 기본이 되는 설정은 '#남장여자'라고 앞서 이야기했습니다. 그래서 저는 여기서부터 시작해봤습니다.

'여주는 왜 남장을 하는 걸까? 몸을 지키려는 이유는 안돼. 왜? 너무 단순해서 제외. 가족처럼 불가항력적인 상황이나 돈처럼 명확한 이유가 있는 게 좋은데 두 개를 합치면 어떨까? 예를 들어 동생이 도망갔다든지…. 그래서 여주가 어쩔 수 없이 동생 대신 남장을 하는데 남장하고 일을 하게 해야 하나? 왜? 그런데 일이라면 여주가 남장을 거부할 수도 있잖아? 남자만 가능한 일이면…, 입대?'

그래서 저는 '입대를 코앞에 두고 도망친 쌍둥이 동생을

170

대신하게 된 여주'를 구상했습니다. 그러다 보니 자연스레 군대가 존재하는 세계관이 되었습니다. 여기에서 또 한 번 '왜 제국에 군대가 있을까?'라는 질문을 하다 보니 '초대 황제와는 달리 심약했던 황자를 위해 선대 황제가 그의 수족이라 할 수 있는 군대를 만들어주었다'라는 설정이 나왔습니다.

이처럼 '왜?'라는 의문을 던지면 던질수록 설정에 살이 붙고 개연성이 더해집니다. 해당 설정의 의문만 해결하고 넘어가게 되니 과하게 세세해지지도 않고요. '왜?'라는 질문은 캐릭터의 행동을 설명해주고 그로 인해 벌어질 사건을 만들어주며, 사건에서 비롯된 결말까지 상상할 수 있게 해줍니다.

저 같은 경우는 '왜 여자는 입대하지 못할까?'라는 질문으로 작품 후반부에 여주가 세계관에 깔린 '여자는 약하다'라는 인식을 깨뜨리고 모두가 평등한 사회를 이야기하게 되었습니다. 이처럼 '왜?'라는 마인드맵은 설정을 구상할 때 크게 도움이 되는 도구입니다.

일단 앉아서 써보기

키워드와 캐릭터, 설정까지 끝냈다면 대략적인 가이드

카카오와 네이버가 반한 작법의 비밀

라인을 잡았다고 할 수 있습니다. 두루뭉술하게나마 이야기가 구상된 것이지요. 이렇게 만든 가이드라인에 살을 붙여 시놉시스를 좀 더 구체화해도 좋습니다만, 저는 일단 한 문장이라도 써보라고 말씀드리고 싶습니다. 이유는 간단합니다. 글로 써봐야 지금 이 키워드와 캐릭터와 설정이 내게 맞는지, 원하던 것인지 알 수 있기 때문이지요.

저는 극단적인 경우 아무 구상도 하지 않고 일단 1화를 집필합니다. 노트북 한글 창에 '1화'라고 써놓고 떠오르는 생각들을 마구잡이로 써 내려가지요. 그러다 보면 정말 순수한 날것의 원고가 나오는데요. 거기서부터 시작하면 됩니다. 그 날것의 원고에서 내가 정말로 잘 쓰는 것, 쓰고 싶었던 것을 찾을 수 있으니까요.

"그렇게 쓰면 수정을 많이 하게 되지 않나요?"라고 질문한다면 작품마다 다르다고 말씀드릴 수 있습니다.《악역에게 정체를 들켜버렸다》같은 경우는 수정이 거의 없이 한 번에 쭉 집필한 후 '나 천잰가…?'라고 자만할 정도였습니다.《SSS급 회귀자는 양심도 없습니다》는 18번을 고치고도 '이것밖에 안 돼?'라고 자책했습니다. 한 번에 써지는 경우는 매우 드물기 때문에 평균적으로 다섯 번 이상은 고치는 것 같습니다.

그림 28의 이미지는 많은 작가분이 공감했던 이미지입

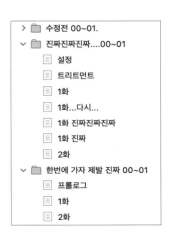

> 📁 수정전 00~01.
> 📁 진짜진짜진짜....00~01
>   📄 설정
>   📄 트리트먼트
>   📄 1화
>   📄 1화...다시...
>   📄 1화 진짜진짜진짜
>   📄 1화 진짜
>   📄 2화
> 📁 한번에 가자 제발 진짜 00~01
>   📄 프롤로그
>   📄 1화
>   📄 2화

그림 28 | 반복되는 원고 수정을 보여주는 파일명

니다. 이 정도는 애교죠. 어쨌거나 이렇게 1화를 여러 번 쓰다 보면 새로 산 칼에 적응하는 요리사처럼 내가 만든 세계에 조금씩 이입하게 됩니다. 그러다 보면 세계의 면면에 대해 더 생각해보게 되고, 더 깊은 설정을 구상하게 되고, 더 매력있는 캐릭터를 떠올리게 되죠. 그러니 일단 써보세요. 수정하는 걸 두려워하지 말고요.

여기까지가 저만의 시놉시스를 짜는 방법이었습니다. 소재와 전개 키워드를 잡은 후 캐릭터를 만들고 설정을 덧붙인 뒤 일단 쓰기! 이것이 웹소설 쓰기의 전반부라면 후반부에서는 전개에 대해 구상합니다.

전개 시놉시스 짜기

그러면 이제 후반부로 넘어가서 전개 시놉시스 짜기 단계를 시작해볼까요? 전개를 구상하는 방법은 각양각색입니다. 처음부터 끝까지 세세한 플롯을 구상하는 사람도 있고, 큰 얼개만 만들어놓는 사람도 있습니다. 그런데 웹소설의 특성상 처음 짜놓았던 플롯 그대로 가는 경우가 극히 드물기에 저 같은 경우는 큰 단위로만 구상해놓습니다.

① 작품의 '시작점'과 '완결점'까지만 먼저 생각하기

《악역에게 정체를 들켜버렸다》는 시작점이 입대라는 특이한 설정으로 정해져 있기 때문에 완결은 단순하고 깔끔하게 가야겠다고 판단했습니다. 그래서 남자주인공이 황제에 즉위하고 여자주인공이 황후이자 최초의 여성 기사단장이 되는 것으로 그려보았지요.

이렇게 완결점을 정해놓으면 중간 내용도 자연스럽게 정해집니다. 가령 남자주인공이 황제가 되어야 한다면 그동안 되지 못했던 이유, 황위를 이어받기 위해 어떤 일을 해야 하는지, 그 과정에서의 위기는 무엇인지, 어떻게 위기를 타파하는지 등이 나와야겠지요?

더불어 여자주인공이 황후가 되어야 한다면 훗날 황제가 될 남자주인공과의 로맨스가 필요합니다. 또 최초의 여성 기사단장이 되어야 한다면 그동안 왜 여자가 기사가 되지 못했는지, 이런 차별을 어떻게 타파했는지 등에 대해서도 서술해야 합니다.

즉 완결점을 구상해놓으면 거기까지 도달하는 데 필수불가결한 내용이 파생되므로 완결점을 구체화하는 건 매우 중요합니다. 단순히 '해피 엔딩!'이라고만 적어두면 나중에 과거의 자신을 멱살잡이하고 싶어질지 모릅니다.

② 챕터별 시놉시스 구상하기

완결점을 정한 뒤에는 챕터를 나눠봅니다. 저는 이때 소설의 구성 단계인 '발단-전개-위기-절정-결말'을 쓰는데요. 여기서 주의할 점이 있습니다. 챕터 1이 발단, 챕터 2가 전개…, 이런 식이 아니라 한 챕터에 '발단-전개-위기-절정-결말'이 있어야 합니다. 그래야 글이 늘어지는 느낌이 들지 않고, 전개 속도를 빠르게 올려 독자들을 지루하게 만들지 않으니까요. 《악역에게 정체를 들켜버렸다》 같은 경우는 첫 챕터에 꽤 신경을 썼습니다.

카카오와 네이버가 반한 작법의 비밀

《악역에게 정체를 들켜버렸다》 첫 챕터 시놉시스

발단

쌍둥이 남동생이 입대 전날 사랑의 도피를 떠남.

전개

여자주인공이 어쩔 수 없이 남장을 하고 동생 대신 입대함.

위기

최대한 이목을 피하기 위해 힘을 숨기고 살지만, 원작 소설의 악역인 남자주인공 눈에 띄게 되어 도망을 다님.

절정

아버지를 구하기 위해 힘을 사용하는데 남자주인공에게 딱 걸림.

결말

자신의 힘을 숨겨주고 아버지의 치료를 도와주는 대가로 남자주인공의 호위로 일하게 됨.

굉장히 간략하죠? 그리고 챕터 결말 부분에 마무리가 되는 듯하면서 '그래서? 호위로 일하면서 어떻게 되는데?' 하는 기대감을 갖게 합니다. 이렇게 챕터별 시놉시스는 내용 전개 위주로 짜되, 다음 챕터로 넘어가는 기대감을 주며 마무리해야 합니다.

③ 편 단위 시놉시스 구상하기

전체 원고의 시놉시스만을 생각했던 여러분에게는 편 단위 시놉시스가 익숙하지 않을 겁니다. 그도 그럴 것이 시놉시스라는 건 보통 책의 첫 페이지부터 마지막 페이지까지의 내용을 구상하는 것으로 통용되니까요.

웹소설에서는 조금 다릅니다. 다시 말하지만 웹소설은 권 단위가 아닌 편 단위니까요! 한 권으로 끝나는 소설이 아닌 한 편, 한 편이 수십 또는 수백 개가 합쳐져 이뤄지는 소설이기 때문에 그 한 편, 한 편의 내용 전개가 매우 중요합니다. 한 편이 어떤지에 따라 독자들은 다음 회차를 결제할 수도 혹은 내 소설에서 이탈해 다른 작품을 찾아갈 수도 있습니다. 따라서 편 단위 시놉시스를 짜서 내용을 극적이게 만들고 호흡도 짧게 가져가는 게 중요합니다. 그렇다고 해서 아주 세세하게 구상하라는 말은 아닙니다.

카카오와 네이버가 반한 작법의 비밀

저 같은 경우는 편당 트리트먼트(시놉시스를 풀어 쓰는 일)를 짜는데요. 다음과 같은 내용처럼 '나만이 알아볼 수 있도록, 쉽게 그린다'가 기본적인 조건입니다.

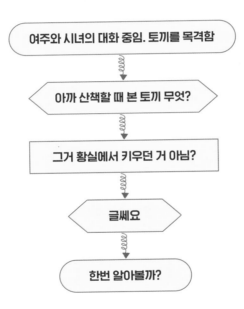

1편 트리트먼트 예시

여주와 시녀의 대화 중임. 토끼를 목격함

아까 산책할 때 본 토끼 무엇?

그거 황실에서 키우던 거 아님?

글쎄요

한번 알아볼까?

2편 트리트먼트 예시

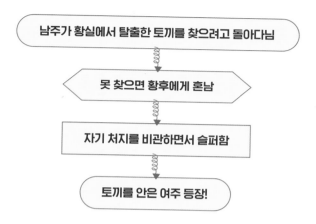

이런 식으로, 해당 편에 나와야 할 내용을 대사·생각 위주로 구상하는 겁니다. 이렇게 간략하게 적어두면 본편을 집필할 때 흐름을 놓치지 않고 정해놓은 대로 갈 수 있거든요.

여기서 중요한 건 바로 '기-승-전-결'의 구조를 따라야 한다는 겁니다. 이건 예전에 네이버 웹소설 공모전에 당선되어 미팅하러 갔을 때 담당자분이 해주었던 조언입니다. "작가님, 한 편에 기승전결이 있어야 해요. 하지만 '결'이 완전하게 나와서는 안 되고요 '기승전ㄱ'까지만 나와야 해요. 아시겠죠?"

179   카카오와 네이버가 반한 작법의 비밀

당시에는 잘 이해가 안 됐습니다. 어떻게 5,000~6,000
자로 구성된 한 편에 기승전결이 들어가는지, 게다가 '기승
전ㄱ'은 또 무슨 말인지 싶었지요. 하지만 여러 작품을 출간
하면서 그 말의 뜻을 이해하게 되었습니다.

만약 위에 예시로 든 2편 시놉시스에서 '여주가 토끼를
안고 등장!'으로 끝나면 독자들은 '그래서? 남주에게 토끼를
주나? 남주는 뭐라고 할까?'라는 궁금증을 안게 되겠죠? 하
지만 만약 여주가 토끼를 안고 등장해서 남주에게 건네주고
남주가 고맙다며 돌아가는 것으로 끝나면 어떨까요? 독자들
은 '아, 토끼가 무사히 전달됐구나' 하고 내용이 끝난 느낌을
받지 않을까요?

우리는 어떻게 해서든 독자들이 다음 화를 누를 수 있

게 만들어야 하기에 '절단신공'이 필요합니다. 그러니 '기승전ㄱ'에서 끝내야 해요. '결'을 완성하는 게 아니라 'ㄱ'에서 끝나도록 하는 것입니다. 그래야 독자들이 다음 내용을 궁금해할 테니까요. 지금까지 말한 내용을 정리하면 다음과 같습니다.

시놉시스 구상 단계

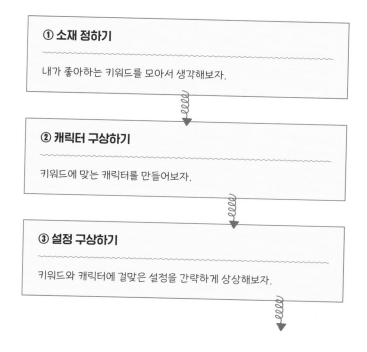

① 소재 정하기

내가 좋아하는 키워드를 모아서 생각해보자.

② 캐릭터 구상하기

키워드에 맞는 캐릭터를 만들어보자.

③ 설정 구상하기

키워드와 캐릭터에 걸맞은 설정을 간략하게 상상해보자.

카카오와 네이버가 반한 작법의 비밀

④ 일단 1화만 써보기

지금까지 짠 플롯이 내게 맞는 옷인지 아닌지 확인해보자.

⑤ 전개 구상하기

시작과 완결을 정한 뒤, 완결까지 가는 길을 그려보자. 그 후 길을 나눠서 챕터별로 구상해보고 세세하게 편 단위로 나눠보자.

누가 봐도
매력적인 캐릭터 만들기

덕질을 부르는 캐릭터를 만들어라

시놉시스 단계에서 가장 중요하다고 언급했던 것, 바로 캐릭터 구상에 대해 조금 더 알아보겠습니다. 설정과 내용 전개도 중요하지만 단언컨대 캐릭터야말로 웹소설의 꽃이라 할 수 있습니다. 코어 팬층(굳건한 팬층)이 강한 작품에서는 캐릭터를 보는 맛이 뛰어난 경우가 대부분인데요. 이는 독자들이 해당 소설의 내용을 좋아하기도 하지만 동시에 캐릭터에 '몰입'하고 나아가 '덕질'을 하기 때문입니다.

카카오와 네이버가 반한 작법의 비밀

내가 만들어낸 캐릭터를 한 인격체로 대우하며 사랑해
주는 독자가 있다니! 상상만 해도 즐겁지 않나요? 그렇게 되
려면 캐릭터 구상 단계부터 깊이 고민해야 합니다. 시놉시스
와는 다르게 캐릭터는 초기에 구상을 완벽하게 끝내놔야만
내용을 전개할 때 캐릭터의 성격, 매력도가 흔들리지 않으니
까요.

그래서 캐릭터를 구상할 때 필요한 게 있습니다. 바로
'왜?'라는 질문입니다. 시놉시스 구상 단계에서도 쓰였던 방
법인데요. 캐릭터를 구상할 때도 이 '왜?'라는 질문을 씁니다.
그래야 캐릭터의 서사에 살이 붙습니다. 작가인 저도, 독자
들도 납득할 때까지 끊임없이 '왜?'를 던져야 합니다. 그 예
로 《황녀님이 사악하셔》의 여자주인공인 리오나를 구상한
과정을 소개하겠습니다.

리오나를 구상할 때 저는 여러 가지의 성격을 두고 만들
어봤습니다. 대표적인 게 바로 육아물에서 통용되는 '안쓰러
운 아이' 콘셉트였는데요. 육아물이라고 하면 '사랑받지 못
하던 아이가 자신을 사랑해주는 가족에게 둘러싸여 점점 더
행복해지는 내용'의 전개가 일반적이기 때문에 초기 주인공
의 설정이 극도로 불쌍한 경우가 많습니다. 그래서 보통은
주눅이 들어 있고 수동적이지요.

그래서 저도 처음에는 리오나를 비슷하게 구상해봤습니다. 하지만 문제가 생겼습니다. 바로 제가 불쌍한 주인공의 성격을 잘 쓰지 못한다는 점이었습니다!

자기 멋대로 행동하면서 갖고 싶은 걸 다 갖고, 방해되는 건 쥐어패는 성격의 능동적인 주인공을 매우 좋아하는 저로서는 그 반대 캐릭터를 그리기가 쉽지 않았습니다. 그래서 '안쓰러운 아이' 콘셉트와 '불도저 성격'을 합치기로 했습니다.

남을 무시하는 오만한 성격에 모든 걸 힘으로 해결하려는 불도저 주인공을 안쓰러운 캐릭터로 만드는 방법이 뭐가 있을까요? 바로 '과거 사연 추가하기'입니다. 여기서 바로 '왜?'라는 질문이 들어가야 합니다.

리오나 캐릭터 성격 구상 단계 1

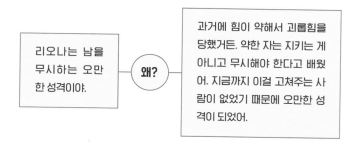

리오나는 남을 무시하는 오만한 성격이야.

왜?

과거에 힘이 약해서 괴롭힘을 당했거든. 약한 자는 지키는 게 아니고 무시해야 한다고 배웠어. 지금까지 이걸 고쳐주는 사람이 없었기 때문에 오만한 성격이 되었어.

카카오와 네이버가 반한 작법의 비밀

리오나 캐릭터 성격 구상 단계 2

리오나는 모든 걸 힘으로 해결하려는 성격이야.	왜?	지금까지 자기 이야기를 들어주었던 사람이 한 명도 없었으니까. 힘을 보여주면 말을 들었지.

이렇게 과거 서사를 만들면 현재 캐릭터가 하는 행동에 정당성이 생깁니다. 이 정당성은 매우 중요합니다. 예를 들어 '모든 일에 허허 웃는 캐릭터'가 갑자기 친구가 접시를 깨뜨렸다는 이유로 화를 내고 뛰쳐나갔다고 합시다. 그러면 영문을 모르는 독자들은 어안이 벙벙할 겁니다.

그런데 이 캐릭터가 사실은 '엄마가 돌아가신 뒤 불행에 빠져 살고 싶지 않아 억지로 웃으며 살아가려고 노력한 과거'가 있고, 친구가 깨뜨린 접시가 '엄마가 선물해준 접시'였다면 독자들은 고개를 끄덕이게 됩니다.

이처럼 캐릭터의 행동을 정당화하기 위해서는 과거, 즉 캐릭터의 서사가 필요합니다. 이 서사를 만들기 위해서는 반드시 '왜?'라는 의문을 던져야 합니다. 이것이 캐릭터 구상에서 가장 중요한 과거 사연 만들기입니다.

이후 캐릭터를 어떻게 구상하는지 3단계로 설명하도록 하겠습니다.

① 외모 정하기

로맨스 판타지 장르에서 캐릭터의 외모는 굉장히 중요합니다. 캐릭터의 이미지를 독자들의 머릿속에 각인시키는 역할을 하기 때문인데요. 일단 판타지 장르이기 때문에 머리색과 눈동자 색에 제약이 없으니 상상력에도 제한이 없습니다(보통 저는 '은발·벽안, 흑발·자안'과 같이 간단하게 설정해놓고 시작합니다).

주인공은 당연히 잘생기고 예쁘다는 것을 기본으로 깔고 여기에 특이점을 주는데요. 눈 밑에 매력점이나 끝이 올라간 눈꼬리 혹은 흉터가 있다거나 하는 설정을 추가합니다. 주인공 외 조연들은 반드시 잘생기고 예쁠 필요는 없으므로 체형을 다르게 하거나 헤어스타일을 파격적으로 하는 등의 시도로 다른 캐릭터들과 차별점을 둡니다.

해당 캐릭터가 자주 입는 옷을 설정해놓는 것도 좋습니다. 직업복, 평상복을 구분해서 이미지화해두면 상상해서 설명하기에 편합니다. 비슷한 캐릭터나 내가 직접 이미지를 그려놓으면 추후 웹툰화될 때 그림 작가가 참고할 수도 있습니다.

카카오와 네이버가 반한 작법의 비밀

② 성격과 말투 정하기

우리는 주변 사람들을 관찰해보면 성격에 따라 말투가
다르다는 걸 알 수 있습니다. 다소 급한 성격의 소유자는 말
이 빠르고, 여유로운 성격의 소유자는 느리죠. 이처럼 성격
에 따라 말투나 억양이 다 다른데, 소설은 영상매체가 아니
기 때문에 말투를 표현하는 데 제약이 있습니다.

그래서 말투에 '버릇'을 넣는 게 좋습니다. 특히 주요 캐
릭터들의 버릇을 만들어두는 게 좋은데요. 버릇과 같은 특이
한 점을 넣어야 대사만 읽어도 캐릭터를 구분할 수 있습니
다.《황녀님이 사악하셔》를 예로 들어보겠습니다. 리오나와
주변 인물들의 대사입니다.

- **리오나**: "야. 이거 모냐? 니들 또 내 방에서 개짓꺼리 하
  구 있냐?"
- **리오나와 결혼하고 싶어 하는 첫째 오빠**: "그럴 리가,
  리오나! 나는 사랑하는 너를 보려고 달려와서 방금 도
  착한 것뿐이야. 내가 한 건 아무것도 없어."
- **리오나를 존경하는 둘째 오빠**: "나도 방금 도착했다.
  내가 어떻게 감히 네 방을 어지럽힐 수 있겠는가?"
- **리오나와 놀고 싶어 하는 셋째 오빠**: "어? 어? 아니, 나,

나는 뭐 한 거 없는데? 그냥 장난감을 많이 두면 리오

나 네가 좋아할 줄 알고….”

● **리오나의 호위기사:** "봤다, 하는 거, 4황자가.”

리오나는 세 살이기 때문에 혀 짧은 말투를 쓰는 게 특징입니다. 그리고 리오나를 사랑해서 결혼하고 싶어 하는 첫째 오빠는 말투에 특이한 점은 없지만 내용에 '언제나 리오나를 생각하는 나'가 담겨 있습니다. 그래서 어떤 대사를 하건 '리오나에 대한 사랑'이 드러나지요. 리오나를 존경하는 둘째 오빠도 마찬가지입니다. '내가 감히'라는 말은 리오나가 자신보다 위에 있음을 인정하기 때문에 나오는 것으로, 짧지만 그의 성격이 드러나는 대사입니다.

셋째 오빠 같은 경우는 리오나와 놀고 싶어 하는, 즉 정신연령이 비슷한 캐릭터이기 때문에 말끝을 흐리거나 말을 더듬는 버릇을 넣었습니다. 호위기사는 일부러 재미를 위해 도치법을 쓰는 버릇을 심어두었고요. 이처럼 각각의 성격이 드러나는 말투와 버릇을 만들면 대사만 보더라도 '누가 말을 하는지'가 명확하게 드러납니다.

독자들은 바쁜 현대인이기 때문에 대사만 읽으며 휙휙 넘어가는 경우가 많지요. 그러니 누가 어떤 말을 하는지 정

카카오와 네이버가 반한 작법의 비밀

확하게 알 수 있도록 구분해두는 게 좋습니다.

③ 행동 습관 만들기

또한 캐릭터별로 제스처를 정해두는 게 좋습니다. 말버릇하고 비슷한 이유로 말입니다. 고민할 때는 턱을 쓰다듬는다거나, 손바닥으로 안경을 올리는 버릇이 있다거나, 눈을 지그시 감았다가 뜨는 습관이 있는 등 다양한 제스처를 캐릭터별로 만들어두면 소설을 전개할 때 바로 가져다가 쓰기 편할 뿐 아니라 깊이가 더해집니다.

캐릭터 연구하는 법

지금까지 캐릭터 구상에 관해 설명한 내용을 정리하면 다음과 같습니다.

1. 캐릭터의 성격 정하기
2. 성격에 따른 과거 만들기: '왜?'라는 질문 던지기
3. 외모, 성격, 말투, 행동 습관 등 세부적인 사항 정하기

캐릭터를 구상할 때 가장 중요하게 여기는 것은 바로 '깊이'입니다. 캐릭터는 입체적이어야 합니다. 평면적이면 안 되지요. 독자들이 봤을 때 캐릭터가 종이나 화면에 갇혀있는 게 아니라 실제 살아 움직이는 것처럼 느껴져야 합니다. 그러기 위해서는 마치 조각가가 생명 없는 돌을 깎아 숨을 불어넣듯, 끊임없이 키보드를 두드리며 캐릭터를 조각해나가야 합니다.

중요한 만큼 가장 어려운 단계이기 때문에 이 책을 읽는 많은 분이 힘들다고 느낄 것 같은데요. 먼저 다른 작품들의 캐릭터를 보며 분석하는 게 좋은 시장조사이자 데이터가 쌓이는 과정일 수 있습니다. 이에 제가 다른 캐릭터를 연구하는 방법을 전하고자 합니다.

먼저 가장 좋아하는 캐릭터를 골라봅시다. 살면서 영화 한 편 안 본 사람, 책 한 권 읽어보지 않은 사람은 아마 없을 텐데요. 우리는 살면서 수많은 매체와 콘텐츠를 접해왔습니다. 그중 여러분의 마음에 들었던 캐릭터가 하나 이상은 있을 겁니다. '어, 얘 멋있는데?' 같은 생각만 들었어도 좋습니다. 저는 최근에 읽었던 웹툰《위아더좀비》의 소현명 캐릭터와《용이 산다》의 로이라는 인물로 예로 들어보겠습니다.

캐릭터를 골랐다면, 그 캐릭터를 왜 좋아하는지 그 이유

카카오와 네이버가 반한 작법의 비밀

를 열거해봅시다. 이유 없이 잘생겨서 끌리기도 하지만 그게 다가 아닐 겁니다. 외모와 더불어 나의 마음을 강타한 성격이 있기 때문일 텐데요. 그 부분들을 하나씩 적어보는 겁니다.

제가 꼽은 소현명 캐릭터는 처음엔 '뭐 이런 애가 다 있어?' 할 정도로 형편없었습니다. 다른 사람들이 왜 세상과 단절된 좀비타워에 들어왔느냐고 묻자 음주운전으로 타인의 외제 차를 들이박아서 돈을 모으려고 남아있다는 대답을 하는데, 그게 굉장히 담백합니다. '음주운전? 했지. 억울하냐고? 잘못한 건 나인데 내가 왜 억울해?' 하며 시니컬하게 스스로를 평가합니다. 이게 처음에는 굉장히 재수가 없어 보였습니다. 한 마디 한 마디가 촌철살인이었거든요.

그런데 계속 보다 보니 말에 어폐가 없고 자기가 하는 말은 지키는, 즉 행복하지 않을 일에는 말을 아끼고 직접 행동에 나설 때만 말하는 캐릭터였습니다. 그리고 앞뒤가 다른 캐릭터와 비교해봤을 때 굉장히 솔직했고요. 그래서 소현명 캐릭터에 빠지게 되었습니다.

다음으로는 《용이 산다》라는 웹툰의 로이 캐릭터가 있습니다. 로이는 드래곤 종족인데 그중에서도 힘이 강한 편에 속합니다. 로이는 위대한 드래곤이 대체 왜 인간을 피해 숨어서 사는지 이해를 하지 못합니다. 인간의 더러운 술수로 드래곤이 핍박받는 거라고 생각하며 인간을 혐오하지요. 보다 못한 로이의 부모님이 로이를 한국의 시골로 이사를 시켜 버립니다. 거기서 로이는 농업 고등학교를 다니게 되고, 거기서 펼쳐지는 이야기로 내용이 전개됩니다.

처음에 저는 역시나 로이를 별로 안 좋아했습니다. '드래곤이면 드래곤이지 왜 인간을 싫어한담?' 싶었는데, 내용이 전개되며 왜 인간을 싫어하게 되었는지 이유가 나오고, 그럼에도 불구하고 알게 된 인간 친구들에게 마음을 주는 로이를 보니 마음이 찡했습니다. '우리 로이, 힘내라!'하고 덕질할 만큼이요.

마지막으로 작가가 어떻게 설정했는지 캐릭터를 분석해 봅시다. 해당 캐릭터의 성격을 드러내는 장치가 무엇이 있었는지 살펴보는 겁니다. 과거 회상이었을 수도 있고, 말투였을 수도 있고, 행동 양식이었을 수도 있습니다. 작가가 이 캐릭터를 설명할 때 어떤 식으로 해왔는지 찾아보고 노트에 적어보세요.

소현명 같은 캐릭터는 작가분이 캐릭터의 성격을 그대로 보여주는 걸 선택했습니다. 그래서 꾸밈없는 소현명의 캐릭터와 걸맞게 아무 가식 없는 행동이 도드라졌지요. 그렇기에 더 캐릭터에 몰입할 수 있었습니다.

카카오와 네이버가 반한 작법의 비밀

로이는 '아직 어린 드래곤'이었기에 인간에 대한 모든 걸 스펀지처럼 받아들이는 모습을 보였습니다. 단순히 성질이 나빠 오만한 게 아니고 솔직하지 못한 성격을 가진 '아이'임을 설정한 것입니다. 이 설정 덕분에 인물에 대한 공감도와 이해도가 더 높아졌습니다.

이렇게 세 단계를 거쳐 한 캐릭터를 분석하고, 또 다른 캐릭터도 분석해보세요. 10명 정도의 캐릭터를 분석하다 보면 내가 어떤 캐릭터를 좋아하는지, 좋아하는 성격이 무엇인지, 어떤 연출에 마음이 흔들리는지를 알 수 있습니다.

이를 바탕으로 이제 나의 캐릭터를 구상해보면 됩니다. 아마 이쯤부터는 감이 잡힐 겁니다. 나 자신의 취향을 알아낸 뒤에 캐릭터를 만드는 거니까요!

특히 캐릭터를 만들 때 세밀하게 설계할수록 좋습니다. 초반에 대강 '30대 중반, 여성'이라고 설정하기 보다는 디테일하게 설정합니다.

34세, 외모에 신경을 많이 쓰는 여성이라 파란색 렌즈를 끼고 다님, 머리는 항상 아침에 다이슨 에어랩 고데기를 사용해서 셋팅을 하고 다닐 정도로 자기관리에 충실함이처럼 구체적으로 설정하는 것입니다. 그렇게 되면 소설을 써나가다가 헷갈리지도 않고 주인공의 캐릭터성도 흔들리지 않습니다. 캐릭터를 설정할 때에도 '왜?' 질문을 하며 만들어나갈 수도 있습니다. '왜 그녀는 외모에 신경을 많이 쓸까? 과거에 무슨 일이 있었던 거지?' 하면서 말이지요.

이 책의 부록에 캐릭터 외모부터 성격까지를 결정하는 템플릿이 있으니 참고해서 나의 캐릭터를 만들어봅시다.

카카오와 네이버가 반한 작법의 비밀

05

내 작품 각인시키는
꿀팁

독자들은 무엇에 열광하는가

지금까지 웹소설 집필 전에 반드시 알아야 할 작품 키워드 그리고 이 키워드들을 잘 조합해서 시놉시스를 구상하는 방법까지 배웠습니다. 이제 여러분은 본격적으로 한글 프로그램을 열어 글을 쓸 준비가 되었을 겁니다. 하지만 여기서 잠시 생각해봐야 합니다.

'내가 쓴 글이 과연 팔릴까?'

앞서 웹소설은 대중의 취향을 총망라한 스낵컬처라고

설명했습니다. 그래서 우리는 대중의 취향을 더 면밀하고 정확하게 파악해야 한다고요. 이것을 독자의 '리딩 니즈를 충족시켜야 한다'라는 명제로 말씀드렸습니다.

그러나 이 리딩 니즈를 명확하게 파악하기는 쉽지 않을 겁니다. 아무리 웹소설을 많이 읽었다고 해도 곧장 대중의 취향을 파악할 수 있는 건 아닙니다. 따라서 우리는 이 리딩 니즈에 대해 좀 더 깊이 알아보고 체득하는 과정이 필요합니다. '독자들은 웹소설에서 무엇을 기대하는가? 무엇에 열광하는가?' 이를 상세하게 분석해야지만 잘 팔리는 글을 쓸 수 있습니다. 특히 수천, 수만 편의 웹소설 중 내 작품을 독자의 머릿속에 각인시키기 위한 디테일들을 알아보겠습니다.

가상의 세계관 설정하기

기본적으로 웹소설은 가상의 세계를 기반으로 합니다. 현대를 배경으로 한 로맨스 소설이라 할지라도 배경만 현대일 뿐 그 외에는 모두 허구입니다. 로맨스 판타지는 당연히 허구이고요. 따라서 이 가상의 세계를 '진짜 있는 세계'처럼 조성하는 게 중요합니다. 그래야만 독자들이 더더욱 이입할

카카오와 네이버가 반한 작법의 비밀

수 있을 테니까요.

① 현대 로맨스의 세계

현대 로맨스물은 회사명이나 학교명을 허구로 만드는 대신 장소명(강남, 종로, 광주, 부산 등)은 그대로 유지해 사실감을 주고, 기본적인 사회의 규율을 그대로 가져옵니다. 즉 2022년 대한민국이라는 현실에 가상의 회사와 학교 등을 만들어 아주 조금의 변주만 주는 것이죠.

하지만 그렇다고 해서 연애까지 현실적이면 안 됩니다! 현실에는 30세 재벌 3세의 차은우를 닮은 본부장이 없지만 소설에는 있어야 합니다. 그리고 현실적인 만남, 즉 소모임이나 결혼정보업체나 소개팅 같은 만남보다는 우연한 사건, 즉 로맨틱하고 비현실적인 사건을 통해 주인공들이 이어져야 합니다. 사회는 현실적이지만 그 안의 주인공, 연애, 사건은 비현실적이어야 하지요. 가상의 세계니까요!

② 로맨스 판타지의 세계

로맨스 판타지는 현대 로맨스와 조금 다릅니다. 일단 세계관 자체가 현대 사회가 아니기 때문인데요. 로맨스 판타지의 배경은 보통 16~18세기 유럽입니다. 봉건제인 경우가 있긴 하지만 대부분 전제군주제(군주가 국가의 모든 통치권을 장악하는 형태)입니다. 황제의 권한이 막강한 사회라고 생각하면 됩니다. 그래서 보통 주연이 황제거나 황태자 혹은 황제를 위협할 만한 가문의 사람입니다. 그 외 경우도 있긴 하지만 권력의 중추에 닿을 수 있는 캐릭터로 조성되는 게 일반적입니다.

그런데 여기서 명심해야 할 점이 있습니다. 앞서 잠깐 설명했지만 중요한 부분이니 다시 짚고 넘어가겠습니다. 바로 로맨스 판타지에서는 '고증'을 하지 말아야 한다는 점입니다. 물론 정치 체제나 공후백작(공작-후작-백작-자작) 같은 수직구조, 호칭 같은 기본적인 고증은 지켜야 합니다. 하지만 '이때는 17세기니까 로코코 시대의 건축 양식과 드레스를 묘사해야 하고…' 같은 시대적 배경에 대한 고증은 과감하게 무시하기를 권합니다. 어쨌거나 로맨스 판타지는 '판타지'니까요.

물론 이런 고증을 훌륭하게 해낸 작품들도 많습니다. 하지만 제가 권하지 않는 이유는 세세하게 고증하다 보면 글이 '길어지기' 때문입니다. 앞서 웹소설은 편 단위 소설이라고 말했습니다. 한 편에 사건들이 촘촘하게 배치되어 있어야 한다고도 했고요. 그런데 그 한 편에 고증을 위해 이것저것 설명을 넣다 보면 사건과 캐릭터 전개가 뒤로 밀려버립니다.

그리고 가장 중요한 것! 독자들은 대하드라마 같은 역사 소설을 읽고 싶어서가 아니라 로맨스 판타지 소설을 읽고 싶어서 이 한 회차를 클릭한 겁니다. 그러니 우리는 독자들의 리딩 니즈를 충족시키기 위해 과감하게 고증을 생략하도록 합시다(물론 장르 자체가 역사 기반 웹소설이라면 고증이 필요하겠지요)!

로맨스 판타지 장르는 판타지라는 넓은 장르 속에 속해 있어 마법과 몬스터 같은 이능력異能力이 등장하기도 합니다. 마법의 종류나 서클 같은 세부적인 사항들은 인터넷에서 손쉽게 찾을 수 있으니 나무위키 등에 있는 설명을 훑어보길 권합니다.

이처럼 웹소설은 가상의 세계가 있다는 전제 아래 이야기를 시작합니다. 왜 그럴까요? 왜 독자들은 가상의 세계를 원하는 걸까요?

첫째, 지금 내가 겪고 있는 현실에서 벗어나고 싶은 욕구 때문입니다. 쳇바퀴를 돌듯 똑같은 나날, 상사에게 혼나고 후배에게 실수하는 하루하루, 이렇다 할 재미있는 사건도 없이 무력하게 시간을 보내는 사람들… 많은 현대인이 이런 지루한 일상과 매너리즘에 빠져 있습니다. 하지만 그렇다고 해서 쉽게 벗어날 수는 없지요. 그래서 사람들은 상상으로나마 더 즐거워지고 싶어 하고, 누군가 만들어둔 가상의 세계에 환호합니다. 괴롭고 재미없는 현실에서 완전히 벗어난, 오로지 주인공을 위한 가상의 세계이지요. 독자들은 주인공에게 몰입하며 스토리에 흠뻑 빠져들고, 이로써 힘들고 지친 현실을 잊고자 합니다.

그런 이유로 웹소설의 기조인 가상의 세계를 조성해야 합니다. 그래야 독자들이 위화감을 느끼지 않고 더 쉽게 빠져들 수 있을 테니까요.

완벽한 주인공

잊고 싶은 과거겠지만 우리 모두 한 번쯤은 '중2병'을 겪어본 적이 있습니다. 허세성 자아도취 성향을 뜻하는 이 명칭은 발달심리학적으로 분석해볼 수 있는데요. 청소년기의 주요 심리적 특징은 '나는 다른 사람과 달리 특별한 존재'라고 생각하며 '내가 나를 생각하는 것만큼 다른 사람들이 나를 생각하고 있다'라고 믿는 것입니다. 이를 '청소년의 자기

카카오와 네이버가 반한 작법의 비밀

중심성adolescent egocentrism'이라고 하는데 이 자기중심성은 '상상의 청중imaginary audience'과 '개인적 우화personal fable'의 형태로 발현됩니다.

상상의 청중은 말 그대로 '나'가 주인공이며 나를 지켜보는 이들이 존재한다고 상상하는 것입니다. 즉 내가 무대 위에 있고 사람들은 관중석에 있는 것이지요. 남들이 모두 나를 지켜보고 있고 알아본다고 생각합니다. 여기에는 다른 사람들의 눈에 띄고 싶은 욕망이 담겨 있습니다.

개인적 우화는 '나'가 너무도 대단한 존재라서 다른 사람들은 나를 이해하지 못한다고 생각하는 겁니다. 내가 특별하고 매우 중요한 인물이라고 보는 것이지요.

왜 갑자기 청소년기의 심리적 현상을 설명하느냐고요? 이게 바로 독자들이 주인공에게 바라는 점이기 때문입니다. 중2병 시기에 우리는 우리가 세상의 주인공이라고 믿었습니다. 자신이 대단히 중요한 사람이고, 특별한 존재이기 때문에 자신의 인생은 남들과 다를 것이라고요.

하지만 현실은 그렇지 않지요. 서서히 성장하면서 우리는 우리가 세계의 주인공이 아니라는 사실을 자연스럽게 받아들이고, 우리가 특별한 존재가 아니라는 슬픈 사실을 인지합니다. 하지만 그렇다고 해서 마음속에서까지 완전히 포기

한 건 아닙니다. 마음 깊은 곳에서는 여전히 내가 주인공이며 특별하고 대단하다고 생각하고 있습니다. 그러나 현대 사회에서는 이런 내밀한 욕구가 표출되기가 굉장히 어려우므로 우리는 포기하거나 모른 체합니다. 대신 이입할 수 있는 무언가를 찾게 되지요. 그 '무언가'를 주인공으로 만드는 것입니다.

그래서 웹소설을 쓸 때도 상상의 청중과 개인적 우화라는 특성을 주인공에게 반영해야 합니다. 다시 말해 주인공은 대단하고 특별하며 거리낄 게 없는 존재임과 동시에 모두의 주목을 받아야 합니다. 웹소설 키워드 중에 '착각계'라는 게 있습니다. 주인공이 대단하고 인기가 많다는 걸 주인공만 모른다는 설정입니다. 이 키워드가 왜 유행했는지 이제는 이해되시나요?

여기까지 이해했다면 현재의 웹소설 트렌드가 왜 '사이다'인지 더 잘 받아들일 수 있을 겁니다. 현실에는 고난이 많습니다. 그 고난을 헤쳐나가는 데는 많은 에너지가 필요하고, 자칫하면 극복하지 못할 수도 있지요. 그렇지만 웹소설 속 주인공은 그렇지 않습니다. 어떤 고난이건 무조건 극복하고, 나를 방해하는 악역들을 처리하는 데 어려움이 없지요. 주인공은 대단하고 특별하니까요!

카카오와 네이버가 반한 작법의 비밀

그래서 우리는 주인공을 '완벽한 존재'로 만들어야 합니다. 독자들의 마음속에 있는 심리적 공허함을 채워주기 위해서요. 주인공은 어떤 약점이 있어도 이를 극복하고 무너지지 말아야 합니다. 아무리 못난 짓을 해도 모두가 주인공을 사랑해야 하고요. 그러니 주인공의 이런 특별함에 더 힘을 실어주는 전개를 만들어봅시다.

결점없는 로맨스

로맨스는 정말 중요한 요소입니다. 비단 여성향 소설뿐만 아니라 남성향 소설에서도 로맨스는 등장해요. 그만큼 사람이 사는 데 '사랑'이 중요하다는 거겠지요.

우리는 가상의 세계에 사는 완벽한 주인공을 행복하게 만들어줘야 합니다. 그러기 위해서는 로맨스에 결함이 없어야 합니다. 독자들은 완벽한 로맨스를 바랍니다. 밀당을 하고, 서로 치고받고, 현실적인 문제에 좌절하는 등 과하게 현실이 반영된 실제 로맨스를 원하지 않습니다. 세상에서 가장 멋진 상대, 서로를 위해 무엇이든 해주는 다정한 연애, 우리를 축복하는 주위 사람들…. 그저 상상으로만 존재할 것 같은 로맨스가 등장해야 하지요.

앞서 저는 주인공을 완벽한 존재로 만들어야 한다고 했습니다. 하지만 그렇다고 초월적인 존재로만 설정하면 글이 심심해지겠지요? 마냥 사건을 해결하기만 해서는 글의 쫀득함을 유지할 수 없으니까요. 그래서 여자주인공에게 적당한 단점, 적당한 위기가 있어야 합니다. 그리고 이 빈 부분을 채워주는 게 바로 남자주인공입니다.

여주가 트라우마가 있다면 남주가 치유를 돕고, 여주 혼자 해결할 수 없는 위기가 생기면 남주가 나서서 도와주는 등 남주는 여주의 든든한 조력자임과 동시에 어쩌면 여주보다 더 초월적인 존재가 되어야 합니다. 그래야 여주에 이입한 독자들이 남주와 사랑에 빠질 수 있을 테니까요.

로맨스물에서 '이건 된다!' 하는 클리셰는 크게 두 가지입니다. 저도 많이 써먹는 플롯입니다.

① 구원

여자주인공이 힘든 상황에 처해있을 때 한걸음에 달려와 손을 뻗어주는 남자주인공입니다. 하지만 여자주인공에게 달려가야 할 때 남자주인공의 앞에 인생을 바꿀 만큼 중요한 사건이 걸려있으면 전개 상 좋습니다.

여기서는 그 중요한 일을 내팽개치고 여자주인공의 전화를 받고 당장 달려가는 모습을 보여주는 게 포인트입니다. 내 일은 뒤로한 채 여자주인공의 부름에 '구원'해주러 가는 것입니다.

② 츤데레

츤데레라는 단어는 많이 들어봤을 거라 생각합니다. '쌀쌀맞고 인정이 없어 보이나, 실제로는 다정한 사람을 이르는 말'이지요.

앞에서는 정말 재수 없고 짜증나게 행동하는데, 알고 보니 나(여자주인공)를 위한 행동이었다면 그거야 말로 심쿵이겠지요. 예시를 들어 볼게요.

점심시간에 일을 시켜서 구내식당을 못 가게 만들었던 상사 남자주인공. 점심시간까지 업무를 해야 하다니, 역시 상사는 친해질 수 없는 작자인줄 알았다. 하지만 알고 보니 동료 직원들이 점심시간에 여주인공에게 피해를 입히기 위해 작당을 한 걸 알게 되는데…….

어, 뭔가 설레지 않나요? '쌀쌀맞던 사람이었는데 알고 보니 나를 챙겨주는 행동이었다' 하는 생각이 들게 만드는 게 좋습니다.

다음 화로 넘어가게 하는 엔딩 포인트

웹소설은 편 단위로 되어 있기 때문에 독자들이 '다음 화'를 클릭할 수 있게 만드는 것이 중요합니다. 당장 다음 화를 누르지 않으면 궁금해서 미칠 것 같이 만들어야 합니다. 아니면 새로운 회차가 올라오는 날을 손꼽아 기다리게 만들어야 하지요. 그렇게 하려면 어떤 엔딩 포인트로 글을 끝마쳐야 할까요?

영화 〈어벤져스: 인피니트 워〉를 관람했을 때 이야기입니다. 그 유명한 마지막 장면이 나오고 엔딩 크레딧이 올라간 순간, 저는 저도 모르게 큰소리로 "다음 화 언제 나와?"라고 말해버렸습니다. 저뿐만 아니라 당시 극장 안에 있던 모든 사람이 허탈한 웃음을 터뜨리며 다음 시리즈가 언제 개봉되는지 검색하기 시작했죠. 왜 그랬을까요?

〈어벤져스〉 시리즈의 주된 내용은 우주의 절반을 멸망시키려는 타노스와, 우주의 힘이 담긴 인피니티 스톤을 빼앗

카카오와 네이버가 반한 작법의 비밀

기지 않고 타노스를 무너뜨리고자 고군분투하는 어벤져스 멤버들의 이야기입니다. 〈어벤져스: 인피니트 워〉에서도 모든 어벤져스 히어로가 뭉쳐 타노스를 막고자 갖가지 노력을 하는데요. 그렇게 성공하려나 싶을 때, 타노스가 모든 스톤을 모으고 핑거 스냅을 튕깁니다. 그러자 우주의 절반이 사라지기 시작하죠. 그리고 영화가 끝이 납니다.

히어로들의 활약과 해피 엔딩을 기대하던 사람들은 어안이 벙벙해졌지요. '뭐야, 이렇게 끝난다고? 사라진 사람들은? 어떻게 되는 건데?' 다음 시리즈를 보지 않고는 미칠 것처럼 궁금해지죠. 나오기만 한다면 당장 달려 나가 첫 번째로 보고 싶을 겁니다. 그래서 그다음 시리즈물인 〈어벤져스: 엔드게임〉은 개봉하자마자 각종 영화 예매 사이트가 터질 만큼 큰 인기를 끌었습니다. 저 역시 티켓팅을 해서 개봉 첫날에 봤고요.

정리하자면 〈어벤져스: 인피니트 워〉는 '뭐야, 그래서?'라는 질문을 남긴 채 엔딩 크레딧을 올렸습니다. 사람들의 궁금증을 한껏 부풀려놓고 끝을 낸 것이지요.

웹소설도 이와 같아야 합니다. 한 회차를 끝낼 때마다 '그래서 다음은?'이라는 궁금증이 들게끔 만들어야 합니다. 앞서 시놉시스 단계에서 편 단위 시놉시스를 짤 때 '기-승-

전-ㄱ'으로 끝내야 한다고 말했는데요. 이처럼 '결'이 모두 나오기 직전에 절단하는 것도 좋습니다.

예를 들어 주인공이 살인 누명을 썼다고 해봅시다. 모두가 주인공을 범인으로 몰고, 주인공의 말을 믿지 않고, 날조된 증거를 토대로 주인공을 비난하죠. 상황이 빼도 박도 못해 도저히 주인공이 해결해나갈 수 없을 것 같습니다. 이런 조마조마한 상황에서 주인공이 딱 이렇게 말하는 겁니다. "저는 진범을 알고 있습니다."

독자들은 궁금해집니다. 진범이 누군데? 진범을 밝힐 수 있는 증거가 있는 건가? 주인공은 어떻게 헤쳐나갈까? 그리고 '다음 화'를 클릭하게 됩니다. 궁금증을 해결해야 하니까요!

하지만 이와 같은 사건 전개를 매회에 쓸 수는 없습니다. 그래서 주로 쓰는 방법이 다음 회차의 내용을 미리보기 식으로 보여주는 겁니다. 여자주인공과 남자주인공이 대화하는 상황인데, 특별한 사건이나 반전이 없는 대화라고 해봅시다. 이런 전개는 다소 늘어지고 지루할 수 있습니다. 하지만 이미 한 편의 글자수인 4,500자를 거의 다 채웠기 때문에 새로운 사건을 넣을 수도 없습니다. 그렇다면?

- "제가 생각을 해 봤습니다만……."

카카오와 네이버가 반한 작법의 비밀

- "사실 드릴 말씀이 있습니다."

- "이걸 한번 보시겠습니까?"

이처럼 다음 내용을 함축하는 대사를 넣는 겁니다. '무슨 생각이지?', '무슨 말이야?', '이게 뭔데?' 이런 생각이 들도록 궁금증을 유발하는 장치를 넣는 것이지요.

또한 대사를 중간에 자르는 방법도 있습니다.

- "사실은…."

- "그게 말이죠."

- "저, 부인…."

이런 식으로 대사를 절단하면 다음 내용을 보기 위해 자연스럽게 회차를 넘기게 됩니다.

마지막으로, 장면을 반만 공개하는 방법이 있습니다.

- 그 순간 문이 열렸다.

- 인파를 헤치고 나타난 사람은 결코 예상하지 못했던 이였다.

- 느닷없는 목소리가 들려왔다.

이와 같이 다음에 이어질 내용을 반만 공개해서 궁금하게 만드는 것이지요.

요약하면 다음 회차를 누르게 만들기 위해서는 독자들의 궁금증을 유발해야 합니다. 내가 독자라고 생각하며 어떤 상황이 가장 궁금해질지 고민해보길 바랍니다.

클릭을 부르는 제목 만들기

제목은 그 소설이 어떤 내용인지 한 문장으로 함축한 것입니다. 하지만 말이 쉽지, 제목 짓기는 정말 어려운 일입니다. 작가들끼리 제목은 '신내림'을 받아야 한다고 말하기도 하는데요. 그만큼 어떤 느낌이 확 오지 않으면 짓기 힘든 게 제목입니다. 그래도 잘 궁리해서 써봐야겠지요? 클릭을 부르는 제목 짓는 법은 크게 두 가지 방향이 있습니다.

① 소설의 중심 키워드 넣기

먼저 소설의 메인 키워드를 제목에 넣는 방향입니다. 제 작품 중에 여주인공의 첫사랑이 원작에서는 죽어버리는 이야기가 있습니다. 하지만 악역에 빙의한 진짜 주인공이 원작

카카오와 네이버가 반한 작법의 비밀

과는 다르게 첫사랑을 살리게 되는 플롯입니다. 그래서 고민을 했지요. 여주인공의 '첫사랑'이라는 단어는 꼭 넣고 싶었습니다. 작품을 관통하는 설정이라는 생각이 들었거든요. 그리고 그 첫사랑이 선한 사람이고, 빙의한 여자주인공은 악인이니 대립각이 잘 세워지면 좋을 것 같다는 생각도 했습니다.

그러다 보니 자연스럽게 《여주인공의 첫사랑을 타락시켜 버리면》이라는 제목이 나왔습니다. 악역인 주인공이 선한 첫사랑을 서서히 물들이는 내용이었지요. 이처럼 작품에서 중요하다고 여겨지는 키워드는 소설의 정체성을 위해서라도 제목에 넣는 것이 좋습니다.

② 트렌드와 호기심을 자극하기

무엇보다 중요한 건 '궁금해지게' 그리고 '트렌드를 잘 반영해서' 만들어야 한다는 점입니다. 《악역에게 정체를 들켜버렸다》는 여자주인공이 사실 숨은 실력자라는 사실을 들켜버리고, 나아가 훗날 남장까지 들켜버리는 이야기를 함축한 제목입니다. 하지만 처음 제목은 이게 아니었어요. 《악역을 피하는 방법》이었습니다.

제목이 《악역을 피하는 방법》이었을 당시에 조아라 연재 성적은 별로 좋지 못했습니다. 그때는 연재 8회차로도 투데이 베스트에 도전할 수 있었는데 10위권에도 들지 못했거든요. 하지만 그때 지인 작가님이 제목을 《악역에게 정체를 들켜버렸다》로 추천해주었습니다. 그렇게 제목을 바꾸자 놀랍게도 18회라는 장편임에도 1위를 하게 되었습니다.

조금만 생각해봐도, '악역을 피하는 방법'이란 제목은 흔하게 느껴집니다. '글쎄, 빙의해서 적당히 악역을 피하다가 엮이겠지?'라고 뻔한 스토리가 예상되지요. 반면에 '악역에게 정체를 들켜버렸다'는 조금 특이합니다. '무슨 정체를 들켰다는 거지? 어떻게 하다 들킨다는 거야?' 하고 호기심을 갖게 됩니다.

또한 요즘 제목 트렌드는 길이가 길고 명사형보다는 서술형이 유행입니다. 따라서 제목 말미에 '방법'이라고 명사형으로 단정짓는 것보다는 '버렸다'라는 어미를 사용했습니다. 《황녀님이 사악하셔》도 마찬가지입니다. 《사악한 황녀님》이라고 짓는 것보다 '사악하셔'라는 서술형 어미를 넣어 보다 트렌디해졌습니다.

제목은 작품 내용과 향후 전개에 대한 궁금증을 유발하는 요소를 넣어야 한다는 것! 반드시 기억하길 바랍니다.

카카오와 네이버가 반한 작법의 비밀

OSMU 콘텐츠로
이어지는 작품 만들기

'오스무'가 뭐예요?

OSMU는 'One Source Multi-Use'의 약자입니다('오스무'라고 부르기도 합니다). 하나의 자원을 토대로 다양한 사용처를 개발해내는 것을 뜻하는데요. 문화사업에서 주로 쓰이는 용어이며 특히 디지털 콘텐츠인 웹콘텐츠에 자주 사용됩니다. 예를 들면 웹소설이라는 하나의 자원을 가지고 웹툰, 게임, 드라마, 영화 등 여러 가지 콘텐츠를 제작할 수 있습니다. 이렇게 한 자원에서 파생되는 콘텐츠들을 가리켜 2차 콘텐츠라고 합니다.

저 같은 경우는 작품의 판권 절반 가까이가 OSMU 콘텐츠로 판매되었습니다. 대표적인 작품이 《조선여우스캔들》인데 네이버에서 웹툰화되었고 드라마 계약까지 마친 상태입니다. 《황녀님이 사악하셔》는 카카오 웹툰에서 볼 수 있고 《악역에게 정체를 들켜버렸다》는 카카오 웹툰뿐 아니라 게임으로도 판매해 구상 단계에 있습니다. 《여주인공의 첫사랑을 타락시켜 버리면》은 일본에서 웹툰화 준비 중이고 북미 출판사에 판권을 판매해 번역 대기 중입니다. 《여보, 왜 이혼은 안 되나요?》도 웹툰 제작 단계에 있습니다.

이처럼 웹소설은 웹툰으로 만들어지는 사례가 많습니다. 로맨스 판타지는 장르 특성상 드라마화는 어렵지만 게임화가 잘되기도 하고요. 현대물이나 사극 같은 경우는 드라마화, 영화화되기도 합니다.

하지만 모든 작품이 OSMU 콘텐츠로 제작되는 건 아닙니다. 제가 이제껏 출간한 작품 중 딱 절반이 OSMU 콘텐츠로 제작되었으니 다른 작품들은 그렇지 못한 것이지요. 그러면 어떤 작품이 OSMU 콘텐츠에 적합한지, 어떻게 하면 OSMU 콘텐츠로 판매될 수 있는지 알아볼까요?

특색 있는 설정 만들기

여기서 중요한 건 설정입니다. 사실 설정이 너무 세세하거나 많으면 웹소설 흥행에 크게 도움이 되지 않습니다. 설정을 쉽게 잘 풀어내서 어렵지 않게 차근차근 전개해나가면 정말 좋지만 결코 쉬운 일이 아니지요.

설정이 극도로 복잡하면 아무래도 글이 어려워지곤 해서 독자들의 유입도가 낮아집니다. 그래서 앞서 시놉시스를 설명할 때 언급했듯이 설정은 최대한 간단하게 가는 것이 좋다고 했는데요. OSMU 판매에서는 이 '간단함'에 한 가지 조건이 더 붙습니다.

일단 웹툰화, 드라마화가 되려면 '특색'이 중요합니다. 이 소설만의 특별한 무언가가 있어야 콘텐츠를 시각화했을 때 독자들에게 더 크게 어필할 수 있습니다. 그렇지만 또 웹소설이 인기가 없으면 OSMU로 판매하기가 어려우니 적정선을 유지하는 게 중요합니다. 설정이 특이하되 어렵지는 않게 가야 하지요.

제 전작 《조선여우스캔들》을 예로 들어보겠습니다. 이 작품은 퓨전사극 판타지입니다. 조선시대를 배경으로 하지만 가상의 시대라고 보면 됩니다. 이 작품의 설정은 바로 '전래동화'입니다. 전래동화는 동물들이 종종 등장하는데요. 이런 동물들이 사실은 하늘에서 탈출한 신수였고, 이 불법 신수들을 잡기 위해 여우가 어사로 파견되었다는 내용의 소설입니다. 전래동화가 배경이니 상당히 익숙합니다. 동시에 동화에 나오는 동물들이 신수라니 특이하기도 하고요. 신비로운 느낌의 신수들은 비주얼을 중요시하는 웹툰과 드라마 콘텐츠로 제격이었습니다. 그래서 웹소설도 나름대로 인기가 있었고, 웹툰이 나오자마자 드라마로 판권이 팔렸지요.

뿐만 아니라 주인공의 성격도 독특했습니다. 여우인 남자주인공도 그렇지만 여자주인공도 만만치 않았습니다. 조선시대라는 시대상을 생각했을 때 일반적으로 여자주인공은 조신하고, 소심하고, 얌전해야 했습니다. 하지만 저는 그렇게 그리고 싶지 않았어요. 어쨌거나《조선여우스캔들》은 모험극인데 여자주인공이 짐이 되는 내용은 싫었습니다.

그래서 여자주인공이 할 말 다 하고 못 할 말까지 하는 성격으로 만들었고, 말보다는 주먹이 먼저 나가도록 했지요. 그리고 조선시대 여성상을 정면으로 반대하는 내용도 많이 넣었지요. 그러다 보니 당시 수면 위로 고개를 들었던 페미니즘을 응원하던 독자들이 댓글을 많이 달았고, 어린 학생도 이런 여자 캐릭터가 신선하고 좋다며 재미있다는 말을 많이

카카오와 네이버가 반한 작법의 비밀

했습니다.

에피소드도 신선하게 잡아보았습니다. 앞서 하늘을 탈출한 불법 신수들을 잡는 내용이라고 말씀드렸는데요. 그래서 첫 번째 에피소드로 '선녀와 나무꾼'을 골랐습니다. 여기서 나오는 '사슴'이 사실은 불법 신수였다고 설정을 덧씌운 것입니다. 사슴의 사악한 계략에 이용당한 선녀와 그런 선녀를 도와줄 수 있음에도 불구하고 자신의 욕망에 치우친 나무꾼의 이야기였어요. 전래동화의 재해석이다 보니 많은 독자와 OSMU 담당자들이 통쾌하다고 반응을 했습니다.

이처럼 독자들이 봤을 때 낯선 설정과 낯익은 배경을 섞어 보다 쉽게 전개하는 게 좋습니다. 그래야 웹소설 독자도, OSMU 판매도 잡을 수 있습니다.

OSMU 판매를 위한 설정

캐릭터 관계도 더욱 촘촘하게

역시 이번에도 캐릭터는 중요합니다. 캐릭터의 깊이가 있으면 있을수록, 독자들이 이입하면 이입할수록 코어 팬이 많아지고 이들 코어 팬이 작품을 더욱 흥행시킵니다.

OSMU 판매에서는 각각의 캐릭터 성격도 중요하지만 또 하나 중요한 게 있습니다. 바로 캐릭터 간 관계성입니다. 로맨스든 아니든 캐릭터 간 관계는 매우 중요합니다. 관계에는 여러 유형이 있지만 그 안에 가족애, 우정, 사랑, 증오, 애증 등 다양한 감정을 담고 있는 경우가 많습니다.

이 여러 유형에 맞춰 캐릭터 간 관계가 만들어져야 하는데요. 관계가 다양하며 관계성이 명확하고 서사가 있을수록 작품을 각색하고 2차 창작을 하기가 수월합니다. 그렇기에 캐릭터 간 관계는 OSMU 판매에서 매우 중요한 요소라고 할 수 있습니다.

웹툰화되는 과정

웹소설 작법 강의할 때 "웹툰은 어떻게 만들어지는 건가요?" 같은 질문을 많이 받았는데요. 예전에 제가 드릴 수 있는 답은 하나였습니다. "기다리세요." 예전에는 작가가 할 수 있는 일이 거의 없었습니다. 전적으로 출판사의 영업력에 달렸거나 웹툰 제작사의 눈에 들기만을 바라야 했지요. 하지만 지금은 조금 다릅니다. 과거에는 웹소설 계약을 할 때 2차 콘텐츠에 관해서는 '일임'하는 경우가 많았지만 요즘은 '우선 협상권' 계약을 많이 합니다(이는 뒤에 계약서를 검토하는 장에서 자세히 설명하도록 하겠습니다).

웹툰화가 되면
웹소설 수익도 오를까?

답은 '그렇다'이다. 그것도 엄청나게 많이! 한 예로 《악역에게 정체를 들켜버렸다》 웹툰이 나오고 나서 웹소설 수익은 이전 수익의 세 배였다.
그 후 웹툰과 웹소설 정산이 들어오는데, 한 번에 크게 들어오지는 않지만 마치 연금처럼 조금씩 매달 들어오는 것이 보통이다. 그래서 웹툰화 수익으로 생활비를 충당하고 다른 수익으로는 저축하는 작가들도 많다.

그러다 보니 작가도 2차 콘텐츠 협상권을 갖게 되어 직접 발로 뛸 수가 있는데요. 저 같은 경우는 출판사에 웹툰 팀이 있거나 해당 출판사가 웹툰 회사를 모체로 두고 있는 경우 '내 전작 A를 웹툰화하는 조건'으로 차기작을 계약하기도 했습니다.

또는 웹툰 회사에 직접 투고하는 경우도 있습니다. 카카오페이지나 네이버 시리즈·웹툰을 보면 발행자 혹은 출판사명에 웹툰 회사 사명이 적혀 있는데요. 해당 사명을 검색하면 사이트가 나옵니다. 그 사이트에 들어가보면 투고 양식이 있을 거예요. 없다면 직접 메일을 보내 문의해도 됩니다.

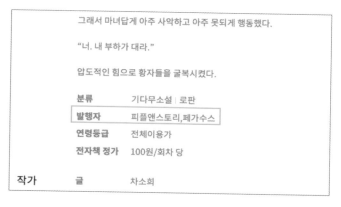

그림 29 | '발행자' 항목에서 보이는 출판사명

카카오와 네이버가 반한 작법의 비밀

웹툰 판매는 이 두 경우가 대부분이라고 보면 될 것 같습니다만, 드라마와 같은 영상 판매는 조금 더 어렵습니다. 영상 제작사는 엄청나게 초대박을 친 웹소설이 아닌 이상, 웹소설보다는 웹툰을 위주로 검토합니다. 그렇다 보니 일단 웹툰화되지 않은 웹소설은 다소 판매하기가 어려운 실정이지요.《조선여우스캔들》도 웹툰화된 후 직접 제작사에 연락을 받아 계약한 경우입니다. 그래서 "드라마 판권은 어떻게 판매하나요?"라는 질문에는 역시 "기다리세요"라는 답밖에 드리지 못하겠네요.

웹소설이 웹툰이 되는 웹툰화가 가장 대중적인 OSMU 콘텐츠이기 때문에 많은 사람이 웹툰화 과정에 대해 궁금해하는데요. 과정은 이렇습니다.

① 웹툰 계약이 진행된다

웹툰 회사의 선택을 받거나 웹툰 회사에 직접 투고해서 계약이 된다면 그때부터 시작입니다.

② 캐릭터 시트와 세계관 등 설정집을 전달한다

웹툰 회사에서 작가에게 원작을 반영한 캐릭터 및 캐릭터 설정을 할 수 있도록 설정집을 요구합니다. 캐릭터의 외모와 성격, 습관 등 자세한 자료가 필요하며 시놉시스도 최대한 자세하게 서술해 보내는 것이 좋습니다.

③ 기다린다

농담이 아닙니다. 웹툰화, 즉 그림으로 만들어내는 건 정말 어려운 일이고 공이 많이 들어가는 일이기 때문에 모든 과정을 작가와 공유하지 않습니다. 1~2화 콘티 단계를 공유하는 경우도 있지만 대부분은 그렇지 않습니다.

보통 웹툰 회사에서는 그림 작가를 섭외한 뒤 작가가 캐릭터를 그리면 원작가에게 보내 피드백을 받은 후 캐릭터부터 만들어놓고 시작합니다. 그다음이 콘티인데요. 콘티 작업을 약 5화까지 하면 그때부터 그림 작가가 그림을 그립니다. 웹툰 회사별로 차이가 있겠지만 대개 이런 과정을 거칩니다.

콘티 단계는 기본 6개월 정도 소요됩니다. 그림으로 그리는 과정도 6개월은 잡아야 하고요. 초반에 많은 품을 들이기 때문에 수정이 많고, 그러다 보니 이 과정에서 그림 작가가 교체되는 경우도 있습니다. 그래서 소설 작가는 기다리는 수밖에 없습니다. 오죽하면 작가들끼리 기도회를 연다고 할까요.

카카오와 네이버가 반한 작법의 비밀

④ 완성!

완성된 웹툰 원고를 받고 기쁨의 눈물을 흘리는 것으로 모든 과정이 끝납니다. 플랫폼 결정은 웹툰 회사에서 5화를 만든 후 각 플랫폼에 투고한 뒤 결과가 나오면 작가에게 공유해줍니다. 보통 카카오페이지에서 연재한 작품은 카카오에, 네이버는 네이버웹툰에 연재됩니다.

이렇게 보면 원저작자인 작가가 하는 일이 정말 없지요? 맞습니다. 2차 콘텐츠 제작은 작가의 손을 떠난 일이라고 생각하는 게 편합니다. 직접 터치한다고 해서 반영되지도 않고요. 그러니 위에서 말한 대로 기도하며 기다려야 합니다. 완성된 웹툰이 나올 때까지는 말이죠.

Chapter 4

마침내 작가의 길로 들어선 당신에게

출판사와 계약할 때 주의할 점 몇 가지

e북 출판 시 주의점

앞서 언급했듯이 개인이 직접 글을 올려서 연재 작가가 되기도 하지만 일부 플랫폼은 출판사와 직접 계약을 맺어야 합니다. 이런 출판사를 'CPContents Provider'라고도 부르는데, 플랫폼과 작가 사이에서 콘텐츠를 공급하고 이로써 여러 가지 활동을 합니다(출판사 외에도 IP 매니지먼트사 등을 CP라고 부릅니다). 신인 작가의 발굴과 육성, 국내외 플랫폼과의 계약 및 각종 업무 대행, OSMU 기획 등을 전담하지요. 예를 들면

그림 30 | 《여주인공의 첫사랑을 타락시켜 버리면》e북 표지

작가를 발굴해 네이버와 같은 플랫폼에 연결해주거나 웹소설의 웹툰화를 기획하거나 글 작가와 그림 작가의 매칭, 제작 총괄, 웹툰 IP의 OSMU 콘텐츠 기획 등을 총괄하기도 합니다. CP와 계약을 맺으면 당연히 중간 수수료가 발생합니다. 하지만 그만큼 내 작품이 웹툰화, 영화화되어 여러 곳에 뿌려질 수 있다면 좋은 거겠죠?

작가가 먼저 출판사에 작품을 투고해서 계약을 진행하는 경우도 있지만, 조회 수가 웬만큼 나오면 출판사에서 먼저 컨택이 오기도 합니다. 이때 조심해야 합니다. 출판사를 잘 고르는 눈을 키워야 합니다. 출판사를 고르는 방법은 여러 가지가 있는데 가장 좋은 방법은 '해당 출판사에서 출간한 작품목록을 살피는 것'입니다. 그리고 내가 원하는 프로모션의 출간을 하고 있는 출판사인지, 표지 이미지는 어떤지 등을 살펴보면 됩니다. 또한 기성 작가가 여러 번 출간한 곳이라면 큰 문제가 없다는 게 입증된 곳입니다.

해당 출판사의 대표작을 중점으로 보는 것도 좋습니다. 로맨스 분야의 히트작을 출간한 곳이라면 로맨스 소설을, 무협 분야에서 인기작을 출간한 곳이라면 무협 소설을 성공시킬 확률이 높기 때문입니다.

계약서는 어떻게 봐야 할까?

드디어 여러 조건을 합의하고 계약서에 사인하는 순간이 왔습니다! 그런데 계약서를 보니 어렵고 복잡한 말들이 많습니다. 하지만 내 작품과 하는 계약이므로 그냥 넘기지 말고 꼼꼼하게 따져봐야 합니다.

특히 요새 웹소설 작품은 하나의 IP로 간주되어 수많은 2차 저작물로 유통될 수 있습니다. 잘못하면 피땀 흘려 쓴 작품이 나도 모르게 불법 유통되어도 보상을 받지 못하거나, 수백만 조회 수가 발생해도 인세를 제대로 정산받지 못할 수 있습니다. 심지어 위약금을 물어야 하는 경우도 생깁니다. 그러니 사인하기 전에 계약서를 잘 살펴보는 일은 너무나 중요합니다.

마침내 작가의 길로 들어선 당신에게

콘텐츠 제공 계약서

저작재산권자 _____(이하 '갑'이라고 한다) 와(과) 출판권자 _____(이하 '을'이라고 한다)는 아래의 저작물에 대하여 다음과 같이 배타적발행권설정계약을 체결한다.

저작물의 표시

저작권자	성 명 :		필명 :	
저작재산권자				
저작물	제 호 :		(완결 :	편/권)
계약 기간	본 저작물의 초판 발행일로부터 ____			

제 1조 (배타적발행권의 설정 및 이용)
갑은 을에게 본 저작물의 '출판권'을 제외하고 저작물을 배포·복제·전송할 배타적 권리(이하 '배타적 발행권'이라 함)을 설정한다. '배타적 발행권'은 '전자출판을 할 권리'를 일컫는 것으로, 갑의 저작물이 온라인 상에서 배포·복제·전송되는 권리는 계약 기간동안 온전히 을에게 귀속된다.

제 2조 (배타적발행권의 존속기간)
1. 위 저작물의 배타적발행권의 존속기간은 ① 계약일로부터 본 저작물의 완결권(외전 포함) 초판 발행일까지. ② 그리고 본 저작물의 완결권(외전 포함) 초판 발행일로부터 ____년 으로 한다.
2. 본 계약의 배타적 발행권 종료기간 ____ 전까지, 갑 또는 을이 서면으로 갑 또는 을에게 본 계약을 종료한다는 의사표시를 통지하지 않을 경우 본 계약과 동일한 조건으로 자동 갱신된다. 단, 자동 갱신된 계약의 계약기간 및 배타적 발행권의 유효기간은 ____으로 한다.

제 3조 (원고 인도와 발행 시기 및 완결의 의무)
1. 갑은 ____년 ____월 ____일까지 위 저작물의 배타적발행을 위하여 필요한 원고를 을에게 인도하여야 한다. 단 부득이한 사정이 있을 때에는 을과 협의하여 그 기일을 변경할 수 있으나 반드시 <u>완결</u>을 하여야 한다.
2. 갑과 을은 원고의 완결을 위해 서로 최대한 협력하도록 한다.
3. 을은 갑에게 완전원고를 인도받은 날로부터 ____ 이내에 본 저작물의 전자출판을 발행하여야 한다. 다만, 원고 수정 등 제작상의 사정 또는 천재지변 등의 부득이한 사유가 있을 경우 '갑'과 협의하여 발행 기일을 연기할 수 있다.

제 9조 (저작권사용료 등)
1. 을은 갑에게 매출액의____퍼센트에 해당하는 금액을 저작권사용료로 지급한다.
2. 이때, 저작권사용료 계산의 기초가 되는 매출액은 을과 제휴계약을 체결한 제휴업체와 유통채널에서 판매된 본 저작물의 수익 중 각종 플랫폼 수수료 등 비용을 공제한 후 실제 을이 수령한 금액을 말한다.

그림 31 | 계약서 예시

① 정산 비율

먼저 정산 비율을 봐야 합니다. 정산 비율이란 플랫폼 수수료를 제외한 순매출을 작가와 출판사가 나눠 갖는 비율을 말합니다. 앞서 이야기했듯이 매출은 순이익이 아닙니다. 작품에서 발생한 총매출입니다.

정산 비율은 출판사마다 다릅니다. 대형 출판사라고 많이 주는 것도 아니며 소규모 출판사라고 적게 주는 것도 아닙니다. 출판사마다 다르지만 종이책 포함 계약일 때 작가 대 출판사 비율은 5 대 5 또는 6 대 4가 일반적이며, 종이책 제외 웹소설 계약 시 신인 작가 기준으로 6 대 4에서 시작합니다. 그 이하로는 권하고 싶지 않습니다.

② 계약 독점 기간

계약 독점 기간 또한 조심해야 합니다. '배타적발행권'이라는 항목이 있는데 이는 이 작품을 계약한 출판사를 통해서만 유통한다는 뜻입니다. 요즘은 3~5년이 기본 계약 독점 기간이며 그 이상의 계약은 피하길 권합니다.

계약 독점 기간에 출판사가 내 작품을 어떻게 관리하는지 보고 연장할지 파기할지를 결정하면 됩니다. 물론 작가가 이 기간을 잘 챙겨야 합니다. 출판사는 내 작품 말고도 수많은 작품을 관리하기 때문에 기간을 넘기고도 아무런 통보도 하지 않을 가능성이 상당히 큽니다.

③ 선인세

선인세도 잘 봐야 합니다. 선인세는 인세를 미리 지급한 다는 개념으로 향후 받게 될 인세의 일부를 계약금 형태로 미리 받는 것을 뜻합니다. 선인세는 보통 100만 원 이하로 시작합니다. 물론 히트작이 많아서 이름이 널리 알려져 있거나 흥행이 보장되어 있는 작가라면 1,000만 원 단위로 올라갑니다. 요즘은 계약금을 선인세라고 하기도 합니다. 따라서 추후 내 작품의 판매가 선인세를 넘어서지 못하면 그 이상의 돈은 받을 수 없습니다. 돈을 미리 받느냐 아니냐의 문제입니다.

④ 프로모션 전략

그리고 출판사의 전략을 한번 물어봅시다. 즉 웹소설 프로모션에 관한 이야기입니다. 카카오페이지를 예로 들면 내 작품을 '기다리면 무료' 섹션에 넣어줄 수 있는지 물어보는 것입니다. 이는 출판사의 경험과 전략에 따라 달라질 수 있습니다. 내 작품을 네이버에 넣을 수도, 리디에 넣을 수도 있는 겁니다. 내가 원하는 플랫폼이 아니면 다시 한번 생각해 봐야 합니다.

　내 작품은 작가인 내가 제일 잘 알고 있습니다. 내가 원하는 플랫폼에 맞춰 집필했을 것이므로 만일 뜬금없는 곳을 추천한다면 허언일 수 있습니다. 물론 이 프로모션을 넣어준다는 게 '완전 보장'은 아닙니다. 심사는 어디까지나 플랫폼 쪽에서 하는 것이니까요. 그만큼 최선을 다하겠다는 의미로 받아들이면 됩니다.

⑤ 2차 저작권 사용

　또한 2차 저작권 사용의 여부를 잘 확인해야 합니다. 제 작품은 여러 플랫폼에서 웹툰화가 되었습니다. 이런 게 바로 2차 저작물 사용이지요. 이렇듯 정산 비율부터 언제 정산되는지, 어디까지 사용할 수 있는지, 작가가 얼마나 관여할 수 있는지 등을 자세히 체크하는 것이 좋습니다. 잘못하면 작품을 빼앗길 수도 있습니다.

　이에 관해서는 보편적으로 세 개 항목으로 나뉘는데요. '2차 저작권 위임'과 '우선협상권', '협상권'입니다. 2차 저작권 위임 같은 경우는 해당 출판사에 2차 저작권 판매를 위임하는 것입니다. 자체 웹툰 스튜디오가 있는 출판사와의 계약

계약서에 등장하는 주요 용어들

- 배타적발행권: 소설을 웹에 배포, 복제, 전송하는 배타적 권리를 뜻한다. 전자출판을 할 권리라고 볼 수 있는데, 여기에는 출판권이 미포함된다. 출판권은 종이책 출간이라고 생각하면 된다. 보통 웹소설은 배타적발행권 계약만 진행한다.

- 저작권 사용료: 소설을 출간한 뒤 작가가 정산받는 금액. 보통 '매출액의 ○○퍼센트에 해당하는 금액을 저작권 사용료로 지급한다' 정도의 항목이 있다. 여기서 매출액은 판매된 총금액이 아니라 플랫폼 수수료를 공제한 후의 금액을 뜻한다.

- 2차 저작물: OSMU 콘텐츠 판매를 뜻한다. 웹툰, 연극, 영화, 방송, 오디오 드라마, 웹드라마, 게임 등이 있다.

에 주로 등장하는 조항입니다.

우선협상권은 2차 저작권 판매에 대해 출판사가 우선적으로 협상권을 갖고 판매에 힘쓴다고 생각하면 됩니다. 다만 협상권이기 때문에 작가가 개인으로 판매해도 되지만 그런 경우 출판사의 동의를 얻어야 합니다. 마지막으로, 협상권은 출판사에게 우선적으로 권한이 없는 경우를 뜻합니다.

수익과 연관이 있는 부분이기 때문에 이 부분은 반드시 확인해야 합니다. 많은 작가분이 첫 계약 때 실수했다고 후회하곤 합니다. 그때는 잘 모르는 신인 작가였고, 내 글을 출간한다는 것 자체가 기뻐서 불편한 조항이 있어도 넘어가는 경우가 많습니다.

하지만 내 권리는 내가 지키는 것입니다. 조항 수정을 안 해준다고 하면 다른 출판사를 찾아 떠나면 됩니다. 그러니 내 기준에 맞지 않는 계약서에는 절대 사인하지 마세요.

업무 시간 지키기

초반 계약 단계가 지나면 웹소설 편집자와 카톡 등의 메신저로 연락하게 되는 경우가 많습니다. 유료 연재를 할 경우 특히 실시간으로 내용을 주고받아야 해서 메신저를 하게 되는데요. 이때 많은 사람이 지키지 않는 부분이 있습니다.

바로 업무 시간 외 연락입니다. 작가 생활을 하다 보면

마침내 작가의 길로 들어선 당신에게

밤낮이 바뀌는 경우가 많아서 내가 깨어 있는 시간에 당연히 편집자도 깨어 있을 거라 착각 아닌 착각을 하기도 합니다. 메시지를 보내놓으면 다음 날 읽을 것으로 생각하는 경우도 있는데요. 메신저의 알림음 자체가 당사자에겐 압박으로 느껴질 수 있습니다.

출판사 편집자의 업무 시간은 오전 9시부터 오후 6시까지 혹은 오전 10시부터 오후 7시까지가 일반적입니다. 그 외 시간은 메신저·전화 대신 메일을 보내세요. 이튿날 출근한 편집자가 답변해줄 겁니다.

정말 급한 상황, 론칭 직전이나 당장 원고 수급이 필요한 경우는 편집자가 먼저 "주말이어도 좋으니 연락을 달라"라고 하기도 합니다. 하지만 최대한 그런 경우를 만들지 않는 게 좋겠죠?

메일 양식은 이렇습니다

출판사 관계자들이나 플랫폼 편집자들과 소통할 일이 점점 많아지면 이때부터는 정말 한 글자, 한 글자를 조심해야 합니다. 본격적인 계약 이행 단계이기 때문입니다. 제가 실제로 쓰는 메일 양식은 다음과 같습니다. 일정한 틀을 만들어두고 내용만 변경해 쓰는데요. 감정은 최대한 제외하고 업무와 요청에 관한 이야기를 주로 쓰지요.

메일에 익숙하지 않은 사람들은 메일을 작성하는 데도 오랜 시간이 걸리는데요. 저 역시 그랬습니다. 그래서 저는 양식을 만들어놓고 그 안에서 조금씩 수정해서 씁니다. 보통은 '인사-안부-용건-마무리 인사' 순으로 씁니다.

안녕하세요. ○○○ 담당자님.

차소희입니다.

오늘은 날씨가 좋네요. 한여름의 더위가 오기 전 기분 좋은 따뜻함을 느낄 수 있는 몇 안 되는 시간 같은데요. 포근한 날씨처럼 담당자님의 하루도 평온하셨으면 좋겠습니다.

다름이 아니라, ×××건에 대해 확인을 요청드리고자 메일을 보내게 되었습니다.

그리고 말씀 주셨던 사항들은 확인했습니다. 저의 의견은 ○○○합니다.

바쁘시겠지만 확인 부탁드리며,

오늘도 좋은 하루 되시길 바랍니다.

마침내 작가의 길로 들어선 당신에게

감사합니다.

차소희 드림

안부를 묻는 말은 계절마다 다르게 표현합니다. 봄과 가을에는 환절기 감기 조심, 여름에는 더위 조심, 겨울에는 추위 조심 등 날씨와 관련지어 안부를 묻는 것이 가장 간편하고 일반적입니다.

또한 용건이 자신에게 있는 경우, 예를 들어 출간을 조율하는 내용이라면 아래와 같은 형식으로 쓸 수 있습니다.

다름이 아니라, 출간 일정 및 프로모션 검토에 대해 확인을 요청드리고자 메일을 보내게 되었습니다.

1. 현재까지 완료된 원고가 10화이니 론칭 분량인 100화를 만들기까지 약 3개월 정도 시간이 소요될 것 같습니다. 론칭은 하반기로 진행하고 싶은데요. 9~10월을 희망합니다.

2. 프로모션은 카카오페이지 '기다리면 무료'로 진행하고 싶습니다. 심사 진행 부탁드릴게요!

3. 카카오페이지 진행이 어렵다면 네이버 '매일 10시 무료'로 진행 희망하며, 이 역시 힘들 경우에는 따로 논의를

해봤으면 합니다.

이처럼 숫자를 매겨서 말하고자 하는 내용을 정확히 전달하는 것이 좋습니다. 그래야 편집자도 확인 후 오류 없이 제가 원하는 바를 짚어 답변해줄 수 있으니까요.

작가와 편집자는 미팅하는 경우가 그리 많지 않기 때문에 메일이 나의 얼굴이라 생각하며 정중한 태도를 취하는 것이 좋습니다. 비즈니스 파트너인 만큼 서로 얼굴 붉힐 일은 만들지 않도록 주의해야 합니다.

마침내 작가의 길로 들어선 당신에게

나의 팬들과
소통하는 법

출간작이 쌓일수록 그 작가를 알아보고 작품을 찾아보는 독자들이 많아집니다. 그러다 보면 독자들과의 소통도 점점 중요해지지요. 나를, 또 내 작품을 좋아하는 독자들에게 감사한 마음을 전하고 싶을 겁니다. 하지만 독자들과의 소통은 정말 신중히, 또 조심히 해야 합니다. 드러내도 되는 것은 작가로서의 자아뿐입니다. 작가가 아닌 자아는 철저하게 숨기는 것이 좋습니다.

독자들과 어떤 매체로 소통해야 할까

독자들과 소통하는 방법은 크게 두 가지가 있습니다. 바로 블로그와 트위터입니다.

① 블로그

텍스트가 많은 소셜 미디어입니다. 네이버 웹소설이나 네이버 시리즈 주력 작가들, 현대 로맨스 분야의 작가들이 많이 이용합니다. 아무래도 20대 중후반 이상의 성인 독자들이 많은 장르와 플랫폼이다 보니 긴 텍스트로 인사할 수 있는 블로그가 더 적합하지요.

블로그는 편지 형식으로 독자들에게 인사하는 경우가 많은데요. 저 같은 경우는 블로그에 작품 출간과 분기마다 일상과 생각을 공유하는 글을 올립니다.

② 트위터

일상을 공유하는 느낌이 강한 소셜입니다. 로맨스 판타지 작가들의 소셜은 대부분 트위터입니다. 10대 독자들이 많은 장르이다 보니 빠르고 간편하게 홍보할 수 있는 트위터가 적합하지요. 작품 출간 홍보도 있지만 대부분은 독자들과 일

마침내 작가의 길로 들어선 당신에게

상을 공유하기 위해 트윗을 올립니다. 저도 시답잖은 소리를 많이 올리곤 합니다.

트위터는 작가라면 반드시 해야 하는 SNS입니다. 웹툰, 일반 만화, 웹소설, 드라마, 영화 등 콘텐츠를 사랑하고 많이 보는 독자들이 몰려 있는 곳이기 때문입니다.

그리고 사용자 연령대가 대체로 낮은 곳으로서 웹소설뿐만 아니라 현재 유행하는 콘텐츠 뉴스를 많이 입수할 수 있습니다. 반드시 유명한 작품이 아니더라도 입소문으로 내

차소희
@xsoxee24

이제 와 빌어도 소용없어요(예정)/SSS급 회귀자의 세계 공략 플랜(예정)/어느 날 남편이 후회한다/여보, 왜 이혼은 안 되나요?/황녀님이 사악하셔/여주인공의 첫사랑을 타락시켜 버리면/악역에게 정체를 들켜 버렸다/조선여우스캔들/단향-색을 탐하다/chasohee.com

🔗 youtube.com/channel/UCgG02... 🕐 Born February 4 📅 Joined April 2020

202 Following   **7,377** Followers

그림 32 | 필자의 트위터 화면

작품이 퍼질 수도 있는 곳입니다. 유튜브, 블로그보다 더 효과가 있다고 할 수 있지요.

그 외에 유튜브, 인스타그램 등이 있습니다. 인스타그램은 쌍방향보다는 일방향 느낌이 강하고, 유튜브는 브이로그 형식으로 진행됩니다. 저도 '웹소설 작가의 글쓰기' 주제로 일상 공유를 하고 있습니다.

저는 모든 소셜을 사용하지만 가장 많은 시간을 할애하는 건 트위터입니다. 인스타그램은 가끔, 유튜브도 가끔, 블로그도 가끔이지만 트위터는 못해도 한 달에 한두 번 이상은 올리려고 합니다. 독자들과 더 직접적으로 이야기할 수 있는 느낌이 강해서 최대한 활용하고자 노력하고 있습니다.

소셜 매체는 각자 자신에게 맞는 것을 선택하면 됩니다. 출간할 때 자동적으로 홍보가 되므로 나와 대화하고 싶은 사람은 찾아오거든요. 사실은 소셜 매체보다 그 소셜의 문법에 맞는 내용을 올리는지가 더 중요합니다.

마침내 작가의 길로 돌어선 당신에게

SNS에 올려도 되는 것, 안 되는 것

앞서 작가로서의 자아와 그렇지 않은 자아를 구별해야한다고 이야기했습니다. 이를 잘 구분하지 않고 독자와의 거리를 너무 좁히거나 하는 까닭에 문제가 생기는 경우를 몇번 본 적이 있거든요. 다음과 같은 사항을 참고해 독자들과즐거운 소통을 하길 바랍니다.

① 올려도 되는 것

소셜 매체에 올려도 되는 것은 다음과 같습니다. 즐거운일상입니다. 카페에 가서 일한다거나, 호텔에 묵으며 일한다거나, 여행을 가는 것 같은 즐거운 일상 공유는 좋습니다. 독자들에게 '나 이렇게 즐겁게 살고 있습니다!'라는 이야기를하는 거니까요.

작품과 관련된 이야기도 올립니다. 그중에서도 론칭 일정 같은 것을 올리는데요. 정확한 일자를 공유하진 않지만대략 언제쯤 작품이 나온다는 것 정도는 수시로 말하는 게좋습니다.

작품 비하인드도 좋습니다. 캐릭터별 생일, 특징 등 비하인드 스토리를 풀어주는 것도 좋지요. 설정에 대한 추가 설명도 좋고요. 아니면 작품 집필 중 있었던 에피소드를 풀어 놓아도 좋습니다.

② 올리면 안 되는 것

소셜 매체에 올리지 말아야 하는 것은 다음과 같습니다. 계약서입니다. 출판이든 웹툰이든 모든 계약서에는 '비밀 유지 조항'이라는 게 있습니다. 본 계약 건에 대해 외부로 발설하지 말아야 한다는 조항인데요. 비율, 선인세 등 모든 조건은 비밀입니다. 가까운 지인 작가들과 공유할 수는 있겠지만 오픈된 공간에 공개하는 것은 계약 위반이므로 절대로 해선 안 됩니다. 불이익을 당할 수도 있기 때문입니다.

또한 출판사, 플랫폼과의 오프 더 레코드off the record도 올리지 말아야 합니다. 작품을 진행하다 보면 출판사 편집자와 가까워지는 경우가 생깁니다. 그러다 보면 사담을 하게 되기도 하는데요. 이 사담은 오프 더 레코드이기 때문에 나만 알고 있어야 합니다. 간혹 편집자의 실명이나 이니셜을 공개적인 곳에 올리며 카톡 내역을 올리는 사람도 있는데, 이는 독자들과의 소통에 큰 도움이 되지 않으므로 지양하도록 합시다.

플랫폼 담당자와 오갔던 이야기도 마찬가지입니다. 작가는 플랫폼과 직접적으로 일할 일이 없으므로 보통 출판사

마침내 작가의 길로 들어선 당신에게

를 통해서 듣게 되지만 플랫폼이 이런 말을 했다, 플랫폼이 이렇게 하라고 하더라("A 플랫폼에서 제 작품이 너무 어둡다고 거절당했어요ㅠㅠ") 같은 이야기를 굳이 게시할 필요는 없습니다. 독자들은 작가인 나를 알고 싶어 하지, 작품과 플랫폼의 관계를 알고 싶어 하지 않습니다. 또한 와전될 경우 긁어 부스럼이 되기도 하고요. 그러니 사담을 오픈된 공간에 올리는 것은 '절대 금지!'라고 생각하세요.

개인의 병명 등도 조심해야 합니다. 많은 작가가 우울증을 겪습니다. 많이들 힘들어하고요. 혼자서 앓는 게 힘들다 보니 공감과 위로를 받기 위해 오픈된 공간에 힘든 사연을 토로하는 사람들도 있습니다. 하지만 이는 결코 좋은 방법이 아닙니다. 이유는 간단합니다. 세상에는 좋은 독자만 있는 게 아니기 때문입니다.

의도적으로 악플을 달며 작가의 멘탈을 흔들려고 하는 사람들도 있습니다. 그들은 여러분이 작품을 쓰지 못하도록 하는 게 목적이지요. 그런 사람들의 눈에 여러분이 우울증이라는 글이 보인다면 어떻게 될까요?

더불어 우울증 토로는 일반 독자들에게도 그리 좋은 느낌을 주는 이야기가 아닙니다. '힘들었지만 지금은 괜찮습니다!' 정도의 이야기는 좋지만 '너무 힘들어서 글을 못 쓰겠어요' 같은 이야기는 내 작품을 소비하는 독자들에게 죄책감을 불러일으킬 수도 있기 때문입니다.

조심해야 할 것들이 많지요? 하지만 반드시 신경을 써야 합니다. 작가로서 소셜 네트워크를 이용하는 순간 일대일 대화가 아닌 일대다의 대화가 되는 것이니까요. 최대한 나를 보호하면서 작가로서의 자아를 유지하는 것이 좋습니다.

마침내 작가의 길로 들어선 당신에게

롱런하는 작가가 되기 위한 루틴

업무 계획을 세우자

작가들, 특히 프리랜서라면 업무 시간이 따로 없기 때문에 시간을 잘 배분하고 계획을 철저히 짜놓아야 합니다. 그러지 않으면 마감을 맞추지 못하고 독자와의 약속을 어기는 일이 빈번히 일어나지요.

다음은 제가 세운 업무 계획의 일부입니다. 무리하게 많이 집어넣지 말고 자신이 할 수 있는 양을 적절히 배분해서 계획하도록 합시다.

1일

- **오전 10~12시:** 《황녀님이 사악하셔》 2,000자 원고 쓰기
- **오후 12~2시:** 식사 및 티타임
- **2~3시:** 출판사 편집자 미팅(외부 미팅)
- **3~5시:** 새롭게 투고할 원고 시놉시스 짜기
- **5~7시:** 식사 및 자유 시간
- **7~8시:** 카카오페이지 연재작 댓글 및 조회 수 체크
- **8~9시 30분:** SNS 점검 및 타 사이트 작품 찾아보기

2일

- **오전 10~12시:** 《황녀님이 사악하셔》 3,000자 원고 쓰기
- **오후 12~2시:** 식사 및 티타임
- **2~4시:** 동료 작가와의 미팅 및 정보 수집
- **4~6시:** 원고 캐릭터 분석과 설정
- **6~6시 30분:** 저녁 식사
- **7~9시:** 헬스장에서 운동하기

저는 시시각각 변하는 상황(댓글, 조회 수 등)에 대비하기 위해 일부러 일주일 이상의 계획을 세우지 않습니다. 원고 집필 시간을 기본으로 빼놓고 추가되는 일을 붙여 완성합니

마침내 작가의 길로 들어선 당신에게

다. 계획이 흐트러진다면 집중해서 원고를 써야 하는 시간까지 어그러져 독자와의 약속을 지키지 못하기 때문입니다.

정해진 일정이 없는 프리랜서 작가들은 대부분 오전에 자고 오후에 일어납니다. 백에 팔십은 그렇습니다. 어쩔 수 없어요. 새벽이 되면 갑자기 신내림을 받은 것처럼 손이 움직이고 머리가 팽팽 돌아가는걸요. 저 역시 밤 11시부터 새벽 3시 사이가 가장 글이 잘 써집니다.

모두가 잠든 시간, 고요함이 가득하고 나만 깨어 있는 것 같은 바로 그 시간, 나를 방해하는 건 아무것도 없으며 오직 내가 두드리는 키보드 소리만 들리는 시간. 이런 시간에 몰입이 더 잘 되고 진도가 쭉쭉 나가는 건 당연한 일인지도 모릅니다.

이렇게 새벽까지 글을 쓰고, 해가 뜨는 걸 보면서 눈을 감고, 일어나면 해가 중천에 떠 있고, 하루의 시작이 어긋나다 보니 몸이 어딘가 찌뿌둥하고, 속이 더부룩하고, 커피를 마셔도 잠이 안 깨고, 결국 TV를 보거나 스마트폰을 보며 자극적인 기사나 영상을 머릿속에 넣고, 그러다 마음을 다잡고 자리에 앉으면 저녁이지요. 그때부터 다시 새벽까지 글을 쓰고…. 이렇게 하루가 또 지나갑니다.

아마 대부분 작가가 이럴 겁니다. 나는 아니라고요? 전업 작가가 아니어서 그렇습니다. 직장에서 9 to 6 생활을 하며 작가를 겸업했던 제 지인도 전업으로 돌리자마자 일주일 만에 루틴이 무너졌습니다.

새벽에 글을 쓰는 습관은 반드시 고쳐야 합니다. 지금이야 괜찮다고 해도 1년, 2년, 5년 이상 가면 반드시 건강에 문제가 생깁니다. 사람들이 괜히 아침형 인간을 운운하는 게 아닙니다. 남들과 다른 시차에서 살면 그 대가를 필연적으로 치르게 됩니다.

또한 몸의 건강 때문에만 이런 말을 하는 게 아닙니다. 정신의 건강 때문이기도 합니다. 우리 몸은 해가 지면서 체온이 낮아지고, 멜라토닌 등의 호르몬 분비가 많아지면서 수면을 유도합니다. 그런데 그때 자지 않고 몸을 움직이고 머리를 쓰다 보면 해가 떠 있는 낮에 작동하는 교감신경과 밤에 활동하는 부교감신경이 혼란을 일으켜서, 뇌가 활성화되고 부교감신경이 제 역할을 해내지 못해 호르몬 분비에 문제가 생기게 됩니다.

호르몬 분비에 문제가 생기면 필연적으로 따라오는 게 있죠. 바로 우울증입니다. 우울증은 기본적으로 세로토닌 분비가 정상적으로 되지 않아 호르몬 불균형이 일어나기 때문에 생기는데요. 한번 뇌하수체에 문제가 생기면 돌이키기가

마침내 작가의 길로 들어선 당신에게

굉장히 어려워집니다. 저 같은 경우는 불규칙한 생활을 굉장히 오래 했습니다. 원래부터 불면증이 심했기에 잠을 제대로 못 자고 항상 서너 시간 뒤척이다 잠들곤 했지요. 그러다 보니 늦게 일어나고, 더 피곤해지고, 그 상태에서 꾸역꾸역 글을 쓰다가 또 아침에 잠들고….

결국 몸에 이상이 생겨 생전 처음 들어보는 희귀병이 발병했습니다. 그래서 거의 2년 동안 병원에 다녔어요. 비급여 검사 및 진료라 당시 모아두었던 돈을 모두 다 쏟아부었습니다.

어디 그뿐인가요. 동시에 우울증과 불안장애가 발병해 하루에 약을 12알씩 먹어야 했습니다. 이 모든 게 어느 날 갑자기 찾아온 것입니다. '어, 나 이렇게 살아도 괜찮은데?' 생각했다가 정말 갑자기 쿵! 하고 뒷통수를 맞은 거예요. 그래서 여러분에게 꼭 당부하고 싶습니다. 제발 몸과 정신의 건강을 지킬 것을요. 그러기 위해서는 뭐가 필요하다? 규칙적인 생활이 필요합니다.

최대한 직장인 루틴에 맞춰 움직이세요. 말했듯이 저도 정말 새벽에 글이 잘 써지는 편이지만, 정말 급한 마감이 아니면 밤에는 자려고 합니다. 그래야 앞으로 더 아프지 않을 테니까요.

운동하며 체력 지키기

트위터 등을 보면 작가들이 운동하고 있다는 내용을 많이 볼 수 있습니다. 저도 지금 헬스와 필라테스를 하고 있습니다. '작가들은 원래 운동을 좋아하나?'라고 생각할지 모르지만 절대 아닙니다. 그건 '생존 운동'입니다.

저는 운동을 싫어했습니다. 어릴 때부터 운동과 담을 쌓았던지라 성인이 된 후에는 더더욱 운동하지 않았습니다. 그러다가 디스크가 터졌습니다. 작가들은(물론 많은 직장인들이) 기본적으로 앉아 있는 시간이 평균 10시간이 넘습니다. 그런데 그 시간 동안 올바른 자세를 유지할까요? 아니요. 삐뚤어진 자세로 오래오래 앉아 있습니다.

그렇게 골반에 무리가 가고, 허리에 무리가 가고, 목에 무리가 가고, 어깨에 무리가 갑니다. 저 같은 경우는 어느 날 갑자기 아침에 일어나니 다리가 움직이지 않았습니다. 울면서 119에 전화해 병원에 실려가며 그때 탔던 들것의 감촉을 아직도 잊지 못합니다.

이유는 허리 디스크가 터지면서 신경이 눌렸고 그 때문에 하체가 잠시 마비되었던 것이었습니다. 그뿐만이 아니었습니다. 원래도 손목이 안 좋아서 검사검사 같이 검사했는데, 알고 보니 목 디스크가 터져서 어깨 신경을 누르고 있었던 거였더군요. 그래서 팔꿈치, 손목까지 온 신경에 염증이 생긴 상태였습니다.

당시 20대 초중반이었던 저는 너무 큰 충격을 받았습니다. 사람의 몸이 이렇게 쉽게 망가진다고? 그래서 치료를 받으며 동시에 병원에서 추천했던 도수치료를 시작했습니다. 그러면서 천천히 운동도 겸하게 되었지요. 이러다간 죽겠다는 생각에요.

제가 몸이 너무 약한 게 아니냐고요? 아닙니다. 열이면 여덟 이상의 작가가 이와 비슷한 경험을 합니다. 그냥 평소처럼 안 좋은 자세로 살았는데 어느 날 갑자기 '어?' 하고 몸이 와르르 무너지는 경험을 하게 되지요. 그래서 울며 겨자 먹기로 운동을 시작합니다.

그런데 한번 망가진 몸은 잘 돌아오지 않아요. 저도 지금 8년 넘게 운동하고 있는데 여전히 목이 안 좋고 허리가 아픕니다. 운동을 일주일이라도 안 하면 바로 무리가 와요. 그때마다 생각하죠. '아, 진즉에 운동 좀 할걸…'

작가의 힘은 코어근육에서 옵니다. 오래 앉아 있는 힘! 버티는 힘! 이 힘은 코어근육에서 오기 때문에 여러분도 반드시 운동해야 합니다. 제가 이제껏 한 운동 중 효과가 좋았던 것들을 소개하면 다음과 같습니다.

① 요가

일단 비용이 저렴해서 좋았습니다. 그리고 정적인 운동이다 보니 정신 수양에도 도움이 되었고요. 차분해진 상태에서 땀을 흘리니 심신이 안정되는 느낌이 들더라고요. 그리고 자세 교정에도 굉장히 좋습니다. 저의 틀어진 골반, 어깨를 잡아주었어요.

② 필라테스

그룹 수업도 해봤고 1 대 1 개인 수업도 해봤는데요. 운동을 해본 사람이라면 그룹 수업도 추천합니다. 요가 정도의 가격이니 부담이 없을 거예요. 하지만 운동이 처음이고 몸이 많이 안 좋다면 개인 수업을 추천합니다. 이 역시 요가처럼 자세 교정에 정말 좋습니다. 속근육을 쓰는 운동이다 보니 코어근육을 키우는 데 도움이 많이 되었어요.

③ 헬스

전 별로 안 좋아하는 운동입니다만 체력을 기르는 데 매우 좋은 운동입니다. 일단 힘이 세져서 스스로를 마구 칭찬

하게 됩니다. 무게를 올리는 성취감도 있고요. 평소 운동을 하는 사람이라면 굳이 PT를 받지 않아도 되지만, 그게 아니라면 두어 달 정도는 PT를 받아보길 추천합니다.

④ 달리기

요즘 런데이Runday가 대세죠? 일주일에 두어 번 정도 인터벌 러닝을 하는 것도 좋습니다. 유산소 운동은 지구력을 길러주어 체력을 높이니까요!

어떤 운동을 해야 할까?

자세 교정을 하고 싶은데 돈이 없어!
→ 요가, 필라테스 그룹 수업

돈은 있고 자세 교정과 근육을 왕창 늘리고 싶어!
→ 필라테스 개인 레슨, PT

체력을 기르고 싶어!
→ 달리기, 헬스

앞서도 이야기했듯, 저는 체력적으로 힘든 경우가 많아서 작가의 생활을 오래 할 수 있을지 고민을 많이 했습니다. 작가로서 수명을 오래 가져가기 위해, 그리고 더욱 재미있는 글을 쓰기 위해서는 운동 그리고 체력 관리가 필수라고 다시금 강조합니다. 어떤 운동을 하든, 못해도 일주일에 두 번 이상은 운동을 해야 합니다. 그러면서 햇빛도 충분히 받고요. 몸 건강도, 정신 건강도 챙기도록 합시다.

특히 요즘 Z세대 사이에서 운동이 유행이라고 합니다. 건강 관리하는 나의 모습을 기록하는 20~30대가 많습니다. 스펙을 쌓듯 운동을 하고 인증하는 '#오운완' 트렌드나 자신만의 맞춤형 건강 관리 방식을 찾아가는 '퍼스널 헬스케어'가 유행하는 중이라지요. 등산, 골프, 테니스는 물론 크로스핏, 클라이밍 등등… 제가 추천하는 운동은 가장 기본적인 것들입니다. 따라서 여러분도 자기에게 맞는 운동을 스스로 찾아 해보길 권합니다.

운동뿐만 아니라 식단 조절, 숙면 아이템을 활용한 수면 관리, 건강 롤모델을 찾아 동기부여를 하는 방법도 있습니다. 특히 필라테스, 요가 등 학원에서 제공하는 일일 체험권을 통해 나에게 맞는 운동을 찾을 수도 있습니다. SNS에서 '스포츠 크루'를 찾아 함께 운동을 하는 방법도 있고요. 웹소설이든 다른 일이든 내가 좋아하는 것을 지속적으로 하기 위해서 반드시 병행하기를 추천합니다.

웹에서 날아오는
공격 받아내기

규칙적인 운동을 하고 생활 습관을 만들면 본업에서도 생산성이 올라갑니다. 하지만 여기서 중요한 건 우리는 웹소설 작가라는 점입니다. 현실이 아닌 가상세계에서 날아오는 무차별적인 공격은 작가의 멘탈을 쉽게 무너뜨릴 수 있습니다.

제일 쉬운 것으로 '악플'이 있습니다. 모두가 나의 작품을 좋아할 순 없습니다. 하지만 많은 사람이 '그래도 내가 얼마나 시간을 들여 쓴 작품인데, 어떻게 이 플랫폼에 연재된 작품인데' 하며 악플에 괴로워하곤 합니다. 그렇다고 댓글을 보지 않을 수도 없습니다. 댓글을 보며 나의 작품 방향성을 잡아갈 수 있기 때문이지요.

악플은 다음과 같은 방법으로 극복하도록 합시다.

먼저, 무시하는 방법입니다. 쉽다고 생각할 수 있습니다. 하지만 보통 사람들은 머릿속에 악플이 박혀 떠나질 않습니다. 누가 뭐라고 지적 하나 해도 종일 머릿속을 맴돕니다. 일면식도 없는 사람이 글자로 공격하는 것은 절대 잊히지 않습니다. 따라서 악플을 보면 일단은 넘어갑니다. 다른 선플을 보며 애써 무시하는 것입니다. 처음에는 힘들지만 계속하다 보면 이것도 어느 정도 습관이 됩니다.

그다음은 '내 작품을 위한 보배다'라고 생각하는 겁니다. 흔히 '정신 승리'라고도 하지요. 예를 들어 이런 악플을 봤다고 합시다.

- 스토리 진행이 너무 느리고, 캐릭터 A가 왜 저러는지 이해가 안 간다. 오타는 왜 이렇게 많냐!

이것을 다음과 같이 내 원고에 도움이 되는 방향으로 바꿔 볼 수 있습니다.

- 스토리 진행이 빨라지도록 회차를 3~4회 정도 압축해서 내용을 보여주고, 캐릭터 A에 정당성을 부여하거나 뒤에 나올 사건에 휩쓸려 사라지게 만들어보자. 오타는 국문과 친구나 출판사 편집자에게 도움을 요청하자!

또 다음과 같은 악플도 있을 수 있습니다.

- 스토리는 괜찮은데 왜 그냥 재미가 없지? 캐릭터도 확실히 매력이 있는데 말이야. 작가가 작품에 신경 안 쓰나?

이것 또한 내 작품을 위해 바꿔 생각해봅시다.

- 스토리는 괜찮은데 읽는 재미가 없다면 연출의 문제다. 연출을 바꿔보자. 사이다 전개라든지 엔딩 포인트를 다르게 수정해보자.

이처럼 악플도 도움이 될 수 있습니다. 따라서 의연한 자세로 하나하나 뜯어보는 게 오히려 이득이 될 수 있습니다. 물론 의미 없이 욕만 하는 악플은 애써 넘겨야 하겠지요. 어렵지만 이런 과정을 겪지 않으면 나중에 같은 상황이 되었을 때 또다시 슬럼프나 우울감에 빠질 수 있습니다.

저도 그랬습니다. 절필까지도 생각했지요. 10년 넘은 작가에게도 악플은 힘든 것입니다. 정말 심각한 악플이나 협박성 멘트가 들어 있다면 신고하는 방법도 있습니다. 극단적이긴 하지만 요즘은 그래도 악플과 정신 건강에 대한 인식이 많이 바뀌었습니다. 사이버수사대 홈페이지에 들어가서 정식 의뢰하면 의뢰한 개인에게 연락이 따로 옵니다. 그때 악플을 캡처한 증거 등을 함께 제시하면 조치를 취할 수 있습니다.

악플이 아닐 때도 상처받는 경우가 있습니다. 바로 '내 작품과 전혀 상관없는 이야기를 하는 댓글'입니다. 뜬금없는 댓글 중에는 다른 작품의 줄거리나 캐릭터 이야기를 남기는 것도 있었습니다.

물론 욕만 잔뜩 있는 악플보다는 충격이 덜하지만 '내 작품이 다른 이슈에 가려질 만큼 재미가 없나?'라는 생각이 들기도 합니다. 무관심에 묻히는 것이 아닌가 하는 걱정이 들기도 하지요. 이때도 저는 '작품 흥미도가 떨어지고 있구나. 빨리 다른 사건을 만들거나 캐릭터를 등장시켜 주목을 끌어야겠어!'라고 작품에 도움이 되는 방향으로 생각했습니다.

명심하세요. 작품이 부정 당한다고 해서 작가인 나까지 부정 당하는 건 아니니까요. 더 재미있는 글을 써서 악플러들의 코를 납작하게 해봅시다!

8주만 꾸준히 연구하고 써도 완성할 수 있습니다

이 책의 마지막 장까지 먼 여정을 달려온 예비 작가님, 고생이 많았습니다. 이제 웹소설과 그 작법에 대해 어느 정도 파악이 되었을까요? 다시 말하지만, 웹소설은 대중문화이자 스낵컬쳐입니다. 그래서 웹소설을 쓰고자 하는 여러분들은 언제나 대중의 니즈에 귀를 기울여야 합니다.

사람들은 뭘 좋아할까? 뭘 원할까? 어떤 괴로움이 있을까?

대중들의 공허한 마음을 채워준다는 생각으로 글을 써

보세요.

제 작품의 독자 연령층은 그리 높지 않습니다. 보통 10대에서 20대가 대다수예요. 그러다 보니 저는 '내 글이 학생들에게 영향을 끼칠 수 있다.'는 생각을 항상 하고 있습니다. 단편적인 예로, 《악역에게 정체를 들켜 버렸다》에서 레즈비언 커플이 서브로 등장하는데, 그때에 한 독자가 이런 댓글을 남겨주었습니다.

저는 레즈비언인데, 이런 이성애 로맨스에서 동성애 커플 이야기가 나오니 괜히 반갑네요. 학교에서는 항상 숨기고 다니면서 너무 힘들었는데 위로가 됐어요. 감사합니다.

이 댓글을 본 순간 저는 머리를 한 대 맞은 느낌이었습니다. 제가 만든 레즈비언 커플은 사실 엄청나게 대단한 설정을 구상했던 게 아니었거든요. 가볍게 만들었던 캐릭터인데 조금 부끄러웠습니다. 캐릭터 하나하나가, 대사 하나하나가 누군가에게 위로가 될 수 있구나 하는 걸 깨닫게 되었습니다. 그래서 그 뒤로 조금 더 긍정적인 영향을 줄 수 있는 내용을 쓰고자 노력했지요.

물론 여러분들이 이렇게 하셔야 한다는 건 아닙니다. 다만 말씀드리고 싶은 건, 우리는 어느 한 명 이상에게 영향을 주는 글을 쓰고 있다는 현실을 꼭 명심하라는 거예요. 이런 마음가짐이 있는 것과 없는 것은 크게 다르거든요.

또한 8주만 꾸준히 연구하고 글을 쓴다면 누구나 웹소설 작가로 데뷔할 수 있습니다. 1주차에는 조아라 웹사이트에 들어가서 상위 랭크된 소설 30화까지를 읽어보고, 2주차에는 카카오페이지에 들어가서 내가 좋아하는 분야의 웹소설 두 가지 정도를 읽어보고, 3주차에는 다른 웹소설에서 가장 마음에 드는 캐릭터를 뽑아 '왜 매력적인지'를 외모부터 성격까지 분석해보는 등… 그렇게 루틴을 만들어 해보면 어느 새 내 소설의 캐릭터가 정해지고, 트렌드에 맞춰진 줄거리가 떠오를 것입니다. 이 책의 부록에 '8주 완성' 가이드가 있으니 직접 따라하며 웹소설 작가의 길을 한 발, 한 발 걸어가 봅시다.

다시 한 번 환영합니다, 작가님들.

이 험난한 웹소설계를 함께 헤쳐나가며 든든한 힘이 되는 동료로서 만나기를 희망합니다.

부록 ①
웹소설 작가를 위한
강의와 도서 소개

작가를 위한 웹소설 강의

① 온라인 강의

- **플레이원더**(https://www.playwonder.co.kr/webnovel)
출판사 레토북스와 작가컴퍼니의 소속 작가님들이 직접
강의를 합니다. 저 역시 에클레어 작가님과 로맨스 작법
강의를 하고 있습니다. 각 강의마다 숙제가 있는데, 이 숙
제를 마치면 편집자들에게 피드백을 받
아 한 편의 원고를 완성해 보는 커리큘럼
입니다. 더 나아가 레토북스와 작가 컴퍼

니의 지원을 받아 출간까지 가능합니다. 모집 기간이 따로 있으니 때에 맞춰 신청하면 됩니다.

② 오프라인 강의

● **페이지 아카데미**(https://page-academy.com)

현업 작가들이 직접 전문가를 양성하고 데뷔까지 함께하는 웹툰&웹소설&일러스트 전문 아카데미입니다. 웹소설 강의는 오픈 예정이며, 기초반과 데뷔반이 따로 만들어집니다. 또한 오프라인 공간이기 때문에 스터디 형식으로 모여 작업하는 공간도 따로 있는데, 정보가 없고 혼자 하기 힘든 예비 작가님에게 추천드립니다.

읽어보면 도움되는 작법서 BEST 5

① 북마녀, 《억대 연봉을 부르는 웹소설 작가수업》, 허들링북스, 2021

웹소설의 기초를 알려주는 책입니다. '정말 나는 웹소설에 대해서 아무것도 모른다!' 한다면 이 책을 읽어보는 걸 추천합니다. 북마녀 작가님이 웹소설 편집자이기에, 편집자만의 시각으로 시장을 분석해 요모조모 알려줍니다.

② 산경, 《실패하지 않는 웹소설 연재의 기술》, 위즈덤하우스, 2019

판타지 작가님의 작법서이긴 하지만, 로맨스 작가에게도 많은 도움이 될 수 있습니다. 아무리 장르가 다르다고 해도 웹소설의 기본 골조는 비슷하니까요. 독자들이 무엇을 좋아하는지, 어떻게

표현하는 게 좋은지 등등 세세하게 나와 있습니다. 더불어 산경 작가님의 글쓰기 루틴을 보고 자극을 받기도 하고요. '나는 굉장히 게으른 작가였구나' 하고 자극을 받게 되었습니다.

③ 매튜 룬, 《픽사 스토리텔링》, 현대지성, 2022

웹소설 작법서는 아니지만 소개해 보겠습니다. 제게 굉장히 도움이 많이 된 책입니다. 이 책에서도 '대중은 무엇을 좋아하는가'를 중점적으로 다루고 있습니다. 어떻게 하면 대중들에게 감동을 줄 수 있을지, 어떻게 하면 매력적인 스토리라인을 구성할 수 있을지 등을 짧지만 명확하게 설명해 줍니다. 지금도 글이 막히면 종종 읽는 책이에요. 한번쯤 읽어보시길 추천드립니다.

④ 안젤라 애커만, 《트라우마 사전》, 윌북, 2020

앞서 캐릭터를 설정할 때 '과거 서사'가 중요하다고 이야기했습니다. 그 과거로 인하여, 어떤 사건으로 인하여 현재 그 인물의 행동양식을 이해시켜야 한다고요. 그런 맥락에서 트라우마 사전은 캐릭터의 깊이를 더해주는 데에 도움이 됩니다. 일단 각각의 트라우마마다 설명이 되어 있어서 작가 스스로 납득하게 되어요. 이를 참고해서 캐릭터를 디테일하게 설정할 수 있습니다.

⑤ 김정선, 《내 문장이 그렇게 이상한가요?》, 유유, 2016

간략하고 명확한 문장을 만들 수 있게 도와주는 책입니다. 어색한 피동표현, 맞지 않는 조사 등 예시를 들어 문장의 문제점을 짚어줍

니다. 이중표현이 되지 않도록 조심해야 하는 웹소설 문
장을 쓸 때 더할 나위 없이 도움되는 책입니다.

부록 ②

웹소설 초보를 위한 바로 써먹을 수 있는 템플릿

캐릭터 설계 템플릿

① 기본 프로필

이름 (한글, 한자, 영문)	
학력(학교 이름까지 작성)	
나이(구체적인 숫자)	
전공(주전공, 부전공)	
직업 및 직급	
회사 이름	

성격	
가족 현황 및 친밀도	
MBTI	

② 외형 프로필

눈(모양, 눈동자 색, 눈썹)	
신체(키, 몸무게)	
피부와 머리 스타일	
흉터	
손과 발 모양	
목소리	
선호하는 옷 스타일	
첫인상 (사나운, 예민한 등)	
자주 짓는 표정	
수염 여부	

타투, 피어싱	
자주 들고 다니는 아이템 (커피, 에코백 등)	

③ 주변 인물과의 관계

조연 1과의 관계	
조연 2와의 관계	
조연 3과의 관계	

챕터 시놉시스 설계 템플릿

발단	
전개	
위기	
절정	
결말	

웹소설 구상 템플릿

제목	
소재 키워드	
전개 키워드	
캐릭터 키워드	
분량(예상)	
트렌드와 연관성	
등장 인물	
줄거리(작품 소개)	

부록 ③

8주 완성 웹소설 쓰기 로드맵

1주차 ✔
➡ 웹소설 개념 등 기본 이해하기 ➡ 글, 드라마, 영화 등 나는 어떤 콘텐츠를 좋아하고 많이 보는지 파악하기

2주차 ✔
➡ 웹소설을 업로드할 수 있는 플랫폼을 공부하고 가입하기 ➡ 카카오페이지와 네이버 웹소설 상위 랭킹된 작품 세 가지 읽어보기

8주차 ✔
➡ 소설에 맞는 제목 정하기 ➡ 내 소설 분야에 맞는 플랫폼에 웹소설 업로드 하기

7주차 ✔
➡ 하루 5,000자씩 꾸준히 쓰기 ➡ '기-승-전-ㄱ' 엔딩 연출법을 신경 쓰며 회차별로 내용 끊기

3주차 ✔

➡ 웹소설 작법의 기본 단계 익히기
➡ 장르 키워드를 공부하고, '환생물', '빙의물', '회귀물' 베스트 작품을 읽고 분석해보기

4주차 ✔

➡ 대표적인 소재 키워드를 공부하고 내가 쓰고 싶은 키워드를 정해보기
➡ 키워드를 중심으로 웹소설 설정 구상하기

6주차 ✔

➡ 소설의 총 회차 정하고 편 단위 트리트먼트 짜보기
➡ 트리트먼트에 맞춰 소설 집필 시작하기

5주차 ✔

➡ 내 소설에 등장할 주·조연 캐릭터를 구상하고 키워드 뽑기
➡ '왜?' 질문을 통해 캐릭터 서사를 입히며 빌드업시키기

281

이미지 출처

Chapter 1

1. 웹툰 《소녀의 세계》, 모랑지 글·그림, 네이버 시리즈

2. 웹드라마 '소녀의 세계', tvND

3. 웹소설 《전지적 독자 시점》, 싱숑 저, 비채, 2022.01.

4. 드라마 '김 비서가 왜 그럴까', tvN

5. 드라마 '사내 맞선', tvN

Chapter 2

1. 《어느 날 남편이 후회한다》, 차소희 저, 페가수스, 2021.05.

2. 《죽은 탑에도 꽃은 핀다》, 차소희 저, 신영미디어, 2015.11.

3. 《여주인공의 첫사랑을 타락시켜 버리면》, 차소희 저, 루시노블, 2020.07.

4. 《상수리나무 아래》, 김수지 원작, 리디, 2020.08.

5. 《황녀님이 사악하셔》, 차소희 저, 피플앤스토리, 2021.06.

6. 《악역에게 정체를 들켜버렸다》, 차소희 저, 다온크리에이티브, 2020.12.

7. 《재혼 황후》, 알파타르트 저, 해피북스투유, 2019.01.

8. 《조선여우스캔들》, 차소희 저, 피플앤스토리, 2017.01.

Chapter 3

1. 《단향-색을 탐하다》, 차소희 저, 페가수스, 2022.04.

2. 《여보, 왜 이혼은 왜 안 되나요?》, 차소희 저, 필연매니지먼트, 2021.03.

100만 클릭을 부르는 웹소설의 법칙

쓰자마자 데뷔까지 간다!

초판 1쇄 발행 | 2022년 8월 30일

지은이 · 차소희
발행인 · 이종원
발행처 · (주)도서출판 길벗
브랜드 · 더퀘스트
출판사 등록일 · 1990년 12월 24일
주소 · 서울시 마포구 월드컵로 10길 56 (서교동)
대표전화 · 02) 332-0931 | **팩스** · 02) 332-0586
출판사 등록일 · 1990년 12월 24일
홈페이지 · www.gilbut.co.kr | **이메일** · gilbut@gilbut.co.kr

기획 및 책임편집 · 오수영(cookie@gilbut.co.kr), 유예진, 송은경, 정아영 | **제작** · 이준호, 손일순, 이진혁
마케팅 · 정경원, 김진영, 김도현, 장세진, 이승기 | **영업관리** · 김명자 | **독자지원** · 윤정아

디자인 · MALLYBOOK 최윤선, 정효진, 민유리 | **교정교열** · 김순영
CTP 출력 및 인쇄 · 예림인쇄 | **제본** · 예림바인딩

ⓒ 차소희, 2022
ISBN 979-11-407-0090-5 (03800)
(길벗 도서번호 090196)

정가 : 17,000원

독자의 1초까지 아껴주는 길벗출판사

(주)도서출판 길벗 | IT교육서, IT단행본, 경제경영서, 어학&실용서, 인문교양서, 자녀교육서
www.gilbut.co.kr
길벗스쿨 | 국어학습, 수학학습, 어린이교양, 주니어 어학학습, 학습단행본 www.gilbutschool.co.kr